COLECȚIE COORDONATĂ DE
Magdalena Mărculescu

Elisabeth Norebäck

Spune-mi că ești a mea

Traducere din suedeză de Ioana Ghișa

3
TREI

Editori:
Silviu Dragomir
Vasile Dem. Zamfirescu

Director editorial:
Magdalena Mărculescu

Redactare:
Daniel Eberhat

Design copertă: Faber Studio
Foto copertă: Guliver / Getty Images/ © Dmitriy Bilous

Director producție:
Cristian Claudiu Coban

Dtp:
Eugenia Ursu

Corectură:
Virginia Alexe
Irina Mușătoiu

Descrierea CIP a Bibliotecii Naționale a României
NOREBÄCK, ELISABETH
Spune-mi că eşti a mea / Elisabeth Norebäck ; trad. din suedeză de Ioana Ghişa. - Bucureşti : Editura Trei, 2020
ISBN 978-606-40-0595-3

I. Ghişa, Ioana (trad.)

821.113.6

Titlul original: Säg att du är min
Autor: Elisabeth Norebäck

O.P. 16, Ghișeul 1, C.P. 0490, București
Tel.: +4 021 300 60 90 ; Fax: +4 0372 25 20 20
e-mail: comenzi@edituratrei.ro
www.edituratrei.ro

ISBN: 978-606-40-0595-3

Stella

Stau ghemuită pe podea.

Am picioarele strânse, brațele în jurul genunchilor.

Inspir. Expir.

Încă mai simt în urechi bătăile inimii, durerea de stomac s-a transformat în greață și am încetat să mai tremur.

Acum mă numesc Stella Widstrand, nu Johansson. Am 39 de ani, nu mai am 19. Și nu mai am atacuri de panică.

O lumină cenușie de toamnă inundă încăperea. Aud răpăitul ploii, încă mai plouă cu găleata. Cabinetul meu arată ca de obicei. Ferestrele înalte, pereții verzi ca mușchiul de pădure. Tabloul mare cu peisaj și pardoseala de lemn acoperită de covorul țesut manual. Biroul vechi și uzat, fotoliile așezate lângă peretele cu ușa. Îmi aduc aminte cum mi-am decorat singură cabinetul, cât de atentă am fost cu fiecare detaliu. Nu-mi mai amintesc de ce mi s-a părut atât de important.

Mereu mi-am închipuit că eu aveam să fiu cea care o găsește pe ea. Nu că ea avea să mă găsească pe mine. Poate că a făcut-o din curiozitate, vrând să afle cine sunt. Poate că a venit să mă acuze, ca să nu mai uit niciodată.

Poate că a venit să se răzbune.

Mi-au trebuit mulți ani să-mi refac viața, să ajung unde sunt acum. Însă, deși am lăsat în urmă tot ce s-a întâmplat, nu am uitat. Sunt lucruri pe care nu le poți uita.

Stau pe podea.

Ghemuită. Cu brațele în jurul genunchilor.

Inspir. Expir.

Henrik m-a sărutat pe obraz, apoi a plecat la serviciu. Am luat micul dejun cu Milo, l-am dus cu mașina la școală, apoi mi-am continuat drumul spre Kungsholmen. Totul era ca de obicei. Brumă pe șosea, aglomerație pe podul Traneberg, ceață peste apa cenușie a lacului Mälaren, lipsa locurilor de parcare în oraș.

Avea programare cu o oră înainte de prânz. A bătut la ușă și i-am deschis. Mi-am dat seama imediat. Ne-am dat mâna și ne-am prezentat. Mi-a spus că o cheamă Isabelle Karlsson.

Oare își cunoștea adevăratul nume?

I-am luat jacheta, care se udase de la ploaie. Am zis ceva despre vreme și am invitat-o înăuntru. Isabelle a zâmbit și s-a așezat într-unul dintre fotolii. Avea gropițe în obraji.

Ca întotdeauna când întâlnesc pentru prima oară un pacient, am rugat-o să-mi spună care erau motivele pentru care venise la psiholog. Isabelle era pregătită, își juca rolul foarte bine. A susținut că, după moartea tatălui ei, avea probleme cu somnul. Avea nevoie de ajutor pentru a face față perioadei de doliu. A spus că se simțea rătăcită și nesigură pe ea, că întâmpina dificultăți în plan social.

Totul fusese bine exersat.

De ce?

Ar fi putut spune cum stăteau de fapt lucrurile, nu era nevoie să ascundă motivul real pentru care venise.

Împlinise 22 de ani. De înălțime medie, cu talia subțire și corp în formă de clepsidră. Unghiile îi erau scurte, fără ojă. Nu avea tatuaje sau piercinguri, nici măcar găuri în urechi. Părul brunet, lung și drept, i se revărsa pe spate. Umezit de ploaie, strălucea în contrast cu tenul deschis, și m-am gândit cât de frumoasă era. Mai frumoasă decât mi-aș fi putut închipui.

Restul conversației s-a pierdut în ceață. Acum, privind în urmă, îmi este greu să-mi aduc aminte ce am spus. Să fi fost ceva despre dinamica terapiei de grup? Poate ceva despre comunicare sau despre cum modul în care ne privim pe noi înșine își pune amprenta asupra felului în care îi vedem pe ceilalți.

Isabelle Karlsson părea să asculte cu atenție. Își dădea în spate șuvițele de păr și zâmbea. Dar era încordată. Mereu în gardă.

Mai întâi a apărut senzația de rău, apoi amețeala și apăsarea în piept, care mi-a îngreunat respirația. Am recunoscut simptomele. Mi-am cerut scuze, am ieșit din cameră și am mers la toaleta de pe coridor. Inima îmi bătea galopant, sudoarea rece îmi curgea pe spate, iar zvâcnetul din spatele ochilor trimitea impulsuri până în creștet. Mi se strângea stomacul și m-am așezat în genunchi în fața closetului, încercând să vomit. Nu am reușit. M-am așezat pe jos, rezemată de faianță, și am închis ochii.

Încetează să te mai gândești la ce ai făcut.

Încetează să te mai gândești la ea.

Încetează să mai gândești.

Încetează.

După câteva minute, m-am întors, i-am spus că este binevenită la terapia de grup miercurea următoare, la ora 13:00. Isabelle Karlsson și-a pus jacheta, apoi și-a ridicat părul la ceafă, scuturându-l. Doream să întind mâna să îl ating, dar m-am abținut.

Ea a observat.

Mi-a remarcat ezitarea, dorința de a intra în contact.

Poate că tocmai asta își dorea, să mă facă să mă simt nesigură.

Și-a pus geanta pe umăr, i-am deschis ușa și a ieșit.

Visasem la această zi, îmi imaginasem cum ar putea fi, cum m-aș simți, ce aș spune. Nu așa ar fi trebuit să fie. Și doare mai mult decât mi-aș fi putut închipui.

Am rămas pe podea. Ghemuită, cu brațele în jurul picioarelor.

Inspir. Expir.

S-a întors.

Trăiește.

Isabelle

— Isabelle!

Aud vocea Johannei și mă întorc. Mă aflu din nou în clădirea M, la capătul campusului. A trecut jumătate din pauza de prânz, iar spațiul e plin de studenți, toate mesele și scaunele sunt ocupate. E mereu așa în jurul prânzului. Mă învârt uitându-mă în jur, dar o observ pe Johanna abia când se ridică și îmi face semn cu mâna.

— Vino aici! strigă ea.

N-am niciun chef. De o oră, sunt încordată la maximum. Mă simt de parcă toate acele emoții inhibate atâta timp m-ar face să explodez.

Suferința. Mânia. Ura. Încercarea de a ascunde totul, de a zâmbi și de a juca rolul unei persoane agreabile. De a fi altcineva decât cea care sunt de fapt.

Nu-mi doresc decât să-mi mănânc sendvișul singură, înainte de începerea următorului curs. Să mă gândesc pe îndelete la cele întâmplate la ședința de terapie.

Dar îmi este greu să o refuz. Îmi pun geanta pe umăr și răzbat prin mulțimea de oameni, genți așezate pe dușumea, mese verzi și scaune roșii până ajung la ea.

Johanna e cea mai apropiată prietenă pe care o am. Pe care am avut-o vreodată. Încă din vremea când am intrat la Institutul Regal de Tehnologie KTH, văzând cât sunt de îngrozită, m-a luat sub aripa ei și m-a îndrumat. De ce, nu știu. Suntem cât se poate de diferite. Ea are o vastă experiență de viață, a trecut prin multe, a călătorit prin toată lumea. S-a vopsit violet, are găuri în urechi și un piercing în nas, un tatuaj pe spate și un altul pe antebraț. Un unicorn care scuipă foc. Este cool și sigură pe sine, știe ce vrea.

Susie și Maryam, care o însoțesc acum, sunt și ele foarte drăguțe. Dar cu Johanna mă relaxez, îndrăznesc să fiu eu însămi.

— Unde ai fost? mă întreabă Maryam. Nu te-am văzut la cursul de matematică.

— Nu am fost, spun eu.

— Ce s-a întâmplat? Susie își duce mâna la piept. Tu nu pierzi niciodată nimic.

— Am avut ceva de rezolvat.

Trag scaunul de lângă ea, îmi atârn geaca udă leoarcă pe spătar și mă așez. Încă mă mir că lumea știe că exist, că cineva îmi remarcă prezența. Că poate îmi simte lipsa. Sunt obișnuită să trec nevăzută.

Am deschis geanta și am scos sendvișul cumpărat de la 7-Eleven. Mi-a trecut foamea, așa că îl arunc înapoi în geantă.

— Mai plouă? întreabă Johanna.

— La fel de tare ca azi-dimineață, răspund eu.

— Angoasa zilei de luni, spune ea răsfoind cursul de mecanică. Voi pricepeți ceva?

— Am citit recent o mulțime de lucruri despre momentul cinetic, zise Johanna, dar n-am înțeles nimic.

Ele râd. Râd și eu. Însă o parte a mea stă într-o colivie transparentă și privește afară. În mine sunt două persoane diferite, știu asta. Una e cea pe care o văd toți. Pe cea reală, autentică, o văd doar eu, iar deosebirea dintre ele este una abisală. Ascund în mine o prăpastie întunecată. *Și am tendința de a fi melodramatică.*

— Isabelle, tu pricepi chestiile astea? spune Maryam, întorcându-se spre mine. Eu, una, am intrat în panică, trebuie să ne apucăm curând să învățăm pentru examene.

— Dacă citești cursul, înțelegi destul de bine, spun eu.

— Ah, zi ce vrei să spui de fapt. Dacă am dedica la fel de mult timp ca tine studiului, în loc să ne ținem de petreceri, am înțelege și noi. Susie îmi dă un ghiont și râde.

— Recunoaște că are dreptate.

Johanna îmi aruncă în cap șervețelul făcut ghemotoc.

— Recunoaște, Isabelle!

— Vi se pare că sunt anostă? ripostez eu. Că sunt o bleagă, o tocilară care nu știe să se distreze? Fără mine n-ați avea nicio șansă, leneșelor ce sunteți.

Îi arunc înapoi șervețelul Johannei și râd cu hohote când primesc alte două în cap. Arunc și spre Susie și Maryam și, curând, la masa noastră se instaurează starea de război cu șervețele. Râdem și strigăm și toți din sala de mese se ridică și aclamă și...

Îmi sună mobilul.

Fac asta mult prea des. Mă retrag într-o lume a viselor. Construiesc mici scenete în minte. Episoade fictive în care sunt la fel de spontană și degajată ca ceilalți.

Cotrobăi în geantă după telefon, mă uit pe ecran.

— Cine e? întreabă Maryam. Nu răspunzi?

— Nu e nimic important.

*

După curs, mă duc acasă singură. Johanna merge la prietenul ei, Axel. De fapt, aș fi preferat să merg direct acasă după vizita la Stella, la cât de extenuant a fost s-o întâlnesc, dar nu voiam să pierd ceva important la facultate.

Acum sunt în metrou. Singură, o străină printre străini. Când m-am mutat aici, mi s-a părut îngrozitor, acum nu mă mai deranjează asta. Și, după un an în Stockholm, mă orientez destul de bine. La început mi-era o teamă de moarte că m-aș putea rătăci. Încurcam Hässelby cu Hagsätra, mă uitam de trei ori cum să ajung în locul în care doream. Cu toate astea, am ajuns să mă plimb destul de mult și am vizitat majoritatea centrelor comerciale situate de-a lungul rețelei de metrou. Am luat trenul suburban până la capăt de linie, am încercat toate magistralele de metrou și majoritatea autobuzelor din centru. Am hoinărit prin Söder, Vasastan, Kungsholmen, Norrmalm, dar mai ales prin City.

Îi privesc pe tovarășii mei de drum, imaginându-mi că știu totul despre ei. Bătrânica aceea cu părul arămiu și ochelari cu rame de un roșu-țipător merge la Friskis&Svettis de două ori pe săptămână, îmbrăcată cu colanți în culori vesele din anii '80, trăgând cu ochiul la bărbații din jur.

Cuplul care se ține de mână și se sărută; el e student la medicină, ea profesoară de gimnaziu. Sunt în drum spre garsoniera lor din Bromma. Vor găti împreună masa de seară, se vor uita la un film și vor adormi pe canapea. Apoi ea va merge să se culce în pat, iar el își va lua laptopul și se va uita la filme porno pe net.

Bărbatul înalt și slab în costum. Tușește de rupe. Moare de cancer la plămâni. Nimeni nu știe cât timp mai are. Cât timp mai are oricare dintre noi? Viața se poate sfârși oricând. *Se poate termina chiar azi.*

Mi-e dor de tata. Au trecut patru luni de la acea zi din mai. Patru luni lungi și pustii. După aceea am aflat că se simțea rău de câteva săptămâni. Evident că nu consultase niciun medic.

Nu știusem nimic despre asta. Tata nu fusese bolnav niciodată. De ce să mă fi deranjat degeaba?

Să spun că m-am simțit vinovată ar fi prea puțin. Am trecut pe acasă mult prea rar. Ultima oară când l-am văzut, a fost de Paște. Nici măcar nu am rămas acolo tot weekendul.

A fost egoist din partea mea să mă mut? Tata a vrut să-mi încerc norocul. M-a încurajat să rămân aici, să-mi petrec weekendurile cu noii mei prieteni și să mă desprind de cuib. De-abia după moartea lui am aflat adevărul. Și nu o voi ierta niciodată pentru ce a făcut. Îmi doresc ca ea să fi murit.

O urăsc.

O urăsc.

O urăsc.

Stella

Mă trezesc în casa noastră din Bromma, de pe Alviksvägen. Dormisem în pat, ascunsă sub o pătură, și parcă stătusem așa zile în șir.

Țin minte că o rugasem pe Renate să-mi anuleze restul consultațiilor din ziua aceea, invocând o migrenă, și că am făcut semn unui taxi să mă ia de pe Eriksgatan. În rest, vid. Trebuie să-i fi plătit șoferului când am ajuns, să fi ieșit din mașină și să fi intrat în casă. Să-mi fi scos pantofii și haina și să fi intrat în dormitor. Nu-mi mai amintesc nimic din toate astea.

Mă usturā ochii, am o durere de cap îngrozitoare și, pentru o clipă, mă întreb dacă nu cumva este totul o închipuire, dacă nu cumva am visat că o femeie pe nume Isabelle Karlsson m-a vizitat la cabinet. Îmi doresc să fi fost așa.

Evitarea durerii este un reflex uman primordial, e natural să fugi de cauza durerii, nu să o confrunți.

Iar eu îmi doresc să pot fugi.

Se aude Range Roverul lui Henrik intrând pe alee. Mă ridic din pat și merg la fereastră. Încă plouă. Vecinul nostru stă lângă gard într-o haină de ploaie, cu cățelul lui gălăgios. Milo sare din mașină și fuge spre casă. Henrik îl salută pe vecin și îl urmează pe copil. Ușa de la intrare se deschide, îl aud strigând „bună!". Închid ochii pentru câteva secunde, respir adânc și cobor.

Milo se foiește în jurul meu, mă întreabă ce avem de mâncare. Îi spun că nu știu, apoi merge în camera de zi și se trântește pe una dintre canapele. În hol, Henrik îmi ridică haina căzută pe dușumea. O agață în cuier și îmi spune că a încercat să dea de mine.

— Ne întrebam dacă să luăm ceva de mâncare, spune el. Ai zis că nu ai pregătit masa.

E mai mult o constatare decât o întrebare.

— N-am apucat.

— S-a întâmplat ceva?

— De ce crezi asta?

— Mașina ta?

Audi-ul meu a rămas în Kungsholmen, nu e lângă casă.

— Am luat un taxi.

Henrik se uită scrutător la mine. Îl sărut rapid, evitându-i privirea, și intru în bucătărie. El mă urmează.

— Milo trebuie să mănânce, zice el deschizând frigiderul. În curând pleacă la antrenament.

Uitasem complet de antrenamentul de baschet al lui Milo. În mod normal nu s-ar fi întâmplat niciodată asta. Mă așez la masa din bucătărie, îmi verific mobilul. Două apeluri pierdute și un mesaj. Henrik scoate o casoletă din frigider, îi strigă lui Milo că masa va fi gata în curând.

— Cum ți-a fost ziua? întreabă el.

— Bună.

— Totul în regulă?

— Da, răspund eu.

— Sigur?

— Sigur.

Henrik amestecă pastele și încălzește sosul cu carne tocată. În timp ce face asta, spune ceva despre o vizită la țară, la părinții lui, weekendul viitor, despre meciul de baschet al lui Milo de sâmbătă. Despre serviciu. Pune pe masă farfurii, tacâmuri și pahare, umple carafa cu apă. Continuă să vorbească despre serviciu.

E o zi de luni ca oricare alta, ne întâlnim acasă după o zi de muncă, schimbăm o vorbă în bucătărie. Soțul meu se comportă ca de obicei, la fel și fiul meu. Frumoasa noastră casă e aceeași. Cu toate astea, totul îmi pare străin. Ca și cum aș fi devenit altcineva. Ca și cum aș fi o străină în propria-mi viață.

Henrik îl anunță pe Milo că masa e gata. Nicio reacție din camera de zi. Îi spune să vină, dar Milo întârzie. Intru în camera de zi, mă îndrept spre canapea. Îi scot căștile și îi iau iPadul din mâini. Îi spun scurt că trebuie să se grăbească. Milo e mirat la început, apoi trist. Pășește pe lângă mine și se așază la masa din bucătărie.

Henrik își pune mâna pe brațul meu, având grijă să nu-i atragă atenția lui Milo. Știu exact ce vrea să spună. *Calmează-te. Ce-i cu tine?*

Ar fi cazul să-i povestesc ce mi s-a întâmplat. Să vorbesc cu el. Nu-mi stă în fire să ascund lucruri. La urma urmei, sunt psiholog și psihoterapeut cu licență. Spun ce simt, discut și investighez despre ce probleme ar putea fi vorba. Mai ales dacă este ceva ce ne-ar putea schimba viața de la temelie. Iar Henrik este prietenul meu cel mai bun. Suntem mereu deschiși unul cu altul, vorbim despre toate cele. Mă cunoaște mai bine decât oricine altcineva, de aceea îmi este greu să-i ascund ceva. Nici n-am simțit vreodată că mi-aș dori asta. Nu până acum.

Nu reușesc să mănânc nimic. Henrik și Milo vorbesc unul cu altul, nu știu despre ce. Îi aud, și totuși nu. Gândurile mele sunt îndreptate doar spre ea.

Isabelle Karlsson.

Mă întreb de ce folosește acest nume. Mă întreb cât de multe știe.

Milo ne vorbește despre bicicleta pe care o dorește, care e atât de cool. Ia mobilul să ne arate poze. Îmi cer scuze, mă ridic de la masă și plec din bucătărie. Ies din casă și merg la anexa în care se află spălătoria, încercând să-mi adun gândurile.

Un atac de panică. Unul singur, în doisprezece ani. Îmi pierd controlul și n-am ce face în privința asta. Panica terifiantă și angoasa paralizantă preiau controlul asupra corpului meu, îmi invadează gândurile și emoțiile. E ca și cum m-aș cățăra pe un tren și aș fi obligată să rămân acolo până la destinația finală. Și nu vreau să mai ajung niciodată acolo. Fac orice ca să nu mai trec încă o dată prin așa ceva. Gândul de a-mi expune familia încă o dată la așa ceva mă îngrozește.

Dacă aș fi știut ce implică această întâlnire, i-aș mai fi dat curs? Dacă aș fi știut cine era ea, aș fi îndrăznit să o întâlnesc?

Dacă este într-adevăr ea.

Îmi imaginez că o întreb direct. O privesc în ochi, pun întrebarea și văd cum cuvintele mele se fixează în conștientul ei și declanșează o reacție în lanț.

Nu, nu sunt eu.

Adevăr? Minciună?

Da, eu sunt.

Adevăr? Minciună?

Nu am încredere în Isabelle Karlsson. Cum aș putea? Cum i-aș putea încredința întrebările când încă n-am idee care-i sunt intențiile? Trebuie să aflu mai multe. Trebuie să știu.

Henrik stă în spatele meu, își pune mâinile pe brațele mele.

— Ce este? spune el. Vorbește cu mine, Stella.

— Sunt obosită.

— Nu e numai asta, spune el. E clar că s-a întâmplat ceva.

Nu se va da bătut. Mă întorc.

— Am avut o zi oribil de dificilă, zic eu. M-a durut capul, am anulat totul și m-am întors acasă. Intenționat îl fac să creadă că a fost vorba despre Lina, o pacientă cu care avusesem probleme. Mă uit la el și înțelege. Știam că avea să interpreteze în acest fel.

Henrik mă mângâie pe obraz și mă îmbrățișează. Mă întreabă dacă am primit vreo veste de la Inspectoratul pentru Sănătate și Asistență Socială. Nu am primit. Nu încă.

Spune că ultimele luni au fost epuizante, însă totul avea să se rezolve. Îl duce el pe Milo la antrenament astăzi, eu pot rămâne acasă.

Când pleacă, stau la fereastra din bucătărie și îi observ.

Urcă în pod. Uită-te în geantă.

Geanta din pod. Nu am atins-o de când ne-am mutat aici, dar chiar acum, doisprezece ani mai târziu, știu exact unde se află. Nu am de gând să mă uit în ea. Dacă o fac, îmi pierd din nou mințile.

Acum 21 de ani, viața era o ruină, însă am reconstruit-o. Nu trebuie să uit acest lucru. Am ales să trăiesc, nu puteam face altceva. Alternativa era moartea, și acel pas nu puteam să-l fac.

Mi-am îndreptat întreaga atenție asupra studiilor, asupra scopurilor pe care le aveam de atins. Cinci ani mai târziu, l-am întâlnit pe Henrik și m-am îndrăgostit.

Am îngropat-o. Asta nu înseamnă că am uitat.

Uită-te în geanta din pod.

Atacul de panică prin care am trecut astăzi a fost un eveniment izolat, nu se va repeta.

Și nu va fi nevoie să mă duc în pod. De somn am nevoie. Ajunsă în dormitor, mă simt prea obosită să mai fac duș, prea obosită să mă demachiez. Nu sunt în stare nici să mă spăl pe dinți măcar. Îmi scot ceasul de mână primit de la Henrik și îl pun pe birou. Arunc pantalonii și puloverul pe scaunul de lângă ușă. Îmi scot sutienul și mă strecor sub pilotă.

Ploaia încă răpăia în geam când m-am trezit, în mijlocul nopții. Probabil că dormisem adânc, nu i-am auzit pe Henrik și pe Milo când s-au întors acasă. În încăpere e întuneric beznă din cauza draperiilor groase. În mod obișnuit îmi place așa, dar acum întunericul mi se pare sufocant.

Mergi în pod. Uită-te în geantă.

Henrik are brațul pe după talia mea, mormăie când i-l ridic și îl dau la o parte. Cobor din pat și îmi pun halatul. Ies din dormitor și închid ușa în urma mea. La capătul holului, trag un scaun și îl așez sub trapa care dă spre pod. Mă urc pe el, prind mânerul ușiței și trag. Se aude un scârțâit de balamale și îmi țin respirația. Las scara pliabilă să cadă, urc în pod și aprind lumina.

Geanta se află în capătul podului, într-un colț. Iat-o aici, sub niște cartoane, cu imprimeul ei Paisley vișiniu și albastru; o primisem de la mama, cu mult timp în urmă. O ridic, mă așez pe dușumea și deschid fermoarul.

Păianjenul de pluș are picioare moi, șleampete, galben și mov, și un zâmbet larg, nătâng. Trag de șnurul de sub burtă, dar nu se întâmplă nimic. Pe vremuri cânta câteva note din *Micuțul păianjen*. Ni se părea teribil de amuzant.

O pătură albă cu stele cenușii. O rochiță albastră cu dantelă la guler și la mâneci, singura hăinuță pe care am păstrat-o. Îmi îngrop nasul în ea, miroase a naftalină.

Fotografii. Într-una văd trei adolescenți fericiți. Daniel, sora lui, Maria, și eu.

Am avut părul lung aproape tot timpul. Șaten-închis, cu firul gros și cu o tendință de a se ondula. Când fusese făcută fotografia, îl aveam lung, lăsat liber pe spate. Purtam o rochie galbenă cu o curea neagră, elastică, în jurul taliei. Daniel îmi cuprindea umerii cu brațul, era insolent și sigur pe sine. Părul negru îi era ciufulit ca întotdeauna, avea pe el blugii uzați și cămașa de flanel cu mânecile decupate.

Mă întreb ce mai face acum. Dacă este fericit. Dacă se gândește vreodată la mine.

Mă uit cu atenție la Maria. Părul ei drept, tuns la o lungime medie, e la fel de brunet ca al lui Daniel. Asemănarea cu Isabelle Karlsson e înfiorătoare. Ar fi putut fi surori. Gemene chiar.

Însă este o coincidență. Așa trebuie să fie.

Alte fotografii. O fată de șaptesprezece ani cu un bebeluș în brațe. Aproape că este și ea tot un copil. Râd amândouă, au gropițe în obraji.

Mă ustură ochii și îi șterg cu mâneca halatului. Bag mâna mai adânc în geantă și dau peste un caiet cu coperte roșii. Îl scot.

29 decembrie 1992

Ajutooor! La naiba, la naiba, la naiba. Sunt însărcinată. Cum de s-a ajuns aici? De fapt, asta normal că înțeleg. Și totuși. E clar că din cauza asta sunt așa de obosită tot timpul. De asta sunt îngrozitor de arțăgoasă și de plângăcioasă.

Ca de pildă astăzi. Eu, Daniel și Pernilla ne-am dus în Farsta[1]*, să probăm niște haine. Am găsit o pereche de blugi trăsnet, dar nu i-am putut încheia, deși erau mărimea potrivită. Chiar m-am chinuit, dar nu a mers și basta.*

Am avut o reacție total deplasată, știu asta. M-am așezat pe jos și am plâns în cabina de probă. Daniel nu pricepea nimic și era așa, insensibil, cum putea fi uneori. „Ești la ciclu? Încearcă o mărime mai mare, care e problema?" Am fost atât de furioasă, că am plâns și mai tare. Pernilla l-a dat afară. Am lăsat baltă hainele și am mers să luăm masa.

Cum să-i povestesc mamei? O să sară până-n tavan. Helena va zice că e îngrozitor. Iar Daniel, el ce va spune oare? Va fi tată. Nu era tocmai ceea ce plănuiserăm. Emoțiile mă copleșesc. Viața însăși se învârte amețitor.

---

[1] Cartier din Stockholm. (*N. red.*)

Nu pot pricepe cum de am fost atât de neatenți. Atât de iresponsabili. Și îmi făcusem atâtea planuri pentru viitor... Acum ce-o să fac?

Mă simt de parcă aș fi înnebunit. Râd și suspin din orice. Sunt extraordinar de fericită. Și de îngrozită. Un omuleț. Așa, pur și simplu? E oare posibil să iubești deja făptura asta mică? Îmi doresc acest copil. Cu el. Sper să îl vrea și el, pentru că nu pot face o altă alegere.

Așa că te salut și îți urez bine ai venit, oricine ai fi. Toate celelalte trebuie să aștepte.

Isabelle

Este acea oră a dimineții când afluența de oameni la metrou e maximă. Susie se află la câțiva pași în spatele meu, pe scările rulante din stația Östra. Tocmai mă întorsesem să privesc în urmă și am remarcat că m-a văzut. Asta înseamnă că trebuie să fac conversație tot drumul. Să încerc să par lipsită de griji, să încerc să fiu normală.

Normală. Nici nu știu ce înseamnă acest cuvânt.

Să fii ca toți ceilalți?

Voi învăța asta vreodată cu adevărat? Să mă comport astfel încât nimeni să nu observe cât de ciudată sunt de fapt? Cât de rea sunt de fapt?

Rea. N-aș putea folosi alt cuvânt. Nu am făcut niciodată ceva răutăcios, nimănui. Însă câteodată mi-e teamă că voi face. Ura din mine, furia care crește. Asta mă face rea. Nu știu la ce m-ar putea împinge furia. Și am tot timpul o senzație că lucrurile se vor sfârși prost. Că toate gândurile care îmi trec prin cap, toate emoțiile care dau în clocot vor duce la ceva îngrozitor. *Sunt din nou melodramatică?*

Cobor de pe scara rulantă și o aștept pe Susie.

— Buuună, Isabelle! mă salută ea venind spre mine. Vorbește de parcă s-ar mira tot timpul.

— Ce ciudat că nu mai plouă! A fost o vreme de rahat atâtea zile! Unde e Johanna?

— S-a oprit să ia ceva de mâncare, cred.

— Să ia ceva de mâncaare, râde ea imitând accentul meu de Dalarna. Se întâmplă mai rar decât înainte și nu mă mai deranjează la fel de mult.

— Unde se ține cursul?

— În sala Q1, răspund.

— Ai făcut referatul?

— Da, spun eu. Tu?

Îmi scutur părul. *Un obicei prost de care încerc să scap.*

Susie se strâmbă.

— Mă îngrozește cât de capabilă ești. Sper că nu eu trebuie să prezint astăzi.

Vorbește pe toată durata drumului, despre cât de bine e că e vineri, despre ce se va întâmpla în weekend; vor ieși mai mulți sâmbătă, nu aș vrea și eu să vin? Cățelul ei a vomitat ieri, ea are un prieten veterinar, veterinarii au parte de atâtea lucruri scârboase, ha, ha. Mi se reamintește că a trecut jumătate din luna septembrie, că timpul trece repede și că va ploua din nou.

Ascult, mai scot din când în când câte un „hm“. Când ajungem, se grăbește la toaletă. Deschid ușa sălii Q1 și intru, deși cursul începe abia în unsprezece minute. Mă uit în jur înainte de a coborî scările. Aleg un loc de la capătul rândului al treilea.

Mă așez mereu într-unul dintre primele rânduri. *Și vin la timp.* Cu caietul și cu creioanele în față, gata să notez totul. Fiecare cifră și fiecare literă. Folosesc culori ca să marchez, să subliniez și să fac legături care să mă ajute să memorez și să înțeleg mai bine. E ceva ușor nevrotic în asta. Ceva de care sunt conștientă, am citit despre asta. Am o chestie cu cifrele. Chiar dacă știu că mi le voi aminti sau dacă nu va fi nevoie să trec din nou prin ele, mi le notez întotdeauna.

Ne vedem la trei și douăzeci. *15:20.*

Ia autobuzul 515 sau 67 de la Odenplan. *515, 67*

Ai o înălțime de 163 cm, 56 de kg. *163, 56.*

Mulți sunt de părere că sunt prea conștiincioasă. Toți cei pe care i-am întâlnit aici, la KTH, își iau studiile în serios, dar, pe de altă parte, și petrec întruna. Sunt serile de vineri de la Nymble[2], petreceri studențești, concursuri de turnat bere pe gât, serile în care se iau barurile la rând, iar sesiunile de examene se sfârșesc mereu cu câte o petrecere. Ca să nu mai vorbim despre cele organizate acasă.

Johanna și Susie încearcă mereu să mă ia cu ele, dar am acceptat doar de câteva ori. Petrecerea Ettei de astă-primăvară a fost singura mai mare pe care am onorat-o.

Nu e ca și cum nu aș *vrea* să particip. Vreau să fac parte din gașcă, să mă integrez și îmi doresc să îmi fie mai ușor. Mai ușor să uit cine sunt.

Și, totuși, faptul că am fugit aici e cel mai bun lucru pe care l-am făcut. Numărul prietenilor mei de pe Facebook a crescut fantastic. Am mai mulți *followers* pe Instagram. Și mi-am pus și Snapchat. *Îl ador*! Îmi documentez viața de zi cu zi și îmi fac selfie-uri. Realitatea mea digitală e minunată, nebunească, toți care-mi văd imaginile cred că trăiesc o viață plină de momente speciale, cu prieteni extraordinari care mă iubesc. Fiecare

---

2 Bar în Stockholm. (*N. red.*)

like, fiecare răspuns pe care îl primesc mă bucură. Știu că e ceva superficial, dar nu îmi pasă câtuși de puțin. Nu e ceva rău în a fi superficial. Și până la începutul verii am fost și „social IRL", am socializat și în viața reală, nu numai pe internet.

Apoi a murit tata.

Zăresc cu coada ochiului ceva mișcându-se și îmi ridic privirea. Un tip pe care nu-l recunosc. Arată bine. Mă întreabă dacă poate să treacă și cred că mă înroșesc. Mă ridic, iar el îmi zâmbește, apoi își croiește în continuare drum spre unul din locuri. Se uită lung la rochia mea scurtă și la tocurile înalte.

Un lucru cu care m-am obișnuit în acest an e că băieții sunt interesați de mine. *Acasă eram invizibilă*. Părul a fost singurul lucru cu care m-am mândrit și de care am fost mulțumită. Dar corpul? Câteodată sunt *iscodită* cu privirea, ca acum. E ciudat. Dar, în același timp, plăcut. Nimeni nu vede dincolo de fațadă, nimeni nu se uită în spatele măștii, la cât de falsă și de răuvoitoare, la cât de distrusă și de sucită sunt. Nimeni nu află cum sunt pe dinăuntru.

Johanna și Susie m-au trecut printr-un *makeover*. Mai întâi am împrumutat un pulover de la Johanna, care chiar mi s-a potrivit. Apoi m-au pus să probez una dintre rochiile ei cele mai scurte. Mult prea scurtă. Însă ele au zis că asta era ideea. Picioarele mele merită să fie arătate. M-au dus pe la H&M, Monki, Gina Tricot, peste tot. Am descoperit că magazinele cu produse second hand au haine pe care nu le-ai găsi în Borlänge. Acum am o garderobă cu totul nouă. Mărimi și modele pe care altă dată nu le-aș fi cumpărat. Am învățat cum să fiu văzută. Nu e deloc așa periculos. Dimpotrivă. Așa e mai ușor să te ascunzi. Îmi place să pot alege cine sunt în ochii celorlalți.

Libertatea mea nou dobândită. Noua mea putere.

Doar că îmi doresc să-mi pot ascunde total adevăratul meu sine. Și aici intră în scenă Stella Widstrand.

Începe cursul, curmându-mi șirul gândurilor. Ascult cu atenție și iau notițe până la pauză. Atunci mă ridic, ca să le fac loc celor din dreapta mea să iasă pe rând. Mă gândesc dacă să părăsesc sala sau să rămân, când aud pe cineva strigându-i numele.

Fredrik.

Mă uit în jur, în forfota generală. Se află cu câteva rânduri mai sus de mine. Își ridică privirea, o întâlnește pe a mea și dă ușor din cap. *Știu că mă uit la el mult prea insistent.* Se ridică și își întoarce privirea spre Mehdi, așezat ceva mai departe în sală. Strigă ceva în direcția lui, nu aud ce anume.

Fredrik e slab și o idee mai înalt decât mine. Are un breton bogat, blond, pieptănat într-o parte, pe care și-l tot scutură și îl așază cu mâna. Zâmbește des, pot bănui cum arăta în fotografia de grup din clasa I. Cam ca și acum, doar cu niște dinți lipsă.

Se îmbracă în blugi sau pantaloni *chino* lăsați pe șolduri și poartă aproape întotdeauna tricouri cu imprimeuri. Se dă pe *longboard,* m-a convins o dată să încerc și eu. El alerga alături, ținându-mă de mână și râzând în hohote. Când l-am întrebat de ce, mi-a răspuns că scoteam niște chicoteli de fetiță. E dulce, cool și elegant. Și dansează bine, știu de la petrecerea celor din anul întâi. *Lui nu îi voi permite niciodată să știe cum sunt de fapt.*

Lângă el se află o brunetă foarte frumoasă, subțire ca un pai. Se ridică, îl atinge pe braț, iar el o privește. Când urcă împreună treptele spre ieșire, ea îi spune ceva și el râde. Este evident că s-a săturat de mine. Poate bănuiește ceva. Poate știe.

Poate că toți știu că e ceva în neregulă cu mine?

Mă așez din nou. Îmi doresc ca viața mea să fie altfel. Să mă potrivesc cu ceilalți, să fiu, pur și simplu, la fel ca ei. Să nu existe nicio umbră în sufletul meu. Să nu fie nevoie să mă mai ascund. Însă viața mea nu seamănă defel cu a altora.

Și e vina *ei.*

Îmi doresc să mă răzbun.

Îmi doresc să aibă parte de suferință, la fel ca mine.

Îmi doresc ca ea să nu fi existat.

Îmi doresc ca ea să fi murit.

Stella

Bum, bum, bum. Mingile de baschet lovesc parchetul și pereții, ricoșând. Din când în când, intră în coș șuierând zdravăn. Zgomotul e asurzitor.

Cobor treptele din tribuna sălii Vasalundshallen din Solna. Țin bine paharul de carton cu cafea fierbinte. Mă așez și salut din cap figurile cunoscute, după aceea însă mă dedic mobilului, ca să evit eventualele conversații.

Toată săptămâna am mers la serviciu, i-am ascultat pe pacienți, am făcut cumpărături, mâncare, am spălat rufe. Am jucat jocul „hai să ne prefacem că totul e normal". Însă nu m-am putut gândi decât la Isabelle Karlsson. Nu mi-o pot scoate din minte. Cu Henrik lucrând până târziu și cu Milo petrecându-și o groază de timp cu prietenii lui, am putut rămâne singură cu gândurile mele. Cu Isabelle.

Marcus a trimis un SMS: *Prânzul miercuri, se poate? Fratele meu zice să te întreb.* Mi-a plăcut mereu de fratele mai mic al lui Henrik, dar nu am niciun chef să socializez acum, cu nimeni. Cu toate astea, îi răspund că de-abia aștept să o întâlnesc în sfârșit pe noua lui iubire. Și, desigur, pe el și pe copii.

Mama unui coleg de-al lui Milo mă întreabă dacă se poate așeza lângă mine. Mă trag într-o parte pe bancă, să-i fac loc, și mă uit pe teren. Aflat mai departe, Milo driblează un adversar. Îi fac cu mâna, dar nu mă vede. Îmi scot jurnalul din geantă, îl țin pe genunchi. În adolescență scriam aproape zilnic în jurnal, acesta era ultimul pe care l-am ținut.

Multe pagini erau despre Daniel, desigur, dar erau și file cu reflecții asupra vieții sau cu planuri de viitor. Gândurile, proiecțiile și visurile unei adolescente. Voiam să devin croitoreasă. Sau ceramistă. Poate designer sau decorator. Voiam să fac de toate, să fiu pricepută la toate. Să am un job creativ, să călătoresc prin toată lumea, poate să mă opresc câte o lună într-un loc sau în altul.

Daniel nu-mi împărtășea visurile. Nu avea niciun interes pentru călătorii sau pentru studii, nu dorea să învețe limbi străine. Voia să rămână în Kungsängen și să facă pașii necesari pentru a-și deschide propriul service auto. Era mulțumit cu mașinile lui, cu pasiunea lui pentru cursele de stradă și cu berile băute alături de amicii lui, în weekenduri. Eram foarte diferiți. Dar eram îndrăgostită și eram fericiți.

În toamna lui 1992, eu și Daniel ne petreceam tot timpul împreună. Ne plimbam cu mașina lui — un Chevrolet Impala roșu —, ne bucuram de viață și nu aveam nici cea mai mică idee ce avea să ni se întâmple. Și amândoi doream să păstrăm copilul. Ba chiar vorbeam despre posibilitatea de a avea mai mulți.

Scrisesem în jurnal despre graviditate, despre așteptări și despre teamă. Despre privirile pe care mi le aruncau cei din jur. Eram doi adolescenți care așteptau un copil și nu toată lumea era de părerea noastră, cum că era ceva fantastic. Nașterea, prima oară când am ținut-o la piept. Daniel, cu lacrimi în ochi, și Alice, la mine în brațe.

Primul an de maternitate, când am făcut cunoștință cu ființa care ne-a dat viața peste cap. Mirosul ei. Puteam să o adulmec la infinit. Gura ei dulce, micuță. Gropițele din obraji. Mă așteptasem ca, recitind însemnările respective, să fiu mai impresionată, mă așteptasem ca fiecare cuvânt să mă acapareze, să-mi provoace fie bucurie și zâmbete, fie suferință și lacrimi. Dar, sincer vorbind, abia de-mi amintesc lucrurile pe care le-am scris atunci. E ca și cum o cunoștință îndepărtată și-ar depăna amintirile în fața mea.

Deocamdată refuz să mă gândesc la ce s-a întâmplat la un an după venirea pe lume a lui Alice, la ziua aceea fatidică. Deocamdată țin închisă acea ușă. Nu știu dacă aș îndrăzni să confrunt suferința, să ascult acuzațiile. Nu cred că sunt în stare să privesc înapoi și să las povara vinei să mă doboare din nou.

Tu de ce nu ai fost acolo?

Tresar când mingea de baschet intră în coș, iar bărbatul din spatele meu aclamă fericit.

Milo face cale-ntoarsă și driblează de-a lungul terenului.

Când era mai mic, mergeam la fiecare antrenament, la fiecare meci. Și la baschet, și la tenis. Chiar și acum, când nu mai este necesar, îl însoțesc adesea. Are treisprezece ani. Și sunt exagerat de protectoare. Este singurul meu copil.

Mă întreb când am încetat să mă gândesc la el ca la al doilea copil al meu. Amândoi mi-au moștenit gropițele din obraji. Milo are părul meu ondulat, iar Alice ochii mei. Altfel, seamănă foarte mult cu tații lor.

Alice. Daniel.

Milo. Henrik.

Vieți diferite.

Acum se vor izbi una de alta?

Cu ce repercusiuni pentru mine? Dar pentru familia mea?

Trebuie să fie doar o coincidență. Nimic mai mult decât o închipuire. Am dedicat prea mult timp speranțelor, credinței că pot avea o nouă viață. N-aș mai putea suporta angoasa și așteptarea fără sens. Nimeni nu poate schimba ceea ce s-a întâmplat. Nimeni nu-mi poate da înapoi timpul pierdut.

Când părăsim Vasalundshallen, arunc vechiul jurnal la coșul de gunoi.

29 iulie 1993

Am devenit mamă!

Alice Maud Johansson a împlinit o săptămână.

Viața mi s-a transformat cu totul. Îmi dau acum seama că nu mi-aș fi putut imagina niciodată aceste trăiri.

Că poți simți o astfel de dragoste imediată pentru o altă ființă umană. E perfecțiunea întruchipată. Degete mici și rotunjoare. Un smoc rebel de păr, orientat în toate direcțiile. S-a născut cu căciulă de blană, spune Daniel. Ca și el. Păr gros, brunet.

Gurița cea mai dulce din lume. Cred că are gropițe. Mai pregnantă cea din obrazul stâng, ca și la mine. Urechea ei dreaptă arată ca a lui Daniel și a Mariei. Urechea de elf. S-a transmis generației următoare.

Seamănă mai mult cu tatăl ei, dar are, în orice caz, ochii mei. Este o combinație între noi. N-am mai fost niciodată atât de fericită.

E lipsită de apărare, dependentă cu totul de mine.

Ce responsabilitate!

Nu demult, mergeam poticnit spre casă, cu mâinile încărcate cu sacoșele cu cumpărături, iar Daniel mă dojenea. Nu aveam voie să car lucruri grele, nici măcar un litru de lapte și o pâine. Stătea cu urechea lipită de burta mea și asculta. Cânta melodii ale lui Elvis, Teddy Bear *și* Love me tender. *Se oprea și se uita la mine cu ochi mari, îmi șoptea că aude cum se mișcă. Îmi pipăia apoi burta, îl căuta pe bebelușul nostru, încerca să-i găsească piciorușele. A trecut doar o săptămână de atunci. Simt că s-a petrecut într-o altă epocă.*

Am stat în travaliu toată noaptea. Am avut niște dureri cumplite și părea să nu mai iasă niciodată. A fost îngrozitor, dar, în același timp, cea mai extraordinară experiență prin care am trecut vreodată. Când am pus-o la piept, vineție și încrețită, cu ochii ei mari care priveau direct într-ai mei, a fost cel mai minunat moment din viața mea.

Lui Daniel îi venea foarte greu să mă vadă suportând o asemenea durere. Îl prinsesem de mână atât de puternic, că a crezut c-o să leșine, așa mi-a zis. Ba chiar a leșinat! Fix când s-a născut Alice. A căzut ca un pietroi și s-a lovit cu capul de un scaun. Acum nu-i place să vorbească despre asta — s-a ales cu șapte copci în pielea scalpului. Iubirea mea. Eroul meu curajos.

Când a ținut-o prima oară în brațe, a plâns.

Sunt mai îndrăgostită de el ca niciodată.

Mama și Helena au fost astăzi la mine. Chiar dacă mama crede că suntem mult prea tineri pentru a avea un copil, de-abia putea să se desprindă de Alice. Helena era destul de rece, și cu mine, și cu Daniel. Încă nu putea să se simtă confortabil în preajma lui. Și nu voia să o ia în brațe pe fiica mea. Asta m-a întristat.

Suntem tot mai diferite, pe măsură ce trece timpul.

Eu eram adesea dusă pe gânduri, poate că sunt prea introvertită uneori.

Dar cum ajungi undeva, dacă nu reflectezi și nu chibzuiești un pic? Sora mea are talentul de a face lucrurile să se întâmple, nu stă prea mult pe gânduri. Se repede cu capul înainte, indiferent de consecințe. Dar iată că eu sunt cea care a rămas gravidă fără să fi planificat asta, fără să știu prea bine ce o să fac în viitor, iar ea are toată viața cartografiată până la cel mai mic detaliu. S-au inversat rolurile.

Să îmi doresc să fiu altfel? Cum aș putea? Cine aș fi eu atunci?

Viața este imprevizibilă. Orice se poate întâmpla.

Oricât aș reflecta eu, oricât ar planifica Helena. Niciuna dintre noi nu știe ce va urma. Și nu e acesta farmecul vieții? Știu că sunt penibilă. O adolescentă care s-a pus pe filozofat și așa mai departe.

Am nevoie de somn. Daniel și Alice dorm lângă mine. Dorm buștean. Familia mea.

Stella

Astăzi este miercuri. Timpul a trecut teribil de greu. Îmi beau cafeaua, pun ceașca în mașina de spălat vase și închid jurnalul de pe masă. Ce idee prostească, să-l arunc. Ca și cum asta ar schimba ceva. Când am urcat în mașină, în parcarea de la Vasalundshallen, i-am spus lui Milo să mă aștepte un pic. Am fugit înapoi și am scormonit în coșul de gunoi după jurnal. L-am luat, l-am șters și l-am pus în geantă.

Citind din el, amintirile mi se trezesc la viață. Știam că așa avea să se întâmple. Vina, angoasa. Conștientizarea faptelor, ideea că nu mă pot întoarce în timp pentru a schimba lucrurile. Nu am încotro, trebuie să merg înainte. Încerc să mă port normal, să las impresia că nu s-a întâmplat nimic. Henrik nu trebuie să afle. Nu încă.

Închid ușa de la intrare și merg spre mașină. Vecinul mă strigă și îmi face cu mâna. Johan Lindberg are talentul special de a se afla afară fix când noi plecăm undeva sau venim acasă. A fost concediat de curând din postul de consultant financiar la o cunoscută firmă de investiții, în ziua în care s-a descoperit că imaginile cu penisuri primite de colegele lui pe e-mail proveneau de la el. Dar a aterizat pe moale, normal. Când un bărbat cu funcția lui întrece orice limită, i se deschide instant o parașută. Johan Lindberg nu mai trebuie să muncească vreodată. Îi spunem „investitorul“ — stă acasă și se laudă cu noua lui viață de broker. E un tip dificil, dar totuși inofensiv, ba chiar poți avea o conversație agreabilă cu el uneori. Nu am însă niciun chef de asta acum, așa că îl salut din mers și pornesc în trombă.

Ajunsă la cabinet, o salut pe Renate, aflată la recepție. Mă întreabă cum mă simt, i se pare că-s cam palidă. Nu-i zic cât de prost dorm sau că mi-am pierdut pofta de mâncare. Zâmbesc și dau vina pe moștenirea genetică — nu sunt mereu palidă? Râde. Râd și eu, ca să nu intre la bănuieli, și-mi continui drumul până în cabinet. Îmi pun haina în cuier și încalț pantofii de interior. Mă așez la birou, îmi iau calendarul și laptopul Macbook Air. Mă uit în calendar, ca să-mi reamintesc programul zilei. Două ședințe de terapie dimineață, una de terapie de grup după-prânz, apoi încă un pacient la psihoterapie.

Au trecut nouă zile de când am întâlnit-o. Cea care-și zice Isabelle Karlsson. Nouă zile pustii. Nouă zile dedicate unui nimic sufocant. Am băut mai mult decât ar fi trebuit. Și automedicație, desigur, cum altfel?

Nu îmi place vinul roșu pe care Henrik se încăpățânează să îl cumpere. De fapt, nu-mi place vinul în general. Are un gust amar, îmi dă dureri de cap și mă simt rău de fiecare dată când beau mai mult de două pahare. Am băut totuși fără măsură, seară de seară, ca să pot adormi. Cam fără folos. Deși e mai bine decât cu somnifere, dacă le folosesc pe acestea din urmă, mintea îmi e scoasă din funcțiune a doua zi. Dar nici alcoolul nu e o alternativă. Riscul de recidivă crește cu cât beau mai mult.

Incertitudinea e insuportabilă. Faptul că nu știu, că nu pot reduce la tăcere mulțimea de gânduri și de întrebări care roiesc tot timpul în capul meu. Toată această pendulare între convingere și îndoială. Am fost sigură că nu mă înșală instinctul, am fost la fel de sigură că nu mă pot baza pe el. Sunt într-o dispoziție mai proastă ca niciodată, nu am niciun pic de răbdare.

Isabelle Karlsson. Azi vine prima oară pentru terapia de grup. Nu-mi amintesc când a fost ultima oară când am avut emoții înaintea unei ședințe de terapie. Sau când mi-a fost teamă, ca acum. Poate a apărut o fisură în încrederea mea de sine ca psihoterapeut. Iar ce s-a întâmplat cu Lina Niemi nu a depins de mine. Sunt pricepută la ceea ce fac.

Ar fi trebuit totuși să-mi dau seama mai devreme care este problema. Am încercat multă vreme, dar nu am putut-o ajuta. Devenise dependentă de mine, voia să îi fiu alături tot timpul.

Tentativa de sinucidere a Linei Niemi a avut loc după decizia mea de a-i recomanda să meargă la alt psihoterapeut. La începutul lui mai, a luat un pumn de antidepresive și le-a dat pe gât cu alcool. A găsit-o mama ei. Apoi și-a petrecut o noapte la spital din cauza durerilor de stomac și asta a fost tot.

Viața nu-i fusese nicio clipă în pericol. Dar, conform ei înseși, fusese foarte aproape de moarte. M-a acuzat pe mine, a susținut că era greșeala mea; nu eram destul de receptivă în discuțiile noastre, nu-mi păsa de problemele ei, nu-i auzeam strigătele de ajutor. Susținea că am dat dovadă de lipsă de profesionalism și că i-am indus o dependență distructivă față de mine.

Părinții Linei o ascultau numai pe fiica lor. Ceea ce poate fi de înțeles. Însă după aceea, mama Linei a început să scrie despre mine pe blogul ei. Spunea că manipulez oamenii, am metode îndoielnice și îmi place ca lumea să aibă nevoie de mine. Nu mi-a menționat numele, dar nu sunt mulți psihoterapeuți cu inițialele SW în Kungsholmen.

Și, totuși, am rămas surprinsă când m-au convocat la Inspectoratul pentru Sănătate și Asistență Socială, înainte de începerea verii. Mi-a picat prost. Să fi făcut vreo greșeală în felul în care m-am ocupat de Lina? Mi-am pus această întrebare de mii de ori și, de fiecare dată, am ajuns la același răspuns. Nu, nu am făcut nicio greșeală.

Pe de altă parte, în ceea ce-i privește pe colegii mei, nu sunt deloc sigură că-mi împărtășesc părerea. Preferă, firește, să-și aibă spatele asigurat. Au întrebat de mai multe ori dacă sigur nu a existat vreun semn al comportamentului de autovătămare. De fiecare dată i-am asigurat că făcusem tot ce-mi stătuse în putere pentru Lina Niemi. S-au întrebat dacă nu cumva aveam nevoie de o pauză și mi-au sugerat să-mi iau liber. Le-am explicat clar că nu consider că aș avea nevoie de asta.

Am trimis fișa Linei celor de la Inspectoratul pentru Sănătate și Asistență Socială și le-am prezentat versiunea mea. Încă mai aștept o decizie. În momentul de față, nu îmi pot permite și alte plângeri.

Trebuie să mă port cât se poate de profesionist cu Isabelle. Problema este că nu am idee care-i sunt intențiile. Iar asta mă sperie.

Cineva bate la ușă. E ora nouă și primul pacient al zilei este aici.

*

În câteva minute se face ora unu. Mă cuprinde groaza. Nu mai fac față altui atac de panică. Încerc să mă conving să rămân calmă, să nu las emoțiile să preia controlul. Mă străduiesc să nu o iau razna, să rămân rațională.

Sunt numai halucinații, Stella.

Există o explicație.

Totul e numai o întâmplare.

E o neînțelegere.

Nu este ea.

Inspiră. Expiră.

Nu ajută.

Nimic nu ajută.

Angoasa îmi săgetează stomacul și câmpul vizual mi s-a transformat într-o pată de lumină difuză.

O iau la goană pe coridor și intru în baie. Mă las în genunchi în fața toaletei și vomit. Apoi mă ridic, mă țin de marginea chiuvetei și închid ochii. Aștept să-mi treacă amețeala. Îmi clătesc gura și mă șterg pe frunte și pe față cu un prosop de hârtie. Îmi studiez imaginea din oglindă. Încerc un zâmbet. Părăsesc toaleta și mă îndrept spre salon.

Nouă fotolii roșii în jurul unui covor rotund. Cineva, probabil Renate, a aerisit camera, aerul e proaspăt. Mă așez la locul meu și mă oblig din nou să mă relaxez, să respir adânc.

Sonia intră după mine, chiar înainte să se închidă ușa. Se cufundă în fotoliul aflat în apropiere. Când ședința va lua sfârșit, ea va fi cea care va pleca prima. Suferă de fobie socială și e cea mai veche participantă la terapia de grup. Însă nu spune nimic. O salut, mă salută și ea cu o mișcare confuză a mâinii.

Fotoliul meu este așezat cu spatele la una dintre ferestre. În stânga mea e un alt perete cu ferestre înalte, ușa se află la dreapta. Mă uit la ceasul de deasupra ușii, îmi verific și ceasul de la mână. Am mereu grijă să sosesc chiar înainte de începerea ședinței și să închei exact după nouăzeci de minute.

Mai sunt două minute.

Nicio Isabelle Karlsson deocamdată.

Clara e deja aici, se temuse, ca de obicei, să nu ajungă prea târziu. Se așază în stânga mea. Pretențiile pe care le are de la propria-i persoană sunt înalte până la cer. În pofida slujbei sale bine plătite ca manager de proiect într-o companie media de succes, se îndoiește permanent de propriile ei capacități.

Magnus este și el aici. Stă în capătul celălalt al camerei, vizavi de mine, cu privirea fixată asupra pantofilor săi uzați. Se uită în sus, își îndepărtează cu mâna bretonul din ochi, apoi își coboară din nou privirea. Depresie cronică. Isabelle deschide ușa.

Părul negru și strălucitor îi este prins sus, într-o coadă. Astăzi poartă blugi deschiși la culoare, o bluză neagră și o jachetă de piele de un maroniu-închis. Închide ușa după ea, cu grijă, și alunecă în fotoliul de lângă Sonia.

Observ că mi-am ținut respirația și expir.

Din expresia feței, e greu să-ți dai seama ce gândește. Rezist impulsului de a o privi cu insistență. Spre ușurarea mea, nu mai revin acele emoții puternice de la întâlnirea trecută. Nu seamănă atât de mult cu Maria, sora lui

Daniel, precum am crezut prima oară. În orice caz, încerc să mă conving de asta.

Ni se întâlnesc privirile. Îmi dau seama că nimic nu e o pură întâmplară sau o simplă coincidență.

Isabelle se află aici dintr-un motiv.

Și-a croit drum până aici ca să vadă cine sunt eu, nu ca să vină la terapie. Trebuie să știu mai multe despre ce dorește și de ce este atât de secretoasă. Înainte de a îndrăzni să o pun la zid. Totul ar fi fost atât de simplu dacă ar fi ales să fie sinceră. Și îmi este imposibil să înțeleg de ce nu e așa.

Sunt pe punctul de a începe, când Arvid deschide ușa cu o smucitură bruscă și se repede înăuntru. Se așază lângă Magnus. Mă uit lung la el și sper să înțeleagă cât de mult îmi displace prostul lui obicei de a întârzia. Mă ignoră. Scoate o cutiuță cu Läkerol și ia o tabletă.

Încep: Bine ați venit! Cum v-am spus săptămâna trecută, începând de astăzi avem un nou membru al grupului, Isabelle.

Un moment de tăcere. Toți se uită la Isabelle. Ea zâmbește, face pe timida. Îi iese bine. Unde o fi învățat să joace atât de convingător?

Magnus: nu cred că Anna ar fi trebuit să renunțe. Tocmai ea, care începuse să ajungă undeva.

Clara: Era necesar să renunțe ca să poată merge mai departe, doar a spus asta. Aici e vorba despre tine și despre cât de mult îți displac schimbările.

Magnus: Poate. Dar totuși...

Liniște.

Clara: La tine cum a fost, Arvid? Parcă ai fost acasă în weekend, la o petrecere a rudelor?

Arvid: Doamne, Dumnezeule! Credeam că înnebunesc până să plec de-acolo. Să locuiesc cu familia pentru câteva zile, al dracului coșmar. Soră-mea a fost ciudată. Ca de obicei. Tata a băut, mama a fost nevrotică. Apoi, când au venit celelalte rude, ne-am jucat de-a familia fericită. La dracu'. Un fake absolut.

Se deschide ușa, intră Pierre.

Pierre: Scuze. Am fost blocat în trafic.

Mă uit lung și la Pierre. Mă îndoiesc că observă. Își trage fotoliul lângă Isabelle, se așază. Pare încurcat.

Iau cuvântul: Bine ai venit, Pierre! Cum am spus mai devreme pentru ceilalți, de astăzi o avem în grup și pe Isabelle.

Pierre: Bună, Isabelle. Sper că vorbești mai mult decât anumite persoane de-aici.

Se uită aluziv spre Sonja. Isabelle își lasă privirea în jos, spre covor. Se simte iritată?

Pierre: E lipsit de sens să mergi la terapie și să nu deschizi gura niciodată. Deci, de ce ești aici?

Isabelle: Tatăl meu a murit de curând.

Glasul i se frânge. Își drege vocea, se uită la mine, se uită din nou în jos. Pare într-adevăr tristă. M-am înșelat în privința ei? Sau teatrul continuă?

Isabelle: S-a întâmplat așa de rapid. Nu am apucat să ajung acasă. Nu am reușit să ne luăm la revedere. Nici nu știam că era bolnav.

Arvid: Acasă? De unde ești, mi se pare că vorbești cu accent?

Isabelle: Din Borlänge.

Se înroșește. Dacă se preface, o face foarte bine.

Isabelle: M-am mutat aici anul trecut în august, ca să studiez.

Eu: Ești născută în Dalarna?

Ceilalți din grup reacționează la întrebarea mea directă. Dar nu mă pot abține.

Isabelle: M-am născut în Danemarca. Dar am locuit în Borlänge aproape toată viața.

Magnus: Îți place Stockholmul?

Isabelle: Am ajuns aici datorită tatei.

Râde, pare stânjenită. Zâmbesc încurajator. Nu știu ce să cred. Seamănă atât de mult cu Maria? Mă pot înșela.

Eu: Îmi pare că ai fost apropiată de tatăl tău?

Isabelle se uită la mine. Provocator și sfidător. Agresiv.

Știe.

Nu mai încape îndoială. Știe. Dar își dă seama că înțeleg asta? Își dă seama că știu cine este? Și în acest caz, conștientizează că văd prin fațada ei construită cu atâta grijă?

Isabelle: El a fost totul pentru mine. De aceea am fost șocată să aflu că nu a fost tatăl meu biologic.

Acum ne apropiem. Mai e un pic. În doar câteva minute, toată lumea va afla din ce pricină se află ea aici.

Arvid: Tu asta credeai? Că era tatăl tău biologic?

Isabelle: Da. Dar el m-a adoptat când a cunoscut-o pe mama. Nu știu cine este adevăratul meu tată.

Adoptată? Mi-a spus asta în prima noastră ședință? Nu-mi amintesc. Cine este femeia căreia îi spune mamă? Este *ea* mama ei? Mama ei biologică?

Conversația continuă, însă mie îmi e imposibil să mă concentrez, nu pot urmări pe nimeni din grup. S-a oprit timpul? Sau trece mai repede ca niciodată?

— Stella? Mulțumim pentru astăzi?

Tresar, întâlnesc privirea amenințătoare a lui Pierre și mă uit la ceasul de pe perete. 14.33. Ceasul de la mână arată aceeași oră. Nesigură pe propria-mi voce, nu fac decât să dau din cap aprobator și să mă ridic.

Sunt conștientă de cât de straniu m-am comportat. Am depășit ora, am fost absentă și i-am pus întrebări directe lui Isabelle, aparent cu totul fără motiv. De obicei intervin numai când discuția se blochează, uneori pentru a ajuta pe cineva să-și continue raționamentul. Nu ca acum. Nu în felul acesta lipsit de tact.

Sonia iese prima, ceilalți o urmează. De asemenea, obișnuiesc să părăsesc camera imediat. Acum rămân, incapabilă să mă mișc. Simt că respirația îmi miroase urât. Am transpirat la subraț, sper că nu se vede.

Nu-mi pot desprinde privirea de Isabelle.

Își ia geanta și își dă capul pe spate când și-o pune pe umăr. Se întoarce, iar părul prins în coadă se unduiește într-o parte. Urechea dreaptă îi este ascuțită și o idee mai lungă decât cealaltă. Mai există doar doi oameni în lume cu o astfel de ureche.

Urechea ei dreaptă arată exact ca a lui Daniel și ca a Mariei.

Mi se strânge stomacul când îmi dau seama de asta. Greața revine. Aud vocea lui Daniel. La fel de clar ca și când s-ar afla chiar în această încăpere.

Da, am o ureche de elf, te gândești să mă tachinezi cu asta? Înseamnă numai că aduc magie în viața ta, Stella.

— Isabelle? spun.

— Da? răspunde ea.

Vreau să îi spun că am așteptat această zi de peste douăzeci de ani. Vreau să merg spre ea, să o îmbrățișez și să nu o mai las niciodată.

— Mulțumesc pentru astăzi, șoptesc eu. Doar atât reușesc să spun.

Isabelle zâmbește. Gropița din obraz se adâncește. Pleacă. Dispare.

Mă cufund în fotoliu, închid ochii și îmi strâng mâinile tremurânde.

Te-am îngropat.

Am stat lângă piatra funerară, în cimitir. Am plâns și ne-am luat adio.

Și, totuși, am continuat să te caut. Am încercat să te găsesc printre toți străinii din mulțimile de oameni, ți-am căutat chipul în autobuze, în trenuri, printre trecătorii de pe străzi. An după an.

Am sperat. Am dorit. Am așteptat.

Într-o zi aveai să te întorci.

Însă, după un timp, am încetat. Nu am mai sperat, nu am mai dorit. Eram obligată să merg mai departe. Fie asta, fie să aleg să te urmez, adică să dispar și eu. Am mers mai departe. Pentru mine, de dragul fiului meu.

A fost alegerea greșită?

Nu înțeleg de ce te prefaci că suntem străine una de alta.

Vrei să vezi ce fel de om sunt?

Vrei să vezi dacă simt furie? Dacă sunt chinuită de vină? Mă urăști și tu, așa cum m-am urât eu?

Vrei să mă pedepsești? Să mă faci să simt durerea?

Deja o simt.

Durerea pe care am simțit-o când te-am pierdut nu m-a părăsit niciodată. Durerea mă face să îmi amintesc, e parte din mine, așa cum ești și tu.

Ce vrei să știi, ce vrei să mă auzi spunând?

Nu pot să spun decât că îmi pare rău.

Alice, îmi pare rău.

Kerstin

Pun telefonul pe masă și mă uit la el, așteptând să sune. De la o vreme, Isabelle răspunde rareori când o sun. Și nici nu sună înapoi. E nedrept să fii tratat astfel. După toți acești ani, după tot ce am făcut pentru ea.

M-am străduit să fie cât mai bine. Nu ai cum să oferi mai mult decât ai. Nu ești decât un om, la urma urmei.

Mă ridic și mă îndrept spre filtrul de cafea, aflat lângă chiuvetă. Mă întind să iau o ceașcă din dulap, dar nu mai e niciuna. Mă uit în chiuvetă. De când s-a stricat mașina de spălat vase, e mereu plină.

Hans ar fi reparat-o imediat. Hans Karlsson repara orice. Dar el s-a stins și sunt singură.

Miroase urât... farfurii, pahare, cești, căni, tacâmuri murdare. Toate de-a valma. Ar trebui să le spăl. Nu sunt în stare. Ce îngrozitor de anost să gătești și să mănânci singură! E mai ușor să iei un sendviș și niște cafea. Și cui îi pasă dacă vasele stau nespălate? Sunt doar eu acasă.

Îmi ridic mânecile și clătesc o cană. Îmi torn cafea, pun două cubulețe de zahăr și mă întind după al treilea, când aud vocea mustrătoare a lui Hans. *Gândește-te ce bagi în tine, Kerstin.* Hans Karlsson mă certa mereu pentru acel ultim cub de zahăr.

Cum e posibil să se fi dus? Sigur că era cu doisprezece ani mai în vârstă decât mine, dar cincizeci și nouă de ani nu e o vârstă înaintată. Și a avut grijă de el, într-un mod exemplar. Nu fuma, nu bea mai mult de o cană de cafea pe zi, consuma alcool cu moderație și era atent să-și mențină greutatea. Se pare că nu a contat. A murit în urma unei hemoragii cerebrale.

Mă încăpățânez să pun al treilea cub de zahăr și îmi iau cana în bibliotecă. Așa numea el mica încăpere de lângă bucătărie. Iau o gură de cafea, mă uit la rafturile pline cu cărți. Cărțile lui, de toate felurile. Eu, una, citesc rar. Nu înțeleg ce rost ar avea. Să stai și să îți închipui că ești într-o altă lume, să-ți răsune în cap cuvinte care nu sunt ale tale. Nu, mulțumesc. Prefer mai degrabă televizorul. Un film simpatic, amuzant sau poate vreun serial. Poate cu un pic de romantism, dar preferabil fără scene de sex. Deși, de la o vreme, astea sunt mai greu de evitat. Abia de mai poți deschide televizorul fără să dai peste nuduri.

Dar nu-s cam mohorâți acești pereți? Ba da, zău că sunt. Când am decorat camera, am crezut că maro era o culoare frumoasă, care insuflă liniște. Poate e timpul pentru o renovare?

Încerc să mă amăgesc, e clar. Pentru că nu se va petrece niciodată, înțeleg foarte bine. Numai eu mă uit la acești pereți, nu merită osteneala.

De la moartea lui Hans și de la plecarea lui Isabelle, casa este mult prea pustie și tăcută. Ceasul cu pendul de pe perete ticăie. *Tic tac, tic tac, tic tac.* Și totuși timpul s-a oprit, pare că nu mai înaintează nici un milimetru. Nu mai suport sunetul ăsta.

Ies pe ușa din față, urmez poteca pietruită până în spatele casei. Aerul e proaspăt, iar soarele strălucește. Însă grădina e umbrită. Arborii din jur au crescut foarte înalți și nu mai lasă să pătrundă lumina. E ca și cum ai locui într-o pădure de brazi.

Mă uit la casă — roșu de Falun cu cadre albe. Era cât se poate de potrivită pentru familia noastră: baia și câte un dormitor pentru fiecare la etaj, camera de zi, biblioteca și bucătăria la parter. Dar înainte arăta altfel. Acum se cojește vopseaua de la ferestre, iar jgheabul de scurgere stă pieziș. De fapt și partea roșie ar trebui revopsită.

Ca și cum toate astea nu ar ajunge, s-a fisurat o țeavă din baia de la etaj și au început să apară pete pe tavanul bucătăriei. Cum aș putea repara toate astea? Cum mi-aș putea permite?

Mă așez pe treptele de la terasă cu cana de cafea în mână și privesc iarba crescută sălbatic. Nu am fost în stare să o tund decât o singură dată. Grădina a fost cea care m-a atras când ne-am mutat aici, acum aproape douăzeci de ani. Isabelle mă ajuta în fiecare primăvară cu plantatul. Dar, când a mai crescut, i s-a părut plictisitor. În ultimul timp, nici mie nu mi-a mai păsat. Acum totul a crescut fără măsură.

Ar trebui să duc mobila de grădină în șopron. Masa și scaunele noastre elegante, odinioară de un alb imaculat. Acum plasticul s-a făcut cenușiu.

— Bună, Kerstin, nu te-am văzut pe-afară de ieri.

Vecina mea este de cealaltă parte a gardului.

— Bună, Gunilla, îi răspund.

Își scoate mănușile de grădină și se șterge pe frunte cu mâneca bluzei. Gunilla are undeva pe la cincizeci, cincizeci și cinci de ani. Părul îi este vopsit arămiu, o încercare evidentă de a ascunde firele albe. Dar are un corp bine antrenat, e vioaie și tenace. Se mândrește că participă în fiecare an la cursa feminină de schi Tjejvasan și la concursul de înot Vansbrosimningen, că aleargă în maratoanele Vårruset și Tjejmilen și sigur mai are în palmares și turul lacului Vättern pe bicicletă.

Atât ea, cât și bărbatul ei, Nils, sunt oameni cărora le place să facă mișcare. Nu au copii și își petrec tot timpul făcând sport și menținându-se în formă. Poate așa își împlinesc anumite nevoi, nu-mi dau seama. Își depozitează echipamentul în garajul lor imaculat de lângă casa lor cochetă și grădina perfect îngrijită. N-au nici cea mai mică idee despre ce înseamnă să crești un copil. Să te gândești în primul rând la altul, nu la tine însuți, să ai grijă permanent de nevoile altuia. E greu să nu te irite prezența lor. Și ei detestă faptul că suntem vecini.

— O zi perfectă pentru lucrul în grădină, nu ți se pare? spune ea.

— Poate, răspund eu.

Gunilla își lasă capul într-o parte. Privirea ei cuprinde și compasiune, și dispreț.

Asta mă face să mă întreb cum mă percep ceilalți. Mă uit în jos la puloverul marinăresc pe care obișnuiesc să-l port, fără formă, spălat de nenumărate ori și uzat. Îmi trec mâna prin părul care, fără îndoială, are partea lui de fire argintii. Nici nu-i de mirare, la cum m-a tratat viața. Ridurile mi s-au înmulțit și s-au adâncit, ochii sunt înfundați în orbite, iar pielea de sub bărbie atârnă flasc. Și am pus pe mine în ultimul timp. Mă simt mult mai bătrână decât Gunilla. *Arăt* mult mai bătrână decât Gunilla.

— Știi, Nils va da o fugă la centrul de reciclare mai târziu, astăzi, spune ea. Are loc de mai multe, în caz că vrei să te ajutăm să te debarasezi de ceva.

O ușoară ezitare care spune tot. Se referea la grămada cu vechituri coborâte din pod, unde eu și Hans începuserăm să facem curat. A rămas în fața casei de când Hans a început să se simtă rău. Un ghimpe în ochii oricăror vecini perfecți. N-are decât să rămână acolo. Am dreptul să fac ce vreau. Nu trebuie să dau nimănui socoteală.

— Nu, mulțumesc, spun eu.

Gunilla tresare și își îndreaptă postura, se pregătește să se retragă.

— A fost numai o propunere, cu toată amabilitatea.

Oftez, ca ea să înțeleagă că mă simt prost și că sunt conștientă de cât de nerecunoscătoare am părut.

— Iartă-mă, spun eu. Mulțumesc pentru ofertă, Gunilla.

Îi zâmbesc, dar simt că mai mult îmi încordez forțat fața. Se așază lângă mine, pe treapta de jos.

— Vezi tu, Kerstin, te ajutăm cu plăcere, sper că știi asta. Probabil că simți un pustiu îngrozitor după dispariția lui Hans. Și după plecarea lui Isabelle. Am fost destul de îngrijorați pentru tine. Își pune mâna pe genunchiul meu, dar și-o retrage când vede că rămân rigidă. Chiar ne pasă de tine!

— Mulțumesc pentru cuvintele amabile, răspund eu.

— Înainte erai mereu prin grădină.

— Știi, nu am fost în stare.

— Înțeleg asta. Înțeleg.

— Chiar înțelegi?

— Ce vrei să spui?

— Mai întâi fiică-mea se mută. Apoi îmi pierd bărbatul. Sunt singură. Cum crezi că mă simt? Ai putea înțelege?

— Tot ce vreau să spun e că suntem aici. Nu vrem să deranjăm, dar nu poate fi bine să te izolezi.

— Sunt în doliu. E o diferență, Gunilla.

Se uită spre tenișii ei colorați și suspină. Un timp destul de îndelungat, niciuna dintre noi nu spune nimic.

— Spune-mi doar dacă putem face ceva pentru tine, spune Gunilla. Se ridică și se întoarce în grădina ei.

Îmi doresc să mă pricep mai bine la palavre. Prefer însă să stau și să mă gândesc la ale mele. Cu Hans era mai ușor. Acum, după cele întâmplate, am înțeles că el mă făcea un om mai bun. Formam o familie frumoasă. Iar Isabelle nu era la fel de furioasă cum e de la o vreme.

S-a schimbat. De ce, nu știu. Nu mi se mai confesează deloc. Are o atitudine de respingere și e dură. Ceva s-a întâmplat, dar nu pricep ce anume. E mai mult decât suferința după tatăl ei. În fiecare zi mă întreb pe unde umblă și ce face. Fetița mea dulce și dragă. Ne înțelegeam atât de bine, vorbeam despre câte-n lună și în stele, râdeam împreună și găseam consolare una la alta când ceva ne întrista.

Brusc, îmi vine să plâng. Nu așa arătau visurile mele. Arunc restul cafelei pe jos, lângă trepte, și mă ridic. Deschid ușa verandei și mă întorc în casa întunecată și tăcută.

Isabelle

Stația de metrou Fridhemsplan. Stau pe peron așteptând trenul care circulă pe linia verde. Metroul 19 spre Hässelby sosește în trei minute.

Mă gândesc la Stella. Mă gândesc tot timpul la ea, nu pot să n-o fac. E frumoasă, are un aer tineresc. Mă întreb ce vârstă o fi având. Dar transpare la ea o anume rigiditate. Sigur nu e conștientă de asta. Mă întreb ce încearcă să ascundă. Sau de ce anume se protejează? Îi e teamă? Poate.

Ar fi cazul să-i fie. Nimeni nu știe ce se poate întâmpla. Nimeni.

Îmi reprim un căscat și mă așez pe o bancă. Sunt obosită. De-abia mai am un strop de energie care să-mi alimenteze furia.

Stella și-a vopsit unghiile cu altă culoare astăzi. *Roșu-cireașă.* Nici un fir de păr nu-i stătea anapoda. Machiată elegant, cu ruj discret, cercei fermecători, probabil scumpi. Blugii negri îi veneau perfect și avea o bluză gri dintr-un material de calitate. Pare să o ducă bine. *Sigur e bogată.* E căsătorită, are inele de aur pe inelarul de la mâna stângă. *Unul cu diamant.*

Stă cu spatele drept și relaxată, nu pare să ducă lipsă de încredere în sine. Cum a ajuns așa? Poate se pricepe să se ascundă sub o mască. Cum arată când și-o scoate? E la fel de urâtă și de rea ca mine? Mi-aș dori să știu mai multe despre ea decât știu deja.

Înainte de a intra în sală, nu eram sigură dacă aveam să fac față. Voiam să vărs atâtea din mine. Să spun tot. Dar era prea mult. Toţi se uitau la mine. Cuvintele s-au blocat, nu le-am putut rosti. Erau prea grele.

Iar Stella își ațintise privirea asupra mea.

Știe oare?

Înțelege?

Am avut ocazia să dezvălui totul când Pierre m-a întrebat ce căutam acolo. Toți îmi așteptau răspunsul. Dar n-am putut spune nimic. Niciun cuvânt din ce mă gândeam să zic. Am simțit privirile întrebătoare ale Stellei. Sunt sigură că a văzut direct prin mine.

Dacă vreunul dintre ei ar fi știut ce secrete ascund, dacă vreunul ar fi bănuit cine sunt. Cum e posibil să mergi printre atâția oameni și să nu observe niciunul?

Metroul ajunge la peron. Intru și mă așez în fața unei doamne în vârstă. Ține strâns poșeta, dar zâmbește când îmi întâlnește privirea. *Nici ea nu vede*. Zâmbesc și eu, mă sprijin de fereastră și închid ochii, simt răcoarea geamului pe frunte.

Toată lumea se teme. Toată lumea. Dar zâmbim și ne prefacem, mințim cu fețele noastre astfel încât ce se află dincolo de ele să nu transpară.

Dar m-am hotărât.

Data viitoare voi spune.

Voi spune totul. Tot adevărul.

Stella

La naiba, au ajuns deja.

Mă aflu în bucătărie ascultând sunetele din hol. Tropăitul pantofilor pe covorul din hol, fâșâitul gecilor și zăngănitul umerașelor. Glasuri ascuțite de fetițe, bătăi amicale pe spate și râsul bărbaților, o voce înaltă și pătrunzătoare de femeie care pretinde atenție și reacție imediată.

Henrik mi-a amintit în această dimineață de cină și eu am lăsat să se înțeleagă că o așteptam cu nerăbdare. Era din păcate prea târziu să mai găsesc o scuză pentru a o anula. Am sunat o firmă de catering, care a venit cu cel mai atractiv meniu de toamnă. Personalul a pus masa, a așezat mâncarea pe platouri și în farfurii, pe care le-au ținut în recipiente care să le păstreze calde.

Cum să trec prin toate astea?

După ședința de terapie de astăzi, nimic altceva nu mai contează.

Iau o înghițitură serioasă de vin, recunoscătoare că Henrik a ajuns acasă înainte de sosirea lor. Cu un zâmbet lipit pe față, ies pe hol și îi primesc pe oaspeți.

— Uite-o și pe ea. Marcus se luminează la față și mă îmbrățișează.

— Stella, ciripește Jelena și mă sărută pe ambii obraji. În sfârșit ne întâlnim. Am auzit atâtea lucruri fantastice despre tine.

Noua prietenă a lui Marcus este fotomodel. Conform ei însăși. Dar chiar arată ca unul. Are un blog unde scrie despre frumusețe, sănătate și mindfulness. Zâmbește neîncetat, are dinții extrem de albi. Are un corp fără celulită, picioarele ei bine antrenate sunt ușor bronzate, perfecte. Le arată cu plăcere în rochia aceea neagră, scurtă și strâmtă. Nu are cum să aibă mai mult de douăzeci și cinci de ani, frumusețea ei e perfectă într-un fel atât de insuportabil și de evident cum numai la acea vârstă poate fi.

Ebba și Sophia, fetele lui Marcus, au nouă și, respectiv, cinci ani, sunt gălăgioase și se hârjonesc fără încetare. Spre marea mea ușurare, Milo iese din cameră și le invită să se joace pe calculator. Trebuie să-mi amintesc să îl răsplătesc pe măsură pentru această inițiativă. Henrik îi conduce pe Marcus și pe Jelena în camera de zi și face conversație.

Merg în urma lor fără a fi prezentă. Mă gândesc la Isabelle Karlsson.

La Alice.

Îți văd gropița din obraz. Îți văd urechea. Zâmbetul deschis și totodată închis, care nu dezvăluie ce gândești. M-am gândit la tine mai mult decât ai putea ști vreodată. Ai fost o durere pe care o țin în mine din ziua în care ai dispărut.

Prin ce ai trecut?

De ce nu vrei să-mi spui?

Aceleași întrebări, iarăși și iarăși. Imposibil de stăvilit. Dar încerc să le curm bând mai mult vin.

Jelena spune că vrea să vadă casa.

Mă retrag în bucătărie, sub pretextul că trebuie să mă ocup de masă. Beau paharul, mi-l umplu din nou în momentul în care Jelena intră să-și împărtășească entuziasmul.

Ce s-a *îndrăgostiiit* de canapelele noastre enorme de culoare gri, de covor și de vasele de aramă cu cactușii uriași. Cât *adooora* fotografiile alb-negru de pe peretele de lângă terasă, tabloul cel mare cu peisaj, covoarele — Doamne, ce covoare grozave — și micile sculpturi din bibliotecă, adoră totul! Casa noastră poate figura în orice revistă de decorațiuni interioare, incredibil ce minunat arată.

Henrik intră în bucătărie și mă salvează. Spune că am avut mereu un simț pentru design interior. Poate o salvează pe ea, de fapt, probabil că simte cât de mult mă irită.

Îmi golesc din nou paharul. Trebuie să mă afund mai adânc în ceață. Trebuie să evadez din realitatea cu colți ascuțiți care mă împresoară din toate părțile.

În timpul mesei sunt ca și absentă.

Vocile se ridică și se amestecă unele cu altele, scaunele hârșâie pe podea, tacâmurile se lovesc de farfurii, se aude molfăit și sorbit, sunetele mă invadează, îmi înțeapă urechile. Henrik povestește despre firma lui. Merge bine, se extind, crește cifra de afaceri, apar noi proiecte interesante. Și noi? Suntem împreună de cincisprezece ani, căsătoriți, de cât timp, iubire? Șuncă de Serrano, parmezan, creveți prăjiți cu curry. Dar ceilalți sunt... Doamne, ce oameni... În curând, paisprezece ani, și Milo are treisprezece, locuim aici de doisprezece ani și să tot fie vreo cinci ani de când am renovat bucătăria, nu-i așa, draga mea? Roșii uscate și legume gratinate cu vinegretă de ceapă albă. Iar când am ajuns, am mers direct la hotel și, da, în weekend ne vedem la vila lui Widstrand din apropiere de Nyköping, va fi frumos. Nu, Henrik nu a mai fost de mult la vânătoare de elani. Brânză feta, halloumi și sparanghel și apoi ar fi... În Abu Dhabi când noi...

Toate tiradele astea vin dintr-o altă cameră, dintr-o altă casă, unde alți oameni stau la o altă masă vorbind într-o limbă pe care eu nu o mai stăpânesc. Henrik își pune mâna pe coapsa mea și apasă. *Hai odată. Trezește-te!*

— Nu, nu avem planuri de mutare, ne simțim bine aici, nu-i așa, iubire? Încă o atingere aluzivă. Aprob din cap și zâmbesc ca o idioată, ca și cum n-aș fi făcut altceva toată viața, dau din cap și zâmbesc.

— Și ești psihoterapeut? izbucnește Jelena înclinându-se spre mine.

Mă îndrept pe scaun.

— Așa este, îndrug eu.

— Cum reușești să-i asculți pe alții în fiecare zi? întreabă ea. Toate micile necazuri și probleme? Eu aș înnebuni. M-ar deprima îngrozitor, în orice caz.

Cam asta a fost cu mindfullnessul ei.

Îi dau paharul lui Henrik, să mi-l umple din nou. Îmi aruncă o privire neliniștită, pe care mă prefac că nu o înțeleg. Îmi mai toarnă un pic.

— Psihoterapia nu înseamnă să discuți problemele pentru ele însele, spun eu conștientă că vorbesc ca un robot. Scopul ei este să descoperi tipare și comportamente care se pot schimba. Să înveți să faci față temerilor. Să schimbi vechile obiceiuri cu unele noi. Să te dezvolți ca om.

Răspunsul meu standard, un rezumat simplu pentru idioți.

— Cum de te-ai decis să urmezi tocmai această meserie?

— Am întâlnit pe cineva care m-a inspirat.

— Este cu adevărat admirabil, spune Jelena. Că faci față, că îi poți ajuta pe acești oameni. Îl privește iubitoare pe Marcus și îi mângâie ceafa cu vârfurile degetelor. După Marcus ești mereu veselă, continuă ea. Și pari atât de echilibrată.

Echilibrată? Dimpotrivă, vreau să mă revolt, să trântesc farfuriile și platourile de podea și să le zic tuturor să se ducă la dracu'.

Henrik își pune mâna pe spatele meu.

— Stella e fantastică. E puternică, hotărâtă, face ce își propune, spune el. De aceea m-am îndrăgostit de ea.

— A fost mereu atât de calmă? întreabă Jelena.

Marcus râde.

— Stella poate fi iute la mânie, zău așa. Dar s-a potolit în timp. Sau ce părere ai, Henke?

Da, Henke, ce părere ai? S-a potolit Stella?

Soțul meu îmi zâmbește mânzește.

— Numai la suprafață.

Idiot. Te iubesc, Henrik, însă în seara asta ești un idiot.

După cină, Marcus o duce pe Jelena să inspecteze etajul. Deja a văzut toate camerele de aici, de la parter. Mă ascund încă o dată în bucătărie. Fac cafea, pregătesc setul de porțelan de Rörstrand primit de la bunica lui Henrik. Aș avea chef să arunc toate astea în drum.

— N-ai spus prea multe în seara asta.

Henrik intră și se sprijină de blatul de bucătărie.

— Era nevoie? Beau din paharul meu de vin. Din nou.

— Iubire.

Îl pune deoparte.

— Acum ești nedreaptă. Și ai băut mai mult decât bei de obicei.

Se aude sunetul tocurilor Jelenei umblând prin camerele de la etaj.

Arăt spre tavan și șuier:

— E total isterică, cel mai evident exemplu de borderline pe care l-am văzut vreodată. În afară de ce e evident, ce mai vede Marcus în gâsculița asta încordată?

— Dacă e cineva încordat, atunci tu ești aceea, spune Henrik fixându-mă cu privirea. Ești gata să o strângi de gât, nu-ți stă în fire.

Mă prinde de mână și mă trage lângă el, mă sărută pe păr. Îl las să mă țină o clipă, după care mă desprind și spun că trebuie să merg la baie.

Intru și mă așez pe capacul de toaletă cu capul în mâini. Sunt un om îngrozitor. Și, la naiba, mă autocompătimesc pentru asta.

E liniște în casă. Oameni de la firma de catering au luat recipientele de încălzit, tăvile, castroanele, bolurile și platourile, au strâns masa și au spălat vasele.

Oaspeții au plecat, Milo doarme. Henrik este în spatele meu în pat, îmi mângâie trupul. A trecut timp de când ne-am îngăduit mai mult de un sărut de noapte bună. Încerc să mă bucur de atingerea lui, însă nu mă pot relaxa, cu tot vinul pe care l-am băut. Sunt prea furioasă.

Prea tristă. După o clipă, se retrage. Mă sărută pe umăr, bombăne noapte bună și se întoarce pe partea cealaltă.

Când sunt sigură că a adormit, mă dau jos din pat. Cobor și iau geanta de pe hol. Mă cocoț pe canapea și deschid jurnalul.

5 august 1994

Pernilla a fost astăzi aici. A fost o întrerupere plăcută în viața mea de zi cu zi, am avut ocazia să mai conversez și în altă limbă decât în cea a bebelușilor. Mă bucur că am rămas prietene, toți ceilalți au dispărut.

Dar ne facem curaj, mica mea căciuliță de blană și eu. Cel mai adesea e mulțumită și voioasă. (Toți întreabă dacă este un bebeluș „cuminte", ca și cum ar fi cățel sau ceva. „Da, e cuminte, nu mușcă" sau „da, nu e rea cu intenție").

Deși în ultima vreme țipă mai mult decât o făcea înainte. Și se trezește ușor. De îndată ce o las din brațe, se trezește și protestează. Dacă stau lângă ea și apoi mă ridic, se trezește imediat și țipă.

Îi mai ies dinți? Asta spuneam de câteva săptămâni. A devenit o glumă între noi, de îndată ce e nemulțumită. „Dinții sunt de vină". Dar nu vedem niciun semn că ar apărea alții. Colici? Îi e foame, e balonată, e obosită? Îi e cald, îi e frig?

Poate că e pur și simplu o nouă fază. Nu prea amuzantă.

Daniel a împlinit douăzeci de ani și a primit cadoul cel mai potrivit posibil de la părinții noștri. Un mic concediu pentru toți trei. Ura! Plecăm weekendul viitor. La Strandgården, un loc pe coasta Blå Kusten din Småland.

Nu sună minunat? Strandgården.

Poate că vom dormi acolo mai bine decât acasă, cine știe. Sper asta, pentru că suntem epuizați. Daniel a muncit ca un cal de povară toată vara, de dimineața până seara. Ne-am văzut foarte puțin, iar atunci abia ne suportam unul pe altul. Avem nevoie de asta. Să plecăm împreună. Să mergem cu mașina, fredonând prostește. Vom sta într-o cabană mică, vom face plajă și vom înota.

De-abia aștept!

Stella

Sâmbătă, mă îmbrac și pregătesc cafeaua dimineața devreme. Ar trebui să mănânc ceva, însă asta mai poate să aștepte. Beau ce a mai rămas din cafea, e fierbinte și are un ușor iz de detergent de vase. Îmi clătesc gura cu apă și scuip în chiuvetă.

Ies și mă urc în Audi. Pornesc motorul și mă întorc spre dreapta pentru a privi prin lunetă, în timp ce dau cu spatele până în stradă. Trec de stâlpii de la intrare și mă pregătesc să întorc volanul, când cineva bate în geamul din stânga. Frânez și mă uit în jur. Johan Lindberg rânjește la mine. În spate, cățelușul lui stă și tremură. Cobor geamul. Mă aștept la o scurtă relatare despre ultima lui tranzacție cu acțiuni sau poate la o incursiune un pic prea intimă în căsnicia lui „deschisă" cu Therese.

— Te grăbești? spune el.

— Iartă-mă, Johan. Nu te-am văzut.

— M-am ascuns după gard, Stella. Nu e greșeala ta.

Ridic geamul înapoi. Johan pune mâna pe el. Se înclină spre mine și face cu ochiul.

— De fiecare dată când te văd, arăți tot mai bine.

Mă uit la ceas. Îi arunc o privire care nu se poate interpreta decât într-un singur fel.

— *Și ce i-ai făcut lui Henrik? Știe că mica nevăstuică a pornit în aventură pe cont propriu?*

— Te rog, nu-i spune nimic lui Henrik. Nu mă da de gol.

Continui să dau înapoi. Johan Lindberg refuză să dea drumul geamului. Se uită la mine cu o expresie șocată.

— Glumești, Stella? Ce tare! Mereu am zis că așa se clădește o relație puternică. Un pic de tensiune. You go girl!

Virez pe stradă și plec în trombă. Îl văd pe vecinul nostru în oglinda retrovizoare, rămas în mijlocul străzii, cu ghemotocul lui de cățel. Din vreun motiv de neînțeles pentru mine, își ridică pumnul strâns în aer. Un semn de solidaritate? Dacă Henrik ar fi fost aici, am fi râs în hohote împreună. După o oră de condus, îmi sună mobilul. Tresar în spatele volanului, sunetul se aude brusc și strident. Opresc la un popas și răspund.

— Te-am trezit? mă întreabă Henrik.

— Nu, deloc, spun eu. Vă simțiți bine?

Aud șuieratul vântului prin telefon, pare că e afară.

— Milo doarme încă. Am alergat o tură. Acum beau cafea în grădină. Tu ce faci?

— Nimic, mint eu.

— Mi-e dor de tine, spune el. Dar e bine că ești acasă și te odihnești.

— Și mie mi-e dor de tine, îi răspund.

Ei sunt la casa de la țară a familiei Widstrand. O moșie vastă, pe malul mării, cu cai, domeniu de vânătoare și plajă. Ar fi trebuit să fiu și eu acolo. Doar că eu mă îndrept spre un alt loc.

Vorbim un timp despre casă și barcă, despre cum își vor petrece ziua. Spune că părinții lui mă salută. Îl rog să le transmită salutările mele și să-l îmbrățișeze pe Milo din partea mea. Încheiem conversația și pornesc din nou la drum.

Cei din familia Widstrand sunt dintr-o altă clasă socială decât mine. Eu am crescut în Kungsängen, în condiții mult mai modeste decât Henrik. Mama era singură, eram eu, ea și Helena, sora mea mai mare cu șapte ani. Henrik este din Lidingö, a fost la școli cu pretenții, a navigat, a jucat tenis și golf. Pe fosta lui prietenă o chema Louise von ceva și era studentă la Drept pe vremea când erau împreună, cu bani moșteniți și un apartament în Östermalm. Mama și Helena nu credeau că relația noastră avea să dureze. Însă părinții lui Henrik m-au primit cu brațele deschise. Mama lui, Margareta, era încântată că fiul lui a găsit o persoană cu capul pe umeri care să-l însoțească în viață. De atunci am făcut parte din familie la fel de mult ca și el.

Mă apropii de Nyköping. Casa lor nu e departe de aici. Henrik a încercat până în ultima clipă să mă convingă să merg cu ei.

M-a ispitit cu seri lungi la lumina șemineului, cu plimbări în aerul tomnatic, nopți calde și dimineți lungi. I-am spus că mă simțeam deprimată, că eram obosită și nu aveam chef de oameni. Că voiam să rămân singură și că aveam nevoie de odihnă.

În mod normal, aș fi avut conștiința încărcată. Nu și acum. Conduc mai departe, trecând de ieșirea de pe autostradă.

După două ore, virez pe șoseaua spre Storvik și Strandgården. Ultima oară când am fost aici, Daniel era cel care conducea, eu nu îmi luasem încă permisul. Îmi amintesc cum înjura în ultima parte a drumului. Șoseaua pietruită și prăfuită, gropile adânci și curbele periculoase. Îl îngrijorau hurducăturile, se temea că pietricelele puteau lovi parbrizul, se temea să nu se ciocnească de vreun localnic zărghit. Acum drumul pietruit e lat și asfaltat. În Storvik erau odată păduri și câmpuri, acum e plin de șiruri disciplinate de case. Una după alta, desprinse parcă dintr-un catalog. Peluze întinse, trotinete roșii, trambulina obligatorie și piatra cu cadranul solar. Niciun copac pe aceste terenuri. Unele case sunt încă în construcție.

Mai în față, se termină asfaltul și continuă drumul pietruit. Aici nu există case noi, nici șantiere în derulare.

Frânez brusc.

În fața mea a părut un cerb.

Animalul uriaș mă privește cu ochi negri, strălucitori. Mă impresionează coarnele lui enorme, arborescente. Deschid portiera, cobor și întind mâna. Nu știu de ce, poate în semn de salut. Cerbul își întoarce fața dinspre mine. Face un salt și continuă să se îndepărteze. Îl urmăresc cu privirea până la liziera pădurii, văd cum dispare printre copaci. Apoi mă urc în mașină și conduc mai departe.

E încă dimineață când cotesc pe drumul forestier. După mai bine de patru ore de șofat, am ajuns la destinație.

Strandgården. Plăcuța de la intrare a rămas neclintită. E așa cum mi-o aminteam, ceva mai deteriorată de vreme și vânt. Drumul prin pădure este format din două șanțuri adânci, la mijloc crește iarbă. De ambele părți, desișul e bogat, iar copacii își întind ramurile pe deasupra drumului. Conduc încet printr-un tunel arămiu de frunze și ajung la parcare.

O rulotă veche fără ușă, cu ferestre sparte, zace abandonată. Câteva biciclete ruginite stau rezemate de un pin. Pământul e acoperit de frunze, ace și conuri de pin.

Cobor din mașină și mă dezmorțesc un pic, apoi urmez poteca cu pietriș până la clădirea principală. În spatele casei joase, suprafețele de iarbă se întind spre mare, ca un câmp sălbatic. Pista de minigolf, dispusă oblic la stânga, e acoperită de iarbă și de tufișuri. Pridvorului care înconjură casa îi mai lipsește câte o scândură pe ici, pe colo, iar arbuștii din jur au crescut sălbatic. Ferestrele sunt acoperite cu obloane și încuiate. Satul turistic pare abandonat de multă vreme.

Merg în jurul clădirii principale, urmez poteca pietruită la dreapta, în direcția celor șase cabane. Sunt situate între arborii înalți de lângă malul apei, la oarecare distanță una de alta. Cea cu numărul 1 se află cel mai departe.

Locuim într-o căsuță a noastră, chiar lângă malul apei. Numărul 1. Stau pe terasă, Alice doarme în cărucior, printre copaci. Somnul afară, în aer liber, îi face bine, așa cred. Ulmii și mestecenii stufoși fac o umbră răcoritoare.

Există mai multe căsuțe de-a lungul țărmului. Toate sunt închiriate, iar zona de camping, care se află mai departe, este și ea plină. S-au cazat aici nemți și olandezi, sunt și multe familii cu copii, și pensionari în rulote. Stăm departe de lume, e liniștit și plăcut. Suntem numai Daniel, Alice și cu mine. Trăim în propria noastră bulă. Aceste zile au fost minunate, mai bine nu se poate. Mâine, însă, micul nostru concediu se va încheia și ne vom întoarce acasă, așa că, deocamdată, ne vom bucura din plin de timpul rămas.

Și cabanele au nevoie de renovare. Aproape toată vopseaua s-a coșcovit pe partea cu soare, iar mucavaua de sub acoperiș a început să se desprindă. Mă duc pe terasa căsuței unde ne-am cazat atunci și mă uit înăuntru, pe fereastră. Masa și cele trei scaune din lemn de pin nu mai sunt acolo, nici canapeaua cafenie cu portocaliu, nici patul dublu care de-abia încăpea în dormitor, n-a mai rămas nimic din toate astea.

Nu simt nimic special. Niciun fel de furie, niciun sentiment furtunos. Iată-mă la Strandgården. Unde s-a întâmplat totul. Nu mă simt defel așa cum credeam.

Mă întorc și mă duc pe țărm.

Vântul Mării Baltice. Mirosul de sare și de iarbă de mare. Inspir, mă las pătrunsă de aerul proaspăt al toamnei. Mă ghemuiesc și pun mâna în apă, să o simt. E rece ca gheața. Deși e abia septembrie, vara pare să fi trecut demult. Mă ridic. Mă uit spre marea de un albastru-cenușiu.

Noaptea în care Alice s-a trezit și noi am ieșit afară. Aici am stat și am privit luna plină, împreună, toți trei.

În mod ciudat, locul îmi dă o senzație de pace.

Tăcerea e întreruptă de lătratul surd al unui câine.

— Buster! O femeie bătrână într-un pardesiu mare și lipsit de forme merge după câine cu o viteză surprinzătoare. Acesta aleargă în apă, apoi mă vede și se apropie cu sărituri vioaie. Se așază în fața mea și își scutură blana udă. Câinele e enorm. Balele îi zboară în toate direcțiile când își scutură capul imens.

— Nu te teme, nu e periculos, strigă femeia, strângându-și pardesiul în jurul corpului în timp ce se apropie.

Toată scena e atât de comică, încât nu mă pot abține să nu râd.

Câinele e maroniu-roșcat, cu blana scurtă, și viguros, aproape la fel de mare ca stăpâna lui. Îi zâmbesc stăpânei și îl ating ușor pe câine.

— Din păcate, e îngrozitor de prost crescut, spune femeia și îi pune lesa.

— E foarte dulce, spun eu.

— Auzi, Buster, potaie nenorocită?

Tonul ei e cald, și câinele răspunde cu un lătrat grav.

— Ce rasă este?

— Mastiff englez. Cel mai bun cățel de salon pe care ți-l poți imagina. Femeia își mijește ochii spre mine.

— Și ce vă aduce aici? Nu prea ne e dat să vedem lume în Strandgården.

Mă uit în jur.

— Am fost în concediu o dată. Mai demult. Treceam pe aici și eram curioasă dacă mai arată la fel ca atunci.

— Mă tem că nu mai arată la fel. Femeia își flutură brațele. Apoi râde și își întinde mâna.

— Dar la ce mă gândesc. Mă numesc Elle-Marja. Locuim mai încolo, pe partea cealaltă a dealului. Stăm aici de mai bine de patruzeci de ani, iar Buster, de opt.

— Stella, spun eu și ne dăm mâna. Era atât de idilic aici. Flori pretutindeni. Plante de toate culorile, în ghivece și sădite în pământ, copaci și arbuști bine îngrijiți.

— Când ai fost aici?

— În '94. August.

— E păcat că a fost abandonat așa. Pe atunci, Strandgården era bine îngrijit. Și iubit de lume. Erau mulți turiști în timpul verii.

— De ce nu se mai ocupă nimeni de el? întreb. Probabil că terenul costă o avere.

— Sunt mulți dezvoltatori care s-au perindat pe aici de-a lungul anilor. Toți vor să construiască și să exploateze. Dar rămâne așa, an după an.

— Cum așa?

— Să vedem, zici că ai fost în '94?

O urmez pe Elle-Marja înapoi, de-a lungul malului, și îi ascult povestea. Soarele s-a ridicat pe cer și marea scânteiază. Buster e liber din nou, aleargă înaintea noastră și scormonește printre crengi uscate și gunoaie aduse de valuri pe mal.

— Memoria îți joacă feste cu anii, vei vedea, spune Elle-Marja. Dar anumite lucruri nu le uiți niciodată. O fetiță s-a înecat în vara aceea. Familia ei era cazată aici. Săracii părinți au plecat acasă fără fiica lor. A fost îngrozitor de tragic. Lui Lundin i-a picat rău. Strandgården era proprietatea lui și el se ocupa de cele mai multe lucruri. Era opera vieții lui. A murit la scurt timp după aceea. Pe neașteptate. Fiica lui a moștenit totul. Dar nu face nimic cu proprietatea. Nu am mai văzut pe nimeni de-atunci.

Ne continuăm drumul de-a lungul plajei, pe lângă clădirea principală, pe lângă rămășițele terenului de minigolf. Elle-Marja pufnește supărată și continuă:

— S-a mutat aici pentru o perioadă în anul acela, apoi a dispărut din nou. Avea un bebeluș, a fost prea greu să se ocupe ea de tot.

Am ajuns în cele din urmă la plaja cu nisip. Câțiva pescăruși se adună în aer, ceva mai departe, țipând strident, iar Buster o ia la goană să vadă despre ce e vorba.

— Am ajuns aici deja? spun eu. Plaja părea nesfârșită ultima oară când am venit aici.

— Ți-am zis că memoria îți poate juca feste, spune Elle-Marja. E mai rău pe măsură ce trec anii. Dacă trăiești la fel de mult ca mine, vei vedea.

Mergem mai departe pe cărare, prin iarba înaltă care crește de-a lungul malului stâncos. Îmi amintesc că o numeam „Cărarea problemelor".

— În orice caz, îmi amintesc această cărare. Existau locuri unde puteai să te oprești și să meditezi.

Ne așezăm în fața unui rond făcut din pietre mai mari. În mijloc, e o grămadă de pietre mai mici, cât un pumn. Lângă rond, pe un stâlp înclinat, se află o plăcuță. Elle-Marja se apleacă în față, își duce mâinile la spate și mijește ochii:

— Dacă ai ochi buni, poți vedea ce scrie. Eu nu văd o iotă. Nici nu mi-l amintesc.

— „Cercul grijilor", spun eu.

Intru în cerc. Iau o piatră și o mângâi în mână. Mă gândesc la ce mă îngrijorează, la necazurile pe care le am. Scap de ele aruncând piatra în afara cercului. O fac cu cea mai mare seriozitate și simt cum mă eliberez de griji. Când mă întorc, îl văd pe Daniel hlizindu-se la mine.

— Poate ar trebui să te arunc pe tine din cerc, Stella. Mi-ai dat o groază de bătăi de cap încă de când te-am întâlnit prima oară.

Cu strigăte ascuțite, l-am alergat de-a lungul cărării. Am râs și ne-am îmbrățișat, ne-am sărutat în iarbă. Fără să știm că totul avea să fie distrus într-o clipită.

Intru în cerc. Iau o piatră și o mângâi în mână. O arunc cât pot de departe. Nu simt nicio ușurare. Numai angoasa adâncă precum un abis. Cad în genunchi. Plâng și strig până Daniel vine și mă ia de acolo.

Tresar când simt mâna Elle-Marjei într-a mea. O strânge, mă ia de braț și mergem mai departe.

Mai în față, poteca urcă pe un povârniș abrupt. În sens pieziș, mai jos, e un drum pietruit. Acolo ne despărțim. Elle-Marja și Buster vor urma drumul, pentru a ajunge mai repede acasă.

— Buster devine morocănos altfel. Îl afectează mult scăderea glicemiei, înțelegi tu.

— Știu cum e, spun eu. Și bărbatul meu e la fel.

Elle-Marja râde și ne îmbrățișăm. Merg mai departe, sus, pe panta stâncoasă. Dau de o stâncă înaltă și văd niște copaci la stânga. Acolo e o altă clădire, parțial ascunsă după arbori. Continui în direcția opusă, spre un promontoriu. Aici nu urcasem data trecută, nu puteam merge așa departe cu căruciorul. Perspectiva spre Marea Baltică se întinde pe o rază de zeci de kilometri. Stânca se pierde în jos, într-un povârniș abrupt. Mă duc mai aproape și mă uit peste margine. Departe, jos, valurile lovesc pietrele uriașe.

O căprioară mică, sculptată în piatră, se află în fața unui tufiș, nu departe de mine. Mereu pe punctul de a fugi, și totuși împietrită acolo pentru totdeauna. Mă așez lângă ea pentru câteva clipe și privesc marea.

La întoarcere, mă opresc la cercul grijilor. Intru și iau o piatră. O mângâi în mână. Apoi o arunc departe, printre copaci.

Isabelle

— Cât este de frumos? Johanna se întinde ca o pisică lângă mine, pe pătură.

Închid ochii. Soarele îmi arde fața.

— Minunat!

— Doar ți-am zis, fluture de noapte ce ești.

E sâmbătă și suntem la picnic cu grupa, în Tantolunden. Mă bucur că Johanna m-a convins să vin. *Nu te mai gândi, încearcă să lași totul baltă pentru o vreme.* M-am hotărât să revin la acel minimum de viață socială pe care-l aveam înainte de moartea tatei.

Deschid ochii și văd că a venit Axel. Johanna își flutură mâna spre el, se ridică și îl întâmpină. Se îmbrățișează și se sărută.

Viața mea *ar putea fi* ca un film. Un film de genul *feel-good*, cu viață studențească, râsete și seri în oraș, cu fetele. Numai de-aș îndrăzni mai mult, de m-aș lăsa dusă de val. De-ar exista mai mult romantism. Johanna, Susie și Maryam vorbesc despre tot ce au făcut, ce au văzut și au auzit. De fiecare dată îmi dau seama de lipsa mea de experiență. Au fost niște mângâieri în câteva rânduri, niciodată mai mult decât atât. *E timpul să fac ceva în privința asta*. La petrecerea celor din anul întâi, am fost aproape. Am dat pe gât mai mult vin decât în toată viața mea de până atunci. Am purtat o rochie neagră, strâmtă. *Am fost convinsă s-o port*. Deși am tras de ea toată seara, până când vinul m-a făcut să uit. Însă nu mi-a scăpat niciuna din privirile pe care le-a atras. Și trebuie să recunosc. Cu cât beam mai mult vin, cu atât păreau mai interesante acele priviri.

De fiecare dată când mă gândesc la acea seară, mă trec fiorii. *Nici acum nu e o excepție*. Fredrik m-a târât pe ringul de dans, și-a pus mâinile pe talia mea. Mâinile lui pe șoldurile mele. Pe fundul meu. Mă împing în el, îl simt tare. Mă ia de mână, mă duce într-un coridor pustiu. Continuă să mă sărute pe gât, pe ureche, cea ascuțită, care încă mă mai complexează câteodată, îmi mângâie corpul când ne sărutăm. *Dacă ar ști mama*.

Își strecura degetele sub rochie când un amic de-al lui l-a strigat. M-a rugat să aștept și a plecat. Greșeala mea a fost că am început să gândesc. Gândul la mama a stricat totul și am plecat acasă.

Mă așez pe pătură și observ că cei mai mulți din grupa noastră sunt aici. Câțiva joacă softball, alții doar stau și vorbesc. Un băiat zdrăngăne la chitară.

Și Fredrik e aici. Stă la câțiva pași de mine, cu o sticlă de bere în mână. Când părăsește grupul cu care a vorbit, îmi fac curaj și îi fac semn cu mâna.

— Bună!

— Bună, Bella!

— Cum îți merge? întreb eu.

— Bine. Ție?

Se trântește lângă mine și mai deschide o bere.

— Nu credeam c-ai să vii aici, spune el. Vrei?

Iau o înghițitură și încerc să nu mă strâmb. Îi dau sticla înapoi. Fredrik o ia și se întinde pe pătură. După un moment, mă întind și eu.

— Ai avut o vară frumoasă? *Mă aud vorbind ca mama, politicos și sec.*

— Am lucrat o vreme la tata la birou, spune el. Am dat o tură la Berlin, apoi pe la Saint-Tropez. Tu?

— Am lucrat toată vacanța, răspund.

Ce fată interesantă! Într-adevăr.

— Acasă, în Dalarna?

— Nu, la Lidl, în Vällingby.

— Nu te-am văzut la niciuna dintre petrecerile cu grătar.

Ridic din umeri.

— Nu am putut veni.

— Păcat.

Întinde din nou sticla spre mine. De fapt nu am chef să beau, dar e plăcut să stau așa. Să împart cu el o sticlă de bere și să pretind că însemn ceva pentru el.

— Ți-e dor de Borlänge?

Reflectez la întrebarea lui.

— Nu, spun apoi. Sau da, câteodată, poate. E cu dus-întors. Mai ales vara. Și în Stockholm e bine, dar e mai frumos acasă.

— Glumești? Ce bate nopțile luminate de vară din arhipelag? Toate terasele? Să mănânci o înghețată în Kungsträdgården și să bei o bere în parc, să faci o plimbare în Djurgården?

Să faci o plimbare? îl tachinez eu. Ești pensionar?

Mă împinge într-o parte. Râd.

— Nu uita de înghesuiala din metrou, printre oameni transpirați, îi amintesc eu. Dacă se poate, cu nasul în subrațul cuiva. Bleah!

— Ha, ha, amuzant! Atunci ce e așa fantastic în Borlänge? Toate rablele de pe șosea? Costume populare și scripci scrâșnitoare?

— Nu înțelegi nimic.

— Atunci explică-mi.

— Liniștea. Tăcerea. Munții albaștri. Nopțile magice de vară, pe pajiștea de lângă casa bunicii.

— Munți albaștri și nopți magice de vară. Cât de poetic!

— Închipuie-ți că mergi cu bicicleta până la lac și simți vântul în păr. Mergi în pădure și nu întâlnești pe nimeni ore în șir. Nu auzi altceva decât păsările.

— Închipuie-ți că te rătăcești, ești pișcat de țânțari și ai câțiva kilometri buni până la civilizație.

— Nu vorbi prostii! Când te-ai săturat de pădure, poți merge la Leksand, prin Noret ca toți turiștii tonți, și poți mânca hamburgeri la Mitti. Poți merge să înoți lângă plaja cu nisip, mai jos de parcul de distracții din Leksand, știi cât de rece e lacul Silja? Rece ca gheața.

— Sună foarte atractiv.

Acum eu sunt cea care îi dă un ghiont într-o parte.

— Ai fost în Tällberg vreodată? E minunat. Tata conducea mereu foarte încet, ca să apucăm să vedem toate casele. Iar drumul e destul de îngust și sinuos. Câteodată mergeam cu mașina până jos, la debarcaderul Hjortnäs. De fiecare dată când continuam până sus la Vidablick, mâncam înghețată și ne uitam peste Siljan. Priveliștea îți ia mințile. Încheiam mereu cu o plimbare pe pontonul lung din Rättvik. Când eram mică, mi se părea că nu are capăt. Ne întreceam, să vedem cine aleargă mai repede înapoi.

Mă opresc.

— La ce te gândești? întreabă Fredrik.

— La tata.

— Am auzit. Îmi pare rău. Sau cum se mai spune acum.
— Mulțumesc.
— Ar fi trebuit să spui ceva.
— Să spun ce?
— Ar fi trebuit să ne spui ce s-a întâmplat. Ai dispărut și gata. Ai respins totul și nu ai mai dat nicio veste.
— Știu.
Se uită în ochii mei. Vreau să rămân aici pentru totdeauna. Cu el. Mă întreabă cum mă simt acum și, deși nu intenționez asta, îi mărturisesc că am început să merg la terapie. Nu i se pare ciudat. *Nu spun totul, firește.*
Rămânem tăcuți un moment. Apoi îi spun că eu și Johanna am fost astă-primăvară să donăm sânge la centrul mobil de lângă facultate. E un sentiment bun să donezi sânge, prea puțini fac asta. Acum ne-au solicitat pentru prima oară să donăm sânge.
Vorbesc în continuare. Vreau să revenim la veselia de mai înainte, vreau ca el să rămână cât mai mult.
Îi spun că sigur în momentul recoltării voi leșina și mă voi prăbuși, îmi voi răni brațul cu acul, sângele meu va împroșca toată încăperea și asistentele vor aluneca pe el și vor cădea unele peste altele. Fredrik râde cu hohote. Își scoate mobilul din buzunar și se mută lângă mine. Îl ține deasupra noastră și face o poză. Protestez și spun că nu am fost pregătită. Mai face una.
— Mai bine? Îmi arată imaginea, să-mi dau acceptul.
— Mda, ceva mai bine.
— Arătăm grozav, nu i așa?
A primit un mesaj, îl citește și se ridică.
— Într-un moment de slăbiciune, i-am promis sorei mele că o conduc la IKEA, spune el. Trebuie să merg. Din păcate. Dar ne mai vedem.

Rămân acolo, fiind conștientă de zâmbetul meu neghiob. Însă realizez că nu ar putea fi nimic între noi. Când va descoperi cine sunt mă va urî. I se va face teamă. Și mie mi se face teamă.

Mi-e teamă de ceea ce se ascunde în mine.

Stella

După mai bine de opt ore la volan, sunt din nou acasă. Adorm într-o baie caldă și mă trezesc când apa se răcește. Ies din cadă și mă șterg. Mă gândesc la Henrik.

Încă nu știu cum să-i spun că Alice trăiește și că am întâlnit-o. Că, de fapt, nu am stat acasă, să mă odihnesc, ci am fost la Strandgården. Că, de data asta, chiar s-a întâmplat.

Tricoul lui se află pe scaunul din dormitor, îl trag pe mine și mă bag în pat. Deschid jurnalul.

Vara în care am fost însărcinată, 1993, anul în care au fost douăzeci și șapte de grade la sfârșitul lui aprilie, în ceea ce s-a dovedit a fi cea mai călduroasă zi anului. Altfel, vara fusese o poveste lungă, rece și ploioasă. În anul următor, cu valul de căldură, Alice se foia mereu în scutece.

Apartamentul din Jordbro. Eu și Daniel ne-am putut permite să-l închiriem pentru că tatăl lui îl cunoștea pe proprietar. Parfumul de caprifoi care se simțea de la fereastra din bucătărie, tapetul soios cu dungi din dormitor, plin de găuri. Până la urmă l-am acoperit cu reviste.

Daniel, prima mea iubire. Era cu un an mai mare decât mine în gimnaziu, iar fetele roiau în jurul lui și mașinii sale tunate. M-am arătat interesată, dar nu am alergat după el. Într-un fel, am reușit totuși să-i captez atenția. Mi-am pierdut virginitatea pe bancheta din spate a acelei mașini.

Daniel era sălbatic și neobosit, pasionat de orice făcea și o scotea din fire pe sora mea mai mare. Helena considera că avea o influență proastă asupra mea, nu se potrivea în lumea ei ordonată. Stăteam afară până târziu, la petreceri și la curse de stradă, făceam sex pe bancheta mașinii lui.

Helena a fost mereu cea mai grijulie dintre noi două. Eu sunt o visătoare, așa am fost mereu. Spontană și impulsivă, făceam tot ce voiam. Sora mea își asuma responsabilitatea, făcea ce trebuia. Fusese obligată să se maturizeze prea devreme, după moartea tatei.

Când mama a rămas singură cu noi, a trebuit să lupte ca să țină viața în frâu. Noaptea cosea haine să câștige mai mult, în timpul zilei lucra uneori ture duble, ca îngrijitoare. Aveam numai cinci ani, iar Helena rămânea acasă și avea grijă de mine.

Eu și soră-mea ne-am depărtat una de cealaltă pe măsură ce creșteam. Faptul că am rămas gravidă la șaptesprezece ani nu ne-a îmbunătățit relația. Daniel a fost foarte fericit când a aflat că urma să fie tată. A făcut ce voiau părinții lui, a terminat școala, și-a luat bacalaureatul. Apoi ne-am mutat împreună. A primit o slujbă într-un atelier mecanic. Trăiam din salariu minim și încăpățânare. Noi doi și Alice.

Adoram să stau acasă cu fetița noastră. Să mă uit în ochii ei când o alăptam, să o văd cum îmi căuta sânul cu gurița, să-i aud suspinul mulțumit când îl găsea. Iubeam mirosul ei și sunetele pe care reușea să le scoată, încrederea ei totală și afecțiunea pe care o trezea în mine.

Primul an al lui Alice. Citesc despre cum învață să stea, cum se întoarce de pe burtă pe spate, cum, până la urmă, încep să-i iasă dinții.

Ziua în care a împlinit un an. Petrecerea pentru care i-am gătit primul tort, balonul care a pocnit, făcând-o să plângă, Daniel făcând-o să râdă din nou.

Pernilla, care ne-a vizitat chiar înainte de a pleca în mult doritul miniconcediu.

Termin cu cititul și așez jurnalul pe noptieră. Nu vreau să continui. Mă dau jos din pat și îmi usuc părul. Trag pe mine niște colanți și o bluză de trening. Iau din nou jurnalul. Mă așez pe marginea patului și îmi aduc aminte.

Plaja, nesfârșită și albă. Marea, calmă. Flori colorate pretutindeni. Caniculă insuportabilă. Copacii care se leagănă. Cabana numărul unu. Căruciorul ei roșu, răsturnat în nisip.

Alice, unde ești?

15 august 1994

Ce ai făcut? Unde ai fost?

De ce n-ai fost acolo? De ce n-ai auzit nimic?

De ce n-ai observat că a dispărut?

Aceleași întrebări, iar și iar.

Nu am fost plecată mult timp. Așa este, nu? Eram chiar în preajmă.

Ei cred că i-am făcut rău. Propriului meu copil, fetiței mele.

Cred că am rănit-o. Că am omorât-o. Văd asta la ei, pe chipurile lor, în privirile pe care le schimbă. Aud în vocile lor.

Am făcut ceva de neiertat. Cel mai mare păcat pe care o mamă l-ar putea comite. Nu am avut grijă de copila mea. Am lăsat-o singură. Nu am fost lângă ea s-o protejez.

Dormea în căruciorul ei, între copaci. Am mers într-o scurtă plimbare, un pic mai departe, pe plajă. Am stat acolo și am reflectat o clipă. Câteva minute.

Mă întreabă cum de n-am observat nimic. Pretind că e timpul să le spun adevărul. Să povestesc totul, oricum se va afla până la urmă.

Am spus, am clarificat. Din nou și din nou și din nou.

Nu ar fi putut răsturna căruciorul singură. Și aș fi auzit dacă s-ar fi trezit. Nu am fost plecată prea mult timp. Și eram aproape.

Cineva trebuie să o fi luat. Dar cine ia copilul altuia? E imposibil. Nimeni nu fură un copil. Este pe aici pe undeva. Poate cineva a avut grijă de ea. Pentru că eu nu am făcut asta. Mama ei tânără, egoistă, imatură care a plecat de lângă ea pentru o clipă.

Se va întoarce. Trebuie. Se va întoarce curând. Nu a răsturnat singură căruciorul, nu a mers târâș și nu s-a înecat în mare. Nu a făcut asta, nu e posibil.

Am căutat peste tot. Nicio urmă, nimic. Însă e aici, simt asta. Vino înapoi la mine. Ascultă-mă când te strig. Vino înapoi. Trebuie să vii înapoi.

Ești totul pentru mine. Ești carnea și sângele meu! Fără tine nu vreau să trăiesc. Ești în sângele meu.

Stella

Mama bombăne pentru sine, scormonind printr-un sertar din bucătărie.

— Stella, unde ai ascuns deschizătorul de conserve? întreabă ea trăgând un alt sertar. Se vede treaba că are de gând să întoarcă toată casa cu susul în jos.

— În al doilea sertar, răspund eu, încercând să-mi păstrez cumpătul.

— Nu e aici. Nu e nicăieri.

— Acolo e.

Mă întreb de ce am chemat-o aici. Pentru că nu voiam să fiu singură? Pentru că pot să mă enervez pe ea în loc să mă gândesc la Alice?

— Da, aici era.

Mama ia scrisorile de pe blatul de bucătărie.

— E în regulă dacă pun astea pe cuptorul cu microunde?

— E-n regulă.

— E ziarul local și...

— E OK, pune-le acolo.

— Să nu facem mai multe, să ajungă și pentru Henrik și Milo?

E a treia oară când întreabă asta.

— Margareta va avea grijă să mănânce ceva înainte de plecare, spun eu. Sau mănâncă atunci când ajung.

— Ești sigură? Putem să punem la congelator ce rămâne. Să aibă pentru mâine, spune ea.

— Mama. E bine așa.

Își întinde hainele și capitulează.

— Vreau doar să ajut. Iartă-mă dacă mă bag.

Mama are o capacitate înnăscută de a prelua mereu comanda. Se apucă să facă pâine sau să gătească, întreabă dacă să ajute cu spălatul sau să dea cu aspiratorul. O vreme, poate fi confortabil să fii îngrijit în felul acesta. Și îngrozitor de enervant.

— Ce mai știi de Helena? întreb eu.

— A sunat săptămâna asta. Probabil va veni cu Charles și cu copiii de Crăciun. Sper asta.

— Crezi că e fericită? În Oxford, cu el?

Proastă formulare. Acum o luăm de la început. De ce fac asta? Vreau să provoc o ceartă? Mama se încruntă și răspunde:

— Da, așa cred. Tu nu crezi?

— A rămas acolo, în orice caz, spun eu.

Curând după ce eu l-am născut pe Milo, sora mea l-a întâlnit pe Charles, într-o călătorie la Londra. Un profesor de literatură cu o preferință pentru catifeaua maronie și pentru monologurile ceremonioase și interminabile. De treisprezece ani locuiește la Oxford, cu el și cu cei trei fii ai lor bine pieptănați.

— Când ai vorbit ultima oară cu ea? întreabă mama amestecând în mâncare.

— Cândva înainte de începerea verii, cred.

— Cum de s-a ajuns aici? Aproape că nu mai țineți legătura.

— Suntem diferite, mereu am fost așa.

Mama ia paharul de vin pe care i-l întind. Se așază la masă și gustă din el.

— M-am certat cu tine mai mult decât cu Helena, spune ea. Tu voiai mereu să știi *de ce*. Ea a fost mulțumită și a acceptat totul ca atare.

— I-a fost mereu teamă de conflicte.

— Avem diferite moduri de a face față lucrurilor. Tu, dintre toți oamenii, ar trebui să știi asta.

Nu a vorbit despre Alice nici măcar o singură dată după ce s-a întâmplat. Nu m-a întrebat niciodată cum mă simt. S-a purtat de parcă nu s-ar fi întâmplat nimic. A discutat numai lucruri practice: ce mâncăm, cine face ce. Încă are acest obicei detestabil.

— Ce e cu tine? Pari atât de supărată și irascibilă.

— Aveți această nevoie de a lăsa lucrurile neschimbate. Închideți ochii în fața problemelor. Ce mi s-a întâmplat mie ne-a influențat pe toți, dar nu vreți să recunoașteți asta.

Mama pune jos paharul de vin.

— Te-ai gândit vreodată la propria ta contribuție aici? întrebă ea. Te-ai izolat. Nu ne-ai lăsat să vorbim despre asta. Nu ai vrut. Au trecut perioade lungi în care abia te-am văzut. Își întinde mâna spre a mea. Eu mi-o retrag.

— Te-am adus de la o petrecere, spune ea. Pernilla sunase, băuseși prea mult, probabil mai luaseși și altceva. Ai avut un atac de panică. I-ai speriat pe toți de acolo.

Nu spun nimic. Mă uit în podea. Nu vreau să aud asta.

— Ar fi trebuit să fac ceva mai devreme. Ai dreptate că am închis ochii prea mult timp și îmi pare rău pentru asta. Apoi ai fost la terapie. Te-ai simțit mai bine. Viața merge mai departe, așa ai spus. Și așa s-a și întâmplat. Pentru noi toți. Așa că nu fi atât de dură cu Helena.

Cuvintele mamei mă fac să îmi fie rușine. Continuă:

— Ai vorbit mult cu Henrik după ce l-ai întâlnit. Lui nu i-a fost teamă, putea să facă față suferinței tale. Știu că uneori a existat tensiune între noi. Dar sunt mereu aici. Sper că știi asta.

Acum o iau eu de mână.

— Iartă-mă, mama. Am fost nedreaptă cu tine. Și cu Helena.

— De ce te gândești la Alice? Nu e mai bine să lași totul în urmă? Acum îi ai pe Henrik și pe Milo, ai o viață bună. Treci peste asta, Stella.

Mă ridic și o îmbrățișez pe mama. Are dreptate, ar trebui să las totul în urmă.

— Ai fost la mormânt de curând? întreabă ea. Iartă-mă, știu că tu preferi să spui piatra memorială.

Clatin din cap. După masă și după plecarea mamei, rămân în bucătărie și mă gândesc la conversația noastră.

Am numai amintiri disparate din intervalul dintre dispariția lui Alice și pavilionul 5. Era primăvara lui 1995 când m-a internat cu forța. Am fost închisă într-o secție de psihiatrie. Nu mâncam, am slăbit groaznic. Eram profund deprimată.

Treptat, am intrat în legătură cu Birgitta, care era psihoterapeut. Am primit ajutor, am îndrăznit să privesc înainte și am decis să trăiesc. Apoi m-am apucat să învăț și să studiez psihologia, cu scopul de a fi eu însămi psihoterapeut. Sunt bună la ceea ce fac. Sau eram.

Acum nu mai sunt. În aceste momente nu mai pot ajuta pe nimeni. Nici măcar pe mine însămi.

Mă ridic, șterg blatul și iau ziarul local pe care mama l-a pus pe cuptorul cu microunde. Un plic cade pe dușumea.

Îl ridic. E scris de mână și adresat mie. Stella Widstrand, fostă Johansson. Fără timbru și fără adresă. Cineva l-a lăsat direct în cutia de scrisori.

Îl deschid. Înăuntru se află o hârtie îndoită, cu o cruce desenată deasupra. Textul e scris caligrafic, cu cerneală neagră.

Stella Widstrand
1975-11-12
Ne-a părăsit rapid și neașteptat.
Fără regrete.
Niciun îndoliat.

Isabelle

Răcoarea pătrunde direct prin haine. Deși mi-am înfășurat fularul gros peste jumătate de față, am senzația că n-aș purta mai nimic. Îmi strâng umerii în ploaie și alerg la pas mărunt spre Valhallavägen.

Vremea urâtă a invadat Stockholmul pentru a treia zi la rând. Azi am avut doar un curs, mulți au rămas acasă. *Ca Johanna.* Dacă n-ar fi fost grupul de terapie, și eu aș fi făcut la fel. În orice caz, mi-ar fi trecut prin minte să fac asta. Însă nu am vrut să pierd ședința Stellei. Sunt prea multe în joc.

Au mai rămas patruzeci și opt de minute până la începerea terapiei de grup. Am așteptat-o cu nerăbdare timp de o săptămână. Ce-ar fi ca ea să nu vină?

Traversez strada spre stația de autobuz. Autobuzul sosește, mă urc. Înăuntru, dau de un aer îmbâcsit și umed, de la hainele plouate și de la umbrelele din care se scurge apă. Geamurile sunt aburite, luminile de afară se succed ca niște puncte incandescente, dispersându-se în atmosfera încețoșată.

De când am găsit-o pe Stella, mă tot gândesc la ea. Poate prea mult. Ultima oară m-a scrutat intens cu privirea. Ca și cum ar fi știut cine sunt. Ca și cum ar fi înțeles de ce mă aflu acolo. Dar nu a înțeles. Nu știe nimic despre mine și despre viața mea. Nici n-are habar.

Autobuzul se oprește la stația de lângă centrul comercial Västermalmsgallerian.

Mă strecor afară și mă grăbesc spre clinică. Urc la etajul patru. O salut pe recepționistă, plătesc și intru în sală. Mă așez pe unul dintre fotolii, dau telefonul pe silențios. Stella intră la ora 1 fix și închide ușa după ea. O privesc. Îmbrăcată cu gust, într-o rochie până la genunchi, cu părul aranjat într-un coc gros.

Toți par supărați astăzi. Clara are emoții în legătură cu o prezentare pe care o va ține mâine în fața conducerii firmei. Pierre îi reproșează că se îngrijorează și se văicărește tot timpul, dar de fiecare dată iese foarte bine. Clara îi trântește o replică la rândul ei.

Îi arunc din nou o privire Stellei, pe furiș. *E greu s-o citești*. Până acum n-a spus nimic, doar a stat acolo.

Ascultă. Ne studiază pe rând. După o clipă, îi simt privirea fixată asupra mea. I-o susțin și îi zâmbesc.

Nu-mi zâmbește înapoi.

Stella

Regret că am propus terapie de grup pentru Isabelle Karlsson. Date fiind greutățile pe care a mărturisit că le întâmpină în plan social, se recomandă această formă de terapie. Însă asta era înainte să știu. Toți ceilalți au vorbit astăzi, nu și Isabelle. Până acum n-a zis nimic. Niciun cuvânt.

Tocmai a trecut un moment de tăcere. Trebuie să o fac să spună ceva. Trebuie să o fac să mărturisească de ce se află aici.

Iau cuvântul: Isabelle, cum ți-a fost săptămâna?

Isabelle: A fost foarte bine. Am început un nou proiect colectiv la Universitate și am nimerit într-un grup bun. E bine. Și am devenit și donator de sânge.

Zâmbește din nou, gropița din obrazul stâng se vede clar.

Isabelle: Ieri a fost prima oară când am donat sânge. Mi-e cam frică de ace. Ca mamei, care o ia razna când le vede. Dar a mers mai bine decât mă așteptam.

Rămâne tăcută pentru o clipă. Femeia căreia îi spune „mamă", cine e aceasta?

Isabelle: De altfel, ea vrea să merg acasă în weekend, iar eu nu am niciun chef.

Magnus: De ce nu?

Isabelle: Relația noastră nu e chiar ideală acum. Ea mi-a spus că Hans nu a fost tatăl meu adevărat.

Arvid: Cum ți-a dat vestea?

Isabelle: Plângeam. I-am spus mamei că îmi lipsește. Că nu va fi mai ușor, cum îmi spune toată lumea. I-am spus că nu va trece niciodată. Nu a putut să suporte. S-a întristat și a spus că ea încă trăiește.

Respiră adânc și se uită în jur. E adevărată povestea ei? E real ce spune?

Isabelle: Eu și tata am fost foarte apropiați. Și știu că își dorește ca eu și mama să ne înțelegem la fel de bine, la fel de firesc cum mă înțelegeam cu el. Dar nu se întâmplă asta.

Îi tremură glasul, e pe punctul de a izbucni în plâns. Emoțiile ei sunt reale. Nimeni nu poate juca atât de convingător fără emoții autentice. Ce înseamnă asta? Că mă înșel? Că mi-am închipuit totul? Că aici nu e Alice, ci numai Isabelle?

Isabelle: A spus că oricum nu e tatăl meu adevărat.

Clara: Ce mod urât de a spune așa ceva. Îngrozitor.

Pierre: La naiba, ce răutăcios.

Arvid: Oribil. Ce simți în legătură cu asta?

Isabelle: Nu știu. Și ea e tristă. De fapt, nu o să fiu nedreaptă cu ea. A fost dificil și pentru ea. Nu i-a fost ușor în viață. Dar s-a străduit să fie o mamă bună.

Să fie o întâmplare că Isabelle e aici? Ce-ar fi să nu știe nimic? Nu poate fi așa de simplu. Ascunde ceva. Ce?

Clara: Evident că și ea suferă, dar totuși.

Arvid: Nu e în regulă, în orice caz. Nu spui așa ceva într-un mod atât de brutal.

Isabelle: Ar fi fost mai logic ca mama să fi fost cea care m-a adoptat.

Eu: Ce vrei să spui cu asta?

Mai mulți participanți se uită la mine, apoi unii la alții. Nu-mi pasă. Trebuie să știu.

Eu: Cum o cheamă pe mama ta?

Isabelle: Kerstin.

Eu: Tu și Kerstin aveți o relație apropiată?

Isabelle: Mai mult sau mai puțin, ce pot să spun? Cu tata puteam vorbi despre orice. Eu și mama suntem de pe planete diferite.

Arvid: Care mamă nu e de pe altă planetă?

Râset eliberator în grup. Încerc să zâmbesc.

Arvid: A mea se încăpățânează să mă viziteze mâine. Nu reușesc niciodată să o refuz.

Clara: Trebuie să stabilești niște limite.

Conversația se orientează spre altceva, iar participanții discută unii cu alții. Vreau să aud mai multe despre Isabelle, dar nu pot să-i întrerup fără să le trezesc mirarea. Cred că Isabelle vrea să vorbească despre Kerstin, femeia care pretinde că e mama ei.

Ar fi fost mai logic ca mama să fi fost cea care m-a adoptat.

Ce înseamnă asta?

Știe că Kerstin nu e mama ei biologică? Vrea ca *eu* să aflu că știe? Cine este această Kerstin? Și ce știe ea?

E imposibil să-mi păstrez concentrarea. Nu mai știu despre ce vorbește grupul. Prea multe gânduri mi se învârt în cap.

Alice, tot ce s-a petrecut când a dispărut și după aceea.

Ce s-a întâmplat apoi, doisprezece ani mai târziu, când viața mea s-a ruinat din nou.

Vizita la Strandgården.

Plângerea Linei Niemi.

Anunțul morții mele.

Cine ar pune așa ceva în cutia poștală?

E un avertisment?

O amenințare?

Henrik e tulburat. Mai ales pentru că nu am considerat necesar să reclamăm asta la poliție. Din păcate, nu prea e neobișnuit ca un terapeut să primească amenințări. Însă e prima oară când eu însămi primesc un bilet de amenințare. Cel aflat în spatele lui a fost la noi acasă. A pus hârtia în cutia noastră poștală. Dar gândul că cineva e gata să îmi facă rău fizic pare ireal. Nimeni nu mă urăște atât de mult ca să meargă atât de departe. Din câte știu eu.

Și ce-ar putea face poliția? Biletul e scris de mână, dar bineînțeles că nu există nicio semnătură, niciun expeditor.

Henrik a presupus că vine de la Lina sau de la părinții ei, singurii care în anii mei de psihoterapeut au fost ostili în mod fățiș.

Probabil are dreptate. Ar putea fi părinții Linei, unul dintre ei sau amândoi. Poate fi Lina însăși. Sau cu totul altcineva. Unul dintre pacienții mei. Cineva dintre cei prezenți azi aici.

Poate fi Isabelle Karlsson.

Pierre vorbește mai departe despre mediile sociale. Nu poate înțelege cu ce se poate alege cineva dacă stă pe Facebook sau Instagram, de ce patruzeci și opt de like-uri dau sens vieții sau de ce confirmarea unei imagini fabricate și perfecte a unei realități închipuite e atât de importantă. Se întreabă dacă Isabelle a postat o poză cu tatăl ei, face ghilimele în aer, întreabă dacă a scris *nu te voi uita niciodată*. Așa fac unii. *Nu trece o zi fără să mă gândesc la tine*. Dar mama sau mâța au murit de șaptesprezece ani. Prostii. Se uită. Nu te gândești la cineva în fiecare zi și, la naiba, nu ți-e dor timp de șaptesprezece ani, spune el. *Suferi* și mergi mai departe.

— Ce e suferința? intervin eu. Ce înseamnă lipsa cuiva? Cineva se desprinde de tine și rupe astfel o parte din tine. O parte care nu poate fi înlocuită cu nimic altceva. Suferința și lipsa cuiva rămân acolo pentru totdeauna. Și asta doare. Rana sângerează și te supără. S-a format o coajă care te mănâncă, rana se deschide. Sângerează din nou. Într-o zi devine cicatrice. Rana se vindecă, dar cicatricea rămâne.

Toți se uită la mine. Tăcerea e sufocantă.

— După câțiva ani, suferința și lipsa celuilalt te vor schimba, continui eu. Se vor cuibări în adâncul ființei tale. Vor modela restul vieții tale. Nu uiți niciodată. Rămân o parte din tine, din cine ești.

Fără să mă uit la vreunul dintre membrii grupului, mă ridic și părăsesc sala.

2 septembrie 1994

Douăzeci de zile. Cele mai lungi din viața mea.

Trăiesc un coșmar.

Nu te da bătută. Trebuie să ai grijă de tine însăți. Trebuie să crezi, trebuie să speri. Așa au spus toți la început. Intențiile lor au fost bune, au încercat să te sprijine și să te consoleze. Au fost cuvinte goale.

Acum îmi spun că a dispărut. Alice s-a înecat, nu mai trăiește. E moartă.

Refuz să cred asta.

Și, totuși, nu mai am speranță.

A fost suficientă o secundă. O clipă.

Fata mea e dispărută pentru totdeauna. Cum aș putea trăi cu asta?

Le e teamă de suferința mea. Mamei, Helenei, Mariei. Ca și cum aș avea o boală contagioasă.

Daniel e tăcut. Îmi evită privirea. Detest distanța dintre noi. Îmi doresc să strige la mine, să mă acuze, așa cum mă acuz eu. Știu că asta face, deși nu spune nimic.

Am pierdut-o pe Alice. În suferința noastră, ne pierdem și unul pe celălalt.

Stella

Oamenii se încovoaie sub umbrele și se grăbesc de-a lungul străzii Sankt Eriksgatan. Intru în cofetăria Thelin, cumpăr o cafea și mă așez într-un colț, mai în spate. Am părăsit cabinetul fără să-i spun lui Renate și fără să anulez următoarea ședință. Ceva ce nu s-a mai întâmplat niciodată. Și e prima oară când părăsesc o ședință de terapie înainte de ora stabilită.

Îmi sprijin capul în mâini, cobor privirea și mă văd reflectându-mă ca o umbră întunecată în cafeaua neagră. Îmi îndrept spatele și îi observ pe ceilalți oameni citind sau conversând. Mă aflu într-o cu totul altă lume. Nu avem nimic în comun. Mâna îmi tremură când ridic ceașca.

Sunt mai afectată decât credeam de biletul cu necrologul. Cineva mă urăște. Cineva îmi dorește moartea. Cine? Și de ce?

Patru mame intră și iau loc la masa alăturată. Își parchează cărucioarele și îi dezbracă pe copiii care strigă și urlă. Din când în când, copiii sunt admonestați, li se cere să facă liniște, să nu se cațăre pe masă și pe scaune. Mamele râd, vorbesc despre achiziții imobiliare și plănuiesc concediile de iarnă.

Senzația de intruziune devine copleșitoare. Părăsesc masa fără să beau cafeaua și plec. O iau la stânga, cobor treptele spre metrou și regret că l-am lăsat pe Henrik să mă ducă cu mașina azi-dimineață. Călătorii plouați se înghesuie împreună cu mine în vagonul de metrou de la Alvik. Aerul e stătut, miroase a umezeală și a transpirație. Toți tânjesc să ajungă acasă sau pe unde mai au treabă. Toți vor să fie altundeva, nu aici.

Mă arde la ceafă, de parcă cineva din spatele meu mă fixează cu privirea.

Mă întorc, îi studiez pe ceilalți călători. Nimănui nu-i pasă de mine.

La Alvik, cobor din metrou și iau autobuzul. Ploaia răpăie de-a lungul geamurilor. Luminile felinarelor strălucesc pe străzile ude. Lumea din afară e ștearsă și difuză. Cerul, întunecat și indiferent. Cobor și mă îndrept spre casă, prin ploaie.

Din nou am senzația neplăcută de a fi urmărită. Mă opresc și mă uit în jur, dar nu văd pe nimeni. Grăbesc pasul.

Îmi pun haina pe cuierul din hol, sprijin geanta de birou. Sunt singură acasă. Milo sosește curând, iar Henrik ceva mai târziu, dacă nu lucrează peste program. Ar fi cazul să pregătesc masa. Nu sunt în stare. Nu vreau.

De ce n-am lăsat-o pe mama să gătească pentru toată săptămâna? Aș putea să-l sun pe Henrik, să-l rog să cumpere ceva. Când o fi gata, de la o vreme nu mai știu când vine acasă.

Merg în camera de zi și mă așez lângă fereastră. Îmi lipesc fruntea de geamul rece și închid ochii.

Un pahar de vin. O baie fierbinte. Apoi somn. De asta am nevoie.

Simptomele sunt clare și, dacă nu le iau în serios, pot degenera în catastrofă.

Deschid ochii.

Pe stradă a apărut un bărbat. Are o pelerină de ploaie întunecată, informă, cu gluga trasă peste față. Mânecile atârnă nemișcate în părți.

Îmi țin respirația și fac un pas înapoi. Bărbatul care mă observă stă nemișcat. Mă întorc, iau mobilul de pe masă pentru a suna la poliție. Când mă uit din nou afară, nu mai e nimeni.

Vântul înclină copacii, ploaia răpăie în ferestre.

Rămân cu telefonul în mână, gata să sun. Mă uit în grădină, pe stradă.

Omul cu pelerina de ploaie a plecat.

Kerstin

Am mai pierdut o jumătate de oră tot făcând ordine prin rafturile din depozit. Deranjul mă scoate din sărite. Ce-ar fi ca toți să se străduie, măcar un pic, să păstreze ordinea pe-aici? Nu ar mai fi nevoie să intervin eu permanent.

Dar rutina îți dă o senzație de siguranță. Mi s-a părut mereu ceva important. Să merg la serviciu, să am aceleași sarcini și azi, și mâine, mă liniștește. Îmi dă sentimentul că totul are un rost.

Anna-Lena își strecoară capul înăuntru.

— Kerstin, ai o secundă?

— Când termin aici, răspund eu.

Ce-o mai fi vrând acum? Mă uit la ceas și constat că a venit cu patruzeci de minute mai devreme. Face des asta. Și zău așa, trebuie să remarce toată lumea. Anna-Lena cea pricepută și responsabilă. Are numai treizeci și cinci de ani, totuși i se pare firesc să fie șefă. Dar nu am văzut-o niciodată făcând ordine în depozit. Nici că se va întâmpla vreodată. E mult prea importantă pentru așa ceva.

Aranjez substanțele pentru curățare pe raft, în șiruri drepte. Încui depozitul fără grabă și pornesc ușor de-a lungul coridorului. Nu am de gând să mă stresez.

— Voiai ceva? o întreb când ajung în biroul ei.

— Așază-te. Anna-Lena face un gest spre un scaun aflat vizavi, de partea cealaltă a mesei. Termină ce făcea, după care se întoarce spre mine.

— Am auzit că a fost cam dificil în ultima vreme.

— Mie mi s-a părut că a fost neobișnuit de calm pe aici. Cine-a spus că a fost dificil?

— Nu contează cine, spune ea. O privire scrutătoare, un zâmbet cu o notă de părere de rău.

— Ai dat dovadă de lipsă de răbdare și duritate cu pacienții.

— Deci despre mine e vorba? Eu am fost dificilă?

Anna-Lena refuză să-mi întâlnească privirea și culege câteva hârtii.

— Îmi pare rău să aud asta, continui eu. Și ce mă rog a văzut acest cineva?

— Păi, nu s-a referit la ceva anume, dar...

— Atunci e greu să vorbim despre asta, o întrerup. Nu-i așa? Despre *cine* nu m-a văzut făcând ceva greșit.

— Ea are în orice caz această impresie. Și Greta s-a plâns.

— Greta?

Izbucnesc în râs ca să arăt ce părere am despre ea.

— Dar de ce nu se plânge ea? Femeia asta crede că toți greșesc. Nu e mulțumită niciodată. Ai fi aflat asta dacă ai fi fost acolo și ai fi lucrat cot la cot cu noi, îi spun.

Anna-Lena oftează. Ca și cum aș fi spus ceva extrem de deplasat.

Intrigile de la locul de muncă mă obosesc îngrozitor. Mai ales procese de acest fel. Se aliază contra mea, se plâng că schimb turele de muncă, că îmi scurtez orele de lucru și merg mai devreme acasă. Sunt capabile să găsească orice pentru a mă face să mă simt prost. Însă nu există nicio justificare pentru toate astea.

Nu sunt persoana cea mai sociabilă și nici cea mai vorbăreață dintre angajați, știu asta. Intrigile apar, firește, din această cauză. Și, totuși, sunt cea mai veche de aici. Eu și Ritva, de șaisprezece ani. Nu se descurcă fără mine. Carieristele ca Anna-Lena nu rămân niciodată prea mult. Ca să faci față acestui post, e nevoie de mai mult decât să te joci de-a șeful. Pe hârtie arată cu totul altfel decât pe teren. Teoria e un lucru, practica, altul. Unii oameni nu au niciun contact cu realitatea, e clar.

— Bine, am vrut numai să discut asta cu tine, spune Anna-Lena cu o expresie sfidătoare.

— Nu e nimic în neregulă cu felul în care îmi fac treaba.

— Te rog, Kerstin, trebuie mereu să intri în defensivă? E cazul să vorbim despre asta. Există plângeri. Din nou. Înțeleg că ți-a fost greu, după ce s-a întâmplat cu soțul tău și toate astea. Dar asta nu trebuie să îți influențeze munca.

Nu înțelege. Nu pricepe nimic. Nu știe nici cât negru sub unghie.

Fără să spun un cuvânt, mă ridic și părăsesc camera. Anna-Lena mă urmează pe coridor și strigă după mine. Mă fac că nu o aud.

Ar fi mai mult decât o cosmetizare a situației să spun că mă simt bine aici. E o clevetează permanentă, păreri diferite despre proceduri și despre cum se îndeplinesc sarcinile de lucru. Lucrurile simple se complică și până la urmă ai de muncit dublu. Cel mai adesea, eu ajung să rezolv aceste mizerii. Și tinerii ăștia care reușesc să fie angajați cu plata pe oră. Nu ar trebui să fie o cerință să ai măcar un fel de etică profesională? Nu se ocupă deloc de bătrâni și fac numai ce este absolut necesar. Intră în încurcături, schimbă legitimații sau sună că sunt bolnavi în ultima secundă, mereu vineri seara sau luni dimineața. Intervin și îmi ofer ajutorul când pot. Cu toate astea, nu am parte decât de mizerii. Lipsa de recunoștință e plata lumii.

Ar fi tentant să încep să lucrez în altă parte. Însă mă apropii de cincizeci de ani. Sunt prea bătrână, nu mă mai vrea nimeni, piața muncii s-a închis. Rămân cu rutina muncii mele aici, la sanatoriul Hällsjöhemmet, oricât de nesuferiți ar fi colegii și cu toate că cei din conducere habar nu au ce fac.

Intru în camera personalului.

— Curând acasă, în sfârșit, spune Ritva, cu un accent puternic finlandez.

— Da, răspund. În sfârșit.

— Eu și bătrânul vom merge la Ikea. Ai apucat să mergi acolo?

— Nu, nu am fost. N-am nevoie de mai multă mobilă decât cea pe care o am deja.

— Bătrânul e fericit că au deschis și aici, în Borlänge, spune Ritva râzând. Că nu mai e nevoit să conducă de fiecare dată până la Gävle.

— Bună, spune Cecilia, repezindu-se în bucătărie.

Mă întorc cu spatele. Nu o suport. Cât are, 23 de ani? 24? O studentă care lucrează ca asistentă și care se crede a fi posesoarea unor cunoștințe nelimitate. Îmi pare bine că nu lucrează zilnic cu noi. Îi face mereu plăcere să spună cum stau lucrurile, cum trebuie să fie totul. Tineri care cred că le știu pe toate, există ceva mai enervant? Pușlamale care-și dau aere numai pentru că s-a întâmplat să fie angajați.

Imediat după aceea, sosește și Hattie, o femeie de vreo patruzeci de ani care cred că vine din Iran. Vorbește rar, dar e agreabilă și respectuoasă, într-un fel afectuoasă. Defel băgăreață și cu tupeu ca alții de pe aici.

— Vrei cafea, Kerstin? Ritva îmi întinde o ceașcă. Mă așez pe scaunul cel mai apropiat și îmi pun trei cuburi de zahăr. Astăzi merit.

Ritva îi toarnă și lui Hattie, care ia ceașca și zâmbește recunoscătoare.

— Pentru mine nu, mulțumesc, spune rapid Cecilia, chiar dacă nimeni n-a întrebat-o dacă vrea. Nu pricep cum de puteți bea atâta cafea toată ziua.

Își face un ceai de ierburi, demonstrativ și meticulos.

— Te termină slujba asta. Cum reușiți să vă spetiți atâta an după an?

— Ce noroc pe tine că nu o să faci asta, zice Ritva și se așază lângă mine. Ai lucrat mereu în domeniul sanitar, Kerstin?

— Mai mult sau mai puțin, răspund eu. Dar m-am spetit, e drept.

— Sunt prea multe de făcut, spune Cecilia azvârlindu-și picioarele pe scaunul de lângă ea. Și prea puțin timp.

— Trebuie să-ți păstrezi calmul, spune Hattie.

Eu îi zâmbesc încurajator. Suedeza ei e din ce în ce mai bună. Ce-ar fi ca toți să fie așa de ambițioși și hotărâți?

— Cineva trebuie să facă treaba, spune Ritva cu o expresie gravă.

E riguroasă și nu se ploconește în fața nimănui. Exact ca mine.

— Cum e cu Isabelle, se simte bine în Stockholm? întreabă ea.

— Se pare că da.

Nu vreau să spun cât de îngrijorată sunt pentru fiica mea. În câteva minute, voi da raportul celor din tura de seară, mă voi schimba și voi pleca acasă. Acasă, la tăcere. Totuși continui:

— Dar ar fi mai bine dacă s-ar muta din nou acasă.

— De ce? întreabă Ritva. Pentru cine ar fi mai bine?

Tresar la întrebarea directă. Dar Ritva e așa cu toată lumea, știu asta. Nu-mi arăt supărarea, înghit hapul.

— Cred că ar fi cel mai bine pentru *ea*. I-a fost greu de la moartea lui Hans. A început să meargă la terapie.

— Spui ca și cum ar fi ceva în neregulă cu asta, spune Cecilia.

— N-am spus asta.

— Dacă îi e dificil, nu poate fi decât bine că are pe cineva cu care să vorbească, nu?

— Poate, răspund eu. Dar poate foarte bine să vorbească cu mine. Nu știu dacă-mi surâde ideea de discuta lucruri private cu străini.

Învârt lingurița în ceașcă, zgomotos. Fața mi se înfierbântă când simt privirile ațintite asupra mea. Nu ar fi trebuit să spun nimic.

— Îmi cunosc fiica, continui eu. E foarte vulnerabilă în acest moment.

— Nu e nevoie să te îngrijorezi, spune Ritva. Isabelle e o fată bună.

— Eu cred că uneori e util să vorbești cu cineva din exterior, spune Cecilia. Toți ar trebui să meargă la terapie cândva, sunt sigură de asta.

Bineînțeles că asta crezi. Și dacă tu crezi ceva, atunci e automat adevărat, nu-i așa? Ai pe jumătate vârsta mea și, totuși, tu știi cel mai bine. Dar habar n-ai ce mult îmi lipsește fiica mea și cât sunt de îngrijorată.

— Firește că o sprijin, spun eu după un moment. Dacă asta vrea, atunci evident că voi face tot ce pot ca să o ajut.

Sunt dărâmată complet. Ce știu ele? Stau treze în timpul nopții și se îngrijorează pentru odraslele lor? Știu ce simți când vezi că propriul tău copil se înstrăinează de tine? Isabelle se îndepărtează de mine cu fiecare zi. Ele nu înțeleg asta, nu-și pot închipui cum este. Și nu are sens nici să încerci să explici. Îmi beau cafeaua și merg să dau raportul schimbului următor.

Vechiul meu Nissan pornește la prima încercare, ce minune! Înainte de a ieși din parcare, șterg aburul de pe geam cu mâneca. O iau de-a lungul străzii Hemgatan și ies pe Faluvägen. Din spate, mă claxonează un alt șofer, semnalizează cu farurile. Un tânăr trece pe lângă mine și-mi arată degetul. Da, ar fi trebuit să opresc la intersecție. Acum, cu toată învălmășeala de gânduri și preocupări, nu-mi stă gândul la asta. Chiar dacă nu-mi stă în fire să mă comport așa.

Urc pe panta de acces spre casă. Rămân în mașină și mă gândesc. A fost bine că am plecat de la serviciu, dar nu mi-e dor să mă întorc la pustietatea de acasă. Și dacă Isabelle ar vrea totuși să se mute? Atunci ne-am avea una pe alta. Ca înainte. Totul ar fi ca înainte.

Spre marea mea mirare, a sunat ieri și a vorbit despre terapie. Subiectul a fost pe deplin tabu până acum. Înainte refuza să spună ceva. Ba chiar a fost de-a dreptul nerușinată și a spus că nu mă privește. De data asta, s-a arătat foarte entuziastă. Ajută foarte mult, rămâne cu multe lucruri. Dar când am întrebat-o cu *ce anume*, nu a vrut să răspundă. Dar e ca și cum toți din grup sunt de partea ei, pricepi asta, mama?

Nu, nu pricep. Chiar deloc.

În lumea mea, rezolvi lucrurile de unul singur, pur și simplu. Vreau ca Isabelle să vorbească cu mine, nu cu niște inși total străini la un grup de terapie. Cine știe cine sunt aceștia, ce bagaje emoționale au, ce sfaturi dau? Vreau să clarificăm totul, vreau să avem șansa să vorbim pe îndelete. Dar o las totuși să încerce asta mai întâi. O să aștept și o să observ. Până la urmă, totul se va rezolva între noi, am eu grijă de asta.

Îmi pusesem geanta pe bancheta din spate și aproape mi-am dislocat umărul când m-am întins după ea. Am înțepenit. În drum spre casă, mă opresc și îmi îndrept spatele. Am uitat de poștă. Mă întorc.

Am cumpărat cutia poștală din dreptul porții la o licitație, curând după ce ne-am mutat aici. Arată ca o căsuță albă, cu ornamente spiralate și gard, cu detalii mici și delicate. A trebuit să o am. Dar Isabelle a dat cu bicicleta peste ea, cutia s-a răsturnat în șanț, iar gardul i s-a stricat. Să fi avut șapte ani atunci? M-a întristat și poate m-a și înfuriat un pic. Și Isabelle s-a întristat. Hans a reparat-o cum s-a priceput și a pus-o la loc. E încă frumoasă, deși nu mai e ca înainte.

Am vorbit cu Isabelle, i-am explicat că poți fi trist și decepționat, nu e așa rău. Te împaci din nou. I-am bandajat genunchiul rănit și am învățat-o că viața merge mai departe. Am învățat-o că vom fi împreună orice s-ar întâmpla.

Ușa de la intrare a casei vecine se deschide. Gunilla iese și se așază pe trepte. N-am niciun chef să mă expun flecărelii ei bine intenționate. Urc spre intrare fără să mă uit în direcția ei. Mă strigă, dar nu-mi pasă. Zornăi cheile, descui și pășesc înăuntru. Încui ușa. Apoi mă trântesc pe dușumeaua din hol.

Am transpirat pe spate, inima îmi bate cu putere și mă simt amețită. Nu știu ce e în neregulă. Trebuie să fie stresul. Toate dezamăgirile. Toată această neliniște, toate necazurile. Suferința după Hans.

Sufăr după el. Sufăr și, în același timp, mă simt ușurată. Liberă.

Am voie să mă simt așa?

Viața e ciudată. Cum ai putea s-o înțelegi vreodată?

Rămân nemișcată câteva clipe. Apoi iau mobilul și o sun pe Isabelle. Și eu îi lipsesc ei, sunt sigură.

Stella

Milo și Hampus, fiul Pernillei, stau pe bancheta din spate, cu capetele aplecate asupra telefoanelor mobile.

— Gândiți-vă că vă știți de când v-ați născut, băieți. Îi observ în oglinda retrovizoare cum se uită unul la altul. Sunteți atât de dulci.

— Mama! izbucnește Milo.

Hampus râde.

— Tu și mama sunteți la fel de nostime, spune el.

— Nostime? Cum așa? spun eu în timp ce parchez în dreptul Konradsbergshallen, în diagonală față de sediul ziarului Dagens Nyheter. Milo, îți las geanta la Pernilla.

— Mulțumesc, mama.

Au și ieșit când îi strig „Pa!“ lui Milo. El răspunde ridicând o mână și o ia la pas. Încă o dată, sunt izbită de cât de mult seamănă cu Henrik. Lung și deșirat, cu aceeași fermecătoare alură băiețoasă.

Îi urmăresc cu privirea în timp ce se îndepărtează cu gențile cu echipament sportiv și mingile de baschet. După ce au intrat pe ușile de sticlă, pornesc mașina și mă întorc la apartamentul Pernillei din Kungsholms Strand.

Eu și Pernilla am crescut în același cartier, am mers la aceeași școală, din clasa întâi până într-a a IX-a. Îmi este ca o soră, îmi este chiar mai apropiată decât Helena. L-a avut pe Hampus în același an în care s-a născut și Milo, iar băieții s-au întâlnit des și în afara antrenamentelor de baschet.

Pernilla a fost unul din puținii prieteni care s-au făcut auziți când am avut-o pe Alice. Pe alții i-am pierdut, au mers la liceu, au petrecut și și-au trăit viața. Când Alice a dispărut, Pernilla a fost singura cu care am ținut legătura. Sau, mai degrabă, ea a ținut legătura cu mine.

Nimeni nu a văzut în ce stare proastă eram. Nici mama, cu siguranță nici Helena. Doar Pernilla.

Eram într-o stare maniacală. Făceam totul pentru a-mi reprima vina, pentru a uita suferința. Eram tot timpul în tensiune. Începusem să beau. Mă refugiasem sub o negură de petreceri, alcool și droguri. Mă culcam cu diverși necunoscuți. După aceea, nu-mi aminteam de niciunul dintre ei, nici ce nume aveau, nici cum arătau. Din afară părea că îmi trăiam anii pierduți ai adolescenței. Realitatea era alta, eram aproape de un colaps definitiv.

Aștept cu nerăbdare o seară la Pernilla. Să pot vorbi cu ea, să-i spun tot ce s-a întâmplat. Găsesc un loc de parcare pe Igeldammsgatan și cobor spre Kungsholms Strand, unde locuiește ea.

— Vrei un pahar de vin sau ești cu mașina? întreabă Pernilla după ce m-am așezat pe canapea.

— Deschide sticla. Vin mâine după mașină, spun eu. Ce bine că Milo poate rămâne peste noapte.

— Noi ne bucurăm.

Privesc în zare pe ferestrele mari, spre canal și spre castelul Karlsberg. Pernilla pune muzică, îmi toarnă vin. Răsfoiesc revistele de pe măsuța de cafea.

— *Sănătate și Fitness, înFormă, Wellbeing, Fitness magazine*, spun eu. Îți iei în serios noul hobby.

— Nu încerca să râzi de mine.

Se așază lângă mine pe canapea.

— Nu e un hobby. E un stil de viață, continuă ea.

— Acest stil de viață include și un vin într-o seară de joi?

— Cred în echilibru.

Pernilla ridică paharul ca pentru un toast.

— Nu e niciodată prea târziu, Stella. Ești zveltă acum, dar chiar și tu mai ai de unde slăbi. Fit over forty, uită-te la hashtag pe Insta.

— Nu am cont de Instagram, spun eu.

— Ești un dinozaur, răspunde ea. Vei fi ridată și grasă dacă nu te miști. Vino și scapă de prostiile din corp la sală, e minunat.

— Fac mișcare. Joc tenis uneori.

Pufnește.

— Îți pot oferi o hoardă de antrenori personali bine antrenați la care să te uiți. Asta nu găsești pe terenul de tenis.

Râd. Pernilla e ea însăși. Mă bucur că am venit aici.

— A trecut prea mult timp de când am făcut asta, spun trăgând picioarele sub mine.

— Să bem până la neștire într-o zi de lucru?

— *Ăsta* e planul?

— Sunt flexibilă, spune Pernilla întinzând o farfurie cu brânză și biscuiți.

— M-am văzut cu mama în weekend.

— Cum a fost?

— A fost bine.

Iau un biscuit și îl gust. Se aude un clinchet de mobil, Pernilla îl ridică, citește ceva și lasă mobilul. Îmi fac curaj și întreb:

— Ai mai ținut legătura cu Maria în ultima vreme?

— Maria Sundkvist?

— Sau cu Daniel? Ai mai auzit ceva de la el?

Încerc să pară o întrebare nevinovată.

— Nu atât de mult în ultimul timp. Suntem prieteni pe Facebook. Maria locuiește în Arvidsjaur, Daniel, în Bro. Îmi aruncă o privire iscoditoare. De ce? Cum de întrebi?

Ridic din umeri.

— Am văzut pe cineva care semăna cu Maria.

Pernilla pare să se mulțumească cu asta. Se zgâiește din nou la mobil, zâmbește la ce vede.

— M-am gândit destul de mult la Alice în ultimul timp, spun eu.

Pernilla se încruntă și își ridică în sfârșit privirea.

— Prin urmare, de aceea întrebi. De ce te-ai gândi la ea?

— De ce? ripostez eu. Ce întrebare e asta?

— Iartă-mă, Stella, nu am vrut să sune așa. Se apropie de mine pe canapea și mă cuprinde cu brațul.

— Când i-am văzut astăzi pe Milo și pe Hampus, m-am întrebat cum ar fi fost ea. Cum ar fi arătat.

Dar, draga mea, nu mai gândi așa. Nu duce nicăieri să te frămânți din nou din cauza asta.

— Și dacă trăiește?

Pernilla mă prinde de mână și se uită în ochii mei.

— Nu poți continua așa. Nu-ți aduci aminte cum a fost ultima oară, cât de prost te-ai simțit? Lasă trecutul în pace, Stella. Îi ai pe Henrik și pe Milo. Alice nu mai e.

— De unde știi? Ce-ar fi dacă aș ști că trăiește și dacă...

— Stella! Încetează! Am fost și eu la înmormântarea ei.

Pernilla dă din cap exasperată. Mobilul sună din nou și nu se poate abține să nu se uite la el.

— Poate începi să simți stresul? A fost dificil la lucru în ultimul timp, nu-i așa?

Mă gândesc la necrolog. La bărbatul amenințător în haină de ploaie, care stătea în stradă și mă urmărea pe fereastră. Vreau să-i vorbesc Pernillei despre asta. Însă ea nu ascultă.

— Bine, uităm de asta, spun și iau o înghițitură de vin.

— E totul bine între tine și Henrik?

— Nu e vorba de asta.

— Aveți nevoie de un weekend fierbinte doar pentru voi, spune Pernilla, făcându-mi cu ochiul. Trimiteți-l aici pe Milo. Plecați undeva și simțiți-vă bine împreună.

Nu e o idee grozavă. Credeam că pot vorbi cu ea, că va înțelege.

— Cine este atât de nerăbdător să se converseze cu tine? Fac un semn din cap spre mobil. Pernilla zâmbește.

— Antrenorul meu personal. Mă bucur că ați fost atât de amabili cu el când l-ați întâlnit.

Cât de ușor este să schimbi subiectul conversației. E clar că o să vorbim despre nimicuri tot restul serii. Deodată, regret că am venit aici.

— Da, a fost agreabil. Lui Henrik i-a plăcut de el.

— Nu-i așa? Pernilla pare ușurată. Și lui Hampus îi place de el. Știu că e cam tânăr, dar e drăguț. E amuzant. Mă face să mă simt specială.

Pernilla ține un monolog lung. *Sebastian este minunat, extraordinar, mai matur decât vreunul din cei cu care s-a întâlnit până acum, e fermecător, atent, drăguț, bun la pat, e răbdător, bine antrenat, tânăr, puternic și arată trăsnet și nu a mai simțit așa ceva înainte.*

O las să turuie. Beau vin și mă simt deplorabil. Am încercat să vorbesc cu mama, am încercat să vorbesc și cu Pernilla. Niciuna dintre ele nu dă nici cea mai mică dovadă de înțelegere. Amândurora li se pare că ar trebui să uit trecutul și să privesc spre viitor.

Mă gândesc la Daniel. Îmi lipsește, simt că mi-e dor de el. Vreau să-l întâlnesc, vreau să aud ce are de spus. Însă nici el nu sunt sigură că ar fi dispus să mă asculte. Nu și având în vedere cum au mers lucrurile ultima oară.

Pernilla mă îmbrățișează îndelung înainte să plec. Îmi spune că i-ar face plăcere să ne întâlnim din nou. Dacă vreau să vorbim. Nu îi mărturisesc că acesta e motivul pentru care am venit în seara asta. E total acaparată de noul ei prieten.

Intenționează să cheme un taxi, dar îi explic că vreau să fac o plimbare până la metrou, ca să mă aerisesc un pic. Ne mai îmbrățișăm o dată și plec. Îmi strâng mantoul mai bine pe mine, când urc pe Igeldammsgatan. E numai opt și jumătate, dar pare pustiu. Nu e prea multă animație nici pe Fleminggatan. Mi se întâmplă rar să mi se facă frică, totuși grăbesc pasul. Îmi doresc să nu fi băut, să fi putut lua mașina.

O iau la dreapta pe St. Eriksgatan, cobor scările stației de metrou. Apropii cartela de turnichet, continui spre scările rulante. Sunetul pașilor se aude strident în stația pustie. Mă urmărește cineva din nou? Sau e o nălucire? Tot drumul de la Pernilla până aici, am avut o senzație stranie. Că cineva m-ar observa. Ar fi cu ochii pe mine. M-ar urmări.

Merg și mai repede.

Bărbatul pe care l-am văzut pe fereastră, stând în ploaie și fixându-mă cu privirea. Văd în fața ochilor pelerina informă. Gluga trasă peste față.

Mă opresc și mă întorc.

Nimeni acolo.

Scările rulante merg prea lent. Cobor alergând, cu privirea spre trepte. Ajunsă pe peron, mă opresc și mă uit în jur. Apoi continui să merg și mă ciocnesc cu cineva care mă prinde de brațe. Strig și fac un pas înapoi.

— Aveți grijă, doamnă.

Un paznic tuns și musculos. Dar îmi zâmbește amabil.

— Îmi pare rău, spun eu. Nu m-am uitat pe unde merg.

Îmi urează seară bună și continuă să urce.

Sunt încordată la maximum pe toată durata călătoriei cu metroul. Autobuzului îi ia o veșnicie să ajungă la Alvik. Mă gândesc să chem un taxi sau să-l rog pe Henrik să vină să mă ia, dar pare penibil. Nu vreau să cedez în fața fricii. Până la urmă, autobuzul sosește și urc.

E întuneric, cobor în stația din apropierea casei. Felinarele de pe stradă sunt defecte. Încep să alerg. Arunc o privire în spate, dar nu văd pe nimeni. Urc panta care duce la casa noastră. Tremurând și cu respirația tăiată, dibui cheia în geantă și reușesc, după câteva încercări, să o vâr în broască. Deschid, aud un sunet în spatele meu și mă întorc. Vântul a doborât o ramură din copacul de lângă gard. A căzut între stâlpii porții. Deschid rapid ușa și mă arunc înăuntru. Închid și zăvorăsc ușa.

E întuneric în casă. Henrik nu a sosit încă. Îi trimit un sms, îl întreb până când lucrează. Nu primesc nici un răspuns. Vreau să vorbesc cu el despre Alice. Vreau să vorbesc cu el despre omul în pelerină de ploaie.

Mă prăbușesc pe podea, în hol. Bătăile inimii mă zguduie, mi-e greu să respir și tot ce văd e un cerc difuz de lumină.

Mă las într-o parte și mă ghemuiesc. Îmi strâng genunchii cu brațele.

Inspir. Expir.

Atacul de panică s-a dus.

Mă ridic de pe dușumea și intru în camera de zi. Trag draperiile. Mă duc în camera lui Milo și iau o crosă de golf. Deschid televizorul, schimb canalele până dau de un sitcom ridicol. Dau sonorul mai tare. Mă așez pe canapea, cu mobilul într-o mână și cu crosa de golf în cealaltă.

Isabelle

Este vineri și suntem în cafeneaua de lângă biblioteca KTH. Johanna, Susie, Maryam și cu mine lucrăm la tema de la mecanică. Am început să rămân din nou după cursuri, ca să lucrez împreună cu ele. Uneori luăm masa împreună, alteori ieșim în oraș când terminăm. Mi se pare mai ușor de fiecare dată când particip. E plăcut să faci parte dintr-un grup, să nu fii un outsider.

Am trecut prin școala primară și prin gimnaziu concentrându-mă asupra studiilor. Nu am avut niciodată prieteni apropiați. Am dorit tot timpul să plec din Borlänge. Am dorit să iau totul de la început, să devin cine voiam.

Un consilier m-a motivat să merg la facultate, pentru că aveam note bune. Tata a fost de părere să-i urmez sfatul, a înțeles că aveam nevoie să fiu pe propriile-mi picioare. Mama n-a înțeles deloc. Nici acum nu o face. Mă întreb de ce nu, doar s-a tot mutat și ea când a fost tânără. Însă când e vorba despre mine, se îngrijorează din orice. Vrea să știe tot, vrea să mă protejeze de toate. Ține predici lungi, avertizându-mă cât de îngrozitoare e lumea, cât de periculoși pot fi oamenii. Repetându-mi că nu poți avea încredere în nimeni. E o nebunie. Asta m-a otrăvit.

Dacă tata ar fi murit înainte să apuc să mă mut, nu aș fi plecat niciodată. Știu asta. M-aș fi învârtit în cerc, aș fi lucrat la ICA, la Maxi sau în sănătate, ca mama. N-aș fi avut mulți prieteni, n-aș fi avut o viață. Ca mama.

Experiențele mele de viață au diferit total de ale altora de vârsta mea. Vin de pe altă planetă. De pe propria mea planetă pustie. Dacă ei vorbesc despre muzică, nu pot să-i urmăresc. Mamei nu-i place „muzica aia la modă". Îi dă dureri de cap. Concedii în Franța, Thailanda, Grecia, SUA. Mergem la rudele lui tata din Norrland. Moda, ce glumă. Cele mai multe dintre hainele mele vin din magazine second-hand din Borlänge. *Uzate, plictisitoare, lipsite de formă.* Mereu mi-a fost dat să aud că nu e nevoie să cumpăr lucruri noi, că e prea scump. Și ce e mai rău e că uneori mă simt ca mama. La fel de disprețuitoare, de meschină, de lipsită de experiență și de invidioasă. Nu vreau să ajng ca ea. Niciodată.

Mă bucur că am plecat de-acolo. Cu toate astea, uneori mi se face dor de Dalarna. Și cel mai mult îmi lipsesc momentele petrecute cu bunica.

Bunica mea, Aina, e așa cum trebuie să fie o bunică. Cu părul alb, rotofeie și cea mai drăguță persoană din lume. Încă locuiește în casa de lângă calea ferată din Kyna, cea vopsită cu roșu de Falun, cu cadre albe și cu poarta azurie.

Are o grădină mai mare decât a noastră, mai deschisă și mai primitoare. Straturile sunt bine îngrijite, pline cu bujori roz și albi, mai multe soiuri de trandafiri, câte un crin pe ici, pe colo. Bineînțeles că cele mai multe au trecut acum de floare. În mijlocul ogrăzii tronează un măr noduros, ale cărui ramuri se apleacă an de an sub greutatea merelor. La capătul grădinii se află o căsuță de joacă, lângă care era instalată odată o trambulină. Săream pe ea ore în șir, făcând cu mâna trenului care trecea chiar pe acolo.

Când eram mică, mergeam adesea la bunica. Mă lua uneori după școală și în fiecare vacanță de vară locuiam câteva săptămâni la ea. Făceam pâine și ne jucam diferite jocuri, trebăluiam afară, în grădină, culegeam mere și zmeură, făceam dulcețuri, culegeam o mulțime de afine în pădure. Vizitam și curtea alăturată și mă jucam cu copiii de acolo. Aveam pisici, găini, ba chiar și un cal. Obișnuiam să intru în staul și adoram să-i mângâi gâtul catifelat, să-i simt suflul cald. Și în fiecare zi coboram la lac să mă scald.

E dureros să mă gândesc la bunica. Nu știu cum m-aș fi descurcat fără ea. Nu vreau să pierd contactul cu ea. Dar nu ne-am auzit de ceva vreme și mă simt prost pentru asta.

— Ți se schimbă expresia feței într-un mod absolut fascinant, Isabelle, spune Susie, întrerupându-mi firul gândurilor. Relaxată, gânditoare, lovită de panică, tristă. La ce te gândești?

— La tot felul de lucruri.

— Vorbești serios când spui că nu ai fost în Stockholm niciodată, înainte de a te muta aici?

— Niciodată. Am călătorit mai ales în Norrland. Am fost în Göteborg și în Malmö de câteva ori. Pe mama o stresează acest oraș.

— Dar sigur ai fost cu școala în parcul de distracții Gröna Lund? Toată lumea merge acolo, măcar o dată.

— Îmi rupsesem mâna și eram în spital fix când a avut loc excursia...

Îmi amintesc cât am implorat-o pe mama să-mi dea voie să merg și cum ea a refuzat. Era prea periculos, prea nesigur. Cum ar putea doar câțiva adulți să aibă grijă de un grup mare de copii? Nu i-ar fi iertat niciodată dacă mi s-ar fi întâmplat ceva. Dar dirigintele meu a vorbit cu ea și mama a cedat. Din păcate, m-am rănit chiar în ziua de dinaintea plecării.

— Cum e de fapt să mergi în terapie? întreabă Maryam.

— La terapie, o corectează Johanna.

— Sunt acolo și ciudați, care se smiorcăie și vorbesc fără sens? se interesează Susie.

Devine iritant. Regret că le-am spus că merg acolo în fiecare miercuri după-amiază.

— Sunt oameni obișnuiți, spune Johanna, care mă apară întotdeauna. Poate ar trebui să vezi cum e, Susie. Pari să ai nevoie de asta.

— Cred că *eu* voi avea nevoie de terapie după acest curs detestabil.

Maryam se dă cu capul de masă.

— Mecanică. Cine a inventat-o și de ce a crezut că e necesară?

Toate râd și simt că mă liniștesc din nou. Vara viitoare mă voi duce la Grönan, zău așa. Voi face tot ce n-am putut face înainte. Îmi voi trăi propria viață. Așa ar fi vrut tata.

Și voi vorbi cu Stella. O să-i spun tot ce n-am îndrăznit să îi spun mai devreme. Vreau să mă eliberez de ura din mine.

Stella

Mă doare capul, semn că sunt mahmură. Nu e trecut de zece și jumătate, dar parcă sunt la lucru de mult mai mult timp. Stau la birou cu laptopul deschis și ar trebui să mă ocup de fișele pacienților. Nu pot formula nici măcar o singură propoziție rezonabilă. Singurul meu gând este că trebuie să aflu mai multe despre Isabelle.

Deschid fișa ei, citesc însemnările de până acum. Citesc trimiterea.

Trimiterea.

Iau mobilul și sun la policlinica din Vällingby. Las un mesaj doctorului Siv Rosén — că este urgent și îl rog să sune înapoi. În timp ce îi aștept telefonul, mă plimb încoace și-ncolo prin cabinet. Stau la fereastră și privesc în jos, spre stradă. Schimb poziția unor lucruri de pe birou. Când sună telefonul, răspund înainte ca primul semnal să se încheie.

— Bună, Stella, ce ai pe inimă? mă întreabă Siv Rosén.

— Ai trimis la mine o pacientă de curând, spun eu. Isabelle Karlsson.

— Da, chiar așa.

— Cum se face că ai trimis-o tocmai la mine?

Siv Rosén rămâne tăcută pentru o clipă, apoi întreabă:

— E vreo problemă?

— Niciuna, mă întreb numai dacă știi mai multe despre ea.

— Mai mult? Ce știu e scris în trimitere, sper că ai primit-o.

— A fost pacientul tău multă vreme?

— Am întâlnit-o doar o dată.

— Cunoști situația ei familială?

— Ce știu am scris acolo.

În vocea lui Siv Rosén se simte iritarea.

— Tatăl ei a murit în mai, e cu moralul la pământ, are anumite dificultăți sociale. Ești un terapeut bun și apreciat. De aceea am trimis-o la tine.

— Deci nu a menționat numele meu? Sau nu te-a rugat în mod expres să o trimiți la mine?

— În niciun caz. Pari tulburată. Ce e în neregulă?

— Nimic.

— Ești sigură?

— Da, nu e nimic. Doar voiam să verific cu tine. Mulțumesc că mi-ai acordat acest timp.

Închid. Îmi sprijin capul în mâini.

Isabelle nu m-a căutat pe mine în mod special. Nu știe cine sunt eu.

22 iulie 1996

Trebuie să o caut. A rămas la cabană. O aud plângând. Îi aud vocea când strigă. Mă scufund în mare. Înot în jos, tot mai în jos. Caut peste tot, dar nu e nicăieri. E doar întuneric.

Dacă mă dau bătută și rămân în adânc, oare te găsesc acolo?

Astăzi împlinești trei ani.

Au trecut doi ani de când ai dispărut. Ieri te-am îngropat în cimitirul Skogskyrkogården. Cu o „slujbă de adio". Numele tău e gravat pe o piatră albă, cu un porumbel alb. Însă tu nu ești acolo.

Toți doresc o încheiere. Toți vor să meargă mai departe.

Toți în afară de mine.

Stella

E soare când ies pe strada St. Eriksgatan. Cumpăr pacheţele de primăvară făcute în casă de la Mae Thai, colţ cu piaţa Fridhemsplan. Le iau într-un pachet şi urc pe Drottningholmsvägen până în parcul Kronoberg. De la locul de joacă se aud strigăte vesele de la preşcolari îmbrăcaţi cu veste galbene şi roz-fosforescent. O tânără de la o pensiune pentru animale a ieşit să plimbe nouă câini. Cel mai mic e un chihuahua, iar cel mai mare, un dog german. Arată destul de comic. Şi pare extenuant. Gâfâi din greu când urc panta din mijlocul parcului şi îmi amintesc ce a spus Pernilla despre decăderea fizică la vârsta mijlocie.

Încă sunt supărată pe ea. Dintre toţi oamenii, ea ar trebui să înţeleagă. Dar era prea prinsă în ale ei, cu totul acaparată de tânărul ei toyboy.

Băncile de sus sunt libere, mă aşez pe una din ele. De fapt, e prea rece pentru a zăbovi pe-afară, însă e plăcut să simţi aerul proaspăt de toamnă, să contempli cerul senin.

Doliul după un copil e ceva prin care se trece în singurătate. Sentimentul de dor şi pierdere nu poate fi împărtăşit cu nimeni. Şi acum? Ce se întâmplă cu această durere când știu că Alice trăiește? Nu înțeleg de ce, dar până și revenirea ei provoacă suferință. Ar trebui să sar în sus de bucurie, să strig de fericire. Însă tot ce simt e greutatea a ceea ce am pierdut. Toți anii care au trecut. Ani furați.

Propriul meu copil. Alice nu știe nimic despre noi și despre povestea noastră.

Absolut nimic.

Mă întreb cum a ajuns ea în Dalarna. A dispărut din căruciorul ei în Strandgården, dar apoi? Cum a ajuns în Borlänge? Și când? Simte și ea, la fel ca mine, că există o legătură între noi? Ce știe Kerstin și ce s-a întâmplat când fiica mea i-a fost dată în custodie? Să fie și ea o victimă în acest scenariu, la fel ca mine?

Cine mi-a furat copilul? Este Isabelle într-adevăr copilul meu?

Există posibilitatea să mă înșel. Toate aceste întrebări mă înnebunesc, sunt conștientă de asta. Obsesia care mă chinuie e un semn că ceva nu e în regulă. Atacul de panică poate fi începutul unei căderi nervoase mai serioase. Ca atunci când era Milo mic. Poate pur și simplu îmi lipsește capacitatea de a mă observa pe mine însămi.

O femeie se apropie de mine și se așază pe banca de alături.

— Îmi cer scuze, spune ea, sper că nu deranjez.

— A, nu, spun eu, dar simt că mi-a fost invadat spațiul. Iau pachețelele de primăvară și gust unul din ele. Mi-am pierdut pofta de mâncare și împachetez punga la loc. Când sunt pe punctul de a mă ridica și a pleca, femeia își cere scuze din nou.

— Nu vreau să mă bag, spune ea. Dar cum te simți?

Mă întorc spre ea și îmi vine să îi dau un răspuns acid. Îmi zâmbește și îmi dau seama că am exagerat. Evident că femeia e singură și vrea numai să facă un pic de conversație. Nu am niciun motiv să o resping.

— Deplorabil, răspund eu încercând să fac haz de necaz. Sper că trece.

Mă așteptam să spună ceva încurajator, ca de pildă „sigur va fi mai bine". Sau să se simtă stânjenită, să se scuze și să plece. În schimb rămâne tăcută și mă privește. Nu mă roagă să mă adun, nu încearcă să îmi ridice moralul. O întâlnire obișnuită între doi oameni. În mod surprinzător, e destul de eliberatoare.

— E mult haos în viața mea acum, spun eu și vocea mi se frânge.

— Tuturor le e teamă și doresc ca eu să pretind că nimic nu s-a întâmplat. Cum aș putea face asta?

Lacrimile curg. Mă simt ca o idioată. Nu am niciun chef să mă prăbușesc în fața unui om pe care nu l-am mai întâlnit niciodată.

Femeia se ridică de pe bancă, se apropie și se așază lângă mine. Mă bate pe umăr ușor, stângace.

— Vai, dar ce s-a întâmplat? întreabă ea.

Vocea Pernillei era nerăbdătoare, a mamei avea o nuanță de neliniște. Lui Henrik i s-ar face frică și ar deveni furios. Această femeie dă dovadă de compasiune.

— Fiica mea a dispărut când avea un an, îi mărturisesc eu. Au spus că trebuie să se fi înecat, dar eu am știut că ea încă mai trăia. Iar acum am întâlnit-o din nou. E mai greu decât mi-aș fi închipuit. Mai rău decât orice mi s-a întâmplat, cu excepția momentului când a dispărut.

— Înțeleg, spune femeia. Chiar înțeleg.

— De ce au trebuit să treacă atâția ani, de ce a durat atât de mult până s-a întors?

Sigur par incoerentă și confuză. Însă femeia continuă să mă bată ușor pe umăr. Mă opresc din plâns.

— Mama și prietena mea cea mai bună sunt îngrijorate pentru mine. Sunt de părere că halucinez.

— De ce cred asta? întreabă ea și îmi întinde un pachet de șervețele. Doar înțeleg că vorbești serios?

Scot un șervețel și îmi șterg ochii și nasul.

— Am greșit și înainte, răspund eu. Odată am crezut că am văzut-o. M-am înșelat. Am căzut în depresie. Am fost internată, am avut concediu medical. Le este teamă că s-ar putea întâmpla din nou.

— Dar soțul tău, mă întreabă făcând un semn din cap spre verighetă, el ce spune?

— Nu i-am spus nimic, răspund eu. Nu cred că sunt în stare să fac față acum. Să se întrebe dacă sunt bolnavă, dacă trebuie să mă trimită din nou la psihiatrie.

Femeia mă privește atent, scoate un „hm".

— Nu știu ce să fac, spun. Nu m-am simțit niciodată atât de rătăcită.

— Ce vrei să faci?

— Vreau să o cunosc. Dar ce va presupune asta? Pentru mine? Pentru familia mea? Și pentru ea?

Femeia se uită în zare, peste parc.

— Da, cine știe, spune ea.

— Iartă-mă, spun. Probabil nu par în toate mințile. Mă numesc Stella. Îi întind mâna.

— Eva, spune ea și-mi ia mâna într-ale ei. Viața e scurtă. Trăim numai o dată, adu-ți aminte. Cum o cheamă pe fata ta?

— Alice.

— Un nume frumos.

— Nu aș fi crezut că va fi atât de greu. Că va durea atât.

— Reflectează la ce doare mai mult. Fie lași lucrurile ca înainte și te obișnuiești să trăiești cu asta, fie faci ce poți ca să afli adevărul și îi lași pe ceilalți să creadă ce vor despre tine.

Nu știu de când stăm una lângă alta, împărtășind tăcerea. După o vreme, Eva se ridică și îmi urează noroc. O urmăresc în timp ce coboară dealul și continuă pe drumul spre ieșirea din parc. E ridicol, însă sper să ne mai întâlnim cândva. Oamenii care sunt în stare să asculte și să arate compasiune reală sunt rari.

Când mă întorc la clinică, viața pare din nou ceva mai ușoară. Nu sunt superstițioasă. Dar simt că întâlnirea din parc e un semn bun.

Isabelle

Am plecat de acasă ceva mai devreme. Am dat o tură pe la Åhléns și pe la H&M, în Vällingby City. Acum mă aflu pe peron și aștept metroul. Nu vreau să ajung târziu, ca data trecută.

Abia am început terapia și aceasta a trezit deja multe întrebări și amintiri. Au existat mereu acolo, așa cred, dar de-abia acum mă gândesc la ce înseamnă ele. Iar asta e ceva nou pentru mine. Nici nu sunt obișnuită să spun ce simt și apoi să-mi asum asta. Ca data trecută, când m-au întrebat cum am reacționat la felul mamei de a vorbi despre tata. Nu am fost niciodată atât de furioasă pe ea. Ura pe care am simțit-o a fost atât de intensă, că m-a speriat. *N-am să-i iert niciodată felul în care a făcut-o.* Îți poți urî propria mamă? E îngrozitor să simți așa ceva. Am vrut să vorbesc despre asta data trecută, dar n-am îndrăznit. Am vrut să spun asta prima dată când am întâlnit-o pe Stella, dar nu am putut. E ca și cum ai purta un animal sălbatic în tine. Ce se întâmplă dacă îl scap afară? Voi fi înghițită de el? Sau mă va devora pe dinăuntru?

În orice caz, mi-am făcut curaj să arăt măcar o parte. Nu sunt obișnuită ca oamenii să ia de bun ceea ce le spun și să nu se întrebe dacă am dreptate, dacă ce simt și ce spun e OK. Nimeni nu ia personal ce cred sau ce gândesc. *Dimpotrivă, par a fi de partea mea.*

Sună mobilul. Îl ridic și văd că e mama. Vrea să știe totul despre terapia de grup. Să mă interogheze despre toate cele. Nu ar fi trebuit să sun săptămâna trecută, să-i mărturisesc cât de bine îmi face. A fost o greșeală. Pun mobilul la loc în buzunar fără să răspund.

Imediat ce i-am spus că aveam să merg la terapie, am regretat. Știam că aveau să urmeze întrebările. Știam că avea să se bage. Știam că voia să afle toate detaliile și să-și vâre nasul. Cu intenții cât se poate de bune, desigur. Trebuie să fie mereu acolo. Vrea tot timpul să înțeleagă, deși nu o face deloc. Mă sufocă. Încă nu sunt gata să vorbesc despre asta. Nu cu ea. Uneori mă întreb dacă aș fi gata vreodată. E ca o lipitoare, ca un parazit care mă stoarce de viață.

Mobilul sună încă o dată, îl scot din buzunar. Mă uit la el până nu se mai aude soneria. Cobor la Fridhemsplan și mă îndrept spre scările rulante.

Sună din nou.

Îi răspund.

— Bună, mama.

— Bună, fata mea. Ești pe drum la terapie?

— Știi foarte bine că da, răspund.

Toată viața mi-am reprimat sentimentele dificile. Acum este ca și cum mi-aș fi pierdut întreaga capacitate de disimulare. Se simte din tonul vocii cât sunt de enervată.

— Nu e nevoie să fii atât e supărată. Întreb numai.

Mă abțin. Respir adânc.

— Cum e acasă?

— Liniște. Cum e mereu de la o vreme.

Acum apare vinovăția. Tata e mort. Mama, singură. Sunt o fiică rea.

— Poate ar fi bine să te întâlnești cu cineva? spun eu. De când n-ai mai vizitat-o pe bunica?

— Bunica ta e prea ocupată, spune mama. Șezători și ce-or mai fi.

— Nu știi pe nimeni cu care să mai vorbești? Nu ai locuit mereu în Dalarna.

Tăcere. O tăcere care înseamnă că am pășit pe teren interzis. O cunosc foarte bine, dar merg mai departe.

— Unde am locuit când eram mică? Nu mi-ați spus niciodată nimic. Doar că era undeva în Danemarca, înainte de a te muta la Borlänge și de a-l întâlni pe tata.

— Pe Hans, vrei să spui?

Nu am voie să-i spun *tată*. Îmi ia până și asta.

— Cine a fost *adevăratul* meu tată, atunci? întreb. Ai de gând să-mi spui vreodată ceva despre el?

N-am mai îndrăznit de mult să trec linia.

Mama își drege vocea.

— Cum se desfășoară, de fapt, ședința asta de terapie de grup? întreabă ea. Pare binevoitoare și relativ interesată. Dar știu că nu vrea decât să-și vâre nasul. De fapt e furioasă. Și nu vreau să răspund. E ceva privat. Mă simt totuși obligată să trec asta cu vederea. Să încerc să o liniștesc.

— Ajungem acolo, ne așezăm în cerc. Apoi oricine poate vorbi despre orice. Și terapeutul...

— Stella?

— Stella e bună. Pune întrebări care mă fac să gândesc. Să reflectez. Să prelucrez lucrurile.

— Ce fel de întrebări? Despre noi? Despre mine? Tonul mamei e glacial. Chiar are sens ca terapeutul să-ți pună astfel de întrebări? Ești tânără, suferi. Ce știe ea despre viața noastră? Întrebările ei fac mai mult rău decât te ajută. Nu înțelegi?

— Nu așa întreabă. Nu pricepi.

Însă îmi amintesc de întrebările directe ale Stellei. Cum toți se foiau în fața privirii ei intense. Uneori îmi provoacă nesiguranță. Nu știu de ce, dar parcă e mai interesată de mine decât de oricare dintre ceilalți.

— Ce spui tu acolo? Și ce trebuie să prelucrezi?

Furioasă, amenințătoare, disprețuitoare. Mama e la fel ca întotdeauna. Scormonește în adâncul ființei mele și pretinde vizibilitate totală.

— De fapt, mă privește numai pe mine, mama, spun eu. Trebuie să intru în curând.

— Iartă-mă atunci.

Iar acum, vocea rănită. E neînțeleasă, dar intențiile îi sunt întotdeauna bune.

— Nu toți terapeuții sunt buni, să știi asta, spune. Au o influență foarte mare. Cred că dețin adevărul, le spun altora cum stau lucrurile. Dacă ești vulnerabilă și sensibilă ca tine, se poate sfârși prost.

— Stella nu a pretins niciodată că știe tot, răspund eu.

Mama suspină.

— Draga mea, sunt îngrijorată pentru tine, asta-i tot. Sper că vii în curând acasă? E oribil să vorbim doar așa, la telefon.

— Nu știu, îi răspund. Sunt atâtea de făcut pentru școală înainte de sesiune.

— Dar parcă aveai o săptămână liberă înainte de sesiune?

— Da, dar atunci va trebui să muncesc cât de poate de serios.

— Isabelle, vino mai bine acasă. Ai nevoie de asta.

— Nu, mama. *Tu* ai nevoie de asta. Eu am nevoie să fiu lăsată în pace.

Termin conversația și închid mobilul.

Arvid: Pari a fi într-o dispoziție proastă, Isabelle.

Eu: Am strigat la mama. Nu pot să cred că am făcut asta.

Clara: Se pare că te-a afectat foarte mult. Dar nu are cum să fie atât de groaznic, nu?

Eu: Mă simt groaznic. Nu am mai făcut asta de când eram mică.

Îl aud pe Pierre pufnind.

Pierre: Ce crezi că se va întâmpla?

Îmi plec privirea spre covor.

Eu: Nu știu. Nu e cazul să mă port așa. Se va simți rănită. Totul e mai rău de când a murit tata.

Stella: Săptămâna trecută ai spus că ar fi fost mai logic ca ea să te fi adoptat. Ce ai vrut să spui cu asta?

Îmi răsucesc părul între degete. Un semn că sunt nervoasă. A fost dificil să am un conflict cu mama și e și mai dificil să vorbesc despre asta după aceea.

Eu: Nu știu dacă pot explica. Nu e ca alte mame. Vrea să fim cele mai bune prietene. În același timp, spune mereu că trebuie să-i arăt respect, doar e mama mea. Vrea să-i fac confidențe, dar încearcă să scoată totul de la mine înainte să fiu gata să-i spun ceva. Vrea să știe tot. Absolut tot. Cel mai neînsemnat lucru la care mă gândesc. Apoi îl folosește împotriva mea. Nu pot să explic. E o nebunie. Nimic nu e ușor cu ea. Totul este o luptă continuă.

Stella: Ai locuit mereu cu ea, toată viața ta?

Eu: Da, însă îmi amintesc foarte puține din copilărie. Și nu m-am simțit niciodată bine în casa aia. A fost atât de incredibil de bine să plec de-acasă. Dar și terifiant.

Stella: Povestește.

Eu: Cu cât tânjește mai mult la apropiere, cu atât pretinde mai mult. Devine dezamăgită și tristă. Sau furioasă. Am învățat să mă port într-un anumit fel, ca s-o mențin într-o dispoziție bună. Am învățat să fiu așa cum vrea ea. Să gândesc cum vrea ea. De fiecare dată când încerc să merg pe propriul drum, am mustrări de conștiință. Am urât-o, am jurat să nu o iert niciodată. Mi-am dorit să fi murit. În unele zile, doar la asta mă gândesc. Cât de mult o urăsc. Aproape că-mi vine s-o omor. E curată nebunie, știu asta. E o problemă cu mine.

Lacrimile curg, suspin și sughiț. E în același timp bine și stânjenitor să plângi așa, în fața celorlalți. Mă întreb dacă nu am spus prea multe. Exagerez. Numai pentru că sunt furioasă. Orice aș face e greșit.

Stella: Dar a fost bună cu tine? Te-a consolat când ai fost tristă? Te-a bătut?

Acum e din nou așa, presantă. Unii dintre cei prezenți par agitați. E ceva în neregulă?

Eu: Să mă bată? Asta n-ar putea face niciodată. Să consoleze e ce face mai bine.

Asta a mers poate prea departe. Am spus prea multe.

Eu: Avem și momente bune. Și nici ei nu i-a fost prea ușor. Când eram mică, rămânea periodic singură cu mine. Tata pleca să lucreze în altă localitate, iar eu mă îmbolnăveam des. A fost destul de greu pentru ea.

Simt nevoia să-mi dreg vocea. Parcă mi s-a pus ceva în gât.

Eu: Aproape că a murit când m-am născut. Ea are Rh negativ, iar eu — Rh pozitiv. Sângele nostru s-a amestecat și a suferit o septicemie. Așa că, la propriu, era să se întâmple ce obișnuiește să spună, că e gata să-și dea viața pentru mine.

Clara: Deși nu e așa, de la asta nu faci septicemie. Și dacă sângele se amestecă, copilul e cel care se poate îmbolnăvi, nu mama.

Eu: Ești sigură?

Clara: Ei bine, da.

Eu: Ciudat. A spus asta de sute de ori, cred. Dar probabil am înțeles eu greșit.

S-a făcut tăcere în sală. Mă simt prost. E ca și cum numai eu aș fi vorbit astăzi. Eu și Stella.

Eu: De multe ori m-am întrebat dacă nu era invidioasă pe tata din vreun motiv anume. Poate pentru că aveam o relație firească. Mai mult decât am avut vreodată noi două.

Stella se înclină în față, își prinde mâinile strâns pe genunchi.

Întreabă: A fost mereu așa?

A fost mereu așa? Cred că da. A fost și bine, e adevărat. Mai mult sau mai puțin, mereu a fost așa. Nu știu din ce motiv, eu m-am străduit cu adevărat. Sigur că am încercat să fiu o fiică bună.

Stella: Alice?

Pierre: Cine este Alice?

Stella

Se aud sunetele din stradă, ca un freamăt îndepărtat și surd. Trag draperiile și mă așez la birou. Mușchii spatelui și ai cefei sunt încordați la maximum, îi masez, dar nu are efect. E ca și cum aș frământa o piatră. Durerea din spatele ochilor îmi provoacă o stare de rău. Caut în geantă pastilele de durere pe care le am de la mama. Înghit una și închid ochii. Vidul din ochii ei când i-am rostit numele.

Alice. Numele ei adevărat.

Nu a însemnat nimic pentru ea. Nu știe cine sunt. Pot fi oricine pentru ea. Sunt o străină. Nu m-a căutat. Nu a vrut să ajungă la mine în mod expres. Nu s-a gândit la mine. Nu a așteptat și nu a tânjit. Nu i-a fost dor. Nu știe că am simțit-o crescând în pântecul meu. Că este fiica mea, pe care am purtat-o timp de nouă luni. Pe care am născut-o într-o noapte lungă, în durerile cele mai cumplite de care am avut parte vreodată. Nu știe că am alăptat-o, că am privit-o în ochi, că a dormit în brațele mele. Nici nu exist pentru propriul meu copil.

Ce a spus Eva în Kronobergsparken? Pot lăsa lucrurile așa cum sunt. Pot continua ca înainte. Poate nu o voi mai întâlni pe Isabelle din nou. Poate trec peste asta.

Niciodată.

Este imposibil.

Cum să continui ca înainte, dacă știu că Alice trăiește? Nimic nu mă poate desprinde de ea încă o dată.

Trebuie să merg mai departe. Trebuie să aflu ce i s-a întâmplat fiicei mele, vreau să o cunosc. Asta va întoarce totul pe dos, deja s-a întâmplat asta, dar sunt gata să fac orice.

Orice aș alege va avea urmări serioase. E inevitabil. Va fi Isabelle capabilă să facă față adevărului? Tatăl ei nu a fost tatăl ei biologic, așa cum credea. Nici acea pretinsă mamă a ei nu este. Îi voi cauza și mai multe probleme. Toată viața îi va fi dată peste cap. Am pierdut copilăria ei. Toată perioada formării copilului meu. Și sunt departe de-a fi sigură că i-a fost bine.

Alice merită să afle adevărul.

Atât ea, cât și eu merităm asta.

Ce știe Kerstin? Care e explicația ei că a trăit cu fiica mea?

Mobilul vibrează pe birou. Nu recunosc numărul. Răspund. Una dintre secretarele soțului meu îmi transmite că Henrik îl aduce acasă pe Milo azi, după jocul de tenis, nu e nevoie să mă ocup de asta. Îi mulțumesc și închid.

Milo. Cum va accepta el asta? Cum îi voi spune că sora lui trăiește?

Se aud bătăi în ușă. Renate își vâră capul:

Stella, pacientul tău te așteaptă.

— Pacientul meu?

— Ești bine?

Zâmbesc.

— Foarte bine, mulțumesc.

Kent este în camera de așteptare. Ședința lui trebuia să înceapă acum un sfert de oră, așa spune.

Am uitat cu totul de el.

Îmi aranjez părul, îmi iau haina și geanta și merg la recepție. Îl salut pe Kent cu o strângere grăbită de mână, îi spun că trebuie să anulez ședința de astăzi. Nu mi-a primit mesajul? Ce rău îmi pare că nu a ajuns la el. Îl rog să programeze altă ședință cu Renate.

Ar trebui să-mi fie rușine de această minciună. Cu toate astea, simt numai ușurare când părăsesc cabinetul.

Stella

Parchez pe Engelbrektsgatan. Apoi o iau pe drumul pietonal din Humlegården, care duce la Biblioteca Națională. Pământul e acoperit cu frunze de toamnă, galbene și stacojii. Coroanele copacilor înalți sunt incandescente. E un ansamblu imobiliar elegant, cu două rânduri de ferestre înalte de-a lungul clădirii principale. Urc scările spre intrare și ajung într-un vestibul de marmură, cu coloane și două statui mari. Continui la dreapta, îmi încui haina într-un dulăpior de lângă cafenea, trec mobilul în modul silențios și îl pun în geantă.

Mă întorc la recepție, îl salut pe tânărul care stă acolo și trec de o altă barieră. Cobor cele cinci trepte încadrate de o clădire exterioară de sticlă. Sala de lectură pentru microfilme e la nivelul cel mai de jos.

O femeie slabă, ușor îndoită de spate, la vreo 60 de ani stă în spatele unui birou înalt. Ochelarii îi atârnă pe vârful nasului, par pe punctul de a-i cădea. Îi pune la loc pe rădăcina nasului când merg spre ea, dar aceștia alunecă din nou.

O rog să mă ajute să găsesc articole din Småland, din perioada august-octombrie 1994. Mă însoțește până la capătul sălii, unde se află rafturi enorme cu ziare suedeze transpuse pe microfilm. Își dă capul pe spate, mijește ochii prin ochelari și caută numărul raftului care ne interesează. Când îl găsește, răsucește o roată mare din dreptul etajerei, ca să o mute în lateral. Etajerele se mișcă și între ele se deschide un spațiu.

Intrăm și ea scoate o planșă cu microfilmele unui ziar de Småland din toamna lui 1994. Îmi arată cum să montez un microfilm în aparatul de redat și cum să navighez printre foi. Îi mulțumesc pentru ajutor și trec la treabă.

Articolele care se referă la dispariția lui Alice nu sunt multe. Apăruseră mai frecvent în primele săptămâni și conțineau mai mult sau mai puțin aceeași informație.

O fetiță de un an dispare fără urmă din Strandgården, la ceasul amiezii, pe 8 august.

Căruciorul a fost găsit răsturnat aproape de marginea plajei.

Familia din Stockholm și-a petrecut acolo sfârșitul de săptămână.

Mamă adolescentă își lasă copilul singur.

Tatăl a fost văzut în Oskarshamn la acea oră.

Mama adolescentă interogată de poliție

Mama adolescentă exonerată de suspiciuni.

Poliția nu are nicio pistă, îi roagă pe oameni să anunțe dacă au vreo informație.

Au existat teorii cum că un animal ar fi putut răsturna căruciorul. Sau că cineva ar fi văzut copilul și l-ar fi luat în grijă. Sau copilul ar fi răsturnat singur căruciorul și ar fi luat-o de-a bușilea. Speculații, toate mai mult sau mai puțin credibile. În afară de aceea că cineva ar fi putut să o ia pur și simplu pe Alice de acolo. Nimănui nu i s-a părut verosimil când am spus asta. Nici măcar lui Daniel. Cine ne-ar fi luat copilul? Ar fi prea forțată ipoteza, a spus poliția. Nu văzusem pe nimeni care să arate un interes neobișnuit. Au verificat dacă vreunul dintre turiști figura în registrul poliției pentru fapte asemănătoare, dar nu au găsit pe nimeni.

A fost organizată o operațiune de căutare, însă aceasta nu a dat rezultate.

Pentru că nu au fost găsite urme de animale și pentru că nu a apărut nimeni care să spună că știa unde este, s-a presupus că fata s-a strecurat până în apă și s-a înecat. Acolo fundul apei cobora abrupt destul de aproape de mal, iar zona era cunoscută pentru curenții puternici. Poliția a verificat aria aceea, cu toate că probabilitatea de a-i găsi corpul era una mică. Un accident tragic. Părinții sunt interogați. Vreo bănuială că ar fi fost vorba despre o infracțiune nu a fost supusă discuției.

După câteva săptămâni, mențiunile se răreau, pentru ca apoi să se încheie cu o scurtă notificare. *Fata e încă dispărută. Nu a fost oferit niciun indiciu care să ducă la găsirea fetiței în vârstă de un an. Se presupune că s-a înecat și că a fost purtată de curenți.*

Poliția a abandonat investigația. Fata a fost declarată moartă.

Mă gândesc cum ar fi dacă s-ar fi întâmplat acum. Presupusa mea vinovăție, neglijența mea, totul s-ar fi discutat și dezbătut pe internet, pe toate forumurile posibile. Numai faptul că aveam un copil la acea vârstă ar fi fost considerat un act iresponsabil. Imagini cu mine, care m-ar fi dezavantajat, s-ar fi răspândit pe internet, ziarele de seară ar fi întors pe toate părțile viața noastră privată și ar fi relatat despre separarea noastră câteva luni mai târziu. Toți ar fi înghețat în tragedia noastră.

Continui să înaintez în timp. Nu găsesc nimic. Nici mai târziu, nimic.

Până când un titlu îmi atrage atenția.

Nimeni nu preia Strandgården, activitatea încetează cu efect imediat.

Despre asta vorbea Elle-Marja. Roger Lundin, director și proprietar al Strandgården, a murit brusc, doborât de diabet. Elle-Marja a spus că Strandgården a fost închis de tot în luna august a aceluiași an.

Merg la rafturi și găsesc un alt ziar local. Montez filmul și răsfoiesc. Articolele sună la fel. Copil de un an, dispărut. Tânăra mama e interogată, dar formal nu există nicio suspiciune în privința ei. Se presupune că fata s-a înecat. Cazul a fost închis.

Văd un chip cunoscut. Al polițistului responsabil de anchetă. Îl chema Sven Nilsson. Îmi amintesc de el ca fiind un tip capabil de compasiune și înțelegere. Parfumul ceștii de cafea pe care mi-a întins-o, pătura pe care mi-a pus-o pe umeri. Colegul său mai tânăr nu era așa sensibil. Îi găsesc numele mai jos în articol. Per Gunnarsson. Credea că sunt vinovată. Era sigur că mi-am omorât propriul copil și că voiam să acopăr asta dând-o dispărută. El m-a interogat prima oară la secția de poliție.

Avem martori care l-au văzut pe prietenul tău, Daniel, în Oskarshamn în acel moment. Dar tu ce ai făcut în acest timp?

De ce ți-ai lăsat bebelușul singur?

De ce nu ai fost acolo?

Cât timp ai fost plecată?

Dacă ai fost în apropiere, cum de nu ai auzit nimic?

Pe unde ai umblat?

Ești foarte tânără. Îți place să fii mamă? Sigur e destul de dificil. Un sugar care urlă tot timpul. Câteodată îți dorești să nu fi fost așa.

Ai suferit de depresie postnatală?

Poate a avut loc vreun accident despre care refuzi să vorbești?

Poți să vorbești cu noi. Înțelegem dacă s-a întâmplat ceva.

Adevărul iese mereu la suprafață până la urmă. Cel mai bine pentru tine este să ne spui exact cum a fost. Să ne spui ce s-a întâmplat cu adevărat.

Ce ai făcut cu copilul tău?

Priviri grele, pline de suspiciune. Nu am fost suspectă în mod formal, dar am fost bănuită. Sven Nilsson a întrerupt interogatoriul și a explicat că nu există niciun motiv să mă mai rețină. Vorbise cu o femeie care susținuse versiunea mea. Mă văzuse legănând-o pe Alice până a dormit în căruciorul de sub copac. Curând după aceea, mă văzuse jos, pe plajă.

Îmi scot laptopul din geantă. Caut secția de poliție din Oskarshamn. Sven Nilsson trebuie să fi ieșit de mult la pensie. Nu am idee cum stă treaba cu activitatea poliției și cu arhivarea, dar dosarul vechilor anchete trebuie să existe undeva. Merită o încercare.

Ies pe intrarea principală și îmi îndrept spatele. Sun la poliție, mi se face legătura cu secția de poliție din Oskarshamn. Repet în minte ce am de spus și sunt pe cale de a mă da bătută, când îmi răspunde o voce de femeie.

Cuvintele curg rapid. August 1994, Strandgården, veniți din Stockholm pentru weekend, fată răpită, avea numai un an, anchetă veche, închisă evident, Sven Nilsson, Per Gunnarsson...

— Per Gunnarsson? A plecat acasă.

Tăcere pe linie.

— Alo? spun eu, întrebându-mă dacă a închis.

— Așteptați, aveți noroc, e încă aici. Puteți vorbi cu el. Rămâneți la telefon.

— Bună ziua, Per Gunnarsson. Vocea îi e mai aspră decât îmi amintesc. O recunosc totuși.

— Mă numesc Stella Widstrand. Sau Johansson, așa mă chema atunci. Ați fost în Strandgården în august 1994. Când a dispărut fata mea. A dispărut din cărucior.

— 1994? Ce dracu' e asta?

Nerăbdător și irascibil. Și atunci era tot așa.

— La Strandgården. În Storvik, la nord de Oskarshamn. Ați venit acolo cu Sven Nilsson și apoi...

— Haideți s-o luăm ușor. Vorbiți mai rar. Și nu atât de tare, mulțumesc.

Îmi mușc limba și reiau.

— Ați fost dumneavoastră și Sven Nilsson. Ați venit acolo când fiica mea a dispărut. Avea numai un an. Ne-ați interogat pe mine și pe tatăl ei, la secția de poliție.

— Ei bine, poate îmi amintesc câte ceva, bombăne Per Gunnarsson. Despre ce este vorba?

— Vreau să trec prin anchetă. Ce s-a făcut, cu cine ați vorbit, astfel de lucruri.

Un oftat obosit.

— Doamnă. A trecut, cât, mai bine de douăzeci de ani? Cazul e închis de multă vreme. Credeți că nu avem lucruri mai importante de făcut decât să scormonim în cazuri închise?

— Aș putea vorbi cu altcineva?

Încă un oftat.

— Credeți că aici e vorba despre un program la cererea publicului? Deja suntem îngropați în treabă. Nu ne putem ocupa și de asta.

Nu răspund.

Per Gunnarsson tușește.

— Sven Nilsson. E pensionat de mulți ani. Ultima oară când am auzit de el, se mutase în Norrköping. Știu că a păstrat o serie de materiale. A vorbit mereu despre un indiciu care nu fusese investigat. N-am idee despre ce vorbea, era cam într-o ureche, ca să spun așa. Am întors fiecare piatră, cum sigur vă amintiți. Nu au existat indicii pe care să le fi omis. A fost un caz imposibil, dacă mă întrebați pe mine. Dar vorbiți cu el, e tot ce pot să spun. Acum am altceva de făcut.

Închide telefonul.

Văd pe ecran că am două apeluri nepreluate și zece mesaje. Mesaje supărate și iritante de la Henrik și de la Milo, care se întreabă pe unde sunt. Asta *mă* irită pe mine.

Îi scriu lui Henrik că sunt în drum spre casă. Apoi închid mobilul.

Se înserează. Aerul e răcoros și proaspăt. Nu am de gând să mă grăbesc în timp ce străbat parcul Humlegården.

Stella

Henrik și Milo stau pe canapea și mănâncă popcorn. Se uită la un episod din *Top Gear* și râd cu hohote de niște rulote care se ciocnesc. Henrik observă că am intrat în cameră și îmi aruncă o privire rapidă. Văd că e supărat pe mine. De ce? Pentru că nu sunt disponibilă secundă de secundă, toată ziua?

— Bună, dragii mei, spun eu.

— Bună, mama, mă salută Milo. Unde ai fost?

— Da, într-adevăr, unde ai fost? insistă Henrik.

— Mi-ați simțit lipsa?

— Te-am așteptat o veșnicie după antrenament, spune Milo.

— Cum? mă mir eu.

— Da, nu ai mai venit, așa că am plecat singur.

— Ai mers singur cu metroul?

— Cardul de metrou era în portofel.

— De ce nu l-ai adus tu? l-am întrebat pe Henrik.

Par supărată, dar, de fapt, sunt înlemnită de frică. Mă gândesc la tot ce s-ar fi putut întâmpla. Putea să pățească ceva, să se rătăcească, să fie răpit. De ce nu l-a adus Henrik?

Ridică din sprâncene și ne zgâim unul la altul peste capul lui Milo.

— De ce nu ai făcut *tu* asta? spune el.

— Pentru că tu trebuia să-l aduci pe Milo astăzi.

— De unde ai scos-o și pe asta? Tu îl aduci mereu după tenis.

— Știu, spun eu. Dar ai sunat și așa ai spus.

— Când am sunat?

— După-amiază. Cândva după trei și jumătate.

— Atunci mă aflam în ședință.

— Nu ai fost tu. A fost o asistentă de-a ta care mi-a transmis că tu îl vei aduce. Altfel firește că aș fi mers eu.

— Care asistentă? Erica? De ce te-ar suna pe tine?

— Nu știu cum o cheamă. Dar normal că a sunat pentru că tu ai rugat-o, nu?

— Nu am rugat pe nimeni să sune și să lase mesaje. Dar, totuși, a fost bine până la urmă. Nu-i așa, băiete? Îl cuprinde pe Milo pe după umeri.

Vreau să protestez. Nu vreau să călătorească singur. Niciodată.

Henrik îmi citește imediat reacția.

— A călătorit mult cu prietenii lui în ultimul timp. Nu au fost niciodată probleme, Stella.

Ies și merg la bucătărie. Îmi torn un pahar de vin. Simt că am nevoie să fumez pentru prima oară după mulți ani. Henrik mă urmează.

— Unde ai fost? întreabă el. Mi-am imaginat toate scenariile posibile când nu am reușit să dăm de tine. Îmi mângâie brațul. Mă retrag.

— Am fost la bibliotecă.

— De ce ești supărată? întreabă el.

— Tu ești cel supărat.

— Ba deloc. Dar tu mereu dai un semn când e ceva. Nu-ți stă în fire să fii indisponibilă.

Mă atinge din nou. Îmi iau paharul și merg în celălalt capăt al bucătăriei.

— Nu-i nevoie să te grăbești să mă acuzi, spun eu.

— Și nu e nevoie ca tu să te superi așa. Te-ai purtat destul de ciudat în ultima vreme. E posibil să îți proiectezi asupra mea starea de spirit?

— Încerci să te joci de-a psihologul cu mine, Henrik? Nu face asta, te rog.

Își încrucișează brațele.

— Dacă aș fi spus că-l iau pe Milo, atunci aș fi făcut asta, spune el. Nu mi-am rugat niciodată angajații să te sune pentru mine.

— Cineva a sunat, în orice caz. Sau crezi că îmi imaginez?

Nu răspunde. În schimb spune:

— Milo poate călători singur acum, Stella. Are treisprezece ani. Nu trebuie să-l duci și să-l aduci de peste tot.

— O fac cu plăcere, răspund eu.

— Nu a fost o acuzație.

Nu îi întâlnesc privirea.

Oftează demonstrativ și părăsește bucătăria.

Văd o mișcare cu coada ochiului și mă dau la o parte din fața ferestrei. Cineva a trecut pe stradă. Mă aplec atentă și mă uit afară. O pungă de plastic e purtată de vânt pe deasupra străzii. Mă sprijin cu mâinile de chiuvetă și respir adânc. Sunt oare pe punctul de o lua razna?

Acum câteva săptămâni, nu aș fi reacționat atât de puternic la faptul că Milo a călătorit singur. Nu aș fi fost atât de temătoare și de paranoică. Dar mi s-a amintit ce consecințe poate avea un moment de neatenție.

Când am lăsat-o singură pe Alice, consecințele au fost funeste. Am pierdut-o pentru totdeauna.

Și Milo, l-am lăsat și pe el singur. De data asta a fost bine. Nu s-a întâmplat nimic. Dar am jurat să nu mai fiu neglijentă niciodată. Când era mai mic, evitam muzeele și locurile cu multă lume. De la o vreme, am grijă să aibă prieteni care dorm la noi, în loc ca el să doarmă la ei. Hampus și Pernilla sunt singura excepție, în afară de bunicii lui. Eu îl conduc la antrenamente și la meciuri. Îl duc la prieteni sau îl însoțesc acasă la ei, chiar și la cei care locuiesc aproape. Sunt exagerat de protectoare.

Henrik a încercat să găsească, pe cât posibil, un echilibru. L-a dus pe Milo la Gröna Lund, eu nu aș fi fost în stare să-i însoțesc. Nici el nu a făcut un caz prea mare din asta. Am învățat să-mi controlez mai bine teama de-a lungul anilor, am îndrăznit treptat să mai slăbesc controlul. Până acum.

Ar fi mai bine ca Milo să stea pe propriile picioare, știu asta. Însă are numai treisprezece ani. Încă nu sunt pregătită să slăbesc frâul. Poate nu voi fi niciodată.

Încălzesc mâncarea care a rămas pe aragaz, dar nu mi-e deloc foame. Ciugulesc din ea și arunc cea mai mare parte. Rămân lângă chiuvetă.

Nu mai pot continua așa. Trebuie să vorbesc cu Henrik. Are dreptul să afle, mai devreme sau mai târziu, că am găsit-o pe Alice. Vreau să îl fac să înțeleagă că de data asta nu mă înșel. Va înțelege. Mă va ajuta.

Torn două pahare de vin și merg în camera de zi. E întuneric afară, vântul suflă prin copaci. Curând va ploua din nou. Aprind lumânările de pe măsuța de cafea și mă apropii de fereastră. Tocmai ridic unul din suporturi când îl văd. Stă pe strada din spatele casei. Se uită fix la mine.

Mi-e imposibil să disting chipul de sub gluga trasă peste cap. Aceeași pelerină lipsită de formă ca și data trecută. Aceeași postură tensionată. Același profil amenințător.

Deschid nervos ușa spre curte. Strig:

— Ce vrei? Dispari, lasă-mă în pace! *DISPARI*!

Vreau să fug în grădină, dar mă împiedic de prag. Mă prind de draperie, galeria se desprinde și se răstoarnă jos. Mă prăbușesc peste prag.

— Ce este, mama? întreabă Milo alergând spre mine.

Henrik vine și el și mă vede zăcând pe jos, la intrare.

— Acolo e cineva care ne spionează casa, spun arătând cu degetul. Uite. Acolo. Cu gluga peste cap. A mai fost aici. Aceeași haină, aceeași glugă.

Henrik iese și se uită pe stradă, Milo îl urmează. Verifică în lung și-n lat, apoi se întorc. Henrik se ghemuiește lângă mine, mă atinge ușor pe umăr.

— Intră acum, iubire. Nu e nimeni acolo.

Mă uit la el.

— Cineva tocmai a fost acolo.

Henrik își coboară privirea.

— Sper că mă crezi? insist eu.

Mă ia de mână și mă ajută, împreună cu Milo, să mă ridic fără să spună o vorbă.

— Henrik? Mă crezi, nu-i așa?

— Acum nu mai e nimeni, în orice caz, spune el zâmbind.

Recunosc acel zâmbet. Îl folosește când i se pare că nu am dreptate. Când dorește să nu fiu atât de sensibilă, atât de isterică.

Mă uit afară. Herik și Milo se uită și ei pe fereastră. Cineva se plimbă pe stradă. Cineva în pelerină de ploaie cu gluga trasă pe cap. Îl prind pe Henrik de braț.

— El este, șoptesc eu.

— Acum trebuie să te dai bătută. Nu-l recunoști pe Johan? Henrik arată spre el. A ieșit afară cu câinele, ca de obicei.

Și are dreptate. E investitorul. Pe afară cu javra lui blestemată. Culoarea pelerinei lui e mai deschisă, observ de-abia acum. Johan Lindberg ne vede stând la fereastră și zgâindu-ne la el. Râde și își flutură mâinile. Henrik zâmbește și îl salută la rândul lui.

Apoi se uită la mine.

Nu mai zâmbește.

22 iunie 2003

Am găsit-o. Am găsit-o pe Alice.

Acum aproape două săptămâni, când am fost în Skansen. Eu și Milo stăteam la coadă să cumpărăm înghețată.

Și era acolo.

Am recunoscut-o. Arăta cum ar fi arătat dacă ar fi rămas cu mine. O clipă mai târziu, a dispărut din nou în mulțime.

Nu din nou. Nu se poate întâmpla încă o dată.

L-am lăsat pe Milo în cărucior și am fugit după ea. Am îmbrâncit oamenii ca să-mi croiesc drum, am strigat la ei să se dea la o parte. I-am strigat numele.

A plecat. A dispărut din nou.

Apoi mi-am adus aminte de Milo. Am fugit înapoi la el. Plângea, era singur. Și el îmi putea fi luat.

Nu-mi voi mai scăpa copilul din priviri niciodată. Niciodată, niciodată, niciodată! Nici nu ar fi trebuit să merg la Skansen cu el. E prea multă lume. Poate dispărea mai ușor în mulțime.

Nu se va mai întâmpla.

Daniel m-a ajutat. A venit cât a putut de repede. Eu plângeam, el suna la poliție.

Toate acele întrebări. Unde ai văzut-o? Cum arăta? Ce haine avea pe ea?

Le spun. La coadă la înghețată, pe la ora trei. Păr des și brunet, gropițe și ureche de elf. Avea o rochie albastră și e cam atât de înaltă. Ca Milo. Era cu un bărbat.

Se uită ciudat la mine. Ochii le sunt goi, duri. Vocile lor sunt înghețate când spun că nu era Alice. Nu mai are un an. Trebuie să fie mai mare decât Milo, spun ei. Ai văzut pe altcineva, Alice ar trebui să aibă zece ani acum.

Dar ei nu știu. Nu înțeleg nimic. Ei nu o simt în ei ca și mine. Încearcă să consoleze și să fie drăguți, dar îi șoptesc lui Daniel, pe la spatele meu, că sunt bolnavă, că am o cădere nervoasă. Mint.

Nu e nicio cădere nervoasă. Mi-am văzut copilul. Am văzut-o. Am văzut-o pe Alice.

Sunt rece. Rece ca gheața. Înghet și tremur, deși cineva a pus o pătură pe mine. Spatele și capul îmi ard. Mâinile îmi tremură. Sigur e din cauza medicamentelor pe care mi le-au dat. Vreau să merg acasă. Nu vreau să stau în acest loc.

Henrik m-a adus aici. M-a lăsat aici.

Am adormit pe un pat, într-o cameră albă și rece. Singură.

M-am trezit. Vlăguită. Pustie. Au spus că am o vizită. M-au ajutat să mă dau jos din pat. M-au însoțit în camera de vizite.

Daniel era acolo. N-a vrut să mă îmbrățișeze. Era îngrijorat. Era supărat. A spus că nu vrea să mai aibă niciodată parte de așa ceva.

Am strigat la el: Dar eu vreau? Vreau să exist fără fiica mea? Vreau să-i duc lipsa, să-mi pun întrebări și să nu primesc niciodată răspunsuri?

A spus că de aceea am îngropat-o.

Ca să putem merge mai departe.

Și apoi l-am văzut pe Henrik, care stătea într-un colț, palid la față. Se uita la mine ca și cum n-ar fi știut cine sunt.

Daniel a spus: Puteai să-l pierzi și pe fiul tău.

I-a părut rău pentru ce s-a întâmplat. Mi-a urat o viață fericită.

Apoi a plecat.

Și Henrik a plecat. Nu știu dacă va îndrăzni să se mai întoarcă.

Nu știu nici măcar dacă eu am voie să mă întorc acasă.

Iar când a plecat, am strigat și la el.

Am strigat, am strigat și am strigat și nu m-am potolit până nu m-au adormit.

Isabelle

Am rămas singură în apartament. Johanna a dormit la Axel în noaptea asta. Stau în pat și mă uit pe fereastră. Cerul e albastru și soarele strălucește, eu însă resimt asta ca un îndemn apăsător. Nu am niciun chef să ies afară.

Ar trebui să învăț. Întotdeauna există lucruri de studiat și, de obicei, nu-mi displace asta. Nu și acum, însă. Nu vreau, nu sunt în stare.

Camera mea e tihnită, cum ar spune bunica. Numai patul, lenjeria și lampa din tavan sunt cumpărate de curând. Toate celelalte lucruri sunt second-hand. Tabloul enorm și abstract, în nuanțe diferite de albastru, covorul gri cu fir înalt și lămpile de veghe. Biroul și noptiera din tec, scaunul, unul de bucătărie, vechi și uzat, decorațiunile. Deasupra ferestrei am un lambrechin simplu, albastru. Johanna ne-a ajutat pe mine și pe tata să cărăm toate lucrurile sus.

Trag storurile și îmi scot noul MacBook Air. Cel pe care l-am cumpărat cu banii munciți astă vară. Mă uit un moment pe Facebook. Îl închid și îl pun deoparte. Mă uit pe mobil la Insta și Snapchat. Apoi îmi dau la o parte pătura și merg în bucătărie. Pun niște apă în fierbător, iau o cană și un plic de ceai.

Apartamentul e luminos. Toate camerele au ferestre mari, pereții sunt zugrăviți cu vopsea albă. Eu am primit dormitorul, iar Johanna și-a aranjat camera de zi pentru ea. Glasvandul e acoperit cu o țesătură în violet și verde. În bucătărie avem niște planșe vechi cu mirodenii, pe care le-am cumpărat împreună. Scaunele din jurul mesei din bucătărie au design diferit, iar covorul e țesut de bunica.

Mă așez la fereastră cu ceaiul. Mă gândesc la convorbirea telefonică cu mama și la ce am scos din mine la terapia de grup. Am remușcări. Mă detest pentru felul în care mă comport.

Am fost nedreaptă. A fost greșit ce am făcut. Să-mi vorbesc de rău mama în felul acela, să vorbesc despre ea fără să fie prezentă. Nu am oferit celorlalți o privire obiectivă. Am fost furioasă, dezamăgită și tristă. Am exagerat.

Mama spune adesea că sunt sensibilă. Ușor influențabilă. *Poate că sunt.* În momentul ăsta, mă simt total confuză. Sunt încă supărată, simt mânie și ură. Furia împotriva mamei crește în mine, nu o pot controla. În același timp, vina de a avea astfel de sentimente față de ea mă sufocă.

Încă sunt șocată de moartea tatei. Și de faptul că nu a fost tatăl meu adevărat. În momentul ăsta, pun sub semnul întrebării totul legat de mama. E corect ce simt? Am voie să simt asta? Mă întreb câte dintre amintirile mele se potrivesc cu realitatea.

Am să o întreb pe Stella ce crede despre toate astea. Știu că pot discuta cu ea astfel de lucruri. Când a întrebat cum mi-a fost când eram mică, părea să-i pese. Era sincer îngrijorată pentru mine, am observat asta. Am simțit că vrea să facă ceva să mă ajute.

Dar cum redau o imagine adevărată care poate fi interpretată greșit? De fiecare dată când spun ce gândesc, nu se sfârșește bine. Când o să învăț? Cum să fac ca ceilalți să priceapă?

Clara se întreba de ce cred că este atât de groaznic a fi în dezacord cu mama. Nu știu. Știu doar că detest conflictele și că fac totul pentru a le evita. Nu doresc să o întristez pe mama. Și tata era la fel. *Tatăl meu care nu era tatăl meu.* Mama crede că gândesc prea mult. Întreb prea multe. Poate că are dreptate. Cugetarea asta permanentă nu mă face mai deșteaptă. Dar nu pot înceta să gândesc. Nici nu pot înceta să simt.

Nu știu de ce am devenit cum sunt sau de ce m-am simțit mereu inadaptată. Diferită. Ciudată. Sucită. E ceva în neregulă cu mine, cu sentimentele mele.

Nu vreau să plâng. O fac, totuși.

Și mă detest și mai mult.

Stella

Stau ghemuită într-un fotoliu, în cabinetul meu. Mi-am aruncat pantofii pe covor și mi-am tras picioarele sub mine. Azi m-am urnit până aici și nu fac altceva decât să stau. N-am lucrat nici măcar un minut. Am încetat să-mi mai fac treaba. Mi-am petrecut toată dimineața gândindu-mă la tot ce s-a întâmplat.

Primesc telefoane pe care nu le-a dat nimeni. Văd bărbați amenințători cu glugi trase pe ochi. Cineva îmi pândește casa. Sunt spionată. Sunt urmărită. Necrologul face totul și mai înfiorător. Încerc să înțeleg. Încerc să gândesc rațional. Încerc să-mi dau seama cine se află în spatele acestor lucruri. Însă dacă voi continua așa, mă voi împotmoli.

Mă voi îmbolnăvi din nou.

Toate astea trebuie să înceteze.

Am de gând să îi spun lui Henrik. Îi voi povesti totul. Astăzi. Aș fi preferat, totuși, să am dovezi concrete înainte de a spune ceva.

Dar nu mai poate aștepta. Și e cazul să o las pe Isabelle să continue cu terapia într-o altă grupă. Trebuia să o fi trimis imediat la un alt terapeut, chiar după prima întâlnire. Ce fac acum este neprofesionist. E lipsit de etică. E periculos.

Vibrează telefonul, văd că sună Henrik. Răspund, mă întreabă când termin. Vrea să luăm cina la restaurantul Trattorian din Norr Mälarstrand. Doar noi doi. Milo are antrenament de baschet. Îi răspund că asta sună minunat.

Așa simt? Da. Nu. De fapt, nu. Poate undeva la mijloc.

În mod normal, îmi place să ies să mănânc cu soțul meu. Și vreau să fie așa și acum. Dar nu e. Ideea de a vorbi despre Alice la o cină în oraș pare greșită. La fel de greșită ca aceea de a amâna să-i vorbesc despre cele întâmplate.

După câteva ore, îmi parchez Audi-ul pe o străduță care dă în Norr Mälarstrand. Cobor pe ponton și merg spre restaurantul Mälarpaviljongen; îl văd pe Henrik așteptându-mă acolo. E nebărbierit, cu părul ciufulit și cu ochelarii de soare pe nas. Îi scoate și mă privește.

— Ce? spun eu.

— Arăți bine.

Șovăi, dar apoi mă înalț pe vârfuri și îi dau un sărut. El mi-l întoarce.

— Doar noi doi. Nu s-a mai întâmplat de multă vreme.

Mergem, ținându-ne de mână, de-a lungul aleii pietonale de lângă mal. Ne uităm la ceilalți oameni și ne amuzăm pe seama lor. Fotografi amatori cu obiective lungi de jumătate de metru sau doamne în vârstă care își strunesc cățelușii îndărătnici. Părinți cu cărucioare care trebuie neapărat să se intersecteze, alergători în pantaloni strâmți, cu sticlele cu apă atașate de centuri, care se reped fără nicio reținere printre trecători, doamne mergând cu bețe de drumeție în mâini.

Avem nevoie de asta. Ar fi trebuit să plecăm în acel weekend despre care vorbea Pernilla. Au trecut secole de când nu am mai petrecut timp doar noi doi.

Ajungem la debarcader și intrăm în Trattorian. Henrik a rezervat o masă la fereastră. După ce am comandat și a venit mâncarea, îmi povestește despre părinții lui, care vor pleca în Franța în weekend. Mai spune că Marcus și Jelena au fost de curând la acest restaurant.

Comentează decorurile și meniul, face conversație.

— Va fi soare în weekend, spune el.

— Frumos, spun eu.

— M-am gândit să-l iau pe Milo pentru o ultimă partidă de golf în acest sezon. Are meci de baschet sâmbătă?

— Habar nu am. Posibil. Probabil.

Mă întreb de ce mă aflu de fapt aici. Iau o înghițitură de vin. Încerc să mă relaxez. Privesc apele golfului Riddarfjärden. Sunt într-un restaurant plăcut și intim, alături de bărbatul cu care am o căsnicie fericită.

— A fost bun? întreabă Henrik și ia o bucățică din farfuria mea.

— Cât se poate de bun, răspund eu.

— Cum mai merg treburile la cabinet?

Învârt paharul de vin.

— Bine. Și la tine?

— E cam aglomerat acum, cum știi și tu, dar se mai liniștesc în curând, spune el.

Tăcere. Ne purtăm ca două copii nereușite ale propriilor noastre persoane.

— Ai mai auzit ceva de la Inspectoratul pentru Sănătate și Asistență Socială?

Asta e. M-a invitat la cină să avem o discuție serioasă. I se pare că felul în care mă port are de-a face cu Lina.

Ciugulesc din mâncare. Aș fi preferat să mai aștepte cu asta până mai târziu.

— Nu, încă nu, răspund și-mi trag puloverul peste umeri.

— Nu-i nevoie să devii defensivă, spune el. Pentru că nu mai vorbești cu mine, sunt nevoit să întreb. Dar a fost o prostie din partea mea să deschid subiectul acum. Uită de asta.

Să uit de asta? Va plana ca un nor asupra mesei toată seara dacă nu spun nimic.

— De ce încordarea asta? întreb eu.

— Tu ești cea încordată, răspunde el. Ești încordată și irascibilă de multă vreme.

— Știu că poate am fost absentă și dusă pe gânduri, spun.

— Dusă pe gânduri? Ești într-o cu totul altă lume. De-abia dacă reacționezi când eu sau Milo vorbim cu tine. Uiți lucruri, te enervezi. Iar ieri? Despre ce a fost vorba?

— Au fost câteva săptămâni ciudate, știu, spun eu. Dar nu are nimic de-a face cu Lina. L-am văzut pe acel bărbat de două ori. Am primit o amenințare sinistră cu moartea. Însă nu e totul. E ceva ce trebuie să-ți spun.

Henrik clatină din cap.

— Vorbim mai târziu, bine? Vrei cafea?

Nu vreau. Vreau să plec. Înainte să apuc să răspund, îi face un semn chelnerului. Mă uit afară, la debarcader, când Henrik comandă două cafele, niciun desert, mulțumim. Razele soarelui scânteiază în apă. Este o seară minunată. Iar distanța dintre mine și Henrik nu face decât să crească.

Nu mai există cale de întoarcere. Trebuie să-i spun. Când suntem din nou singuri îl privesc în ochi.

— Henrik, spun punându-mi mâna pe brațul lui.

Se uită la mine, așteaptă să continui.

— Am întâlnit-o pe Alice.

Henrik pune jos șervețelul și mă fixează. Continui:

— De data asta am dreptate. Știu că am dreptate.

Îmi dau seama că vorbesc prea tare. Femeia și bărbatul de lângă noi au amuțit și se uită în direcția noastră.

Henrik aruncă o privire în lături. Apoi privește spre apă.

— Nu am vrut să spun nimic, mărturisește el. Nu aici. Voiam să spun mai târziu.

— Să spui ce? întreb eu.

— Astăzi am primit o vizită la serviciu.

Henrik mă privește insistent. Simt că mi se strânge stomacul. Nu am idee ce mă așteaptă, dar văd pe chipul lui că e serios. Spune:

— Azi-dimineață m-a vizitat la birou o femeie. Era îngrijorată pentru fiica ei.

— Fiica ei?

— Care merge la tine la terapie.

— Ce vrei să spui?

— Fata s-a schimbat de când te-a întâlnit. Se pare, și nu fac decât să citez — Henrik își ridică mâinile ca pentru a preveni o replică —, că ești interesată de ea în mod obsesiv și dubios.

— Vorbești serios? Ridic vocea din nou, iar cuplul de lângă noi se uită spre mine. Continui pe o voce mai joasă. Despre cine e vorba?

Nu îmi răspunde la întrebare. În schimb spune:

— Acestei femei i se pare că o întorci pe fată împotriva ei. Că îi pui întrebări despre copilărie care sugerează răspunsul și o amăgesc.

— Isabelle, șoptesc eu.

Henrik se apleacă în față, bate în masă cu degetul.

— Nu-mi spune că tu crezi că această Isabelle este Alice.

— Femeia care te-a căutat, care era numele ei?

— Kerstin Karlsson. M-a rugat să vorbesc eu cu tine. Fiica nu vrea să asculte, evident este total acaparată de tine. Conform mamei sale.

— De ce a luat legătura cu tine? întreb eu. Ar fi putut vorbi direct cu mine.

Dă din umeri.

— Are vreo importanță? Era îngrijorată, spune el.

— Ghici de ce, spun eu. Ghici de ce, Henrik! Încearcă să îngroape asta. Încearcă să ascundă ce a făcut.

Henrik se uită întrebător la mine.

— Ar fi putut Kerstin Karlsson să-ți răpească fiica? Și apoi să mă manipuleze pe mine ca tu să nu afli adevărul? Nu are cum să fie așa. Greșești total.

— De unde știi? De unde știi?

— Pentru că nu e credibil. Pentru că nimeni nu poate răpi așa copilul altcuiva în această țară. Există registre, există tot felul de evidențe. Nu poți să apari pur și simplu cu un copil, fără să reacționeze nimeni. Și eu am fost la piatra memorială a lui Alice. E moartă, Stella. Sunt sigur că nimeni nu-și poate imagina prin ce-ai trecut, cât de greu a fost. Alice a plecat dintre noi. E teribil, e îngrozitor. Însă trebuie să trăiești cu asta.

— Nu am crezut niciodată că e moartă, știi foarte bine. Dar crezi că am înnebunit? Asta vrei să spui, nu? Că eu, în starea mea de nebunie, inventez aceste lucruri? Pun paharul pe masă cu prea multă forță. Cuplul de lângă noi se uită și șușotește.

—Liniștește-te, Stella. Liniștește-te.

— Ai încredere mai degrabă într-o persoană pe care n-ai mai întâlnit-o. Nu-ți pasă deloc de ce am eu de spus.

— Acum nu încerca să mă scoți pe mine vinovat. Tu ești cea care ai fost ciudată în ultima vreme. Și femeia asta cu care am vorbit chiar era îngrijorată pentru copilul ei. Era disperată. Nu mai știa ce să facă.

— Și tu înghiți imediat tot ce îți spune?

De-abia mai pot să-mi stăpânesc vocea. Furia pe care o simt e pe cale să se reverse.

— Crezi că spăl pe creier un pacient pentru că îmi închipui lucruri? Nu ai niciun pic de încredere în mine?

Henrik se înclină peste masă.

— Tu însăși susții că ai găsit-o pe Alice. Din nou. Ce dracu' să cred, Stella?

Se întinde după mâna mea. Mi-o retrag. Îmi încrucișez mâinile la piept și mă uit pe lângă el.

— De data asta este altfel. De data asta sunt convinsă că am dreptate.

— Au trecut mai bine de douăzeci de ani, spune el.

— Isabelle *este* Alice! Să închid ochii la asta?

Henrik se reazemă de spătar. Își împăturește șervetul și îl desface la loc.

— Nu te mai juca cu șervetul ăla blestemat, mă răstesc eu. Îl aruncă într-o parte.

— Prin urmare vrei să zici că ți-ai găsit fiica dispărută, spune el. Fata pe care nu ai mai văzut-o de când avea un an. O vezi într-una din pacientele tale. E ceva serios, Stella. Spune-mi că înțelegi asta.

— Nu inventez nimic, spun eu. Nu îmi imaginez.

Însă îmi dau seama cât de stridentă și de rugătoare îmi e vocea. Nu pare deloc credibilă. Nici măcar pentru mine însămi. Mai mulți clienți privesc spre noi.

— Nu poți continua să fii terapeuta ei, spune Henrik, nu din moment ce crezi că este fiica ta.

— Știu asta deja.

— De ce nu ai vorbit cu mine? Ultima oară când ai crezut asta, știi cum a fost. Cum te-ai simțit. Nu vreau să mai treci încă o dată prin așa ceva.

— Vrei să spui că asta este o recidivă?

— Sunt îngrijorat pentru tine.

— Crezi că sunt bolnavă. Că e nevoie să fiu internată.

Henrik își trage mâinile peste față.

— Ar fi cazul să plecăm acum, spune el.

Se uită în jur după chelner. Mă simt ca și cum m-ar fi înjunghiat în spate. Se află chiar în fața mea. E la ani-lumină depărtare. Nu am fost niciodată atât de departe unul de celălalt.

— Și te miri de ce nu am spus nimic? spun eu. Pentru că am știut că vom ajunge aici.

Mă ridic atât de rapid, că scaunul cade în spate. Mă grăbesc afară, făcând slalom printre mese. Aud o bufnitură, urmată de un zgomot de sticlă spartă. Chelnerul cu care m-am ciocnit a scăpat tava din mâini. Toți din local se zgâiesc la mine. Fug spre ieșire, trag cu putere de ușa de la intrare și mă îndrept spre mașină.

O iau pe Rålambshovsleden și trec podul Traneberg. Însă în loc să virez pe Alviksvägen, continui pe Ulvsundavägen. Trec de aeroport și de Bromma Blocks, înaintez pe lângă Solvalla și o iau prin Rissne. Mă gândesc la Alice. Pâlpâie în mine ca o flacără ce nu va putea fi stinsă vreodată.

Conduc apoi prin zonele cu vile din Bromsten, Spånga și Solhem și ajung în Hässelby. Virez la stânga pe Lövstavägen, mă îndrept spre casă. Când ajung în

Vällingby, mă întorc. Mă opresc într-o parcare și ies din mașină. Soarele apune, în aer se simte răcoarea. Îmi trag șalul în jurul gâtului și îmi cufund mâinile în buzunarele jachetei.

Ea locuiește într-unul din blocurile de lângă centrul comercial. Poate că m-am îndreptat mereu spre acest loc.

Văd lămpile aprinzându-se și stingându-se, lumina albăstruie a ecranelor de televizor. Oameni care se mișcă în spatele draperiilor, merg prin camere și se uită pe geam. Printre ei ar putea fi Alice. Poate chiar acum stă la geam și se uită la mine. Poate are, ca și mine, senzația că ne unește ceva. Ceva ce nu poate fi distrus de nimic. Legătura dintre noi. Poate se gândește chiar acum la asta, la mine.

Stella

În dimineața următoare, Henrik și Milo luaseră deja micul dejun și plecaseră înainte ca eu să ajung în bucătărie. Henrik mi-a pregătit masa, dar cafeaua din filtru s-a răcit, iar sucul de portocale din pahar e călduț. Îl vărs, arunc sendvișul și fac cafea proaspătă.

M-am machiat, îmi pun pantalonii negri de la Malene Birger, cei confortabili în talie și care subțiază picioarele. Și o bluză verde de la Filippa K.

Mă uit pe fereastră. Totul e cenușiu — strada, copacii, casele, cerul. Mă uit la ceas. Opt și jumătate. E vineri, nu am pacienți azi și nu e nevoie să merg la cabinet.

N-am mai vorbit cu Henrik de aseară. Când am ajuns acasă, se uita cu Milo la un film. Am făcut o baie și am mers să mă culc. M-am prefăcut că dorm când a venit și s-a așezat lângă mine. Am simțit că era treaz și se uita la mine. Acum suntem în lumi diferite. Orice fel de comunicare e întreruptă momentan.

Dar e normal să-i fie teamă ca nu cumva să am o nouă cădere nervoasă. M-am purtat ciudat, cum spune el. Am fost încordată și irascibilă. Dar nu e ca atunci. De data asta e real.

Dacă aș fi apucat să-i spun despre Alice înainte să-l sperie Kerstin Karlsson, lucrurile ar fi stat altfel. Poate. Sau nu ar fi contat deloc, el oricum nu ar fi avut încredere în mine.

Iau cafeaua și merg în camera de lucru. Pornesc laptopul și intru pe Facebook. Mă gândesc de mult timp să-mi șterg contul. Nu-mi oferă nimic, nu face decât să-mi răpească timp și energie. Acei „prieteni" sunt Henrik, Pernilla, familia și rudele din partea mea și a lui Henrik, câțiva pe care i-am întâlnit la serviciu sau prin Milo, vechi colegi de clasă. Cunoștințe care-mi scriu ceva după ce le accept cererea de prietenie virtuală, dar atât. Păstrez contul mai mult de dragul Helenei. Folosește zilnic Facebook și cel mai adesea acolo ne dă semn mie și mamei.

Scriu Kerstin Karlsson în căsuța de căutare. Numărul de ocurențe mă dezarmează. Pe unele le pot exclude imediat. Sunt prea tinere, locuiesc în altă parte a țării sau în străinătate. Intru pe profilurile a trei persoane care par a fi un pic mai în vârstă decât mine. Dar nu știu defel cum arată. Sau dacă are Facebook. Nu are rost.

Verific dacă o pot găsi pe Isabelle Karlsson, dar, la fel, există prea multe persoane cu acest nume. În schimb, caut pe Google „Isabelle Karlsson, KTH".

Apare un articol referitor la un proiect realizat de ea și de niște colegi. În poza de grup stă în prim plan, cu mâinile încrucișate, părul desfăcut și gropițele foarte vizibile.

Este o frumusețe. Are strălucire. Fac o captură de ecran și o salvez în iCloud.

Alte căutări nu mai dau rezultate. Continui cu „Kerstin Karlsson, Borlänge".

Evident, mai puține rezultate decât pe Facebook. Dar care dintre ele este acea Kerstin pe care o caut? Habar nu am cum arată.

Îmi vine ideea să caut „Hans Karlsson decedat".

Hans Gunnar Karlsson decedat în urma unui atac cerebral la vârsta de cincizeci și nouă de ani. Îi păstrează memoria soția Kerstin și fiica Isabelle.

Nota apare pe pagina ziarului local Dala-Demokraten. Scriu Hans Gunnar Karlsson, Borlänge.

O adresă în Barkargärdet.

La aceeași adresă apar și Isabelle Karlsson, 22 de ani, și Kerstin Karlsson, 47 de ani.

Kerstin

Să duc prosoapele și lenjeria de pat în magazie nu e sarcina mea. Dar o fac, totuși. Ca de obicei. Altfel, cărucioul de lucruri murdare ar sta aici, pe coridor. Lumea nu vrea să-și asume responsabilitatea pentru nimic, toți preferă să se eschiveze și să lase pe altcineva să curețe în urma lor.

Mă dor genunchii când mă aplec să ridic lenjeria de jos. Nu ar strica să mai slăbesc câteva kilograme. Dar nu poți face totul dintr-o dată. Am mult prea multe pe cap. Țeava fisurată din baie, mașina care se strică din nou, toate facturile care se adună. De fapt, în primul rând ar trebui să merg la dentist. Dar cum ar putea un om obișnuit să își permită atâtea? Salariul de infirmieră nu prea ajunge. Mai ales acum, de când sunt singură. De la Hans au rămas numai datorii. Înmormântarea a consumat ultimele economii.

Se aude un urlet dintr-una din camere, parcă ar veni de la un animal rănit. Știu că e Hedvig. Ia atâtea calmante, că e de mirare că se mai ține pe picioare. Când trece prea mult timp între doze, are stări de anxietate.

Las rufele și merg spre camera ei.

— Te-ai ascuns din nou în magazie, Kerstin? întreabă Ritva când mă vede. De ce nu răspunzi la alarmă? Clatină din cap și intră în bucătărie.

De ce nu răspunzi tu, spun eu în gând și merg mai departe spre camera lui Hedvig. O tânără angajată cu ora stă în prag, nesigură de ce ar trebui să facă. O bat ușor pe braț și îi spun că mă ocup eu de asta.

— Cum o duci, Hedvig?

— Ajută-mă, țipă ea. Ajutoor!

— Sunt aici acum, respiră adânc.

Descui dulapul cu medicamente. Se pare că cineva a uitat să-i dea doza pe care ar fi trebuit să o ia cu două ore în urmă. Tipic. Acum trebuie să scriu și o notă de abatere. Desfac punga cu pastile, le pun într-un pahar roșu de plastic și i le dau lui Hedvig. Le înghite pe toate și se aruncă apoi încoace și-ncolo pe pat, urlând și scâncind.

Mă așez alături de ea, îi ating mâna liniștitor și îi șoptesc că totul va fi bine. Apoi pun o pătură peste ea și îi acopăr și picioarele reci. Încerc să o domolesc și îi fredonez ceva cu voce joasă. După un timp, se calmează.

— Vrei cafea, Hedvig? Poate o prăjitură?

— Nu mă lăsa. Nu pleca de lângă mine.

— Nu plec nicăieri. Promit.

Hedvig are optzeci și cinci de ani și primește rar vizite. Stă în pat zi după zi, săptămână după săptămână, an după an. Își ronțăie calmantele, are crize, primește iar calmante. O compătimesc. Să-ți sfârșești zilele în felul ăsta e sub demnitatea umană. E o rușine pentru societatea noastră. Așa-numita societate a bunăstării. Nu mai există.

Mai zăbovesc, îi mângâi brațul osos și mă gândesc la viață. Rar iese așa cum te gândești. Încă o convorbire cu fiica mea a deraiat. Nu știu cum, dar așa se întâmplă de fiecare dată când vorbim. M-am gândit la asta de mii de ori, fără să-mi dau seama unde am greșit.

Bună, mama.

Bună, fata mea. Ești în drum spre ședința de terapie?

Deja s-a închis în ea. Poate ar fi trebuit să închei imediat și să sun mai târziu, dar voiam atât de mult să-i aud glasul, să-i amintesc că-i sunt alături și că o iubesc. În interiorul ei simte asta, deși pare supărată. În interior, știe că are nevoie de mine. Nu e destul de puternică să se desprindă. Nu e pregătită.

Cum e acasă?

Liniște. Cum e mereu de la o vreme.

O încercare să mai dezmorțesc lucrurile. Ar fi trebuit să pricep că Isabelle avea să o interpreteze greșit. Înțelege totul anapoda în ultimul timp.

De ce nu te întâlnești cu nimeni? De când n-ai mai vizitat-o pe bunica?

Faptul că fiicei mele i se pare necesar să se îngrijoreze pentru viața mea socială aproape că m-a enervat.

Bunica ta are propria ei viață. Șezători și ce-o mai fi.

Mă descurc eu, nu te îngrijora.

Dar nu mai știi pe altcineva? Doar nu ai locuit mereu în Dalarna.

Ce e asta? De unde au venit comentariile astea? Și acest ton? Nu e obișnuit pentru Isabelle. Defel. Și înainte să apuc să mă adun, a continuat.

Unde am locuit de fapt când eram mică? Nu știu nimic despre perioada dinainte de a ne muta la Borlänge și de a-l întâlni tu pe tata.

E posibil să fi gestionat asta greșit. Dar tonul lui Isabelle nu mi-a ușurat situația. Acuzator și trist și supărat.

Pe Hans, vrei să spui?

Nu știu cum mi-a ieșit asta, pur și simplu. Poate că voiam să o pun pe tânăra domnișoară la locul ei. Mă doare când Isabelle mă atacă. Sigur că vreau să vorbesc despre aceste lucruri. Se înțelege. Dar așa? La telefon?

Ar fi trebuit să ne apropiem acum, când am rămas numai noi două. Și totuși, cu trecerea timpului, e din ce în ce mai rău. Numai dacă ar ști cât de mult mă întristează. Încă nu înțelege prin ce am trecut eu. Nu se pune la socoteală faptul că sunt mama ei? Că am purtat-o, că am născut-o în cele mai lungi, pline de durere și înfiorătoare patruzeci și opt de ore din viața mea? Mai că era să mor. Nu contează deloc că am ținut-o în brațe și am legănat-o în balansoar neîncetat în primele luni de viață? Că i-am pansat rănile și am vegheat-o noaptea, când a fost bolnavă? Că am adus-o aici, în Dalarna, să îi ofer o casă sigură și că i-am găsit un tată, cel mai bun la care te poți gândi?

Hans a însemnat totul pentru Isabelle. Și Aina, bunica ei și mama mea, ocupă un loc important în inima ei. Cât despre mine, eu nu valorez prea mult. Nimeni nu pricepe ce simt. Cât de mult doare. Desconsiderată și respinsă, cu toate că ei mi-am dedicat viața. Copiii pot fi îngrozitor de cruzi.

Hedvig se agită și îi îndrept pătura. Biata femeie, ce soartă. Așa voi sfârși și eu? Grija pe care i-o port fiicei mele nu face decât să o îndepărteze de mine.

Și rușinea pentru felul în care i-am spus lui Isabelle despre Hans revine mult mai des decât mi-aș dori. Înțeleg că este rănită și tristă, înțeleg asta. Dar s-a schimbat în ultima vreme, mai mult decât își dă seama ea însăși. Mai tot timpul este furioasă și irascibilă. E mai mult decât simplul fapt că o dezamăgesc. E atât de diferită față de cum era înainte.

Noi două avem nevoie de o întâlnire, de o discuție față în față. Aș prefera să o am pe Isabelle din nou acasă, să am timp să mă ocup de ea. Avem nevoie să fim din nou disponibile una pentru cealaltă. Dacă am fi împreună și am avea ocazia să vorbim, ne-am regăsi reciproc. Totul s-ar rezolva.

De aceea am trecut la acțiune.

Poate părea impulsiv, dar m-am gândit pe îndelete la toate înainte să plec la Stockholm. E o distanță mare de parcurs dus-întors într-o singură zi, însă a meritat osteneala. Eram nevoită, trebuia să fac ceva. Nu pot sta cu mâinile în sân văzând cum fiica mea e condusă pe căi greșite.

M-am hotărât să vorbesc mai întâi cu bărbatul ei. Henrik Widstrand. El ar putea ajunge la ea. Nu voiam să dau buzna la ea în cabinet și să îi fac greutăți fără rost. De dragul lui Isabelle, îi voi da o șansă. Trebuie să înțeleagă că fiica mea e vulnerabilă și se află într-o stare foarte delicată.

Henrik Widstrand a fost amabil. Și-a făcut timp, m-a poftit înăuntru și mi-a oferit cafea. A ascultat, nu m-a întrerupt, m-a lăsat să spun ce aveam de spus. Și nici măcar odată nu s-a uitat la ceasul scump de la mână, nici nu a părut nerăbdător să termin. Bineînțeles că i-a fost loial soției sale. A spus că există pactul de confidențialitate, că nu știe nimic despre pacienții ei. Era sigur că își făcea bine treaba. Totuși m-a luat în serios, am văzut asta. S-a întristat. Sper să nu provoc ceva între ei. Nu vreau să fie așa. Dar ce-aș fi putut face? Ce alternativă aș fi avut? Nu vreau altceva decât să-mi protejez copilul. Asta este cel mai important. Ca fiica mea să fie în siguranță.

Henrik Widstrand mi-a mulțumit, m-a luat de mână și m-a privit în ochi. Era înalt și elegant, părea să se mențină în formă. Ar fi putut fi snob, dar a fost binevoitor și cald. Ar trebui să fie fericită cu un astfel de bărbat. Acum, că am vorbit cu el, parcă mi s-a mai luat o piatră de pe inimă. Cred că totul se va aranja.

Fredonez și cânt, îi mângâi mâna lui Hedvig până adoarme. Apoi rămân la ea până se face ora de plecat acasă.

Stella

Sub un cer înnorat, trec de Aversta și mă îndrept spre Dalälven. Nu-mi pot aminti când am fost ultima oară în Dalarna.

Chiar înainte de Borlänge, peisajul se deschide. Câmpuri vaste și ogoare. Munții acoperiți de păduri par albaștri în depărtare. Am uitat cât de frumoasă este această parte a Suediei, chiar și într-o astfel de zi cenușie.

O iau la dreapta și străbat din nou Dalälven. Trec pe lângă oțelărie. Un fum plumburiu se ridică spre cerul acoperit de nori.

Barkargärdet se află la nord-vest de Borlänge. Îmi ia un moment să găsesc adresa corectă de pe Faluvägen. Arborii sunt deși și înalți. E o zonă mohorâtă și întunecată, mă întreb dacă soarele ajunge aici vreodată.

Cele mai multe case din Barkargärdet sunt bine îngrijite, cu grădini impecabile. Dar câteva par a fi în paragină; dărăpănate și părăsite, cu grădini năpădite de buruieni, cu mormane de gunoaie și epave de mașini prin curți. Casa lui Hans și a lui Kerstin Karlsson este una dintre acestea. Parchez la marginea drumului, dar rămân în mașină. Privesc îndelung casa în care a crescut fiica mea.

Fațada de lemn e deteriorată și se cere revopsită. Sigur a fost o casă frumoasă cândva, demult, însă acum dă impresia de dărăpănătură. Un morman de vechituri stă în dreptul aleii de acces, iar sub fereastra de la bucătărie zace o mașină de spălat vase. Grădina s-a sălbăticit, iarba e înaltă și straturile par demult abandonate. Cutia poștală seamănă cu o căsuță de poveste, galben-pastel cu detalii miniaturale, delicate. Pare prost plasată.

Vreau să știu cine este Kerstin. Ce face, ce trecut are, ce știe. Vreau să știu de ce l-a căutat pe Henrik, în loc să vorbească direct cu mine. Vreau să știu de ce și-a făcut timp să-i caute firma, adresa unde are biroul și cum a reușit să dea de el în ciuda tuturor ședințelor la care participă Henrik mai toată ziua. Cu cât mă gândesc mai mult la asta, cu atât mi se pare mai straniu.

Curtea e goală, iar ferestrele — întunecate; nu pare să fie nimeni acasă. Se apropie o mașină, trece pe lângă mine și respir ușurată. Picăturile de sudoare îmi alunecă sub brațe, iar inima îmi bate puternic. Mă simt ridicol. Dar dacă Kerstin e cea care sosește acasă, nu trebuie să mă vadă sub niciun chip.

Mă întorc din drum și urmez Faluvägen până ajung la un popas. Dar în loc să urc pe șoseaua E16, spre Borlänge, fac cale-ntoarsă.

Conduc din nou pe lângă casa lui Kerstin. Trag pe dreapta, opresc motorul și cobor din mașină. Trebuie să încerc să intru cumva. Poate există o ușă neîncuiată sau un luminator care poate fi forțat.

Ușa de la casa vecină se deschide când ajung aproape de poartă. O femeie și un bărbat ies de acolo, ambii poartă haine sport. Cobor scările, iar bărbatul se uită în direcția mea. Pare agitat, ca și cum ar bănui că am venit să sparg casa. Pe poarta lor se află o plăcuță: *Colaborarea vecinilor împotriva delictelor*. Un triunghi roșu cu un șperaclu rupt, sub el se văd însemnele poliției.

Mă întorc și grăbesc pasul.

— Alo, vă putem ajuta cu ceva? strigă tipul după mine.

Ajung în viteză la mașină, sar înăuntru și o întind de-acolo. Văd în oglinda retrovizoare că încă se uită după mine.

Parchez ceva mai departe și aștept. Apoi mă întorc iar spre casa lui Kerstin. Vecinii încă sunt afară, și-au scos uneltele de grădinărit. Vor ține sub vizor zona, e imposibil să intru fără ca ei să observe.

Am venit până aici. Am aruncat o privire asupra casei, știu unde a locuit Alice. Unde Kerstin Karlsson a locuit împreună cu copilul meu. E incredibil de frustrant că nu pot face mai mult. În același timp, mă simt ușurată. Nu am voie să fac vreo greșeală acum. Dacă se află că am spionat în felul ăsta, s-a terminat cu cariera mea.

Mă uit la casă pentru ultima oară. Aici a crescut Alice. Nu pot concepe asta. E incredibil. A privit afară din spatele acestor ferestre? A alergat și s-a jucat prin această grădină? A fost iubită sau a fost tratată prost? Nu știu nimic despre viața fiicei mele dispărute.

Isabelle

— Cum ți se pare asta? Johanna ridică o rochie scurtă, cu paiete. Ai arăta trăsnet în ea.

Dau din umeri.

— Cred că merge.

— Nu mai fii deprimată, Isabelle!

Pune rochia la loc și mă cuprinde de umeri.

— Shoppingul e antidotul cel mai bun împotriva depresiei, spune ea.

— Este? Mama are obiceiul să spună că dimpotrivă, ești și mai deprimat când se termină banii.

— Greșește. Vei vedea.

Nu sunt deloc sigură că treaba asta ajută.

— N-am putea merge acasă?

— Dacă mai stai fie și un singur minut singură în patul ăla al tău, o iei razna de-a binelea. Crede-mă.

Johanna mă ia de braț și mă trage la următorul raion de haine.

A venit la mine după curs, a tras draperiile să facă lumină și m-a întrebat de ce stau așa. A crezut la început că eram bolnavă. Apoi a văzut pe chipul meu care era problema. S-a strecurat în pat și m-a îmbrățișat. A spus că și ea credea că viața e nașpa. Imediat după, mi-a ordonat să mă ridic și să fac un duș. Acum suntem noi și o mie de alte persoane la magazinul H&M de pe Drottninggatan, în centrul orașului.

Johanna ridică un tricou destul de scurt, argintiu și catifelat. Fără să vreau, accept să-l probez. Și rochia. Plus o pereche de pantaloni negri, strâmți și foarte elastici. Johanna merge cu vraful de haine spre cabinele de probă și pune stăpânire pe cea mai spațioasă dintre ele. Se așază pe taburetul dinăuntru, îmi face semn să încep. Îmi scot bluza și blugii. Probez hainele și fac, ascultătoare, piruete.

Escapada se termină cu mine cumpărând și tricoul, și pantalonii. Și poate că mă simt un pic, un pic mai bine. Asta mai degrabă pentru că există cineva căruia îi pasă de mine, decât datorită shoppingului.

A așteptat cu întrebările până ne-am așezat la Joe & The Juice, în Åhléns City. Aici toată lumea e cool. Muzica e mult prea tare. Merge și ne aduce fiecăreia câte un suc, apoi se cuibărește lângă mine.

— Ți-am adus un *Sex me up*, m-am gândit că poate ai nevoie.

Iau sucul și îl gust.

— Mulțumesc. E bun.

— A trecut ceva vreme de când ai fost așa deprimată. E vorba despre tatăl tău?

— Despre toată viața mea tristă.

— Ah, Isabelle. Ce mai dramatizezi! Acum ce mai e?

— Am avut o copilărie ciudată rău.

Johanna mă cuprinde cu brațul.

— Pentru că ești adoptată și nu știai asta?

— Nu numai de asta. Nu prea întâlneam pe nimeni. Numai pe bunica. Trăiam ca într-o bulă, izolați de ceilalți.

Iar mama voia mereu să fiu mica ei păpușă, pe care o putea struni și manevra după placul ei.

Mai iau o înghițitură și cad pe gânduri.

— Părinții mei nu făceau niciodată ceea ce făceau alți părinți, continui eu. Erau total diferiți de ceilalți. Îmi era mereu rușine cu ei. Mai ales cu mama. Era mereu ciudată într-un fel sau în altul. Niciunul nu mergea la ședințele cu părinții, găseau tot felul de scuze când se punea problema să se implice personal în vreo activitate la școală și nu aveam niciodată voie să merg în parcul de distracții din Leksand. Dacă stau să mă gândesc, nu făceam decât să-l ajut pe tata în garaj sau să gătesc cu mama. Iar asta-i destul de aiurea.

— Toți părinții sunt țăcăniți. Fiecare cu nebuniile lui. Într-un fel sau altul. Toți sunt, te asigur.

— Nu ca mama. Mă supraveghea tot timpul. Dacă vreun băiat voia să fim împreună, făcea cumva și afla imediat. Apoi îi suna pe părinții lui, amenința cu plângeri la poliție și tot așa. Mamei îi lipsea o doagă, toți știau asta. Și, până la urmă, au început să mă evite toți din cauza ei.

— Acum mă ai pe mine. Johanna se apleacă pe umărul meu. Și pe Fredde, nu-i așa? Ați tot schimbat mesaje în ultimul timp, nu?

— Da.

— Îți place de el?

— Un pic.

— Doar un pic?

— Termină, Johanna.

— Bine.

Tăcere.

— Crezi că lui îi place de mine? spun după un moment.

Johanna își dă ochii peste cap.

— I s-au aprins călcâiele după tine în așa hal, că ar face orice pentru tine.

— Chiar dacă sunt ciudată?

— Știi ceva? Nu ești atât de neobișnuită și de ciudată precum crezi. E doar în capul tău asta.

Stella a spus ceva asemănător odată, la terapia de grup. Dar, totuși. Mă simt de parcă aș ține în mine ceva îngrozitor.

— Crezi că doar tu te simți așa? Uneori și eu simt că mă înfurii ca naiba. Pe părinți, pe viață, pe tot. Nu e greșit, întrebarea e ce faci cu problema asta.

— Poate. Nu știu.

— Dar eu știu. Și acum vreau să aud ce-o să faci cu Fredde.

Continuăm să vorbim despre băieți, despre bărbați, despre cum se flirtează cel mai bine pe SMS și Snapchat, primesc ponturi despre ce să zic și ce nu. Mă face să roșesc, râdem și chicotim. După un moment, Johanna se ridică să ne cumpere și câte un sendviș. Conversația despre băieți și sex presupune consum de energie. Spun că e rândul meu să fac cinste, dar mă expediază printr-un gest al mâinii.

Să ies cu Johanna a fost lucrul cel mai bun pe care l-aș fi putut face, deși la început n-aveam niciun chef. În timp ce se îndepărtează, îmi sună mobilul. Nu recunosc numărul, măcar nu e tot mama.

Stella

Mă întorc la Stockholm. Conduc peste limita legală. Sunt dezamăgită. Și supărată. A fost o idee proastă să merg la Borlänge. Mai bine aș fi stat acasă, să dorm. N-a ieșit nimic din asta, nu știu mai multe decât la plecare. Am, în schimb, și mai multe întrebări care cer răspunsuri. Răspunsuri care nu există. Virez spre o benzinărie din Enköping, umplu rezervorul și cumpăr o cafea. Mă așez la o masă de la marginea parcării. Umerii îmi sunt încordați, pleoapele mi se strâng. Respir adânc de câteva ori, îmi umplu plămânii și mă întind. Iau mobilul și o sun.

— Isabelle.

— Bună, Isabelle, sunt Stella Widstrand.

Un moment de tăcere.

— Alo? spun eu.

— A, bună!

— Bună, îmi cer scuze că te deranjez într-o după-amiază de vineri.

— Nicio problemă.

În fundal se aude o muzică stridentă. Poate e la vreun bar studențesc.

— Poți vorbi, întreb eu, sau ai rămas la facultate?

— Sunt liberă azi. Am ieșit în oraș cu o prietenă.

— Frumos, spun eu. Îți place să înveți?

O scurtă pauză înainte de a răspunde.

— Da, îmi place. E mult de lucru, dar e amuzant.

Cât de firesc ar putea fi. Să o suni pe fiica ta, să o întrebi cum merge, cum a fost ziua. Cine este? La ce visează? Ce vrea să devină? Vreau să știu totul despre ea.

— Voi fi scurtă. Am o propunere, mă aud spunând. Terapia de grup e numai o dată pe săptămână. Nu rămâne mult timp pentru niciunul dintre voi. Am ceva liber luni. Îți pot acorda o oră doar pentru tine, să poți vorbi. La ora 11?

— Bine.

Isabelle pare a șovăi, dar continuă:

— Poate ar fi bine.

— Numai dacă simți că ai nevoie, spun eu. Dacă tu crezi că obții ceva din asta. În viitor, ne-am putea întâlni și cu mama ta. Poate fi de ajutor ca să ajungeți să comunicați una cu cealaltă.

— Poate mai încolo. Pot să mă gândesc la asta?

— Bineînțeles. E numai o propunere. Faci cum simți.

— Dar luni sună bine. Ora 11?

— Ești binevenită.

Închei conversația și mă așez în mașină. Îmi iau geanta și scot agenda, o notez pe Isabelle luni, la ora 11. Ce fac e lipsit de etică. Dar Alice e copilul meu. Sunt pregătită să merg oricât de departe ca s-o recapăt. Răsfoiesc agenda cu programările pentru această săptămână. Văd că trebuia să trimit o serie de e-mailuri, să sun câteva persoane, să pun la punct fișele pacienților. S-a făcut după-amiază și nu am făcut nimic din toate astea. N-am de gând să mă apuc nici acum.

Văd o însemnare de miercuri, de la convorbirea cu Per Gunnarsson. *Sven Nilsson, Norrköping.*

Încă nu l-am sunat. Neînțelegerea referitoare la cine să-l ia pe Milo de la antrenament, cearta cu Henrik de ieri, de la Trattorian. Am uitat complet să iau legătura cu Nilsson.

Îl caut pe Google și găsesc un număr de telefon și o adresă. Sun, aștept cu nerăbdare să răspundă.

— Da, alo? Vocea unei femei tinere.

Mă prezint, spun că îl caut pe Sven Nilsson. O aud pe femeie murmurând ceva, se aude un foșnet când dă mai departe receptorul.

— Sven Nilsson. Are o voce răgușită, nu o recunosc.

— Bună ziua, mă numesc Stella Widstrand, mă prezint eu. Ne-am întâlnim în vara lui 1994. Atunci mă numeam Johansson.

— A, da?

— Fiica mea Alice a dispărut din Strandgården, în august anul acela. Avea numai un an. Dumneavoastră v-ați ocupat de ancheta cu privire la dispariția ei.

Liniște.

Sven Nilsson e bătrân. Își amintește oare?

— Da, îmi aduc aminte, spune el. Pot să te întreb de ce suni acum?

— Sunt sigură că Alice trăiește. Poate că sună cam nebunesc. Dar pur și simplu știu. Trăiește.

— Am avut întotdeauna impresia că fiica ta trăiește, spune Sven Nilsson. Din păcate, nu am putut dovedi niciodată. Îmi pare rău pentru asta. A fost printre cele mai dificile cazuri din cariera mea de polițist.

Îmi curg lacrimile. Mă șterg la ochi cu mâneca și îmi dreg vocea.

— Mai aveți materiale de la anchetă pe care mă pot uita? întreb eu.

— Absolut, absolut. Am aici fiecare petic de hârtie. Tot. Treaba e că știu că a existat o pistă pe care nu am urmat-o. Poți veni și ne vom uita împreună. Să văd, poate marți? Marți dimineață? E posibil?

Chicotesc. E infinit de mult până marți, însă în sfârșit voi avea dovada că am dreptate.

Dau muzica mai tare și îmi continui drumul spre casă.

Stella

Henrik a făcut pâine de dimineață și miroase bine în bucătărie. E sâmbătă, luăm micul dejun împreună. Eu și Henrik nu am vorbit încă pe îndelete, dar, de dragul lui Milo, ne prefacem că totul e ca de obicei. Mănânc o felie de pâine, cu toate că nu am deloc poftă de mâncare, și îl laud pentru gustul bun. Apoi îl întreb pe Milo despre meciul de baschet. E suficient pentru ca el să înceapă să turuie fără întrerupere, iar eu și Henrik să ne putem evita în continuare.

Nu mă duc la meci. Henrik pare ușurat că rămân acasă. Spun că am nevoie de odihnă. O să zac pe canapea și o s-o iau mai ușor. Stau în prag, făcându-le cu mâna la plecare și mă gândesc că am spus același lucru și în urmă cu două săptămâni. Firește că nu i-am destăinuit nimic soțului meu despre excursia la Strandgården. Nici despre călătoria în Dalarna, la casa lui Kerstin. Sau despre convorbirile telefonice cu Isabelle și cu Sven Nilsson. Fiindcă așa sunt eu, inconstantă și secretoasă.

Sigur remarcă asta. Nu-l pot condamna că-i e greu să mă creadă. Dar am mustrări de conștiință.

E ceva imposibil de înțeles pentru cineva care nu și-a pierdut copilul. Dacă dezvăluiam totul, ce simțeam, ce făceam, Henrik ar fi încercat să mă oprească. Ar fi acționat împotriva mea. Nu am timp de îndoielile lui, de lipsa lui de încredere. Tot ceea ce face și spune, convins că e bine intenționat, nu e altceva decât expresia fricii sale. Lui Henrik îi e teamă să aibă probleme cu mine. Nu vrea decât să se protejeze pe el însuși. E ceva uman. Așa suntem toți. Și de aceea nu am spus nimic despre întâlnirea mea de astăzi. Mă abat de pe E18. Conform GPS-ului nu mai am mult. Nu m-am putut abține să nu îi verific ieri profilul de Facebook. Dar i-am văzut doar poza de profil, câteva fotografii cu locuri în care a călătorit și ce muzică îi place. Restul e privat, numai pentru prieteni.

Inițial nu am avut de gând să merg acolo. Dar, până la urmă, am fost nevoită. Vreau doar să-l văd. Să știu cum îi merge. Nu mai există altcineva cu care să vorbesc. Care să înțeleagă.

El este tatăl ei.

Și are dreptul să știe că Alice trăiește. Că am întâlnit-o și știu unde este.

Daniel locuiește într-o casă albă și confortabilă de lemn, în Bro, la 30 de kilometri de Stockholm. Casa se află pe un teren întins, cu un gard viu des și bine îngrijit. Lângă curte e un atelier unde zăresc un bărbat aplecat asupra motorului unei mașini. *Atelierul lui Sundkvist*, scrie pe plăcuța atârnată pe zid. Verific cum arăt în oglinda retrovizoare. Îmi aranjez bluza albă. Mi-am vopsit unghiile cu stacojiu. M-am coafat de dimineață, buclele lungi mi se revarsă pe umeri. Zâmbesc propriei imagini din oglindă. Ea îmi zâmbește înapoi, dar pare emoționată, nesigură.

Virez spre atelierul deschis și parchez. Daniel își pune mâna cozoroc, să nu-i intre soarele în ochi, și se uită spre mine. Inspir adânc și cobor din mașină.

— Stella? Daniel zâmbește, se apropie. Mi s-a părut că ești tu, spune el.

Se șterge pe mâini cu o cârpă. Apoi mă ia în brațe, mă strânge puternic și mă învârte preț de o piruetă. Cum făcea mereu pe vremuri. Îmi îngrop fața în gâtul lui, îi inspir parfumul. Am uitat ce efect poate avea. Nu sunt pregătită pentru dorința trezită de atingerea lui. Sau sunt? Poate că, de fapt, am vrut să simt din nou asta?

— Ce faci aici? mă întreabă lăsându-mă jos. Tocmai până în Bro? Îți era în drum?

— Sigur.

Zâmbește, dar am senzația că e în gardă. Ne privim. Daniel este același și, totodată, nu. Nu mai e suplu. Sigur face sport, are umerii lați, pieptul și brațele — atletice. Părul e mai lung decât îl știam și prins într-un coc bărbătesc. Încă este negru ca tăciunele, dar începe să devină cărunt la rădăcină. Brațele îi sunt acoperite de mai multe tatuaje decât în urmă cu doisprezece ani. Blugii uzați lăsați pe șolduri. Are o cămașă deschisă, de flanel roșu, și dedesubt un maiou negru. Arată sexy și periculos.

— Atelierul tău. Fac un gest spre plăcuță. L-ai deschis până la urmă.

Își ridică privirea.

— Îmi dă un sentiment bun, spune el și își întoarce privirea spre mine. Și tu? Tot mai scormonești prin creieri?

Mă apropii de mașina la care lucrează.

— Ce frumusețe, spun atingând-o cu mâna.

— Nu-i așa că-i grozavă? Daniel trece în spatele meu și îmi atinge întâmplător șoldul. Se așază lângă mine. Aproape. Miroase a ulei de motor și a after-shave. Îi aud răsuflarea.

— Îmi amintesc chestia aceea roșie și strălucitoare în care ne plimbai, spun și îmi ridic privirea spre el.

— Chestia strălucitoare? se preface el nemulțumit. Era o Impala din '74.

— Am multe amintiri frumoase cu mașina aceea.

Daniel zâmbește. Și el își amintește. Și nu are nimic împotrivă să se gândească la ce făceam pe bancheta din spate. Îi citesc asta pe chip și simt fiori în stomac. Se duce spre fundul atelierului.

— Vrei o bere sau ceva? strigă peste umăr.

— Aș vrea o apă minerală, dacă ai.

— Încă nu ai învățat să bei bere?

Se întoarce și îmi aruncă o Ramlösa. O prind și râd.

— Nu, sunt un caz pierdut.

Întreabă de Gudrun. A auzit că eu și Henrik i-am cumpărat mamei un apartament acum câțiva ani. Spune că îi lipsesc chiftelele ei, trebuie să-i spun asta. Întreb de Maud, mama lui. S-a pensionat în primăvară, acum stă și fumează țigări Blend galben sub hota din bucătărie.

Nimic din ce spunem nu mai contează. E numai o vorbărie rece, care să țină tot restul la distanță. Ce simt în toată ființa chiar acum. Văd cum privirea lui Daniel îmi alunecă pe corp, îmi dau seama că simte la fel. Și mi se pare ridicol de flatant că încă îl atrag.

— Ce mai vizuină masculină ai aici, spun eu uitându-mă în jur. Frigider cu bere, jukebox și de toate.

— Confortabil, nu?

Mă așez pe canapeaua de lângă frigider.

— Nu pot garanta că hainele tale impecabile vor rămâne la fel când te vei ridica de acolo. Cu berea în mână, face un gest spre canapea.

— Vino, așază-te, spun bătând canapeaua îmbietor.

Vine și ia loc lângă mine. Îmi pune mâna pe după umeri și mă apropii de el. Nu pot să nu mă întreb cum ar fi arătat viața noastră dacă nu ne-am fi despărțit. Am fi locuit așa, în afara orașului? Am fi avut mai mulți copii? Mă disperă tot ce s-a întâmplat între noi. Tot ce am pierdut. Îmi lipsește. Îmi lipsește căldura pe care o simțeam între noi. Pasiunea pe care aș vrea să o trăiesc din nou.

— Tragic că ceva care a însemnat totul pentru fiecare dintre noi nu mai exisă, spun eu. Nu crezi?

Daniel îmi cuprinde umărul.

— Tu mereu te-ai gândit și te-ai frământat mai mult decât mine. Rămâne tăcut un moment. Mai scrii în jurnal?

— Nu mai scriu.

— Ești fericită? Daniel se uită în ochii mei. Îi evit privirea.

— Ne merge bine, spun eu dând de înțeles că aș prefera să nu vorbesc despre asta.

— Henrik e inginer constructor sau ceva de felul ăsta?

— Ceva de felul ăsta.

— Te-ai aranjat bine, spune el. Conduci un Audi TT. Scump, de clasă. Ești aceeași fată care nu îndrăznea să-și ia carnet de conducere?

— Aceeași fată.

Nu am venit până aici să vorbesc despre viața mea de acum. Nu mai vreau să aud nimic de asta. Doresc să fiu aici și acum, cu Daniel.

— Pare să fie potrivit pentru tine, spune el. Tu și cu mine eram prea aprinși.

— Poate.

— Și fiul tău? Milo, nu? Trebuie să fie mare acum.

— Treisprezece ani.

— Timpul trece.

Daniel ia o înghițitură de bere.

— Alice ar fi avut douăzeci și doi de ani.

Daniel se uită la mine. Își trage mâna și își îndreaptă spatele. Se gândește îndelung ce să spună mai departe. Am uitat că obișnuia să facă așa. Tactica lui de a evita să vorbească mă enerva la culme. Mă enervează și acum.

— Te gândești și tu la ea? întreb eu.

Daniel învârte în mâini cutia de bere.

— Uneori, răspunde el după o clipă. Când și când. De ziua ei. Viața a mers mai departe.

Tace din nou.

— M-am gândit destul de mult la ea. La noi.

Îmi pun mâna pe coapsa lui.

— Ne-a fost bine, Daniel.

— Îmi amintesc de certurile noastre. Cum ne călcam pe nervi în apartamentul acela strâmt din Jordbro. Nu a fost tot timpul așa romantic. Își desface moțul și își trece degetele prin păr. Îmi ridic mâna de pe coapsa lui.

— Dacă nu ar fi dispărut Alice...

— Atunci am fi trăit fericiți până la adânci bătrâneți? Clatină lent din cap și se uită la mine. Chiar crezi asta? Eram foarte tineri, Stella. Și ai rămas gravidă aproape instant. Mă tem că îți amintești lucrurile în alt fel decât mine.

Expediază viața noastră împreună. Cu ce ușurință. Dă totul la o parte, ca și cum nu ar fi valorat nimic. Mă ridic și merg spre ușa garajului. Privesc spre stradă. Poate că a fost o greșeală să vin până aici. Mă întorc și îl țintuiesc cu privirea.

— Prin urmare, amintirile mele sunt numai fantezii?

— Preferi să vezi totul în roz, mereu ai fost așa. Daniel se ridică de pe canapea, merge la mașină și se apleacă peste ea. Ia o cheie reglabilă și continuă să lucreze. Recunosc și comportamentul acesta. E nesigur, confuz. Îl intimidez eu? Îi e teamă de ce se poate întâmpla? Da, îi este. Îi e o frică de moarte. Trezesc ceva în el. Ceva la fel de intens ca atunci. Și e paralizat de frică.

— Îmi amintesc că ne iubeai, spun eu. Erai bucuros că o avem pe Alice, incredibil de fericit. E greșită amintirea asta? Am fost numai un obstacol pentru tine? Pentru toate planurile pe care le aveai? Spune, pot să fac față.

Mă apropii de el. Mă simt de parcă aș fi un personaj labil dintr-o telenovelă. El se întoarce și mă prinde de brațe. Se apleacă și mă studiază bine.

— De ce te gândești la asta acum? De ce ai venit aici? Nu ca să depănăm amintiri, asta e clar.

Mă uit spre podea înainte de a îndrăzni să-i întâlnesc privirea. Apoi îi spun că am întâlnit-o pe Alice. Că Alice m-a găsit pe mine de fapt, însă nu știe încă asta. Îi povestesc tot. Îmi dau seama că sunt incoerentă, aș fi preferat să mă controlez mai bine. Dar depăn totul, de-a fir a păr. De la început până la sfârșit.

Când termin, observ că Daniel are privirea absentă. Stă cu picioarele depărtate, spatele drept, își pune mâinile în buzunare.

— Are părul brunet, cu firul gros? O ureche de elf? Își duce mâna la urechea lui.

— Da, așa este. Asta m-a convins. Îi prind fața cu ambele mâini. Ochii ni se întâlnesc. Totul împietrește.

— Și sigur seamănă cu Maria? întreabă el. Cum era ca bebeluș?

Vocea lui Daniel e blândă și îngăduitoare. În sfârșit. Știam că avea să mă înțeleagă.

— Este o copie a Mariei. Trebuie s-o vezi.

Îmi încolăcesc mâinile pe după gâtul lui, mă aplec spre el. Cât timp a trecut! Totuși mă simt de parcă nu ne-am fi despărțit niciodată. Timpul nu a reușit să rupă legătura dintre noi.

— Și ai întâlnit-o, ai vorbit cu ea? întreabă el. Ești sigură?

— Daniel, este fiica noastră.

Îmi vine să plâng de ușurare că înțelege. De durere pentru toți anii care au trecut. De bucurie că sunt lângă el, că simt apropierea dintre noi.

— Fiica noastră e moartă. Daniel se desprinde de mine. Am îngropat-o. Nu-ți amintești?

Putea la fel de bine să-mi dea o lovitură în stomac.

— La naiba, Stella. Cât pot să mai fac față? De câte ori să reluăm toate astea?

— *Ea este.* Știu că ea este.

Mă întorc și respir adânc înainte de a-l privi din nou.

— Am vorbit cu Sven Nilsson. Îți amintești? Polițistul? Există piste care nu au fost urmate. Mă voi întâlni cu el marți. Îi iau mâinile în ale mele, îl oblig să-și ridice privirea. M-am gândit că poate ai vrea să vii cu mine. Să mergem împreună. Vom primi răspunsuri. De data asta vom ști ce s-a...

— Stella, ascultă, mă întrerupe Daniel. Alice s-a stins. Trebuie să accepți asta și să mergi mai departe. Ne am continuat viața, și tu, și eu. E singurul lucru pe care trebuie să-l știm.

Nodul din gât crește și lacrimile încep să curgă. Acum plâng în hohote.

— Daniel, trebuie să mă ajuți, suspin eu. Te rog, nu mă dezamăgi. Nu te mai am decât pe tine.

Îmi pune mâna pe obraz și eu mă arunc în brațele lui.

— Sunt la fel de trist ca și tine, spune el cu voce joasă. Crede-mă.

— Mi-e dor de ea. Și mi-e dor de tine.

Suspin și aud că de-abia se mai deslușesc cuvintele. El șâșâie și îmi vorbește încet, atingându-mi părul. Își plimbă mâna pe spatele meu.

E bine. Îmi deschid simțurile. Și îl vreau. Acum.

E greșit.

Știu că e greșit.

Dar mi se pare atât de firesc să fiu în brațele lui. Și dorința simțită la început a revenit. Îi mângâi obrazul, îmi trec mâna prin pletele lui, îi simt cicatricea de pe frunte. Îi trag capul spre mine, ca să-l sărut. Daniel mă împinge înapoi și se îndreaptă.

— Asta nu ne ajută. Ai o familie frumoasă, nu uita. Soțul tău te iubește. M-am convins când l-am întâlnit acum doisprezece ani. Îi pasă de tine. Și are mai multă grijă de tine decât aș fi putut avea eu vreodată.

Îmi cobor privirea. Nu suport felul în care se uită la mine. Mi-e rușine, rușine, rușine.

— Nu am de gând să merg cu tine. Nu vreau să mai trec o dată prin asta. Nu pot. Nu e corect față de niciunul dintre noi. Du-te acasă la fiul tău, Stella. La soțul tău. Probabil e îngrijorat pentru tine.

— Tata, tata!

O voce luminoasă de fetiță. Instinctiv mă dau înapoi când un copil intră și se aruncă la pieptul lui Daniel.

— Am văzut pisoi și capre și oi și miei din ăia!

— Miei? Daniel râde.

Fetița are poate patru ani. Brunetă, cu părul des. Intră încă o fată, de vreo opt ani, bănuiesc, cu părul la fel de frumos. Le întreabă pe fete unde e mama lor. A intrat cu mâncarea, spun ele la unison. O saltă pe cea mică în brațe cu un gest reflex și pe cea mare o cuprinde de umeri; o conduce spre ușă. Află că mama lor a spus ca el să vină la ele. La fetele lui preferate.

Oare Alice arăta tot așa la vârsta lor? S-ar fi uitat la ea în același fel, ar fi fost la fel de încântat?

Da, știu că așa ar fi fost. Durerea mă sufocă și respir cu dificultate.

Văd un Daniel mai tânăr, șezând pe podea și hârjonindu-se cu fetița noastră. Doarme pe canapea, cu părul răsfirat în toate părțile, cu ea pe pieptul lui. O mână protectoare pe spatele ei micuț. *Noi* eram fetele lui preferate.

Voi sta aici împietrită pentru totdeauna? Voi îngheța aici până când cineva va avea bunăvoința să mă ia din acest loc?

Ce idioată sunt.

O epavă dezechilibrată.

Să-mi fi închipuit că a stat să mă aștepte, să mai trăiască o dată timpul scurt pe care l-am petrecut împreună? Are alte fete de care să îi pese. O nouă iubire.

O viață nouă.

— Stella. Stella.

Daniel a rămas în pragul ușii, cu ochii spre mine. Ambele fete îmi aruncă priviri curioase.

— Ai grijă de tine. Fii atentă, continuă el.

O femeie stă la intrarea în casă și se uită în direcția mea. E frumoasă.

Intru în mașină și plec în trombă.

Stella

Plec de acolo ca o nebună. Trag la marginea drumului și mă opresc. Apoi îmi pun capul pe volan și plâng. Vina și rușinea m-au învăluit ca o tornadă, disprețul de sine mă cuprinde și eternul mesaj despre cât de penibilă sunt mi se întipărește în minte. Sentimentul de vinovăție că nu sunt sinceră față de Henrik. Rușinea pentru impulsurile pe care le-am avut și pentru felul în care am vrut să le dau curs. Am încercat să îl sărut pe Daniel? Cât de departe aș fi fost dispusă să merg? Nu vreau să mă gândesc la asta. Dorința e încă vie. Între noi a fost o legătură puternică, pasională. Iar când l-am revăzut pe Daniel, totul a revenit. Am permis ca totul să revină. Voiam să cred că încă există. Voiam să caut alinare, să dispar în uitare. Frica de durere. Asta se întâmplă când fug de ceea ce doare. Acum mi-e imposibil să-mi controlez pornirile.

Daniel și cu mine. Ce am avut noi nu mai există. Și după asta plâng. Alice a fost cu noi într-un moment și a dispărut în următorul, ca și cum nici nu ar fi existat. Nimeni nu a putut explica ce s-a întâmplat. Familia noastră a încetat să mai existe.

În zilele de după dispariția copilului nostru, am intrat într-o stare chinuitoare și prelungită de angoasă și lipsă de speranță. Am venit acasă și am văzut jucării azvârlite peste tot, în fiecare cameră, scaunul pentru copii din bucătărie, pătuțul din dormitor. I-am strâns hăinuțele din coșul cu rufe, animalele de pluș.

Eram incapabilă să-mi împart durerea cu altcineva. Eram ca paralizată. M-am cufundat în canapea și am tras păturica lui Alice peste mine. Ca să o țin aproape, să-i simt mirosul.

Daniel a încercat să mă scoată din acea stare în toate felurile; la început rugând și implorând, apoi țipând. Nu a avut parte de nicio reacție, eram catatonică. Până la urmă a renunțat. S-a resemnat și a rămas cu propria lui durere. Nu cred că m-a condamnat, dar nu sunt tocmai sigură. Poate îl înfuria neglijența mea, delăsarea, evidenta mea nonșalanță. Poate că nu. Nu a spus niciodată nimic. Nu a întrebat nici măcar o dată cum de putusem să o las singură pe Alice. Dar totuși. Furia sigur a existat. Am ales să nu o văd, ar fi fost prea mult.

Au trecut șaisprezece săptămâni. Niciun semn de viață de la fata noastră. Nicio urmă, nimic nou de la poliție. Daniel și-a împachetat lucrurile și s-a mutat. Și-a aruncat geanta pe umăr, s-a uitat lung la mine și s-a dus.

Eu am rămas pe canapea și l-am lăsat să plece.

Adidașii lui Milo nu sunt pe hol când ajung acasă. Nu-l văd pe Henrik, dar jacheta lui se află în cuier și mașina era afară. E acasă. Urc scările și inima îmi bate puternic.

Sunt atât de furioasă, că tremur. M-a dezamăgit, a vorbit cu Daniel pe la spatele meu. L-a avertizat că am o criză. Că sunt pe cale să devin maniacă. *E îngrijorat pentru tine.* Cu cine o mai fi luat legătura? I-a sunat pe toți să le spună cât de instabilă și de bolnavă sunt?

În dormitor, îi văd hainele sport pe coșul de rufe. A fost să alerge. Din baie se aude apa. Ușa e întredeschisă și intru. Îl văd pe Henrik în spatele glasvandului mat.

Îl deschid cu o smucitură bruscă. Henrik se întoarce și se uită la mine.

— Unde ai fost? mă întreabă și oprește dușul.

Își ia un prosop, și-l înfășoară pe șolduri. Fac un pas înainte și îl plesnesc peste obraz. Se uită la mine ca și cum nu i-ar veni să creadă că tocmai s-a întâmplat așa ceva.

— Ce faci? spune ducându-și mâna la față. Îl înghiontesc, îl lovesc cu pumnii în piept.

— Cum ai putut? strig eu. Cum dracu' ai putut?

Henrik mă prinde de brațe, îmi parează loviturile. Încep să lovesc cu piciorul. Mă prinde mai bine și mă întoarce. Mă ține pe loc.

— Dă-mi drumul! Mă zbat să mă desprind. Dă-mi drumul, am spus!

— Dar, cerule, ce e cu tine? Henrik continuă să mă țină în prinsoare.

Îl mușc de mână și mă răsucesc amețită când mă lasă. El înjură și se uită la urma lăsată de mușcătură. Ridic mâna pentru altă lovitură. Mă prinde de încheietură, mă împinge la perete și o ține fix, deasupra capului meu. Un picur de apă curge de-a lungul pieptului său gol. Se apleacă spre mine. Cu mâna liberă, îi trag capul spre mine. Îl sărut. Îl mușc de buză.

— Ce crezi că faci? îmi șuieră în ureche.

Nu răspund. Îmi dă drumul, face un pas înapoi.

Îmi sfâșii bluza de pe mine, nasturii zboară. Henrik tace și mă privește. Îl prind de șolduri, mă lipesc el. Ne sărutăm, un sărut îndelung și profund. Pipăi pe sub prosop, îl prind de erecție, îl mângâi.

Mă ridică și mă așază pe blatul de lângă chiuvetă. Azvârl prosopul, văd cât e de întărit și de țeapăn. Îi prind mijlocul cu picioarele, mă trage spre el. Mă sărută pe gât, pe ceafă, mă prinde ferm de păr. Limbile ni se întâlnesc. Îmi desface sutienul, îl aruncă pe dușumea și îmi linge sânii. Limba i se rotește în jurul sfârcurilor, îmi apăs buzele de urechea lui, îi șoptesc să mă ia.

Mă poartă până în dormitor. Mă aruncă pe pat și îmi smulge pantalonii și chiloții. Încerc să mă ridic, dar mă împinge pe spate. Stă în genunchi și îmi sărută interiorul coapselor. Îl prind de păr și mă apăs pe fața lui.

Limba îi alunecă în cercuri, incitant, lent. Mă zvârcolesc, cer mai mult. Linge și mușcă ușor. Ajung aproape de paroxism când se oprește și se apleacă spre mine, spune că ajunge așa. Îl trag pe pat, ne rostogolim și cădem peste marginea patului, pe dușumea.

Îl încalec, îmi frec sexul umed de al lui. Mâinile i se plimbă pe sâni, pe șolduri. Îl sărut pe umeri, pe ceafă, pe abdomenul plat. Geme când i-l iau în gură. Îl sug, îl ling, mă încântă să-l văd juisând, să-l aud gemând, să-i simt corpul încordându-se, ajungând la climax. Mă roagă să termin, îmi spune ce vrea să facă.

Îmi trec părul peste pieptul lui. Îl prinde din nou cu hotărâre și mă trage într-o parte. Ne rostogolim. Îmi fixează încheieturile deasupra capului cu o mână și îmi mângâie clitorisul cu cealaltă. Alunecă în mine, mă umple cu totul. Trupurile noastre se aud bufnindu-se unul de altul, de podea. Strig când ajung la orgasm. Strig tare și în același timp izbucnesc în plâns.

Rămâne deasupra mea, mă prind cu picioarele de el. Inima îi bate puternic alături de a mea.

— Bună, iubire, spune el după un moment. Mă rostogolește și se întoarce spre mine. Unde ai fost?

Nu răspund. Vreau să rămân blocată în această clipă. Să uit tot restul. Să mă furișez în el, să îl las să mă îmbrățișeze, să îi simt corpul aproape. Îl vreau din nou. Mă aplec deasupra lui, îi sărut buzele. Îl iau în mână, simt cum crește.

Îi sună mobilul. Oftează, bombăne că trebuie să vadă cine e. Se așază pe marginea patului și răspunde. Mă târăsc în pat și închid ochii pe jumătate. Mă lovește ușor pe fund și îmi ridic privirea. *Nu adormi*, spune el șoptit. Dar sunt prea obosită. Nu mai am energie. Creierul e terminat după o zi lungă și oribilă. Îmi trag pătura peste mine, îl simt pe Henrik ciupindu-mă de coapsă. *Nu adormi.*

După ce închide, rămâne mai mult timp lângă mine. Nu e nevoie să deschid ochii ca să știu că mă privește. Mă prefac că dorm și aud cum se îmbracă. Înainte de a pleca mă sărută pe frunte. Iese din dormitor și coboară scările.

Stella

Când mă trezesc, Henrik e în spatele meu. Mă întorc. Deschide ochii.

— N-am vrut să te trezesc, spun. Cât e ceasul? E noapte?

— Nu dormeam, spune el.

— A trecut ceva timp. Îmi trec degetul peste pieptul lui, mă aplec, îi sărut buzele. Încerc să-l incit din nou. Îmi mângâie obrazul și se uită în ochii mei. Mă apăs pe el.

— Mai vrei?

— Vreau să vorbim, spune el.

— Ești sigur? Îi adulmec gâtul.

— Ce s-a întâmplat ieri? Mai devreme sau mai târziu trebuie să-mi spui.

Mă ridic din pat. Trag un tricou pe mine și îmi prind părul.

— Dacă îmi aduc bine aminte, ne-am cam aprins. Am făcut sex pe dușumea și...

— Stella, termină, mă întrerupe Henrik.

Se ridică și se reazemă de speteaza patului.

— Ai fost foarte furioasă pe mine când ai venit. M-ai lovit. De ce?

Furia revine din nou, la fel de puternică.

— Da, ce crezi? Ești așa de bătut în cap, că nu pricepi? Sau încerci să te prefaci că nu e nimic?

— Habar n-am despre ce vorbești. Cum aș putea? Eu aflu mereu ultimul. La fel ca data trecută.

— Termină, spun eu. Nu-mi arunca rahatul ăsta-n față.

Mă retrag spre coșul de rufe, îi dau la o parte hainele de sport și încep să împăturesc prosoape.

— Iartă-mă, spune Henrik. A fost o prostie să spun asta.

Arunc prosoapele pe dușumea. Mă duc la fereastră și privesc afară.

— Iubire, ce am făcut?

Pare sincer. Și întrebarea e justă. Mă gândesc ce să răspund. Prefer să nu dezvălui ce am făcut ieri, că am fost la Daniel.

Și ce a zis Henrik de m-am enervat atât pe el? Pentru că știu că Henrik a vorbit cu el. Mi-a trădat încrederea. Sau cum a fost? Mă cuprinde neplăcuta senzație că aș fi putut interpreta excesiv cele spuse de Daniel.

Fiica noastră e moartă.
Nu putem afla nimic.
Mergem mai departe.
Ai un soț bun, îi pasă de tine.
Se îngrijorează pentru tine.

Sau a fost: el se *poate* îngrijora pentru tine? Nu e îngrijorat pentru tine? E *destul* de îngrijorat pentru tine?

Când Henrik se simte vinovat, nu poate ascunde asta. E un om sincer și de obicei își asumă ceea ce face. În mod normal, și eu sunt la fel. Așa stau lucrurile între noi, așa ne-am construit relația.

Așa stăteau lucrurile. Nu Henrik e cel nesincer, eu sunt. Și conștiința încărcată e cea care mă face să învinuiesc pe toată lumea, în afară de mine.

Henrik se ridică și își pune pe el pantalonii gri și comozi.

— Bine, ghicesc atunci, spune el. Ești supărată pe mine pentru că nu cred că Alice trăiește? Fiindcă nu înghit ce-mi spui, că ai fi găsit-o?

— Detest să văd că mă crezi nebună. Că ți se pare că îmi închipui chestii. Să spui lucruri mamei, Pernillei, poate și altora, pe la spatele meu.

— În primul rând, nu am vorbit cu Pernilla. Nici cu mama ta. Nu știu ce te face să crezi asta, dar nu s-a întâmplat.

Încerc să mai spun ceva, dar ridică mâna ca un polițist de la circulație.

— În al doilea rând, îmi spui că *tu* știi ce gândesc, ce cred, ce spun altor oameni. Parcă tu erai terapeutul dintre noi doi, nu-i așa? Dacă vrei să știi ce gândesc, întreabă-mă.

Are dreptate. Și îmi dau seama că nu l-a sunat pe Daniel. Continuă:

— Pe deasupra, sunt curios dacă m-ai auzit vreodată spunând că ai luat-o razna sau că ești nebună. M-ai auzit?

— Nu, recunosc eu. Asta n-ai spus niciodată.

— Atunci, pentru Dumnezeu, încetează să-mi atribui cuvinte pe care nu le-am spus.

— Iartă-mă, șoptesc eu.

— Numai pentru că nu te aplaud imediat, nu înseamnă că te cred nebună. Nu-mi spui nimic, ba chiar mă eviți, apoi te arunci pe mine. Cred că-ți dai seama că mă întreb ce se întâmplă.

Se așază din nou pe marginea patului.

— Ești cea mai deșteaptă femeie pe care o cunosc. De obicei ești logică și rațională. Dar acum n-am auzit altceva decât izbucniri aprinse și presupuneri nefondate. Nu-ți stă în fire.

— Tu cum ai fi reacționat? Tu ce crezi că ai fi simțit? Dacă l-ai fi întâlnit pe Milo din nou după douăzeci și unu de ani?

— Ai întâlnit o fată care seamănă cu mătușa lui Alice. Asta este tot. Isabelle *are* o mamă biologică. Care pe deasupra e foarte îngrijorată. Cu toate astea, tu ești sigură că este vorba despre Alice. Crezi că totul e o mare conspirație de a îngropa adevărul. Crezi că toți sunt împotriva ta. Cum e cu doctorii, cu școala la care a mers Isabelle, toți mint sau cum? Chiar poți susține în mod serios că cineva poate lua un copil și se poate preface apoi că e al lui, fără să intre nimeni la bănuieli?

— Te-am avertizat, Henrik. De mai multe ori. E ceva în neregulă cu mine.

— M-ai avertizat? Despre ce vorbești?

— De la bun început.

Henrik își azvârle în sus mâinile într-un gest de abandon.

— Mă dau bătut. Nu mai pricep nimic.

— La naiba, Henrik. Faci asta să sune ca și cum eu...

Mă oprește, arată spre ușă.

— Milo? spune el.

— Tata? Glasul lui Milo pare stins.

Intră, băiete.

Ușa se deschide și Milo privește înăuntru. Se uită la Henrik, se uită la mine. Frica din ochii lui îmi provoacă durere.

— Nu te culci? întreb eu cu voce blândă, ca să-i arăt că nu pe el sunt furioasă.

— Căutam numai un încărcător pentru telefon.

— Îl poți lua pe cel din priză, spune Henrik. De lângă birou.

— Vino, dragul meu, spun eu. Milo se apropie cu pași târșâiți. Îl îmbrățișez.

— Te simți mai bine acum, mama?

— Să mă simt mai bine? mă mir eu și îi mângâi părul.

— Tata a spus că te doare capul.

Îi arunc o privire lui Henrik, dar el se uită la Milo.

— Da, mă simt bine acum. Cum a fost meciul astăzi?

El ridică din umeri.

— Foarte OK.

— Fugi în pat acum, spune Henrik punându-și brațul pe umărul lui Milo. Coboară scările. Aud cum Henrik îi vorbește liniștitor fiului său. Culeg prosoapele pe care le-am aruncat pe jos și le pun înapoi în coșul de rufe.

Stella

Încă este întuneric. Mă cuibăresc lângă Henrik, îmi pun capul pe umărul lui. Își desface brațele, trage pătura peste noi.

Am dormit prost toată noaptea. M-am gândit la ce am spus eu și Henrik. La ce nu am spus. Mă alarmează faptul că Henrik e îngrijorat. Mă tulbură că e furios pe mine și că trecutul meu ne-ar putea distruge relația. Șoptesc că vreau să încetăm cu cearta. Îi povestesc despre jurnal. Că am citit despre timpul în care o așteptam pe Alice, despre primul ei an de viața. Despre ziua în care a dispărut și despre ce a urmat.

Lumina dimineții pătrunde în cameră. Lumea stă pe loc. Ne aflăm în afara spațiului și a timpului, într-o stranie lume paralelă. Seamănă cu a noastră, dar nu e aceeași în care trăiam cu vreo patru săptămâni în urmă. Glasul îmi sună distant și parcă aș spune o poveste. Henrik rămâne tăcut, ascultând.

Vreau să îl fac să priceapă cât de dureros este să privești înapoi. Că trec prin toate astea încă o dată. Toate amintirile, toată autoculpabilizarea. Suferința și angoasa.

Însă nu îi spun despre atacurile de panică, nu-i spun nimic despre vizita la casa lui Kerstin, nici despre Daniel.

Henrik e de părere că ar fi trebuit să fi spus ceva mai devreme. Doar știu că înțelege? Că îi pasă de mine?

Îi răspund că mi-a fost teamă. Că am fost paralizată de frică.

Nu vrea să mă simt rău din nou.

Știu asta.

Și trebuie să promit că nu o voi mai întâlni pe Isabelle.

Mă mângâie pe obraz. Îmi șterge lacrimile pe care nu mi le pot înfrâna.

Iar apoi ne iubim lin, cu tandrețe. Stau într-o parte și el mă ia pe la spate. Îmi închid ochii în brațele lui și mă bucur de bine cunoscutul nostru ritual. Corpul lui tare în spatele meu, atingerile lui blânde, tot mai intense. Când ajung la paroxism, îmi șoptește că mă iubește. Se înfige adânc în mine. Îi spun că o face atât de bine. Geme când ajunge la orgasm, mâinile lui mă strâng puternic de șolduri.

Adormim unul în brațele celuilalt.

Mai apoi hoinărim pe culoarele supermarketului City Gross. Este o după-amiază de duminică perfect normală. Îl întreb pe Henrik dacă vrea suc de mere sau de portocale. Uit de pâine, mă întorc. Umplem coșul de cumpărături. Stăm la coadă, ne ținem de mână. Eu plătesc, Henrik aranjează lucrurile în sacoșe. E ceva obișnuit, plictisitor, comun într-un mod minunat. Scap de gânduri, e mai ușor să reprim mustrările de conștiință care mă frământă. Ieșim la Range Rover-ul nostru, punem împreună cumpărăturile în portbagaj. Henrik duce coșul înapoi, eu pornesc mașina. Mergem acasă.

Pe aleea de acces spre casa noastră apare un cățel. Câinele lui Johan Lindberg. Are zgardă și lesă, dar nici urmă de vecinul nostru. Opresc mașina, Henrik îmi zâmbește amuzat. Nu e nici prima oară când se întâmplă, nici ultima. Se dă jos din mașină și merge ușor spre cățel. Mingea de blană a investitorului se dă înapoi și începe să latre isteric, insuportabil. După încă o încercare, Henrik se întoarce spre mine. Râde și ridică din umeri. Ies din mașină și îl caut cu privirea pe stăpânul lui de-a lungul străzii.

Johan Lindberg se apropie alergând și gâfâind în haine de sport de un galben-fosforescent, strâmte pe corpul lui rotofei. Vine spre mine, își sprijină mâinile de genunchi. Îi curge nasul, tușește zgomotos și trimite un scuipat pe stradă.

— Therese vrea să mai slăbesc, spune el pufăind. Zice că sunt prea gras pentru un *fuck*.

Dau din cap zâmbind spre centura cu provizia de apă.

— Câți kilometri ți-ai propus să alergi?

— Kilometri? Trebuie să fie mai mulți? Nu sunt gata să-mi sacrific viața pentru un dram de sex.

Henrik îi răspunde cu un *hmmmm* prelung și empatic. Simt cum mă strânge puternic în jurul taliei. Nu îndrăznesc să mă uit la el, am izbucni amândoi în hohote de râs. Îi urăm mult noroc vecinului nostru. Intru cu mașina pe alee și pe urmă ducem în casă cumpărăturile.

Henrik despachetează pungile. Eu pun mâncarea în cămară, în frigider și în congelator. Milo se ține de masa din bucătărie și râde de glumele noastre pe seama investitorului și a câinelui său. Când telefonul lui Henrik sună, îl rog să nu răspundă.

— De ce?

Firește că întreabă.

— Pentru că, răspund eu.

Nu vreau să ne deranjeze nimeni. Și tot timpul e cu telefonul în mână de la o vreme. Mereu se găsește cineva care îi solicită atenția. Pentru moment, îl vreau pe soțul meu numai pentru mine.

— Poate fi important, insistă el.

— E duminică, mă plâng eu. De ce nu poate aștepta?

— Nu recunosc numărul.

— Trăiește periculos, tată, spune Milo.

Încerc să-i iau telefonul. Henrik râde și se hârjonește cu mine câteva secunde înainte de a răspunde. Mă întorc și continui să mă ocup de cumpărături.

— Henrik. Da, a trecut ceva vreme.

Intră instant în gardă. Mă uit la el peste umăr. Milo spune că trebuie să sune un prieten și merge în camera lui.

— Mulțumesc, ne e bine. Ție cum îți merge?

Henrik își folosește tonul distant, politicos. Nu poate fi o persoană pe care o cunoaște foarte bine. Se mută ceva mai departe. Răsfoiește corespondența de pe masă. Ascultă, apoi spune:

— Și-a schimbat numărul de atunci. Îmi aruncă rapid o privire. Mă întreb despre ce e vorba.

— Vrei să vorbești cu ea? E în apropiere.

Gesticulez, întreb cine e. Henrik mă ignoră, își ascultă interlocutorul. E tăcut, se duce în camera de zi. Apoi se întoarce, cu telefonul încă la ureche. Simțeam asta. Că nu trebuie să răspundă. Nu e de bine.

Henrik se înclină spre blatul de bucătărie și râde, însă nu e râsul lui obișnuit, exuberant și vioi.

— Mulțumesc că ai sunat, apreciez. Mi-e imposibil să-mi dau seama. Am să îi transmit, continuă el.

Șterg blatul de bucătărie. Frec bine pete care nu există.

El închide.

Eu aștept.

Nu spune nimic.

— Cine a fost? întreb până la urmă. Încerc să îmi ascund îngrijorarea.

— A fost Daniel, spune el. Voia să știe dacă ai ajuns ieri cu bine.

Regretele sunt o risipă de timp și de energie. Nu-mi stă în obicei să mă frământ din cauza lor. Se presupune că ar trebui să învățăm din greșeli și să nu le repetăm pe viitor. E sfatul pe care îl dau pacienților mei. Eu nu sunt în stare să-l urmez.

Mă necăjesc mai mult ca niciodată. Regret că am mers la Daniel. Regret. Ar fi trebuit să mă destăinui lui Henrik, ar fi trebuit să fiu deschisă și sinceră. Nu aș fi crezut în ruptul capului că Daniel avea să sune aici.

Henrik se apleacă peste masa de bar, se uită spre camera lui Milo. Probabil că vrea să se asigure că Milo nu ne poate auzi.

— Daniel era îngrijorat pentru tine, spune el. Erai tulburată când ai plecat ieri de la el. Se uită la mine ca și cum nu m-ar cunoaște. Și îți transmite că îl poți suna dacă vrei.

Știu ce gândește Henrik. Văd în duritatea privirii lui. Și îmi citește pe chip că mă simt vinovată pentru sentimentele pentru Daniel, care s-au reaprins. Însă nu e o idee bună să vin cu explicații. Orice aș spune acum m-ar face și mai vinovată.

— Nu e ce crezi tu, e tot ce spun.

— Spui că stai acasă să te odihnești, dar ești plecată când mă întorc. Apoi apari dintr-odată clocotind de furie. Îți smulgi hainele și facem sex.

— Știu ce crezi. Dar nu ai dreptate.

— Ce cred? Ce îți închipui că cred? Se pare că ți-e mai ușor să-mi spui mie ce simt decât să vorbești despre propriile tale acțiuni.

— Nu știu ce să spun.

— Nu, am observat asta, spune el. De ce ai fost atât de supărată pe mine când te-ai întors? Poți începe de acolo.

— Tuturor vă e teamă că ar putea recidiva criza. Toți credeți că dacă aș admite că am greșit, că Alice e moartă, m-aș simți mai bine. Dar voi sunteți cei care v-ați simți mai bine.

— Noi? Vrei să spui eu și Daniel? Pernilla, Gudrun? Despre cine vorbești?

Ridic din umeri.

— Tu ești la îndemână. Tu primești loviturile pentru toată lumea. Din păcate.

— Pot să împroști cu mizerii, dacă te face să te simți mai bine. Dar nu-i nevoie să-mi dai un pumn în gură data viitoare când vrei să facem sex.

Regretă imediat cele spuse. Văd asta. Deși sunt conștientă că ar fi mai bine să inspir adânc și să mă calmez, mă înfurii din nou.

— Și de ce te enervezi? Am vrut să mă întâlnesc cu tatăl fiicei mele, ce e ciudat în asta?

— Poți merge la el când dracului vrei. Dar ai putea spune ceva. Ai avut câteva ocazii. Nu pricepi cât de prost mă simt când fostul tău soț sună și vrea să se asigure că ești bine?

Henrik clatină din cap și pleacă.

Am fost mereu o visătoare. Emoțiile au fost multe și intense. Faptul că am ajuns psihoterapeut nu înseamnă că m-am schimbat. Însă aș vrea să cred că m-am maturizat. Un pic. Deși poate că mă înșel și în această privință.

Viața e mai ușoară la 39 de ani decât la 19. Am un sentiment de siguranță, de confort. Mai multă încredere în mine. Îmi pasă mai puțin ce cred alții, ce gândesc ei despre mine. Am învățat să nu dau frâu impulsurilor, să cumpănesc lucrurile înainte de a acționa. Să analizez consecințele alegerilor mele. Iar apoi să-mi asum acțiunile.

Acum parcă toate astea au sărit în aer.

Dacă nu m-ar fi oprit Daniel, m-aș fi culcat cu el acolo, în atelier? Probabil, dar nu vreau să cred asta. Pentru că eu pe Henrik îl vreau. Pe el îl iubesc și cu el doresc să-mi continui viața. Ultimul lucru pe care îl vreau e să distrugem ceea ce avem.

Îl caut în garaj. Ridică crosele de golf din mașină. Mă ignoră. Îmi cer iertare. Din nou. Trebuia să-i spun că am fost la Daniel. Mi-e rușine, mă simt prost. Spun asta cu voce tare și aud cum îmi tremură glasul. Mă privește în tăcere. Apoi îmi trage un taburet.

— Stai jos, spune el. Începe din nou. Ce s-a întâmplat?

— Nici Daniel nu mă crede. Nu vrea să știe. Reacționează la fel ca tine. Sau ca Pernilla. Dacă nu mai auziți de Alice, vă veți simți cu toții mult mai bine. La naiba cu ce simt *eu*.

Nu-mi mai pasă că vorbele mele sună amar și acuzator.

— Știi că nu este adevărat, spune Henrik și se așază pe vine. Își pune mâna pe a mea.

— Sunt îngrozitor de dezamăgită, spun. De mine, de tine, de toată lumea. Obosită și sătulă să-mi cer iertare. Să nu mă creadă nimeni.

— Bine, să spunem că e într-adevăr Alice. Ce faci atunci?

Henrik așteaptă o clipă. Lasă întrebarea să-și găsească ecoul.

— Și dacă *nu* este ea? *Dacă* greșești? Ce implicații are asta pentru ea? Pentru tine?

Vrea răspunsuri pe care eu însămi nu le-am găsit. Iar întrebările pe care le pune se apropie prea mult de ce mi-e teamă cel mai tare.

— E prea târziu să gândesc așa acum, spun. Să mă dau bătută doar pentru că tuturor celorlalți le e teamă?

— Nu spun asta, răspunde Henrik. Gândește-te însă la ceea ce faci. Doar asta te rog. Gândește-te la consecințe. E a doua oară într-un timp scurt când primesc vizite sau telefoane cu privire la tine. Ia-o ușor. Folosește-ți rațiunea, ești o femeie inteligentă. Nu uita asta.

— Nu știu ce să fac, Henrik.

— Poate să nu faci nimic chiar acum? spune el. Și, te rog, vorbește cu mine. Promite-mi.

Nu spun nimic, doar aprob din cap.

Aș vrea să promit toate lucrurile posibile. Aș vrea să promit că totul va fi mai bine. Însă eu nu cred asta.

Isabelle

Mă izbesc de cineva în drum. Mă întorc și îmi cer scuze. Reiau drumul printre mesele cafenelei de lângă biblioteca facultății. Îmi aranjez geaca pe scaun și mă așez în fața Johannei.

— A mers bine? întreabă ea.

— Da, a mers bine.

Însă mă uit din nou la mobil. De fapt, vreau să sun înapoi și să spun că vin totuși. Nu-mi stă în fire să-mi schimb decizia în ultimul moment. Mai ales când nu știu de ce fac asta. Când mint în privința motivului. Nu se poate așa. Mereu mă simt prost când mint.

Nu zic că nu mint niciodată, dar fac mereu ceea ce promit. Chiar dacă nu-mi face plăcere. Am o teamă enormă de a nu-i dezamăgi pe ceilalți. De a nu-i supăra. E cel mai rău lucru care se poate întâmpla, gen. Dar lucrez la asta. Poate e bine că îndrăznesc să risc să supăr pe cineva prin faptul că mă răzgândesc.

— Sigur nu vrei să mergi? întreabă Johanna. Îmi observă ezitarea. Putem continua după aceea.

— Nu, nu e atât de important, spun. Îmi face bine să mă eliberez de chestia asta.

— Bine. A fost destul de ciudat că te-a sunat așa, mai ales că era vineri.

Johanna îmi atrăsese deja atenția pe când ne aflam la Joe & The Juice. Are dreptate. Am totuși conștiința încărcată că nu merg la întâlnirea cu Stella. O parte din mine își dorește să merg. Aș vrea să o am o oră numai pentru mine, să vorbesc și să primesc ajutor, ca să-mi pun ordine în gânduri. O altă parte nu vrea deloc asta.

Îmi place de Stella. Îi apreciez întrebările directe, mă obligă să gândesc, să reflectez. Să-mi dau singură seama ce cred, nu să iau de bun ce spun alții. Stella radiază calm și bunăvoință. Îmi inspiră siguranță, pare un om cald și de încredere.

Însă la ultima întâlnire cu grupul a fost foarte vehementă cu întrebările ei. A fost ca și cum pretindea răspunsuri, absorbea fiecare cuvânt pe care-l spuneam. M-am simțit ciudat. Parcă nu era ea însăși.

Și săptămâna trecută am văzut-o în Vällingby. Sau așa mi s-a părut. Stătea acolo, jos, sub apartamentul nostru și se uita fix în zare, ca și cum s-ar fi gândit la ceva trist.

Poate că mergea la K-fem la cumpărături, poate locuiește în apropiere. Poate a fost doar cineva care semăna foarte bine cu ea.

Oricum, azi am o groază de lucru pentru facultate, asta nu e o minciună. *Poate ne-am putea întâlni în schimb cândva săptămâna viitoare.*

— Avem și noi loc?

Îmi întrerup gândurile și ridic privirea.

Fredrik ne zâmbește, Ola și Mehdi sunt ceva mai în spate.

— Învățați la mecanică? continuă el.

— Da, asta facem, spune Johanna. Așezați-vă.

Mă bucur că nu merg nicăieri.

Venim des aici. La *Stories*, lângă bibliotecă. E mai plăcut decât în camera comună sau în vreuna dintre sălile de studiu.

Cafeneaua e plină de studenți. E mult zgomot, dar nu mă deranjează deloc. Cele mai multe mese arată ca a noastră: pline cu cărți deschise, caiete de însemnări și calculatoare de buzunar, suporturi pentru creioane, șervețele, pahare de cafea și sticle de suc. E minunat. Ador totul legat de viața de student. *Până și starea de neliniște dinainte de examene.*

— Vrei cafea, Fredrik? întreabă Mehdi. Ola face cinste.

— Sigur, răspunde el.

Johanna sare imediat.

— Și eu am nevoie de cafea! Vrei? mă întreabă ea. Eu dau din cap.

— Tu, Einstein, ai găsit vreo rezolvare ingenioasă la numărul trei? Vrea să știe Fredrik după ce pleacă Johanna. Mă trage ușor de păr.

— Eh, ce zici de pagina cincizeci și trei? răspund eu. Cartea se află în fața lui, așa că mă aplec peste caiet ca să o răsfoiesc. Nu are nicio intenție de a se da la o parte. Îi simt privirile în ceafă, îmi pierd concentrarea. Nu găsesc pagina cu pricina. Mă ajută și mâna lui o atinge în treacăt pe-a mea. Îi arunc pe furiș o privire peste umăr, râd nervos și îmi vântur părul. Se uită în ochii mei.

— Sunt aproape verzi, spune el.

— Ce?

Oare se vede că mi s-a tăiat răsuflarea?

— Ochii tăi. Sunt frumoși.

—Mulțumesc.

Obrajii îmi ard. Penibil. *Penibil.* Detest *să roșesc.*

— Și ai un păr fantastic. E brunet natural?

Răsucește o buclă pe deget.

— Negru de vrăjitoare, obișnuiește mama să spună.

— Atunci cred că m-ai vrăjit.

Mai degrabă eu sunt cea vrăjită. Când Johanna se așază pe scaunul ei, dispare momentul magic. Încurcată, mă trag în spate. Fredrik își ia cafeaua de la Mehdi și îmi zâmbește. Îi zâmbesc și eu.

Când sunt cu el, viața pare mai ușoară. Uit de toate necazurile când suntem împreună. Uit că a murit tata și că mama e extenuantă și că poate fi un calvar să fii o persoană socială.

Fredrik își pune mâinile în jurul ceștii de cafea. Spune că e frig aici, înăuntru. *Are dreptate, și mie îmi e frig.* Îi observ mâinile mari. Cele pe care îmi place să le simt mângâindu-mi spatele, ținându-mă de șolduri, plimbându-se pe coapse. Le privesc. Are degete lungi. Mă înroșesc din nou. Mă înroșesc și mai mult când ridic privirea și o întâlnesc pe a lui. Simt că știe precis la ce mă gândesc. Își mușcă creionul, își dă bretonul într-o parte.

E minunat.

Mama chiar l-ar detesta.

Discutăm aprins, râdem și jumătate din timp vorbim despre orice altceva, numai despre mecanică nu.

— Ești din Falun? întreabă Mehdi.

— Borlänge, răspund eu.

— Ce-ar fi să ne fi ciocnit unul de altul? intervine Fredrik. Fără să știm.

— Cum să fi făcut asta?

— Peace & Love. Am fost acolo în 2011.

Râd. *Dau impresia că sunt vreo isterică?*

— Ai fost și tu, nu? se interesează.

— Nu. N-am fost.

— De ce nu? Doar locuiai acolo. Nu e tocmai un oraș mare, nu e ca și cum ar fi prea multe evenimente importante.

— Se aude oricum până la noi acasă.

— Nu e același lucru cu a fi acolo, comentează Ola.

— Nu sunt tocmai genul care merge la festivaluri.

— Hai, fugi de-aici, spune Fredrik.

— E adevărat, subscrie Johanna.

Fredrik se uită iscoditor la mine.

— Am putea face un experiment, spune el.

— O să-mi placă? întreb eu.

— Hai și tu la Way Out West vara viitoare. Poate ești cea mai tare dintre toate tipele care merg la festivaluri, dar nu știi încă asta.

— Da, vino, insistă și Johanna. Și eu merg.

— Ați luat în calcul posibilitatea că m-aș putea rătăci? întreb. O să vă pierdeți timpul căutându-mă în loc să mergeți la concerte.

Cei doi izbucnesc în râs.

— Atunci vom avea grijă să te ținem aproape.

Fredrik se foiește pe scaun, uitându-se la mine fără încetare.

— Nu o să recunosc nicio melodie. Nu o să știu nimic despre artiști.

— Mai e până atunci, spune Ola.

— Poate o să am comportament deviant?

— Deviant? Johanna își ridică sprâncenele și-mi zâmbește ștrengărește.

— Devine interesant.

— Aceasta este o conspirație, mă plâng eu. Dar nu am fost niciodată mai mulțumită. *În afară de seara când m-am giugiulit cu Fredrik și mi-a plăcut să-i simt mâinile pe corpul meu*. Mă întreb dacă s-a gândit la asta la fel de mult ca mine. Cred că da. *Sper*. Vreau să se gândească la mine. În felul acela. Cum mă gândesc eu la el. Și vreau ca data viitoare să facem mai mult decât să ne sărutăm doar. Mult mai mult.

— Recunoaște-te învinsă, spune Mehdi. Fredrik nu se dă bătut când își pune ceva-n cap.

— Și unde ne vom caza? mă interesez.

— Am un unchi în Göteborg, spune Ola. Dormim acolo.

— Ne-am tot înființat la unchiul lui Ola în ultimii ani, spune Fredrik. S-a obișnuit deja. Dar ne înghesuim.

Din nou acel zâmbet.

Mamei sigur nu i-ar pica bine să audă asta. Ar turba de furie. Dacă ar ști că mă gândesc să dorm lângă un băiat tânăr și drăguț, ar face o criză. *Se gândesc numai la un lucru, Isabelle, adu-ți aminte*. E oribil din partea mea că fix asta sper să se întâmple? Deja mă gândesc cum s-o scot la capăt fără să afle ea. Nu voi spune unde merg, altfel s-ar dezlănțui iadul. Nu pot să uit cum a reacționat când am vrut să fug la Sälen cu Jocke. *Cel care m-a sărutat în mașină, în dreptul casei noastre*. A aflat cumva despre planurile noastre și a amenințat că depune plângere pentru viol. Jocke a stat departe de-atunci.

Dar am dreptul să mă desprind și eu odată și-odată. Douăzeci și doi de ani. *Virgină, în mai multe privințe*. Nu poate fi greșit să fac ce vreau. Odată și-odată.

Cu ceva timp înainte de forfota de la prânz, ajungem la concluzia că am rezolvat cele mai multe dintre subiectele de la mecanică.

— Mi-e foame. Nu rămânem să mâncăm aici, înainte să dea buzna lumea?

Johanna privește spre bar. Unii s-au așezat deja la rând. Într-o jumătate de oră, coada va ajunge până la intrare.

— Bună idee. Așa mai scăpăm un pic de vremea mohorâtă. Voi? îi întreb pe băieți.

— Eu și Mehdi trebuie să plecăm, spune Ola. Mă întâlnesc la prânz cu colegii de grupă. Se strâmbă când se uită afară și vede cum plouă. Îi facem semn cu mâna când pleacă.

— Eu îmi adusesem mâncare de acasă, spune Fredrik, dar cine îndrăznește să iasă afară pe vremea asta...

Yes!

— Așază-te la coadă, Johanna. Eu fac loc pe masă.

Mă ridic. Îmi ridic brațele deasupra capului și mă întind. Observ că Fredrik se uită. Privirea îi lunecă ușor pe corpul meu. *Peste sâni*. Mă prefac că nu observ și mă mai întind un pic. Îmi trec degetele prin păr. Am un pulover strâmt, cu un decolteu destul de generos. Când mă întind, se ridică un pic și-mi dezvăluie talia. Mă bucur că l-am ales azi, cu blugii deschiși la culoare, elastici. Eu, una, cred că arăt destul de bine. Și, judecând după felul insistent în care se uită Fredrik, și el crede la fel.

Pun creioanele și gumele de șters în suportul pentru creioane. Adun șervețelele folosite, paharele de cafea și hârtiile cu calcule. Mă aplec peste masa. Îl ating în treacăt și mă întind să ajung la lucrurile de mai departe. Simt că îmi pune mâna pe talie, pe șold. Ca pentru a mă sprijini. Prelungesc momentul. *Mai mult decât e nevoie*.

— Te descurci? murmură el.

— Mda. Mă uit din nou în ochii lui. Îi pun mâna pe umăr. Aș vrea să mai stau așa, dar e deja ridicol. Merg la un coș de gunoi și arunc ce am adunat.

Când mă întorc la masă, mă uit pe ferestrele înalte. Ploaia răpăie în geamuri. E o atmosferă plăcută. Liniștitoare. Simt că nimic rău nu mă poate ajunge aici. Un sentiment copilăresc, știu. Dar așa sunt eu, copilăroasă.

O mișcare de afară mă determină să fac un pas înapoi și să mă uit din nou.

Să fie Stella acolo? O femeie cu haină gri și șal colorat, care ține în mână o umbrelă roșie. Am mai văzut-o și înainte, jos, sub fereastra noastră. Înaltă, cu plete șaten-închis.

Ea este.

Stella.

Ce vrea?

Nu are nici un motiv să fie aici. Știe că am mințit? Știe că nu sunt deloc bolnavă?

Poate că mama are dreptate. E ceva în neregulă cu toate întrebările Stellei. Dar mama se îngrijorează permanent pentru mine. Pornește mereu de la premisa că se va întâmpla cel mai rău lucru.

Rămân ascunsă după un stâlp. O văd pe Stella mergând pe afară, de-a lungul ferestrelor. Se oprește și încearcă să privească înăuntru.

— Bella? Aud vocea lui Fredrik. Vii?

Vine spre mine și mă prinde de braț. Mă citește ca pe o carte deschisă, vede ce simt după numai o privire. Mă întreb dacă vede și partea ascunsă. Furie, ura pentru mama. Ce-ar fi să-i placă de mine și așa?

— Ce este? întreabă el.

— Nimic, spun eu. Mi s-a părut doar că văd pe cineva cunoscut.

Se așază în spatele meu și se uită afară. Profilul Stellei se vede ca prin ceață. Am totuși impresia că urmărește ceva cu hotărâre. Că urmărește pe cineva.

Mă urmărește pe mine.

Simt cum pielea de pe brațe mi se face ca de găină. Îmi scutur mâinile. Îl simt pe Fredrik prinzându-mă de brațe.

— Cine este? întreabă el.

Observ cum Stella coboară scările și dispare spre Valhallavägen.

— Nu, cred că n-am văzut bine. Hai să luăm ceva de mâncare. Îl iau pe Fredrik de mână când ne întoarcem. I-o prind strâns într-a mea.

Stella

E greșit ce fac. Comportamentul meu e detestabil. Merg pe lângă clădirea bibliotecii KTH, trecând de la o fereastră la alta. Încerc să privesc înăuntru. E imposibil, în ploaia torențială.

Mă bucur că nu mă vede nimeni. Că nu știe nimeni, în afară de mine însămi, cu ce mă ocup. Oare asta simte un obsedat? Probabil. Stânjeneala care-ți strânge stomacul. Incapacitatea de a abandona, de a-ți înfrâna pornirile. Impulsul de a trece acea graniță trasată de conștiință, care mă determină să merg mai departe.

Ce nebunie să vin în acest loc. E ridicol. Câți studenți sunt aici? Cu miile. Cu toate că Isabelle a spus că merge adesea la cafeneaua de lângă bibliotecă, sunt puține șanse să fie aici taman acum. Poate fi oriunde în campus, iar campusul e, se pare, la fel de mare ca Gamla Stan. Poate fi acasă. Poate fi plecată undeva, departe.

Dar nebunia nu constă în faptul că șansele de a se afla aici sunt atât de mici. Treaba e că n-ar trebui, în niciun caz, să mă aflu aici. Să încerc să iau legătura cu ea în afara orelor de terapie; nu pot face așa ceva. Nu s-a întâmplat niciodată așa ceva, de când fac această meserie.

Ce să-i spun dacă o întâlnesc? Cum să explic ce fac aici? Sunt mulțumită că nu m-a văzut pândind.

În sfârșit, sosește autobuzul și mă grăbesc. Mă așez undeva în spate și mă întorc în Fridhemsplan. Îmi lipesc fruntea de geamul rece și închid ochii. Mă gândesc la deciziile mele iraționale. Mă gândesc la Isabelle.

La Alice.

Când am ascultat mesajul prin care anula întâlnirea noastră, am simțit un amestec de dezamăgire și nerăbdare. Cum aș putea primi răspunsurile dorite dacă ea nu vine? Nu mai pot aștepta.

Autobuzul se oprește la Fridhemsplan, mă grăbesc să ies și îmi deschid umbrela. S-a scurs aproape toată pauza de prânz, dar nu ar fi fost mai rapid dacă aș fi mers cu mașina.

Nu prea mi-e foame, dar ar trebui totuși să mănânc ceva. Intru într-o cafenea, să mai variez meniul.

Merg aplecată în bătaia vântului, cu privirea în pământ, când cineva vine spre mine. Mă feresc spre dreapta, fără să-mi ridic ochii. Cu toate astea, primesc un ghiont puternic într-o parte. Sunt gata să mă răstesc, când îmi dau seama că femeia de lângă mine îmi e cunoscută.

— Stella, spune ea. Sunt eu, Eva. Ne-am întâlnit aici, sus în parc, acum ceva vreme.

— Bună din nou, spun ascunzându-mi iritarea.

— Ce vreme, nu-i așa? Eva mă ia de braț și mă trage sub streașină. Și ce umbrelă frumoasă ai.

— Mulțumesc, și mie îmi place. Mă ajută să fiu vizibilă în trafic. O scutur și o închid. Fac un semn spre Coffeehouse by George, lângă farmacie.

— M-am gândit să intru aici. Vii și tu?

Eva răspunde că da și mă urmează. Cumpărăm cafea și pateuri și ne așezăm lângă fereastră. Facem conversație despre vreme, o întreb dacă locuiește în apropiere. Îmi spune că e în vizită la niște cunoscuți, se află în oraș numai pentru o scurtă perioadă.

— Trebuie să-mi cer scuze pentru data trecută, spun eu. Cu siguranță nu păream în toate mințile. Râd într-un mod nenatural.

Eva își pune mâna peste a mea.

— Viața nu e ușoară, spune ea.

Pare sinceră și plină de compasiune.

— Ce s-a întâmplat cu fiica ta, nu-mi pot imagina așa ceva. Nu înțeleg cum ai putut merge mai departe. Ai mai avut copii?

— Câțiva ani mai târziu. Un fiu. Cu actualul meu soț.

— Ce bine. Atunci ai totuși pe cineva în grijă.

— E adevărat. Însă nu am putut să uit niciodată. Nu am încetat niciodată să mă întreb. Și mi-am imaginat mereu o familie numeroasă. Nu a fost așa.

Asta nu aveam de gând să spun. Știu că m-am împăcat cu acest lucru. Și totuși, îmi revine în minte. Ce era de la sine înțeles nu mai este.

— Ce te-a oprit? întreabă Eva și soarbe din cafea.

Îmi gust și eu cafeaua cu lapte și chibzuiesc.

— Am fost foarte bucuroasă când am rămas din nou însărcinată, răspund. Dar eram și speriată de moarte. Dacă intru în psihoză postnatală? Dacă nu mă conectez la viața aceasta nouă? Ce se întâmplă dacă voi fi total nepotrivită ca mamă? Poate n-am nicio valoare ca mamă?

Henrik avea douăzeci și nouă de ani, iar eu aveam să împlinesc douăzeci și șase când testul de sarcină ieșise pozitiv. Pentru că eu, de fapt noi, am fost neatenți. Am fost din nou iresponsabilă. O perioadă m-am învinovățit pentru asta, apoi am văzut că bebelușul nostru a fost un dar. Milo a fost un copil dorit.

— Doar e normal să te întrebi, sune Eva.

— Poate, zic eu. Cam ai dreptate.

— Prin urmare, cum a mers?

— A fost cel mai bun lucru care se putea întâmpla, răspund. E totul pentru mine. Îl iubesc, e minunat să fiu mama lui. Dar am fost exagerat de protectoare cu el. Și acum mă îngrijorez prea mult.

— Adică?

— A fost greșeala mea că fiica mea a dispărut.

Spun asta cu voce joasă. Nu vreau să audă altcineva în afara Evei. Continui:

— Am fost neglijentă. Am lăsat-o singură câteva minute. Am jurat să nu mai fac aceeași greșeală cu Milo. La locurile de joacă, în magazine, nu l-am scăpat niciodată din ochi. Foarte rar are voie să meargă undeva de unul singur. Evident că i se pare că sunt foarte dificilă.

Eva chicotește.

— Și cu fiica mea e la fel. Toate mamele trec prin aceleași etape cu copii lor, când aceștia încep să crească.

— Am vorbit despre posibilitatea de a avea mai mulți copii, spun. Dar am ajuns într-un punct în care îmi dădeam seama că nu îndrăzneam.

Rămân tăcută pentru o clipă.

— Cea mai mare teamă a mea e că i s-ar putea întâmpla ceva rău lui Milo.

Nu e de mirare, spune Eva. Dar cum e cu fiica ta? Crezi că ai găsit-o? Parcă așa ai spus. E fantastic!

— Sunt sigură că am găsit-o pe fiica mea. Știu că ea este. Și de această dată refuz să-i dau drumul. Mă uit în ochii Evei. Refuz să o las să dispară din nou.

Să spun asta cu voce tare îmi dă o senzație de eliberare.

Mi se pare că Eva mă înțelege, că această străină e tocmai sprijinul de care am nevoie acum. E de nedescris cât de bine e să vorbești cu cineva fără să întâlnești priviri suspicioase, bănuitoare. Să nu fie necesar să-ți măsori cuvintele. Să nu am parte de replici precum „nu-ți stă în fire" sau „îți închipui lucruri". În sfârșit, cineva care mă crede.

Pare că-i dau lacrimile.

— Înțeleg prin ce treci, Stella. Chiar înțeleg. Nu ți-a fost ușor. Dar ce-o să faci acum?

— Nu știu, răspund.

Și nu știu de ce îi spun toate astea, dar totuși o fac.

— Am urmărit-o. Trebuie să aflu ce face. Trebuie să văd cum îi merge. E greșit, știu asta și mi-e rușine când mă gândesc. Dar nu contează. Oricum toți cred că sunt nebună.

Eva spune:

— Știu prin ce-ai trecut. Și eu am pierdut un copil. A murit cu mult timp în urmă. Nimeni nu poate suporta așa ceva. Așa că te înțeleg. Nu te da bătută niciodată.

Se uită la ceas, se ridică și mă privește intens.

— Mă auzi? spune ea. Nu te da bătută.

O urmăresc cu privirea în timp ce părăsește cafeneaua. Și Eva a pierdut un copil, știe ce înseamnă asta. Mă înțelege. Nici nu mă judecă, nici nu crede că am o purtare irațională. Văd că niciuna dintre noi nu a mâncat nimic. Pateurile au rămas pe farfurie.

Stella

În dimineața următoare, eu și Milo stăm la masa din bucătărie. După micul dejun urmează să-l duc la școală, apoi merg mai departe până la Norrköping. Va fi o zi bună, presimt. Și am nevoie să fie așa. Cu toții avem.

Știu că voi găsi ceva la Sven Nilsson. Ceva concret, palpabil. Ceva ce a fost trecut cu vederea la timpul respectiv și care arată că nu trăiesc într-o lume imaginată.

Mă uit la Henrik, care stă lângă blatul de bucătărie. Ieri i-am spus că Sven Nilson a promis să-mi arate din materialul anchetei privitoare la dispariția lui Alice. Nu voiam să-l mai mint. Voiam să-i arăt că poate avea încredere în mine.

Henrik era departe de a fi convins că ar fi bine pentru mine să merg până acolo, având în vedere faptul că nu am fost prea stabilă în ultima vreme. Nu a spus așa, dar știu că la asta s-a gândit. Apoi s-a răzgândit. A spus că poate m ar ajuta să pun capăt acestei povești.

— Ajung târziu după-amiază, spune el și soarbe din cafea.

Îl bate pe Milo pe umăr, îl urmez până la ușă. Îl privesc făcându-și ritualul obișnuit. Își încheie șireturile, își pipăie buzunarele de la pantaloni, să se asigure că mobilul și portofelul sunt la locul lor. Își pune sacoul și își îndreaptă cravata. Își ia geanta și culege cheile de pe măsuța din hol.

— Pari obosită, spune. Chiar ai de gând să te duci?

— Da, am de gând, răspund.

— Chiar nu se poate amâna?

— Vreau să fac asta. Și numai azi poate să se întâlnească cu mine.

Îi aranjez gulerul de la cămașă.

— De ce întrebi? Ai ședințe toată ziua, nu așa ai spus? Ședințe importante, din câte văd.

Costumul îi vine bine, cravata e bine înnodată, are pantofi noi.

E proaspăt bărbierit, elegant și arată plin de succes.

Îi sună mobilul și îl scoate din buzunar. Se scuză, se întoarce într-o parte și răspunde. Zâmbește, apoi râde.

— Sunt pe drum. Sigur că sunt. Vin la tine în zece minute.

Își pune înapoi telefonul și se uită la mine.

— Sigur te descurci?

— Mă descurc.

— Vin târziu astăzi.

— Ai mai zis asta.

Merge spre ușă, dar se oprește.

— De fapt, nu pot vorbi la telefon pe parcursul zilei. Dă-mi un mesaj dacă e ceva și răspund cât de repede pot, bine?

Subînțeles: *ține-ți telefonul sub observație; ai grijă să fii înapoi când se întoarce Milo; te rog, nu uita.*

— Dacă e ceva urgent, atunci...

— Nu va fi nimic urgent, îl întrerup.

— Și mănâncă înainte să pleci, continuă el. Văd că nu faci decât să bei cafea.

Iese pe ușă.

— Mai vrei ceva, Milo? întreb când revin în bucătărie.

— Neh.

Își mănâncă sendvișul, după care mă întreabă:

— Tu și tata o să vă despărțiți?

— De ce ai crede asta?

— Nu vă stă în obicei să vă certați, spune el. Acum faceți asta tot timpul, chiar dacă vi se pare că nu aud.

— Nu sunt de acord. Nu tot timpul.

— Și tu, și tata sunteți supărați. Iar tu pari tristă câteodată.

— Nu ne vom despărți, spun eu. Discutăm acum o serie de lucruri. Și nu suntem mereu de aceeași părere. Nu e un capăt de lume. Îi iubesc pe tatăl tău și el mă iubește pe mine. Bine?

Milo nu pare convins.

— Ești gata? întreb.

Aprobă din cap.

— Atunci s-o ștergem.

Îl las pe Milo în fața școlii. Îi fac cu mâna și pornesc mai departe.

Am anulat toate ședințele de astăzi. În curând, vor începe să mă bârfească la cabinet. Poate se întâmplă deja asta. Nu pot continua în acest fel, nici la muncă, nici acasă. Și tocmai de aceea întâlnirea cu Sven Nilsson e atât de importantă. După toate câte s-au petrecut, merit niște vești bune. E îngrozitor că Milo se îngrijorează că ne-am putea despărți. E ultimul lucru pe care-l doresc. Sunt fericită cu Henrik, el simte la fel în privința mea. Sunt sigură de asta. În pofida a tot ce se întâmplă.

*

E înnorat în Norrköping. Iau punga cu fursecurile cumpărate mai devreme, deschid portiera și traversez parcarea alergând prin ploaie. Sun la sonerie. După o clipă, îmi deschide un bărbat înalt și slab. A îmbătrânit, însă îl recunosc. Și în urmă cu douăzeci de ani avea părul rar, dar acum îi mai rămăseseră numai câteva fire albe după urechi. Are pantaloni prea largi pentru trupu-i firav, cămașa i-a rămas pe jumătate afară.

— Sven Nilsson? întreb.

— Da, eu sunt, răspunde el.

— Bună ziua, mă numesc Stella Widstrand.

Se uită întrebător la mine. Am nimerit bine? El este, sunt sigură. A uitat că urma să-i fac o vizită? Încerc din nou.

— Stella Johansson? spun eu. Am vorbit înainte de weekend. Urma să trec astăzi, este vorba de ancheta legată de dispariția fiicei mele.

Nicio reacție.

— Cazul lui Alice?

Tresare ca și cum ar fi fost pierdut în transă.

— Ah, dar intră. De ce stai în ușă? Intră, intră.

Îl urmez în bucătărie. E curat și aranjat oriunde mă uit. Miroase a cafea proaspăt preparată și a altceva. Mirosul de om bătrân și de urină.

— Am adus o mică gustare.

— Vai, ce amabil. Intră. Așază-te, așază-te.

În timp ce caută ceștile de cafea, în bucătărie intră o femeie scundă.

— Sven? spune ea cu un ușor accent. Îl trage braț și ridică vocea.

— Sven, nu servești gustarea?

Se uită la ea, zâmbește fără să înțeleagă.

— Să servești gustarea? Gus-ta-rea?

— Gustarea? spune Sven. Da, gustarea, așa e.

Femeia îi ia ceștile de cafea și le pune pe blat. Sven ia fursecurile, le pune pe masă și se așază lângă mine. Femeia ne servește cafeaua și iese din cameră. Mă întreb cine e.

— Ei bine, ai condus tot drumul până aici din...?

— Stockholm.

— Da, Stockholm era, da. Se merge destul de repede pe E4. Dacă nu e trafic.

— Da, nu au fost probleme.

Continuăm să facem conversație despre trafic, despre cum am condus din Stockholm și despre cât de ploioasă e toamna asta. Nu sunt toate toamnele ploioase? Dar e bine că se fac ciuperci cu duiumul. Aurul pădurilor suedeze. Și fructe de pădure, o să fie din plin. Cum au fost condițiile de trafic? Ai venit din Stockholm? Ai fost în natură, ai găsit aurul pădurii?

Se repetă de mai multe ori. Pare că dorește să prelungească vizita. Poate e singur și profită să mai schimbe o vorbă. Vreau să trec la subiect, dar îmi ascund nerăbdarea. Mai zăbovim un moment vorbind despre locuri care merită văzute în Stockholm și despre traficul de pe șosele. Până la urmă, nu mă mai pot abține.

— Sven? Ai spus că a existat un indiciu neinvestigat. Aș vrea să știu care a fost acest indiciu.

Se uită la mine ca și cum habar n-ar avea despre ce vorbesc și, dintr-odată, îmi vine să-mi exprim frustrarea fizic. Am chef să-i trag una moșului, ca să se trezească. Dar mă abțin și respir adânc.

— Strandgården, 1994, spun. Un indiciu care nu a fost verificat? Ai spus că ai informații. Că ai păstrat toate documentele.

— Ancheta, da. Sven se luminează. Documentele, absolut. Vino cu mine. Se ridică și se împleticește câțiva pași, apoi își revine. Mă conduce până în fundul coridorului, într-o cameră de lucru. Pe dușumea sunt mai multe cutii stivuite una peste alta. Biroul e plin cu hârtii care zac lângă un computer antic cu un monitor enorm.

— Să vedem acum. Johansson, Strandgården. 1994. Vocea îi sună mai clar, mai alert. Într-una dintre cutiile acestea trei ar trebui să găsești ce cauți.

Face un semn spre ele. Cele indicate se află în spate de tot, după alte cutii, aproape de dulap.

— Din păcate, moșul a îmbătrânit rău. Trebuie să mă așez o clipă. Uită-te mai ales în mapa roșie. Și nu ezita să spui dacă ai nevoie de ajutor.

Îi cuprind mâna slabă, cu venele umflate.

— Mulțumesc, Sven.

Se bucură. După ce iese din încăpere, ridic cutie după cutie ca să ajung la cele de care am nevoie. Sunt grele, transpir și respir greoi până ajung la cele care mă interesează. Mă așez pe vine și deschid prima cutie. E plină-ochi. Ridic primul strat de foi de ziar, doar ca să găsesc alte și alte ziare.

Ziare. O groază de ziare.

Ziare locale din 2010, câteva din 2012 și câteva păstrate tocmai din 2002. Le răsfoiesc, le întorc pe toate părțile, nu înțeleg nimic. Paginile sunt pline cu însemnări cu tuș roșu, greu de deslușit. Titluri încercuite, câteodată numai cuvinte disparate, linii trasate între articole diferite. E imposibil să identific un tipar. Dacă ar exista într-adevăr un tipar.

În primul rând, au toate astea de-a face cu ancheta fiicei mele? Ridic ziarele și le sortez pe dușumea. Îl voi întreba pe Sven Nilsson.

În partea de jos, sunt două dosare pline. Uite-l și pe cel roșu. Îl deschid. Facturi vechi din 2006. Dau pagină cu pagină, dar nu găsesc altceva decât hârtii inutile. Probabil am greșit cutia.

Mă uit din nou pe cutie, *Strandgården, Johansson. 1994*. Ciudat. Deschid următoarea cutie, același lucru. Ziar după ziar, facturi, extrase bancare și hârtie veche de împachetat. A treia cutie, la fel. Nu înțeleg nimic. Mă uit la ceas. S-au scurs două ore.

Mă ridic să ies și să-l întreb pe Sven Nilsson în ce cutii ar putea fi găsite materialele mele, dar o femeie s-a oprit în prag. E înaltă și zveltă, are trăsături care aduc cu cele a lui Sven. Pare furioasă.

— Cine ești și ce faci aici? întreabă ea.

— *Ăăă*, eu... bolborosesc. Sven m-a chemat aici ca să...

— Când ai vorbit cu tatăl meu?

— Am sunat vineri și...

— Ați vorbit la telefon? Se uită în tavan și oftează. Le-am spus că nu trebuie să vorbească la telefon cu nimeni din afara familiei. Privește dezordinea din cameră. Și ce faci de fapt? De ce scormonești în mizeria asta?

Mă simt ca și cum aș fi fost surprinsă încercând să fur ceva.

— Tatăl dumneavoastră s-a ocupat de o anchetă, cu mulți ani în urmă, privitoare la fiica mea. M-a invitat aici să văd materialele. Dar trebuie să fi fost o greșeală. Arăt spre ziarele din spatele meu. Tocmai voiam să îl întreb.

Femeia întinde mâna.

— Îmi cer iertare, poate că ar trebui să mă prezint cum se cuvine. Mă numesc Petra Nilsson. Haideți să vorbim în bucătărie.

O urmez. Când trecem pe lângă camera de zi, îl văd pe Sven Nilsson într-un fotoliu. Doarme cu gura pe jumătate deschisă. Care o fi problema?

— Poftiți, luați loc. Petra Nilsson arată spre același scaun pe care am stat mai devreme.

Mă așez și aștept. Toarnă cafea pentru amândouă și se așază în fața mea.

— Tata v-a promis așadar că vă arată documentele unei anchete vechi?

Aprob din cap, fără să zic nimic.

— Are Alzheimer. Sunt zile când e lucid, dar cel mai adesea e într-o altă lume. Poate sună dur, dar, din păcate, e adevărat.

Nu știu dacă suspin, dar Petra Nilsson se uită necăjită la mine.

— L-am mutat la un azil pentru o vreme, dar a intrat în depresie. Și-a pierdut apetitul, nu mai mânca nimic. Aici, acasă, e mai bine, dar are nevoie de asistență toată ziua. Cineva dintre noi e mereu aici. Și serviciul de asistență la domiciliu, firește.

Rămân fără aer. Îmi vine să mă ridic și să plec pur și simplu. Sau să mă prăbușesc pe dușumea și să plâng.

— Nu mai există documente. Am aruncat totul de multă vreme. Cum ați văzut, a umplut cutiile cu o groază de mizerii. Îl lăsăm să-și facă mendrele, îl mai calmează. Îmi pare rău că ați venit până aici în zadar.

Îmi pun capul în mâini și îmi apăs degetele puternic în căușul ochilor. Durerea de cap palpită în spatele frunții. Dacă Daniel ar fi fost aici, reacția lui m-ar fi anihilat. Sau dacă m-ar fi însoțit Henrik. Ar fi spus că nu sunt în toate mințile.

— Părea atât de lucid la telefon, spun eu. Îmi tremură mâinile. Le strâng puternic de câteva ori.

— Cum am spus, are și zile mai bune, dar, din păcate... Petra Nilsson face un gest resemnat în direcția tatălui său.

— Vă rog, lăsați-mă să vorbesc cu el. A spus că au existat indicii care nu au fost investigate niciodată. Nu pot să las așa. Nu pot să mă dau bătută fără să fiu sigură că nu mai e nimic de făcut.

— Nu e o idee bună.

— Numai câteva minute.

— Nu trebuie să fie tulburat. Nu funcționează.

— Viața mea atârnă de asta, spun.

O tăcerea grea se așterne.

Văd îndoiala Petrei Nilsson, disconfortul ei. Pare să vrea să mă dea afară. Mă pregătesc să continui cu argumentele.

— În regulă, mergeți și vorbiți cu el, spune ea.

— Mulțumesc, îi răspund. Nu vă dați seama cât de mult înseamnă pentru mine.

— Dar vă avertizez, va spune ce vreți să auziți. Poate fi orice. Veți vedea.

Mergem în camera de zi, unde Sven Nilsson e treaz și din nou pe picioare.

— Tată, îi atinge ea ușor brațul, ce zici de asasinarea lui Palme? Se spune că a fost omorât, dar sigur există și alte teorii, nu?

Sven Nilsson se luminează la față și își izbește pumnul de brațul fotoliului.

— Prim-ministrul Palme? Ancheta nu ar fi trebuit să se concentreze pe omor. Flutură în aer cu degetul arătător și se uită la mine.

— Prim-ministrul Olof Palme și-a luat un nou nume. Probabil locuiește acum la Rio. Cu iubita lui. Dar nimeni nu știe exact unde se află. Idioții au fost prea proști pentru o simplă anchetă polițienească. Dar cine ești, mică prietenă? Își mijește ochii spre mine. Sven Nilsson nu m-a mai văzut. Îi sunt total străină.

Petra Nilsson îmi studiază reacția. Cu un pic de triumf, dar și cu părere de rău. *Poftim, vezi, am avut dreptate.*

Fac un pas și mă așez în fața confuzului ei tată.

— Mă numesc Stella, ne-am întâlnit cu mulți ani în urmă. Ai anchetat dispariției fiicei mele. Alice. Îi iau mâna, i-o mângâi afectuos. Îl îndemn cu toată puterea voinței mele să-și amintească. Să mă ajute. Să aibă o clipă de luciditate.

— Alice, Alice, Alice, izbucnește el. Alice Babs, Alice Timander, Alice în Țara Minunilor, care a dispărut, dar hai odată, s-a micșorat, s-a mărit. Iepuraș, iepuraș, e timpul să ne grăbim.

Continuă să îndruge verzi și uscate, tot mai tare și mai tare, iar speranța mi se duce la fund ca un pietroi. Mă ridic, îi cer iertare fiicei lui că am deranjat. Mă conduce pe hol și îi strigă angajatei serviciilor sociale să aibă grijă de tatăl ei.

— Da, da, adoră să sape în „cazuri vechi", spune Petra trasând ghilimele în aer cu degetele. Chiar îmi pare rău, mi-aș fi dorit să vă ajute.

Mergem la ușă. Sven vorbește în fundal. Mă opresc și ascult.

— Fată mică ce a dispărut, nimeni de atunci nu a mai văzut. Pietre, pietre, găsește liniște, găsește pace. Ceva a fost, a fost ceva. Cel care știa era beat mort, turuia ca un netot.

Femeia îl îndeamnă să intre în cameră.

Îmi pun haina și mă întorc să ies, când strigă:

— Stella. Stella Johansson. El avea de gând să spună tot. Dar a murit brusc. Brusc a murit. Înainte să apuce să mai spună ceva.

Mă uit la Petra Nilsson. Își dă ochii peste cap, deschide ușa de la intrare și îmi face loc să ies.

Kerstin

Voi ajunge în curând în Stockholm. La Isabelle. Slavă Domnului. Detest călătoriile cu trenul. Chiar le urăsc. Nu știi niciodată lângă cine nimerești. Fără nicio excepție, mereu e cineva care vrea să vorbească, cineva care are păreri, cineva care molfăie cu zgomot sau se întinde pe toată bancheta. Și cum poate fi vagonul atât de plin într-o obișnuită zi de miercuri? Ce călătorie îngrozitoare. Dar mașina are probleme și ar fi fost mult mai rău să rămân pe marginea drumului. N-am avut ce face și am lăsat-o în service. Sper doar că n-o să-mi încarce devizul și să mă lase fără toate economiile.

Oare băiatul de pe partea cealaltă chiar trebuie să vorbească așa de tare? Părinții de azi. Își transformă copiii în monștri. Îi lasă să se dezlănțuie, să strige, să deranjeze, să se poarte cum au ei chef. Nu mai există politețe. Nici respect, nici bun-simț.

Arunc din nou o privire furioasă asupra mamei. Nu vede nimic. Nici nu-i pasă. Băiatul îmi lovește geanta, dar ea se face că nu observă. În cele din urmă, iau situația în propriile mâini. Îi țin strâns picioarele și ridic tonul la el. Băiatul începe să plângă și mama e îngrozită. Se uită la mine ca și cum totul ar fi din vina mea. Se crede că adulții nu au voie, nu se cade să intervină în lumea de azi. Să-i lase pe toți să-și facă de cap.

Îmi iau geanta și plec de acolo. Mă așez pe un loc liber din vagonul din față. Nu mai este mult.

Nu i-am spus lui Isabelle că vin. Sigur ar fi încercat să mă oprească. Aș fi vrut să plec de ieri, dar a trebuit să lucrez. Habar n-am dacă este sau nu acasă. În cel mai rău caz, aștept pe hol până se întoarce. Am rugat-o să facă încă un rând de chei la apartament. Încă nu le-am primit. Ne vom ocupa acum.

Dacă m-ar fi lăsat, mi-ar fi plăcut să-i văd programul. Să am o idee despre cum îi arată zilele. Nu sunt sigură că e în stare să stea pe propriile picioare. Are nevoie de tot ajutorul pe care-l poate primi de la bătrâna ei mamă.

Trenul intră în stația centrală din Stockholm. Aștept ca toți să părăsească vagonul, apoi mă ridic și eu. Băiatul afurisit și mama lui la fel de îngrozitoare merg de-a lungul peronului. Privirile ni se intersectează și ea se strâmbă răutăcios la mine. Cobor treptele înalte, traversez peronul, intru în gară. E mereu aglomerat aici. Difuzoarele anunță trenurile întârziate, totul e un amalgam de râsete, vorbărie, strigăte. Mirosurile mă lovesc din toate părțile: cafea, pizza, brioșe proaspăt coapte, parfum, transpirație.

Cobor scările rulante spre metrou. Aici, jos, e și mai rău. Un infern. Un pasaj prin care oamenii se revarsă, ca un torent, într-un singur sens. Toți sunt într-o mare goană, se grăbesc, aleargă. Goană, goană, goană. Mă stresează cumplit.

Mai întâi merg în direcția greșită, spre trenul suburban. E o adevărată aventură să mă întorc și să-mi regăsesc drumul. Caut cartela de metrou în poșetă. Mi-e cam teamă de intrările astea. Porți enorme de sticlă, care se deschid și se închid imediat ce ai trecut de ele. Dar mă descurc. Cobor încă o scară rulantă. Aștept trenul spre Vällingby.

Sar înăuntru și îmi croiesc drum spre un loc liber. O voi suna pe Isabelle când ajung acolo. Niciun minut înainte. Ca să văd cum își trăiește viața fiica mea când crede că sunt la distanța cuvenită.

Stella

Dimineața de miercuri se insinuează cu rutina ei. Îmi întâlnesc pacienții programați, care îmi vorbesc despre problemele și greutățile lor.

Nu sunt dispusă să ascult.

Nu sunt prezentă.

Nu îmi pasă.

Sunt nepotrivită ca terapeut.

În timp ce pacienții mei vorbesc, creez scenarii despre cum voi încheia aici. Voi fugi în altă țară. Îmi voi schimba numele. Voi începe ceva cu totul diferit.

Ziua de ieri a fost oribilă. Mi-e imposibil să fac față loviturii de care am avut parte la Sven Nilsson. Credeam că aveam să primesc răspunsuri. Să aflu ce s-a făcut pentru ca fiica mea să fie salvată. Credeam că avea un fel de pistă pe care aș putea s-o urmez. Ceva care să demonstreze că am dreptate. Tot materialul aruncat? Se poate așa ceva? Nu-mi vine să cred. Ce batjocură. Să arunci totul așa. Să arunci documente care au de-a face cu Alice. Cu o viață.

Cu viața copilului meu.

Poate, de fapt, nu a existat niciun document. Poate Sven Nilsson a spus numai ce am vrut să aud, cum a afirmat fiica lui. Să fi existat într-adevăr vreun indiciu? Trebuie să fi fost ceva. E greu de acceptat posibilitatea ca totul să fi fost doar rodul imaginației unui bătrân senil.

Tristețea mă cuprinde așa cum fluxul inundă o plajă pustie. Mă deprimă până și faptul că sunt în stare de o asemenea comparație ieftină. E rușinos cât mă cufund în autocompătimire.

Henrik s-a întors acasă târziu aseară. A întrebat cum a mers și i-am povestit. Nu am găsit nimic care să prezinte vreun interes. A trecut prea mult timp și cel care urma să ofere informațiile murise. Nu i-am zis tot adevărul. Nu am fost în stare să-i spun că Sven Nilsson are Alzheimer. Ajunge că până și eu am luat în râs tot necazul.

Henrik și-a exprimat părerea de rău și m-a întrebat cum m-am simțit după asta. I-am spus că nu am avut așteptări. La ce m-aș fi putut aștepta după 21 de ani?

Henrik m-a ajutat să trag în jos scara de la pod. Am pus jurnalul înapoi în geanta cu imprimeu Paisley, pe care am depozitat-o mai departe, în spatele cutiilor.

Henrik a fost foarte atent cu mine toată seara. Mi-a făcut cafea, a aprins lumânări, mi-a masat spatele și a pus pătura peste mine când am ațipit pe canapea. Greșelile anterioare mi-au fost iertate și uitate. Unul dintre lucrurile pe care le iubesc cel mai mult la el este că nu are niciodată resentimente.

Pe deasupra, cred că a fost ușurat că nu mai am niciun fir de pai de care să mă agăț. Și că nu par a pune prea mult la inimă asta. Fiindcă *el* a știut tot timpul că nu aveau cum să mai existe informații după un timp atât de îndelungat. Sunt profund recunoscătoare că nu m-a însoțit la Sven Nilsson.

Știu că vrea ca eu să aflu ce i s-a întâmplat fiicei mele. Mai mult decât oricine altcineva. Pentru că mă iubește. Pentru că vrea ce e mai bun pentru mine, vrea să-mi fie bine.

Numai că Henrik nu crede că ea poate fi în viață.

E grijuliu, îi pasă de mine. Dar îi e o teamă cumplită de reacția mea, în caz că sau când îmi voi da seama că mă înșel.

Cum s-a exprimat el, în ce hal o să mă aducă?

Asta știm amândoi.

Este aproape ora 12. În curând, prânzul. Apoi terapia de grup.

În sfârșit, o voi întâlni pe Alice.

Isabelle

Am răcit foarte tare. Îmi simt capul greu, tușesc și am febră. Nu prea grav, dar suficient pentru a rămâne acasă. *De fapt nu-mi doresc asta.* Însă mama m-a învățat că nu ieși afară când ești bolnav. Îți pui șosete groase, stai în pat și te odihnești. Așa că asta fac acum. Am somat-o pe Johanna să ia notițe la cursurile de la care lipsesc. Nu scrie atât de detaliat ca mine, dar oricum mai bine decât Susie.

Sună cineva la ușă. Mă uit la ceas. Douăsprezece și jumătate. Oare cine-o fi? Mă rostogolesc jos din pat și arunc o privire în oglindă. Sunt cam palidă. *Normal, sunt nemachiată.* Îmi trec mâinile prin păr și ies în hol. Când deschid ușa, mă bucur că port colanții de blugi și nu pantalonii de pijama uzați de atâtea spălări. Deși regret că am bluza roșie de trening, care mi-e largă. Și n-ar fi stricat să mă machiez.

Fredrik se sprijină de peretele din fața ușii de la intrare, cu un zâmbet larg.

— Cum ai intrat în bloc?

N-aș putea găsi ceva mai bun de spus?

— Cineva a ieșit, iar eu am intrat. Se strecoară pe lângă mine în hol și își scoate geaca.

— Am auzit că ești țintuită la pat. Sunt valetul tău personal. Îmi întinde două pachete de la Ben & Jerry's.

— Înghețată? mă mir eu.

— Mama m-a învățat că înghețata e cel mai bun medicament când ești bolnav. A ta nu ți-a spus la fel? întreabă el.

— A mea pune accent pe dezinfectare, spun eu. Și pe ceai.

— *Strawberry Cheesecake* e preferata mea. Dar voi, fetele, sunteți înnebunite după ciocolată, așa că am luat și *Chocolate Fudge Brownie.* Își scoate pantofii. Are pantaloni cu talie joasă, strâmți pe picioare. Un tricou cu imprimeu floral în roz și albastru. Mă surprind zâmbind larg. Își ridică privirea și zâmbește și el. Pun înghețata pe masa de pe hol și mă apropii de el. Nu știu cum se întâmplă, dar, dintr-odată, ne trezim îmbrățișați.

— Bună, șoptesc eu.

— Bună, răspunde și mă trage mai aproape. Mă ridic pe vârfuri, îmi apropii fața de gâtul lui.

— Poate te molipsesc, îl avertizez.

— Îmi asum riscul, răspunde mângâindu-mă pe obraz. Ești formidabil de dulce când zâmbești, cu gropițele tale.

— Crezi?

— Ești dulce în întregime.

E cea mai tare zi din viața mea.

Iau înghețatele și merg cu ele la bucătărie, de unde iau două linguri, timp în care Fredrik se orientează în apartament. Pun înghețatele și lingurile pe biroul din camera mea, scormonesc după niște haine în sertar și strig că merg la toaletă. Îmi scot hanoracul, mă dau cu parfum și îmi schimb sutienul cu cel negru cu dantelă. Apoi îmi pun puloverul nou cumpărat vineri cu Johanna.

Colanții stau bine, îi las pe mine. Înainte de a ieși, îmi potrivesc mascara și mă uit în oglindă. Mă întorc și îmi observ șoldurile, îmi ating sânii și-mi corectez postura.

Când mă întorc în cameră, îl găsesc pe Fredrik în patul meu.

Se sprijină de perete și mănâncă înghețată. Suge lent din linguriță și mă privește. *Schimbarea hainelor a fost o idee bună.*

— Nu vrei să împarți cu alții?

Mă așez lângă el. Îmi întinde lingurița și gust.

— Nu ai fost azi la cursuri?

— Am fost mai devreme, spune el. Ți-am simțit lipsa.

— Te întorci după prânz?

Mă privește îndelung.

— Ai nevoie de companie și de îngrijire.

Da, da, da, am nevoie de multă îngrijire.

Mâncăm înghețata, mă hrănește, vorbim despre care e mai bună și de ce. *A avut dreptate, o prefer pe cea cu ciocolată.* Pune lingura rece ca gheața pe abdomenul meu dezvelit și izbucnește în râs când țip. Stau pe jumătate culcată, el se trage mai jos, să ajungă la nivelul meu. Savurez tensiunea dintre noi, privirile lui, felul în care se simte provocat.

Întreabă dacă să ne uităm la un film și îl rog să aleagă unul. Pornește laptopul, eu merg și pun înghețata în congelator. Fac un mic dans al bucuriei în bucătărie.

— Și eu sunt pe cale să răcesc, spune când mă întorc în cameră.

— Ah, nu se poate, e vina mea?

— Probabil. Ca pedeapsă, mă aștept să ai grijă de mine.

Râde ștrengărește și arunc cu o pernă în el. Mă ia de mână, mă trage pe pat și mă gâdilă. Mă uit în ochii lui și sper să mă sărute. Dar nu face decât să mă privească. Îndelung. Pune calculatorul pe măsuța din dreptul lui, lângă pat. Îmi găsesc o poziție potrivită, iar el deschide filmul. Mă întreabă dacă văd ceva și îi răspund că se vede bine.

O comedie romantică. Nu m-aș fi așteptat. Stăm unul lângă altul în tăcere. Nu mă pot gândi decât la cât e de aproape. La cum vreau să îl ating peste tot. Să îi simt corpul aproape de al meu.

Într-o scenă, personajele fac ca noi, stau și se uită la un film. Mă întreb la ce se gândește Fredrik. Mă cuibăresc mai aproape de el și-mi pun capul pe brațul lui.

Filmul continuă, personajele fac sex.

Mă uit pe furiș la Fredrik, îmi pun un picior peste al său, îndoi genunchiul și îmi mișc talpa în sus și-n jos de-a lungul gambei sale. Murmură ceva, își pune mâna pe piciorul meu, ca pentru a-l ține nemișcat.

— Nu pari foarte bolnav, șoptesc eu. Explorez ridicând genunchiul mai sus, tot mai sus, simt ce am bănuit când m-am uitat mai-nainte. *O protuberanță tare sub pantalonii lui.* Se mișcă și-și întoarce privirea spre mine.

— Deci crezi că sunt dulce? îl tachinez eu.

— Mă înnebunești, spune el cu voce joasă. Fiecare secundă lângă tine fără să te ating e un chin.

— Atunci atinge-mă. Îmi ling buzele, îi văd ochii îngustându-se.

— Nu ești bolnavă?

— Nu atât de bolnavă, răspund și mă ridic pe jumătate peste el.

Îmi dau părul după ureche. Îi simt mâinile alunecând peste mijlocul meu. Îi ating buzele cu limba, lent, experimental. Îl sărut. Și el mă sărută.

Apoi vertijul de guri și limbi. Aprins, apoi domol, apoi din nou agitat. Mâinile lui pe părul meu, pe corpul meu, pe fundul meu. Mă trag înapoi, îmi simt obrajii încinși. Ce sexy e stând acolo și studiindu-mă. Mulțumit. Satisfăcut. Vreau să fie al meu. Îl vreau.

Mă pun pe brațul lui, îmi împletesc mâna cu a lui și suspin. *Fericită.* El râde. Iau mobilul, fac o mulțime de selfie-uri cu noi. Când stăm unul lângă altul, când mă mușcă de ureche și eu râd, când ne sărutăm și când ne strâmbăm caraghios.

— Mi se recunoaște și mie meritul că am venit cu înghețată? bâiguie el cu buzele apropiate de părul meu, în timp ce eu mă uit la poze.

— Desigur. H*ashtag celmaibunprietendinlume,* poate. Mi se taie respirația așteptându-i răspunsul.

— Păcat numai că prietena mea a mâncat toată înghețata de una singură.

— Nu e adevărat!

Râde când îl ciupesc, îmi dă părul într-o parte și mă sărută.

Ne mângâiem din nou. Limbile și gurile sunt din nou în mișcare, savurăm un moment cât mai îndelungat. Îmi vine să explodez de excitare și fericire.

Iar inima îmi bate mai puternic. Îmi simt pântecul pulsând. Îmi plimb mâna peste abdomenul lui, o pun peste protuberanță. Simt cum crește și mai mult. Trag cu degetele, simt, mă înfig. El înghite, îmi respiră numele.

Îmi sună telefonul. Îmi ridic privirea, îl văd pe Fredrik făcând o grimasă nemulțumită. Pufnesc și îl sărut. Mobilul sună din nou, îl ignor. Îi șoptesc că nu e important. Mă trage peste el. Își pune mâinile pe fundul meu, mă apăs pe el, mă frec, mă bucură să-l simt întărit.

Îi șoptesc că îl vreau. Pune piciorul peste mine și se rostogolește. Râdem când ajungem la măsuța mobilă. Se ridică, închide laptopul coborând monitorul, pune măsuța pe dușumea. Mă încalecă, îi contemplu corpul. Își scoate tricoul gâfâind, se pune din nou peste mine. Mă sărută mai cu ardoare și îmi mângâie sânii. Coapsele lui sunt într-ale mele, alunecăm unul peste altul.

Telefonul sună iar.

Mă uit în sus și înjur cu voce tare. Fac rar asta, sună la fel de caraghios de fiecare dată. Fredrik încearcă să mă tragă înapoi în pat. Închid sonorul mobilului, apoi aterizez în brațele lui.

— Unde eram? murmură el mângâindu-mi sânii pe sub pulover.

Îi deschid capsele de la pantaloni, bag mâna și i-l simt. E tare, în același timp mătăsos. Îl cuprind cu degetele, e cald și plăcut și mă întreb ce gust are. Vreau să îl ling, dar nu îndrăznesc. Îl mângâi, în sus și în jos. Fredrik respiră mai precipitat, îl simt crescând și mai mult. Cât de mult?

Îmi smulge puloverul de pe mine. Mă așez deasupra lui. Sânii mi se văd prin sutien, îmi trag mâinile peste ei, îl văd privindu-mi sfârcurile întărite. Mă trage de marginea pantalonilor, își pune mâna pe mine și mă mângâie. Mă ridic să ajungă mai bine, îi simt degetele sub chiloții tanga. Gem, îmi mișc șoldurile să ies din pantaloni. Fredrik încearcă să mă ajute și când unul dintre noi răstoarnă telefonul pe dușumea, îl auzim vibrând.

— Cine dracu' e ăsta care sună tot timpul? Vocea îi e răgușită și agitată.

— Am să-l închid. Mă aplec peste marginea patului și văd pe ecran o groază de apeluri pierdute, plus primele rânduri ale unui SMS.

Fierbințeala din corp se stinge. Stau pe Fredrik, cu telefonul în mână și tastez codul.

Se ridică, îi simt săruturile pe gât, degetele lui atingându-mi sfârcurile.

— Drace! șoptesc eu după ce am citit mesajul.

Mă sărută pe umăr, îmi dă în jos breteaua de la sutien. Închid ochii strâns și îl mai las un moment. Sunt pe punctul de a plânge de frustrare. De dezamăgire.

— Fredrik, trebuie să pleci, îi spun împingându-l într-o parte. Trebuie să pleci acum.

Stella

N-a apărut deloc. Iar acestea sunt cele mai lipsite de sens nouăzeci de minute din viața mea. Duse pe apa sâmbetei.

Despre ce e discuția de azi? Habar nu am.

Mă evită? De ce?

După terapia de grup, am o ședință de terapie cu Ulf.

— Știu că nu ar fi trebuit, dar nu m-am putut abține. S-a întâmplat pur și simplu.

Ulf turuie mai departe. Îl aud, dar nu ascult în felul în care ar trebui. Mă întreb de câte ori am auzit același lucru în ultimii doi ani de când vine la mine.

— Nu ai putut sau nu ai vrut? întreb eu.

Ulf sare ca ars. Își dă seama după tonul meu că sunt enervată.

A ieșit iar în oraș târziu, a băut prea mult și a sosit acasă beat criță. S-a certat iarăși, rău de tot, cu nevasta. Și totul e din vina mamei sale, care nu a fost acolo pentru el când era mic. Vai, vai, bietul de Ulf, bietul băiețel nefericit și neînțeles.

E un porc. Un mascul imatur și preocupat numai de sine.

Ce i-ar prinde foarte bine ar fi un șut în fund. Sau un pumn în nas. I-am propus să încerce o altă formă de terapie, ba chiar să-și găsească un hobby. Să meargă la Alcoolicii anonimi. Nu înțelege ce sens ar avea. Și continuă tot așa, săptămână de săptămână. Nu mai sunt în stare să aud astfel de lucruri. Și, pentru prima oară în viață, regret că mi-am ales această meserie.

Azvârl lângă mine caietul pe care-l țineam pe genunchi.

— Ulf, ce naiba faci aici? Ce sens are să continuăm?

— Ce vrei să spui?

Rămâne cu gura căscată, ca și cum habar n-ar avea ce vreau să spun. Îi spun că batem pasul pe loc, că nu s-a schimbat nimic de la prima ședință de terapie. Că se complace în aceeași mizerie și face aceleași greșeli jalnice, în mod repetat. Că folosește aceleași scuze jalnice de fiecare dată, că disprețul de sine pe care îl simte se transformă în furie față de biata de maică-sa în fiecare săptămână. Îi explic că dacă nu se maturizează și nu își asumă responsabilitatea pentru propria viață, va fi blocat mereu în aceeași problematică.

— Ce dracu' știi tu despre asta? ripostează el.

Mă ridic. Pășesc nervos până la ușă și o deschid cu o smucitură. Strig:

— Nu mai veni. Nu vreau să te mai văd niciodată pe-aici.

Ulf se repede afară, roșu la față. John, un coleg, stă pe coridor, Renate, la masa de la recepție. Amândoi se uită fix la mine, șușotind între ei. Închid ușa cu o bufnitură.

După puțin timp, se aude cineva ciocănind.

— Intră, spun.

Renate deschide ușa. Mă privește sever.

— Stella. Mereu mi-a plăcut de tine. Dar e timpul să te gândești la o pauză.

Știu că se gândește la Lina. Că toți se gândesc la Lina. Toți consideră că acuzațiile care mi se aduc ar putea fi justificate. Că plângerea adresată Inspectoratului pentru Sănătate și Asistență Socială e îndreptățită. Acum, când l-am dat afară pe Ulf, toți gândesc așa. Toți știu.

Am probleme serioase.

Singură în cabinetul meu. Cufundată în scaun, în spatele biroului. Închid computerul, îmi iau telefonul. O sun. De mai multe ori. Niciun răspuns. Iar și iar. Mă dau bătută. Mă las pe spate și închid ochii. Mobilul clincăie, îl înșfac. Un mesaj de la Henrik.

La naiba! Glumești?! Jennie, ești fantastică! Alege numai restaurantul. Presupun că o să mă coști ceva.

Nu înțeleg. Îl citesc de mai multe ori. De ce scrie bărbatul meu cuiva pe nume Jennie? Nu știu cine e Jennie. Și de ce o duce la restaurant? Ce înseamnă asta?

Henrik a tot stat cu mobilul în mână în ultima vreme. Mai mult decât de obicei. A spus că e încărcat la muncă. A venit acasă târziu. A primit telefoane și a răspuns la mesaje în zilele de lucru și la sfârșit de săptămână, în timpul zilei și seara, târziu. Oare Jennie a sunat ieri-dimineață? Pe ea urma să o ia?

Da, sunt pe drum. Sigur că sunt. Sunt la tine în zece minute.

Simt gelozia strecurându-se și otrăvindu-mă.

Tu și tata, o să vă despărțiți?

Simt că mi se face rău. Scriu un răspuns. Îl șterg. Încep altul. Îl șterg și pe ăsta. Reflectez îndelung, pentru a găsi o formulare care să nu sune isteric.

Îmi pare rău, nu sunt Jennie. Însă mi-ar face plăcere să iau cina la restaurant ;-)

Niciun semn pe mobil, tăcere. Așteptarea pare veșnică. Ar fi cazul să sune. Mă întreb ce are de spus. Cum îi va suna vocea. Mai durează un moment, apoi primesc mesajul lui.

Am trimis greșit. :-) *Ajung acasă cândva după șapte.*

Mă ridic și mă învârt prin cameră. Nicio explicație, nicio scuză. Se preface că nu s-a întâmplat nimic, că nu pricep că ar fi ceva între el și acea Jennie. Iau vasul cel mare de ceramică din colț, cel primit de la Henrik la deschiderea cabinetului. Îl ridic deasupra capului și îl izbesc de podea cu toată puterea.

Se sparge cu un zgomot puternic și cioburile sar în toate părțile.

Speram să fie și mai zgomotos. Să se audă mai tare decât furia din mine, să o depășească. Dar n-a fost așa, nici pe departe.

Să țip la pacienți și să sparg vase de ceramică nu e suficient.

Nimic nu ajută în fața fricii și a neputinței.

Kerstin

Mă așez pe o bancă din fața blocului ei și o sun. Isabelle nu răspunde. Sun de patru ori, degeaba. Până la urmă îi trimit un mesaj. După un moment, primesc răspuns. Spune că nu a auzit, că se odihnea. Coboară imediat și deschide. Trebuie să se îmbrace mai întâi. Era acasă, în orice caz. Dar ce făcea de fapt?

Ușa se deschide, iar eu mă ridic. Un tânăr blond iese din bloc. Pantalonii stau să-i pice în orice moment. Merge cu mâinile adâncite în buzunare și nu-mi dă niciun fel de atenție, în afară de o privire scurtă. Tinerii din ziua de azi, cum le lipsește până și politețea elementară. Te scot din minți, nu alta.

Iat-o și pe ea. Fata mea, atât de mare și de frumoasă. O îmbrățișez strâns și mă uit bine la ea. Pare obosită. Și ce și-a pus pe ea? Am presimțit eu o anume schimbare. Acum, că am luat-o prin surprindere, îmi pot da seama cum se îmbracă mai nou. Bluza și blugii i se mulează pe corp, îi pun în evidență cu nerușinare toate rotunjimile. Sânii tineri și viguroși, mijlocul zvelt, șoldurile și bazinul. Iar bluza îi e prea scurtă. Alunecă în sus când se mișcă, îi dezvelește burta. Cât de necuviincios. Arată ca o târfă. Ar putea la fel de bine să umble goală.

E vina Johannei. Are o influență proastă asupra Isabellei. E numai vina neobrăzatei ăleia. Cu părul ei vopsit, cu inelul din nas, una ca ea n-ar trebui să stea în apropierea lui Isabelle a mea.

O privesc cu atenție. Are ochii strălucitori. Oare bea? Oare a început cu drogurile?

— Ar fi bine să fii atentă cum te îmbraci, o avertizez eu.

Băieții nu au decât un singur lucru în cap. Ar trebui să știi de acum.

O văd încordându-se. Pesemne că ce-am spus a picat prost.

— Mănânci cum trebuie? o întreb ca să schimb subiectul. Ai slăbit?

— Da, mamă, mănânc. Și nu, mamă, nu am slăbit.

Îmi ține ușa să intru.

Urcăm cu liftul, în tăcere. Isabelle pare să fie într-o dispoziție foarte proastă. Descuie și intră prima în apartament. Mă uit în jur. E luminos și elegant. Am fost aici numai de câteva ori, dar aș fi venit mai des. Aș fi vrut să o ajut cu mutarea. Aș fi pus perdele și tablouri, aș fi creat un pic de confort. Lucruri pe care le fac mamele. Dar Isabelle are în acest moment nevoie să-și marcheze nou descoperita independență. Seamănă mai mult cu o revoltă, de fapt. Încerc să nu arăt cât de rău mă jignește. Dar e greu. Adevărul e că mă rănește. Doare enorm să o văd îndepărtându-se de mine.

Isabelle pune de cafea, iar eu merg la toaletă. După ce îmi fac nevoile, inspectez dulapul din baie. Nu găsesc nici medicamente, nici contraceptive. Apoi mă uit în camera ei. Cuvertura pare aruncată neglijent pe pat, ca și cum ar fi fost făcut în grabă. Intru imediat la bănuieli.

Se culcă cu cineva? Cu mai mulți? Propria mea fată, a început cu așa ceva? Băiatul pe care l-am văzut ieșind, cine era? Venea de la Isabelle? A fost aici cu ea, în patul ei? Se oferă așa, oricui? Se oferă ca o târfă, se răsucește într-o parte și-n alta sub ei în timp ce aceștia gâfâie și gem și iau ce vor? Gândul la Isabelle într-o astfel de situație mă îngrozește. Mă scârbește dincolo de imaginabil.

Nu înțelege cât mă întristează? Dar încă este slabă. Încă are nevoie de mama ei. Îi pun eu ordine în viață.

Mă întorc și merg în bucătărie. Nu las nicio expresie să trădeze faptul că știu ce se petrece. Mă așez la masă și o privesc trebăluind.

— Ce supărător e să stai așa, nemișcată, în tren, am reținut așa multă apă, vezi?

Îmi trag șoseta și demonstrez apăsând cu degetul piciorul umflat. Rămâne o urmă vizibilă.

— Nu ai fi stat la fel de nemișcată și acasă? spune Isabelle fără ca măcar să se uite la mine.

Sarcasmele astea permanente. Această totală lipsă de respect. Cum a ajuns așa? De ce nu poate rămâne pentru totdeauna fetița adorabilă? Mica mea fată. Care credea că eu am toate răspunsurile, care credea că sunt de neînlocuit când o consolam și îi alinam durerile. Acum sunt doar penibilă. Obositoare. Proastă. Dificilă.

Înghit hapul.

Cum merge cu studiile?

— Merge bine. Nicio restanță până acum.

Pare mulțumită.

— Sunt mândră de tine, spun eu. Și tata ar fi mândru de tine.

Eu am educat-o. E doar o etapă. Totul va fi bine.

Isabelle toarnă cafea și așază pe masă o prăjitură cu morcovi.

— E foarte bună, spun.

— Am făcut-o ieri.

— Ți-a plăcut mereu să faci prăjituri. Ai moștenit asta de la mine. Îți amintești când făceam noi două prăjituri?

— Ce faci aici, mamă?

De-abia acum observ că vocea îi e răgușită.

— Ești răcită?

Îi pun mâna pe frunte. E cam fierbinte. Doar nu e însărcinată?

— O să treacă repede.

— Poate ar fi bine să stai întinsă? Să te odihnești un pic. Pot să fac ceai.

— Dar mama, nici nu am febră.

— Ai fost acasă toată ziua? vreau eu să știu.

— Da, am fost. Și am urmat regulile tale. În cel mai mic detaliu. Am stat acasă, mi-am pus șosete groase — își ridică piciorul și își mișcă degetele. Am băut ceva cald, m-am spălat pe mâini de vreo opt ori și mi-am schimbat așternutul.

Acum îmi zâmbește, pentru prima oară. Draga mea fiică îmi zâmbește și mă încălzesc cu totul în interior. E ca atunci când norii se dau la o parte și apare soarele.

— Asta e fata mea, spun zâmbind și eu. Ce bine că n-ai plecat nicăieri. Nici măcar la terapie?

Se întunecă din nou. Cât de sensibilă poate fi. Dar e necesar să vorbim despre asta. Asta înseamnă să fii mamă, nu-i așa? Să educi, să călăuzești, să protejezi.

— Tocmai am spus că am stat acasă toată ziua.

— Știi, de fapt vreau să nu mai mergi deloc acolo.

Isabelle se împinge cu scaunul în spate. Se freacă de podea cu un hârșâit îngrozitor. Se ridică, se duce în fața chiuvetei, cu spatele la mine. Știu că e supărată, dar va înțelege de ce. Numai să mă asculte. Numai să-i vină mințile la cap și să-și folosească judecata. Îi vreau doar binele, nimic altceva.

Până la urmă va înțelege.

Trebuie.

Isabelle

Panica ia proporții. Sunt atât de furioasă, că mi-e teamă de ce-aș fi capabilă.

De ce trebuie să facă așa tot timpul? Să vină și să-și bage nasul, să scormonească în treburi personale? De ce nu mă lasă niciodată să am parte de ceva în liniște?

Mă concentrez. Nu vreau ca furia să preia controlul. *E greu, simt că turbez.* Dacă nu mă înfrânez și nu trec peste, o să fie și mai rău.

Sau este cum a spus Stella? Că lucrurile se înrăutățesc dacă nu stabilesc o limită? Dacă evit tot timpul să-i arăt mamei că nu mă poate controla.

E viața mea. Sunt deciziile mele. Trebuie să fiu sinceră și să zic lucrurilor pe nume. Mă întorc și o privesc în ochi.

— Asta nu tu hotărăști, spun eu cu voce calmă.

Nu-mi stă în obicei să mă pun contra ei. Nu ripostez niciodată. Însă nu mai merge așa. O relație bună trebuie să suporte dezacorduri. Mama pare șocată de spusele mele. Se simte jignită. Ofensată. Se vede clar pe ea.

Fața i se alungește, gura îi rămâne deschisă. Arată de parcă aș fi plesnit-o. Și deja văd cum își pregătește unul dintre discursurile acelea ale ei despre cât de mult o întristez și cât sunt de nerecunoscătoare și cum nu apreciez tot ce a făcut pentru mine.

Dar toată viața am fost dăscălită și ghidată. Trebuie să vină o zi când încep să fac cum vreau eu. Dacă m-a educat și m-a îndrumat așa de bine cum susține, nu e cazul să existe motive de îngrijorare.

Mama trântește ceașca și mă privește sever.

— Nu cred că se cuvine să vorbești pe tonul ăsta.

— Sunt majoră acum, spun eu. Iau singură decizii. Și asta vreau să fac. Pentru mine și pentru nimeni altcineva.

Sunt mândră de mine. Felul în care am reacționat arată că terapia m-a ajutat. Îndrăznesc să spun ce cred, în ciuda riscului de a isca un conflict. Pentru mine înseamnă mult.

Mama nu e impresionată. Mă vede ca atunci când eram mică. *Când îi provocam dureri de cap. Când pleca pentru că o dezamăgeam.*

Își strânge buzele.

— Există lucruri pe care nu le știi, spune ea fixându-mă ostil. Mută încolo și-ncoace firimiturile de pe masă. Vino și așază-te.

Aud tonul imperturbabil al vocii ei. Deși nu vreau să ascult ce are de spus, mă așez. Știu că e ceva dificil. Îmi doresc ca ea să nu fi venit aici. Îmi doresc ca Fredrik să fi rămas cu mine. Am fi fost în pat acum. Goi. Ne-am fi iubit. Nu e urât sau murdar, cum crede mama.

Mă gândesc la asta tot timpul, simt cu toată ființa; Fredrik și cu mine vom face dragoste. Ore în șir. Toată noaptea și apoi vom continua toată ziua.

Și asta am fi făcut chiar acum.

Dacă mama nu ar fi apărut brusc.

N-ar fi trebuit să-i citesc mesajul, ar fi fost mai bine s-o las să aștepte și să nu abandonez totul doar ca să-i fac pe plac. *E ușor să spui cum trebuia făcut după ce s-au întâmplat lucrurile.*

Mama îmi întrerupe șirul gândurilor.

— Terapeuta ta. Stella. Are probleme.

— De unde știi? Cum ai putea tu să știi ceva despre ea?

— Sunt îngrijorată pentru tine. Observ că te-ai schimbat.

— Poate fi pentru că am aflat că am trăit într-o minciună? Toată viața mea, gen?

Mama dă înapoi. Strânge din dinți, se străduiește să nu-și piardă controlul.

— Ce vrei să spui cu asta?

Șoptește cuvintele. Are lacrimi în ochi. Mă simt din nou ca la cinci ani. Vreau să liniștesc. Vreau să împac. Vreau să fiu iertată și să fac ca totul să fie bine, ca mai înainte.

— Hans nu a fost tatăl meu, nu-i așa? continui eu. Nu a fost tatăl meu biologic. Nu mi-a fost tocmai ușor să asimilez o astfel de veste.

Mama se strânge pe scaun, își pune capul în mâini.

Ceasul dramei.

— Știu asta. Draga mea, iartă-mă. Înțeleg. Crede-mă. Și speram să pot evita să-ți spun asta.

Iar mama continuă. Îmi spune, cu cea mai mare convingere, că terapeuta mea e dusă. Și, ca de obicei, vorbește cu tonul acela al ei în care se simte un amestec de furie, trufie și satisfacție. Uneori chiar mă întreb dacă mama mea nu are o problemă. Una gravă.

— Vezi tu, o pacientă a ei a încercat să-și ia viața. Era un pic mai tânără decât tine. Sigur că părinții ei au fost distruși. Au văzut semne, dar s-au bazat pe faptul că fata primea ajutor. La așa ceva se poate ajunge când o tânără își pune viața în mâinile altcuiva. În mâinile unei străine.

— De unde știi asta?

— Am fost îngrijorată pentru tine de multă vreme.

— Da, ai spus asta.

Nu e nicio surpriză. *E mereu îngrijorată.* A vorbit despre îngrijorarea ei de fiecare dată când ne-am auzit în ultimul timp.

— Am căutat pe internet. Am găsit această informație. Am vorbit inclusiv cu părinții fetei. Par oameni deosebiți și onești. Iar eu refuz să stau și să nu fac nimic când ți se întâmplă ție așa ceva. Înțelegi? Mama îmi ia mâinile într-ale ei și își înclină capul într-o parte.

— Nu sunt predispusă la sinucidere, zău așa, spun eu încercând să râd.

Mama are o expresie aspră. Îmi strânge mâinile mai puternic. Doare. Mi le retrag.

— Am încredere în Stella, mama. E posibil să nu fi fost vina ei. Nu știm nimic despre asta. Despre ce s-a întâmplat de fapt.

— Isabelle. Ascultă-mă acum pe mine. Femeia aia e nebună. Nu e normală. E bolnavă.

Mama mă privește cu gravitate și continuă.

— A pierdut un copil cu mulți ani în urmă. O fetiță. Era foarte tânără pe atunci. Și nu a fost foarte clar ce s-a întâmplat. A fost suspectă, însă nu au găsit dovezi împotriva ei. În orice caz, a fost închisă pentru o vreme. La psihiatrie. La nebuni. Mă depășește cum poate deveni psihoterapeut o astfel de persoană. Poate e asasină. Poate și-a omorât propriul copil.

O întrerup, dar îmi face un semn să tac.

— Cred că acum își imaginează că fetița aceea ești tu, spune ea. E tragic și trist, sunt de acord. Dar trebuie să știi un lucru, femeia aceea e periculoasă. Stella Widstrand e bolnavă și periculoasă.

Mă gândesc la monologul Stellei despre suferință și mă cutremur.

Mama se înclină peste masă.

— Ai spus că te-a întrebat despre copilărie. Și despre mine. Nu-i așa? Poate te-a întrebat dacă eu sunt mama ta biologică?

Senzația de disconfort crește. Așa a fost. A fost un pic prea curioasă în privința trecutului meu.

Mama spune:

— Ca terapeut, are o mare influență asupra oamenilor. Și se folosește de asta, înțelegi. Pentru că ea însăși nu e bine. Te face să pui totul sub semnul întrebării, până și ce știi că e adevărat. Poate te și urmărește. Poate te pândește din umbră.

Am văzut-o pe Stella jos, în fața blocului, în dreptul apartamentului meu. Am văzut-o și la facultate.

Mama are dreptate.

Ce am luat eu drept implicare era altceva. Un fel de obsesie bolnavă.

În același timp, m-a făcut să mă simt sigură pe mine. Și mi-a plăcut de la prima vedere. Însă îndrăznesc oare să am încredere în propria-mi judecată? Nu pot pune lucrurile cap la cap. Ceva nu se potrivește.

Mama ocolește masa și își pune brațul pe spatele meu.

— Vreau să fii atentă. Nu vreau să îmi pierd fata, sper că înțelegi.

Îmi ridic ochii spre ea. E dificilă. Chiar groaznică uneori. Dar e mama mea. Îi pasă cu adevărat de mine. Ar merge oricât de departe ca să mă protejeze.

— Știu, mama. Promit să fiu atentă.

Stella

Miercuri seara, stau tolănită pe canapea și-l observ pe Henrik. Stă aplecat deasupra mesei de bar și vorbește cu Sebastian, noul iubit al Pernillei. Râde și gesticulează. După cincisprezece ani, mi-e atât de familiar stilul lui. Dar acum îl privesc cu alți ochi. Și îmi dau seama că tot timpul caut semne care l-ar putea da în vileag. Ar fi cazul să-l întreb direct, dar sunt prea lașă. Nu-mi stă în fire. Dar dacă ar nega ferm, m-aș simți mai nebună și mai paranoică decât sunt. Iar dacă ar recunoaște, n-ar mai rămâne nimic din viața mea.

Sebastian și Pernilla l-au adus acasă pe Milo, după tenis. Am sunat să comand pizza, am deschis o sticlă de vin. Henrik a venit acasă, i-a salutat și a urcat să se schimbe. L-am urmat cu paharul de vin în mână.

L-am întrebat cum i-a fost ziua. A spus că a fost bună. Și-a dat jos cămașa, și-a pus un tricou. Am rămas și când și-a tras pe el blugii uzați, deschiși la culoare. S-a încheiat, și-a pus mobilul în buzunarul din față.

Am crezut că va avea ceva de spus în privința mesajului. Că îmi va povesti de Jennie. Că îmi va da o explicație.

Ceva, orice. Dar n-a zis nimic. A vrut să știe numai ce sărbătoream, cu ochii la paharul meu de vin.

— Poate că iubirea, am spus eu.

Înainte am fi râs. Acum a zâmbit formal și a întrebat dacă n-ar fi bine să coborâm înainte să se răcească pizza.

Pare relaxat. Mulțumit, vesel și destins. Cine dracu' e Jennie? Râde așa și în fața ei? Cum arată? E mai tânără, arată mai bine? De cât timp se petrece? De câte ori s-au culcat împreună? Pernilla azvârle o pernă în mine și tresar. Stă pe jumătate culcată la celălalt capăt al canapelei și mă observă. Mă atinge cu vârful piciorului.

— La ce te gândești? întreabă ea.

— Am avut o zi lungă, asta-i tot, răspund eu și dau pe gât o mare parte din ce am în pahar.

Pernilla mă prinde de mână, trage în sus mâneca. Am niște vânătăi vagi la încheietura mâinii.

— Ce-ai făcut?

Deși nu doresc, atenția mi se îndreaptă din nou asupra lui Henrik. Râde în hohote de ce spune Sebastian. Își întoarce privirea, se uită în ochii mei. Devine serios. Întrerupe contactul vizual, îmi întoarce spatele.

— A fost violent cu tine? întreabă Pernilla.

Mă înfierbânt când mă gândesc la cele întâmplate sâmbătă seară. La sărutările lui Henrik, la cum m-a strâns de încheieturi și m-a pus pe dușumea.

— Semne de amor? chicotește Pernilla. Te văd, ai putea la fel de bine să-mi spui.

— Nu e nimic de spus, zâmbesc eu. Nu s-a întâmplat nimic pe covorul din dormitor. Absolut nimic.

Pernilla râde. Nu-și dă seama că zâmbetul meu e prefăcut. Habar nu are că există o altă femeie în viața lui Henrik și că eu am aflat. El ne privește din nou.

— Sunteți bine? se așază pe brațul canapelei, în spatele meu.

— Ai început cu yoga, Henrik? întreabă Pernilla.

Izbucnește în râs.

— Yoga?

— Am auzit că poate fi fantastic. E grozav să te antrenezi pe saltele moi.

— Pernilla! protestez eu și mă uit rapid peste umăr la Henrik.

Există o reticență în a aborda acest subiect. De ce? Acum se gândește numai la Jennie? Îl satisface mai bine decât o fac eu?

— Poate voi încerca cândva, spune el și-mi pune deoparte paharul de vin. Îl iau înapoi și îl umplu ochi. Am dreptul să mă deconectez după tot ce s-a petrecut. Am dreptul să mă simt bine, chiar și numai pentru o clipă. Și doar sunt bucuroasă, nu-i așa? Stella cea minunată și sigură pe ea. Care e așa de deșteaptă și de înțelegătoare. Așa de armonioasă.

Apoi mă întorc spre Henrik, îmi plimb mâna pe coapsa lui și îi șoptesc în ureche că vreau să îl am. Că îi promit că va fi mai plăcut cu mine decât cu altcineva. Se încruntă, mă întreabă dacă într-adevăr voi continua să beau. Se uită la Pernilla. Ea face o grimasă. *E clar că ajunge.* Mă fac că nu le văd schimbul de priviri. Ce e cu ei? Ce e cu toată lumea?

Henrik îmi dă la o parte mâna și merge cu sticla de vin în bucătărie. Pernilla spune că se face târziu. Îmi golesc paharul dintr-o sorbitură.

Îi aud pe Milo și pe Hampus discutând despre turneul de baschet din Estonia.

— Mama, spune Milo, sper că pot merge singur.

— Singur? întreb.

— Ai fost cu mine de fiecare dată, continuă el. Știi câți însoțitori sunt. Te rog.

— Nu cred că e o idee bună, spun.

Durează o secundă. Mai puțin de o secundă.

Neurotoxina fricii acționează instant, mă paralizează, mă face dificilă, neînduplecată și recalcitrantă.

— Dar, mama, nu te supăra. Mă descurc, știi foarte bine.

Pernilla intervine:

— Merge și Hampus, așa că poate...

— Nu vreau să mergi singur în străinătate, o întrerup eu. Ai numai treisprezece ani.

Iau o înghițitură din paharul de vin al Pernillei. Mă observă, aruncă o privire în direcția bucătăriei. Apoi se întinde să-și ia paharul, dar îl țin, ca să nu ajungă la el.

— E vorba despre Estonia, pufnește Milo.

— Vorbim mai târziu.

— Mama!

— Milo, vorbim mai târziu, am spus. Încetează cu vorba, ce dracu'.

Henrik vine în camera de zi. Se uită întrebător la mine, apoi la Milo.

— Tata, vreau să merg singur la turneul de baschet, dar mama se înfurie.

Henrik îl lovește ușor pe umăr.

— Se rezolvă, îl asigură el.

— Niciodată, spun eu și vărs vin pe canapea. Niciodată!

Încerc să șterg vinul cu mâna, dar nu fac decât să-l întind.

Henrik vrea să-mi ia paharul. Îl smucesc spre mine, stropesc cu și mai mult vin.

— Ce faci? întreb și-mi dau seama că vorbesc nedeslușit.

Pernilla mă mângâie pe braț, dar mi-l smucesc. Ea și Henrik se uită din nou unul la altul.

— Stella, liniștește-te, spune Henrik. Nu e nevoie să strigi. Vorbim altă dată despre asta. Bine?

— Nu strig. Nu strig. Și nu avem despre ce vorbi.

— Nu înțelegi nimic, mama, urlă Milo. Nicio altă afurisită de mamă nu vine. Tu mereu mergi. Urăsc asta.

Se năpustește afară din cameră.

— Nicio altă afurisită de mamă nu pricepe că nu îți lași copilul singur, zbier eu în urma lui.

Rămân pe canapea. Singură.

Milo s-a închis în camera lui.

Sebastian, Pernilla și Hampus au plecat acasă. Am auzit-o pe Pernilla întrebându-l în șoaptă pe Henrik dacă ar putea ajuta cu ceva. El a spus mulțumesc și i-a șoptit la rândul lui ceva, nu am înțeles ce. Apoi a bătut la ușa lui Milo, i s-a dat drumul și a închis ușa în urma lui.

Am rămas singură. Simt cum mă scufund.

Nu-mi pot controla teama.

Nu mă pot controla pe mine însămi.

Nu pot controla nimic.

Sunt bolnavă.

Stella

Pleoapele mi s-au lipit, sunt nevoită să le desprind cu degetele. Bluza de pe mine miroase a sudoare și a mahmureală. Gura îmi e cleioasă, urât mirositoare.

Sunt pe patul din camera de oaspeți. Cândva, în timpul nopții, Henrik a fost aici și m-a acoperit. În orice caz, nu-mi amintesc să fi făcut eu asta. Nici măcar nu-mi aduc aminte că am intrat aici și m-am culcat. Simt că-mi crapă capul când încerc să mă ridic. Îmi amintesc toate acele lucruri de care ar trebui să-mi fie rușine, îmi plâng de milă pentru o clipă. Apoi mă îndrept spre dormitor. Patul este gol. Mă uit la ceasul care mi-a rămas pe mână. Nu a trecut de șapte. Îmi scot bluza și lenjeria de corp. Fac un duș lung și fierbinte. Apoi mă spăl pe dinți, folosesc ața dentară și mă clătesc cu apă de gură.

După asta, sunt departe de a mă simți ca un om nou, însă e ceva mai bine. Mă machiez, dar tot arăt palidă și trasă la față. Îmi prind părul într-o coc înalt. Îmi pun cerceii primiți de la Henrik în dimineața nunții. Un acces de nostalgie și de gândire magică.

Deschid dulapul. Aleg o rochie dreaptă, lungă până la genunchi, cu crăpături în părți. Bleumarin. Mâneci trei sferturi. Mă uit în oglindă. Îmi întorc privirea.

Henrik stă la masa din bucătărie și citește ziarul. E îmbrăcat și gata de plecare. Pantaloni negri de costum, pulover de lână gri-albăstriu.

Se ridică, îmi spune bună dimineața și mă întreabă cum am dormit. Nu răspund. Încerc să schițez un zâmbet de scuză. Henrik nu reacționează, împăturește ziarul și iese pe hol. Ne aflăm fiecare de o parte și de alta a unui abis.

Îl strigă pe Milo, iar el iese afară. Îi văd pe fereastră vorbind unul cu altul. Henrik râde și îl bate pe umăr pe Milo. Sar în Range Rover și pleacă.

Caut aspirina în dulapul de deasupra chiuvetei, pun două tablete efervescente într-un pahar cu apă. Le privesc cum se dizolvă, apoi dau totul pe gât.

Abur pe geam, cozi peste Tranebergsbron, ceață peste apa cenușie a lacului Mälaren. E ca și în ziua în care a început totul.

Mă opresc pe St. Eriksgatan, în dreptul intrării în cabinet. Rămân în mașină și mă uit la trafic. La oamenii care trec pe trotuar. Mă uit în zare.

O bătaie puternică în geam mă face să tresar.

Un paznic.

Spune că parcatul e interzis aici și face un gest spre un semn aflat mai în față. Pornesc motorul și plec imediat.

Stau cu un latte la fereastra cafenelei Wayne's Coffee de la Akademibokhandeln, cu vedere spre piața Hötorget. Mă uit la negustorii de fructe și flori și la clienții lor.

Apoi hoinăresc o vreme prin oraș, intru în magazine, mă uit la pantofi și la îmbrăcăminte, dar mă plictisesc de asta.

Fac un înconjur până în sudul orașului.

Conduc până la cimitirul Skogskyrkogården. Parchez. Stau un timp îndelungat în mașină înainte de a coborî.

Merg la locul unde a fost înmormântată Alice. Mă las pe vine și contemplu piatra cu porumbelul alb deasupra textului.

Alice Maud Johansson
Îți vom simți mereu lipsa, nu te vom uita niciodată.

Nici nu-mi mai aduc aminte când am fost aici ultima oară. Mă întreb dacă n-ar fi trebuit să cumpăr flori, apoi îmi dau seama cât de absurd e acest gând.

Alice nu e aici.

Fiica mea nu a fost niciodată aici.

Eu și Henrik luăm cina la masa din bucătărie. Am cumpărat pentru acasă cartofi copți cu salată de creveți de pe drum, de la Erssons Deli, ca să scap de gătit.

— Îmi dai untul? mă roagă Henrik.

— Desigur.

— Ai reușit să-mi speli blugii?

— Da, sunt puși la uscat.

— Și cămășile?

— În dulap.

— Mulțumesc.

— Pentru puțin.

Pare stupid că m-am deranjat să aprind lumânările. Atmosfera dintre mine și Henrik e departe de a fi romantică. Primește un SMS. Se scuză și își ia mobilul. Răspunde, îl pune jos. Mâncăm mai departe în tăcere. Nu mă simt în stare să mă mai întreb dacă a fost Jennie sau altcineva. În acest moment, mă gândesc mai ales la fiul meu. Milo e la un coleg de clasă, cu un proiect pentru școală. Aș vrea să fie acasă. Vreau să vorbesc despre ce s-a întâmplat. Vreau să îi cer iertare.

— Cum ești? întreabă Henrik.

— Sunt obosită, recunosc eu și pun jos tacâmurile.

Mâncarea nu are niciun gust.

— Ai fost la muncă?

— Da.

— A fost o idee bună?

Întrebarea mă enervează. Consideră că nu sunt capabilă să muncesc? Că sunt incompetentă?

Vede asta la mine.

— Întreb numai, spune el. Și nu mai ai niciun fel de contact cu Isabelle?

— Nu, spun. Nu mai am.

Aprobă din cap. Schițează ceva ce ar putea reprezenta un zâmbet.

— Stella, vei putea să lași asta în urmă?

Aș dori să nu mai pună atât de multe întrebări. Nu mai dispusă să răspund la un interogatoriu nu sunt în momentul de față.

— Cred că da, spun.

— Poate ar fi bine să vorbești cu cineva. Cea cu care te-ai mai întâlnit, Birgitta? Mai profesează?

— Nu știu.

Îmi întind mâna peste masa. Trebuie să încerc, chiar dacă este deja prea târziu.

Henrik mă ia de mână. Mă privește și pare să se gândească bine la ce va spune. Are de gând să-mi vorbească despre Jennie.

Sună cineva la ușă. Henrik îmi lasă mâna, se ridică și iese în hol. Aud că deschide și vorbește cu cineva. Se întoarce.

— Stella. După ton pare ceva grav. Mă ridic și ocolesc masa. O femeie de culoare și un bărbat scund stau în spatele lui, în hol.

— Stella Widstrand? întreabă femeia. Pare de vârsta mea. Înaltă și zveltă, pielea închisă îi e netedă, nu văd niciun rid. Dăm mâna. Are degetele o idee cam reci.

— Da, eu sunt.

— Mă numesc Olivia Lundkvist și sunt inspector de poliție. Acesta este colegul meu, Mats Hedin.

Henrik îi poftește în camera de zi.

Bărbatul pare antipatic. E mai scund decât Olivia Lundkvist, are ceafă lată și corp îndesat. Brațe atletice și fața brăzdată de cicatrici. Ochii îi sunt suspicioși. Se uită la mine în același fel în care a făcut-o Per Gunnarsson. Nu spun nimic, stau pur și simplu așteptând să-mi explice de ce se află aici.

— Ne putem așeza undeva? întreabă Mats Hedin.

Henrik îi poftește în camera de zi. Se așază pe un colț al canapelei. Inspectorul Olivia Lundkvist se uită în jur.

— Ce frumos ați aranjat, remarcă ea. Fermecător.

— Mulțumesc, spun eu. Aștept.

— Aveți idee de ce suntem aici?

Ideea e ca eu să spun ceva? Ce, în acest caz? Arunc o privire spre Henric, care încruntă din sprâncene.

— Nu am idee, răspund eu. Are de-a face cu Alice? Vreau să spun Isabelle? Ce s-a întâmplat?

Simt că Henrik mă fixează cu privirea.

—Poate mai bine vă așezați? spune Olivia Lundkvist.

Încerc să înghit, dar gâtul mi-e uscat. Henrik mă trage spre celălalt capăt al canapelei și își pune o mână pe piciorul meu. *Calmează-te.*

În timp ce convorbirea continuă, am o experiență de ieșire în afara corpului. Ascult întrebările. Răspund la ele. Cu toate astea, mă aflu în altă parte. Când Henrik își pune capul în mâini, înțeleg că totul s-a ruinat.

Isabelle

Se aud ciocănituri la ușă. Mama e deja sus, eu am rămas în pat. Ușa se deschide și apare un moț de păr violet. Johanna se uită înăuntru și se strâmbă. *Către ea însăși, bănuiesc, apropo de ziua de ieri.*

— Mama ta a pregătit micul dejun, Bella.

— Bine, vin.

— Stai să fac asta mai întâi.

Johanna sare lângă mine în pat. Mă îmbrățișează și mă pupă pe obraz.

— Mulțumesc, spune ea.

— Pentru ce? spun și mă șterg pe obraz cu mâneca tricoului.

Johanna râde și spune:

— Isabelle Karlsson.

— Da?

— Știi că uneori poți fi cu totul pe altă planetă?

Mai întâi mă simt cam rănită. Dar zâmbetul larg al Johannei mă face să înțeleg ce vrea să spună.

— Cam ai dreptate, spun și râd și eu.

Mama intră și se așază pe colțul patului. Se uită la Johanna, se uită la mine.

— Fete nebune, spune ea. Sunteți minunate. Dar nebune de-a dreptul.

Știu că nu crede că Johanna e potrivită pentru mine. Inelul din nas, părul violet, hainele strâmte, băieții și petrecerile și totul, totul, totul. Însă stau și mă gândesc la ce s-a întâmplat ieri. Iau mâna mamei și i-o strâng. Privirile ni se întâlnesc. Totul e bine din nou.

Se întâmplă rar. *Să fiu sinceră, aproape niciodată.* Dar în acest moment sunt mândră de mama mea. Cel mai adesea e agitată și severă și își arată disprețul pentru oamenii diferiți. Și când Johanna a venit acasă, după ce polițiștii au fost aici, am crezut că o să explodeze. Prietenul Johannei, Axel, a pus capăt relației, iar ea s-a îmbătat. Băuse de una singură o groază de pahare cu tărie, bere și o sticlă întreagă de vin. Primul lucru pe care l-a făcut după ce a intrat pe ușă a fost să vomite pe covorul de pe hol.

Iar mama a văzut totul.

Mi-a fost atât de milă de Johanna. Dar a fost și groaznic de penibil. Am închis ochii, așteptând ca mama să se pornească și să ne certe pe amândouă. Știam precis ce avea să spună. Așa se întâmplă când nu ai grijă de tine, așa-i când umbli cu băieți *care nu vor decât un lucru,* așa-i când te îndepărtezi de părinți și te crezi mai adult decât ești.

Mama nu a spus nimic.

Nicio vorbă. A luat o găleată și m-a ajutat să o țin pe Johanna în timp ce vomita. I-a șters gura și nasul cu prosoape de hârtie — a fost foarte atentă cu inelul din nas — și i-a șoptit cuvinte de alinare. Cum făcea când eram mică și mă loveam sau mă îmbolnăveam.

Apoi am dus-o amândouă pe Johanna în baie. Acolo a stat aplecată deasupra scaunului de toaletă și a mai vomitat o dată. Când a terminat, a început să plângă.

Lacrimile dădeau năvală, striga că nimeni n-o iubește și că nu mai voia să trăiască în lumea asta de rahat, unde oamenii se poartă ca porcii unii cu alții, mai ales toți băieții blestemați, care-s mai răi decât porcii.

Mama a mângâiat-o pe păr și i-a spus că totul va fi bine acum, să nu mai fie supărată. Mi-a spus să aduc un prosop și niște haine. Am făcut cum mi-a zis ea. A dezbrăcat-o, a pus-o în cadă și a spălat-o cu dușul. Apoi a șters-o, a ajutat-o să-și pună pantalonii de flanel și un tricou cu mânecă lungă. Am luat-o fiecare de câte un braț și am dus-o pe Johanna în camera ei. Mama i-a făcut patul și a stat lângă ea până a adormit. Eu am stat pe jos și le-am privit. Și atunci am simțit asta.

Mama stătea calmă și protectoare, mângâind-o pe Johanna pe păr, pe obraz, fredonându-i ceva cu voce joasă. Nu-mi amintesc s-o fi iubit pe mama mai mult decât în acel moment. Să fi fost atât de mândră de ea.

Apoi, după ce Johanna a adormit, am băut cafea în bucătărie. I-am spus că am fost supărată când a venit, dar că nu mai simțeam asta acum.

— Și atunci ce simți acum? a spus mama.

— Că ești cea mai bună mamă din lume, am spus și am îmbrățișat-o.

Mama a plâns, cred. Nu-i stă în obicei să plângă. Am simțit că obrazul îi era umed. Ne-am îmbrățișat îndelung. Am cerut iertare că am fost o proastă, iar mama a zis că acum totul e bine din nou. Acum, după ce mi-am cerut iertare.

Apoi am vorbit despre lucruri pe care le făceam împreună când eram mică. O parte le uitasem, o parte mi le-am amintit foarte bine. A fost cu siguranță cel mai liniștit moment pe care l-am avut de la moartea tatei. E păcat că nu putem avea astfel de momente mai des. Poate e vina mea. Mamei nu i-a fost ușor.

— Dacă vrei, ai putea foarte bine să vii acasă cu mine pentru câteva zile, a spus ea. Nu vreau să te oblig, Isabelle. Dar îmi e dor de tine, știi asta.

Am promis că mă mai gândesc. Apoi nu am mai vorbit despre asta.

Nu am vorbit nici despre vizita poliției. Am simțit că poate aștepta, că ar perturba momentele acelea. Însă mama a spus că era deschisă să vorbească despre orice.

— Știu că am fost dificilă, a spus ea, dar am să încerc să mă schimb. Așa am să fac.

Am fost nedreaptă cu ea. Nu e deloc groaznică, așa cum mi se pare câteodată. Poate pentru că suntem pe cale să avem o relație mai bună? Cred că da. Îmi doresc asta. Știu că și mama își dorește.

— Haideți, fetelor, spune mama. Micul dejun e servit. Se întoarce în bucătărie și ne lasă singure o clipă.

— Mama ta n-are stare, spune Johanna. Dacă ar fi fost a mea, atunci să vezi. Mi-aș fi tras săpuneala vieții ieri. Și ar fi trebuit să mă descurc singură. Nimeni nu ar fi avut grijă de mine ca mama ta.

— Așa e ea, răspund. Îi place să aibă grijă de alții.

— Poate pentru că lucrează în sănătate?

— Cred că da.

Johanna vrea să mă pupe din nou, dar o împing la o parte.

— Îți miroase gura. Arunc pătura de pe mine și mă ridic din pat.

— Și tu miroși a gaze, râde Johanna și mă lovește pe fund.

Mergem în bucătărie, ne așezăm la masă. Mama ne-a pregătit un mic dejun cu adevărat fantastic. Cafea pentru mine și pentru mama, ceai verde pentru Johanna. Suc și lapte, iaurt, chifle proaspete și diverse aperitive pe care le-a cumpărat.

— Să ne înfruptăm deci, spune mama așezându-se.

După micul dejun, Johanna vrea să fumeze. Mergem pe balcon, în timp ce mama strânge masa și spală vasele.

— Vrei o țighi sau nu ai voie din cauza mămicii? mă tachinează Johanna.

— Știi că detest fumatul. E scârbos.

— E cool.

— Nu știam că te-ai apucat din nou.

— Mereu fumez când sunt deprimată. Mă face să mă simt mai bine.

Johanna trage un fum adânc și mi-l suflă drept în față.

Trage cu ochiul spre mama, care face curățenie prin bucătărie.

— Așa, spune-mi, ai scăpat deci de virginitate? Am auzit că Fredde a fost aici.

Încerc să îndepărtez fumul cu mâna.

— De unde știi? întreb eu.

— Mai ești virgină?

— Ah, ce enervantă ești uneori, Johanna. De parcă s-ar înțelege că Fredrik a fost aici.

— Mama ta a crezut că a fost cineva la tine. Am priceput imediat că a fost Fredde. Dar calm, nu zic nimic. Nu pentru că nu aș crede că maică-ta n-ar face față veștii. E de fapt infinit mai ca lumea decât mi-ai descris-o tu.

— Da, spun. Chiar este.

— Deci?

— Ce anume?

— Termină.

Johanna își strânge geaca mai bine. Se uită la mine cu țigara în colțul gurii.

— Nu-s din aia care să umble și să trâmbițeze. Știi asta.

— Să trâmbițeze legat de ce? întreb eu și încă nu înțeleg ce vrea să spună Johanna.

Suflă un norișor albastru de fum spre cer. Se uită spre pantalonii mei de trening.

— Virginitate?

Nu mi-e încă la fel de ușor ca Johannei să vorbesc degajat despre astfel de lucruri. Nu am făcut decât să-i ascult lungile tirade despre diversii ei parteneri, mai tineri sau mai în vârstă. Dar când mă gândesc la cum eu și Fredrik ne-am îmbrăcat în grabă, cum m-a împins în peretele liftului și cum ne-am mângâiat până la parter, cum m-am agățat de el răsucindu-mi piciorul, simt nevoia să povestesc. Bombănea că ar fi trebuit s-o facem imediat ce a venit. Atunci am fi apucat. Am râs pe înfundate și ne-am sărutat din nou. Înainte să plece, m-a mângâiat pe păr și pe obraz. M-a rugat să-l sun. Am fost nevoită să stau o clipă și să mă adun înainte de a avea curajul s-o întâmpin pe mama. *Simt că mă ia cu fierbințeală gândindu-mă la asta.*

Mă uit înăuntru pe fereastră. Mama e ocupată cu aranjatul vaselor din porțelan pe rafturile de deasupra chiuvetei. Se întoarce și se uită la mine, ca și cum ar simți că e observată. Pare bucuroasă. Îi fac cu mâna, îmi răspunde la fel.

Mă întorc spre Johanna, mă înclin spre ea și șoptesc:

— Aproape. Eram așaaa de aproape. E minunat. Dar a venit mama.

— E mare?

— Ce?

— Spune, vreau să știu.

— Cum adică mare? Vrei să spui...

Johanna aprobă din cap. Nu pricep cum poate întreba așa ceva și îmi vine să o rog să-și țină gura. Dar ne uităm una la alta și râdem în hohote.

E frig afară, însă mai rămânem o clipă pe balcon. Johanna îmi destăinuie întâmplarea cu Axel, dar, în timp ce ea vorbește, eu mă gândesc la Stella.

Și la ce a zis mama despre ea.

Și la polițiștii care au fost aici.

Mi-au cerut să le vorbesc despre psihoterapeuta mea și am spus cum a fost, că mi s-a părut că am văzut-o și aici, în fața blocului, și la KTH. Dar nu mi-e teamă de ea. Chiar nu-mi e teamă.

De ce mi-este teamă e că s-a mers prea departe. Că mama exagerează cu îngrijorarea ei. A vorbit și ea cu polițista. O negresă înaltă. Mama nu a spus niciun neadevăr, dar nu a sunat bine deloc. Stella sigur o să și-o ia pentru asta. Și cred că și eu am înrăutățit lucrurile spunând ce am spus.

I-am întrebat pe polițiști de ce puneau acele întrebări. Cum se face că au venit aici, doar eu nu i-am sunat. Nu mi-au răspuns la asta. Au zis mulțumesc și la revedere, vom face investigații. Nu vă faceți griji. *Dar deja mi-au provocat o grijă cumplită.* Trebuia să le comunic imediat dacă mă contacta. Plănuiam să o întâlnesc în fiecare miercuri de acum înainte. Dar parcă nu era momentul să spun asta.

Mama i-a urmat afară și au continuat să vorbească pe coridor. N-am auzit ce spuneau. Nici nu cred că aș vrea să știu.

Încerc să pun lucrurile cap la cap. Nu se potrivesc. E ceva ce mă frământă, ce mă tulbură. Dar nu am niciun chef să mă gândesc la asta. Nu acum. Nu mă simt în stare. Poate aștepta.

Johanna își stinge țigara într-un ghiveci și intrăm în casă. Spre marea mea mirare, mama ne întreabă dacă am vrea să jucăm scrabble. Johanna răspunde că da, i-ar face plăcere. Și merge la mama și o îmbrățișează.

Îmi clincăie mobilul. Îl ridic și mă uit. Mesaj de la Fredrik.

Totul în regulă? N-ai putea trece pe la mine cât mai repede? Îți simt lipsa! Pup.

Merg la baie și răspund.

Totul în regulă aici, am fost ocupată. Și eu îți simt lipsa! Mi-e dor de tine. Sun diseară. Pup.

Răspunde instant.

Și mie mi-e dor de tine. Vino aici!

De îndată ce mama pleacă acasă, voi lua metroul până la el și voi uita tot ce are de-a face cu copii morți și cu întrebări ale poliției.

Stella

Sunt denunțată la poliție pentru hărțuire și amenințări. Poate și pentru urmărire ilegală și persecuție.

Privirea lui Henrik. Nu am curajul s-o întâlnesc. Se uită la mine ca și cum aș fi o nebună de care s-a ciocnit pe stradă. Mă privește cu dezgust. Un nor otrăvit de dezamăgire planează între noi.

Inspectorul criminalist Olivia Lundkvist pune întrebările. Mats Hedin mă studiază fără să ridice o sprânceană. Sunt țintuită la stâlpul infamiei și nu există nicio cale de a mă sustrage.

Da, o cunosc pe Lina Niemi.

Da, a fost la mine la terapie.

Da, s-a afirmat că a încercat să se sinucidă, dar acesta nu este întregul adevăr.

Nu, nu am văzut semne că ar avea o tendință spre suicid.

Da, știu că părinții ei sunt de părere că mi-am depășit atribuțiile și că m-am apropiat prea mult de ea. Nu este adevărat.

Da, sunt conștientă că m-au reclamat.

La Inspectoratul pentru Sănătate și Asistență Socială. Și voi știți. Nu e niciun secret.

Da, îl cunosc pe Ulf Rickardsson.

Dacă obișnuiesc să mă apropii de pacienții mei? Toți care au astfel de meserii o fac într-o anumită măsură. Dar nu așa cum insinuați voi.

Deloc. E total greșit. Nu l-am atins niciodată.

Nu, nici asta nu e adevărat.

Nu am strigat la el. Poate am ridicat vocea.

S-a simțit amenințat? Fizic?

Colegii mei? Când anume?

Nu, mi-am luat liber azi.

Nu, am uitat să anunț pe cineva.

E adevărat. Isabelle Karlsson e pacienta mea.

Participă la terapia de grup la cabinetul meu.

Nu am întrerupt contactul cu ea. Nu încă.

Nu, știu că este fiica mea. Ascultați, eu...

Nu puteți măcar să mă ascultați?

Caut privirea lui Henrik. El se ridică, se pune la fereastră și se uită spre grădină. Închid ochii.

Inspir. Expir.

Da, am fost în Vällingby.

Lângă blocul în care locuiește, da.

Nu înțeleg. Ce vreți să spuneți?

Am fost și în Borlänge.

Nu, nu am intrat în curte. Vecinii mint. E o minciună.

Nu, am stat afară, în mașină.

Știu că studiază la KTH.

Doar o dată.

Am sunat-o pe Isabelle de câteva ori.

Da, am lăsat mesaje.

Nu-mi amintesc ce am spus.

Nu am dat dovadă de lipsă de profesionalism în ședințele de terapie.

Nu, nu am făcut asta.

Să mă întâlnească în afara terapiei de grup? A fost numai o propunere. Care ținea strict de terapie.

Henrik se întoarce spre inspectorul criminalist Olivia Lundkvist. Încă nu s-a uitat la mine nici măcar o dată.

— E vorba deci despre un pacient *actual* care a depus plângere la poliție împotriva soției mele pentru hărțuială și Dumnezeu știe mai ce? spune el.

— Da, așa este, răspunde Olivia Lundkvist. Alături de părinții Linei. Există un risc destul de mare ca Stella să-și piardă licența. S-a depus plângere împotriva ei mai întâi la Inspectoratul de Sănătate. Iar acum la poliție. Lucrurile nu arată bine pentru ea.

Olivia Lundkvist mă privește exigent, cu o seriozitate care spune că celui vinovat trebuie să i se arate cu plus de măsură cât de gravă este situația.

Sunt condamnată anticipat.

— Ce se întâmplă acum? întreabă Henrik.

Olivia Lundkvist vorbește despre interogatoriu, investigație preliminară, despre cum decizia de a fi intentat un proces va fi luată de procurori.

E liniște acasă. Henrik a plecat de puțin timp, imediat după polițiști. Și el a pus întrebări.

De ce dracului am continuat să-i ascund lucruri?

Cum pot să-l mint în față iar și iar?

Ce mă face să procedez așa?

Care e motivul meu?

Am răspuns că toate astea țin de o singură mare neînțelegere. I-am spus că nu aș fi vrut niciodată să expun pe cineva la toate astea. Cu atât mai puțin pe el.

Henrik s-a întrebat cum putea fi vorba despre o neînțelegere. Doar mărturisisem eu însămi că am urmărit-o pe Isabelle, că am sunat-o și că voi continua să o întâlnesc. Pe dos față de ce i-am spus lui. Prin urmare, încă sunt convinsă că ea e Alice? Pe deasupra, nu am fost la lucru, deși am susținut asta. Ce am făcut toată ziua?

De fapt, am fost la cimitir, la Alice.

Și Borlänge? Ce m-a determinat să merg acolo? Există și alte lucruri de care el nu știe? Mă trezesc spunându-i că nu am fost acasă în acel weekend când el și Milo erau în Nyköping. Că am fost la Strandgården.

Mai multe minciuni.

Henrik și-a luat haina și a trântit ușa în urma lui.

L-am auzit pornindu-și mașina și demarând în trombă.

Stau întinsă pe canapea. Mă ridic și mă uit afară.

E cineva în grădină. Cineva cu o pelerină fără formă, cu gluga trasă peste față. Nu mă pot mișca. De-abia pot respira.

Ne uităm unul la altul.

Închid ochii.

Când mă uit din nou, nu mai e nimeni acolo.

E o prelată ruptă, care a fost luată de vânt și s-a agățat de copac.

Mă ridic încet și merg până la fereastră. Mă uit spre grădină, privesc atentă toate părțile.

Am început să văd lucruri? Lucruri care nu sunt, care există numai în propria-mi minte tulburată?

Ce altceva îmi mai imaginez?
Alice?
Gândul e insuportabil.
Merg în bucătărie.
Deschid o sticlă de vin.
Beau direct din ea.

Stella

Mă trezesc pe canapea, cu dureri de cap. Sticla de vin a dispărut. Henrik a curățat după mine. Probabil pentru ca Milo să nu vadă cât e de rău. Ceasul telefonului arată nouă și un sfert. Văd că Henrik mi-a trimis un mesaj imediat după opt.

Dă un semn când te trezești.

Imediat după aceea: *Rămâi acasă, promite. Trebuie să mă ocup de ceva la lucru. Vin acasă cât de repede pot, vorbim atunci.* Niciun *te iubesc* sau *te pup* sau *te îmbrățișez.* Niciun *totul va fi bine.*

Cel mai mult îmi doresc să spună că totul va fi bine. Dacă el ar crede asta, probabil că aș putea crede și eu.

Mă gândesc la ziua de ieri și la ultimele săptămâni. Multe lucruri le-aș fi putut face altfel. Aș fi putut face totul altfel.

Că am continuat să fiu terapeuta lui Isabelle a fost total lipsit de judecată.

A fost greșit. Colegii mei, pacienții mei, toți și-au pierdut încrederea în mine. Îmi lipsește capacitatea de a mă distanța profesional.

Nu mai sunt psihoterapeut.

Ar fi bine ca eu însămi să merg la unul.

Ar trebui să fiu eu însămi pacientă.

Isabelle a anulat ultimele noastre întâlniri. Și o înțeleg.

Am urmărit-o, mi-am pândit propria pacientă.

Daniel nu vrea să mai aibă de-a face cu mine vreodată.

Nici soțul meu. Felul în care s-a uitat ieri la mine, ca și cum aș fi fost o străină. Și am devenit o străină, chiar și pentru mine.

Henrik păstrează distanța, e rece și inaccesibil. E doar vina mea. Crede că sunt complet nebună. Că sunt bolnavă psihic.

De ce nu am vorbit deloc cu el? De ce nu am putut fi sinceră?

Pentru că mi-e o frică de moarte. Frica a existat acolo mai bine de douăzeci de ani și mi-a distrus viața.

Mi-e frică pentru mine, că aș putea fi bolnavă.

Mi-e teamă că există posibilitatea ca lui Henrik să-i fie mai bine fără mine, la fel și lui Milo.

Sunt îngrozită. Iar asta îndepărtează.

Teama mea devine o profeție autoîmplinită.

Nu voi afla niciodată ce i s-a întâmplat lui Alice. Nu ne vom mai vedea niciodată, nu vom mai avea ocazia să ne cunoaștem.

E trecut de 10 când sună Henrik. Nu răspund. Mă uit apatică la mobil. El închide.

Sună din nou. Nu răspund. Îmi dau seama că nu-l pot evita pentru totdeauna. Mă ridic. Mi se face greață și mă grăbesc la toaletă. Tușesc și încerc să vomit, dar nu reușesc. Mă întorc pe canapea.

Sună a treia oară. Nu răspund. Mă uit fix la mobilul care se aprinde și vibrează. Numele lui, poza lui care îmi zâmbește de pe ecran. Telefonul alunecă pe masă în direcția mea, ca și cum m-ar soma să răspund. Nu mai luminează, nu mai vibrează.

Mă aplec peste el, îmi văd imaginea în oglindă pe sticla întunecată.

Cea pe care o văd nu e o persoană pe care vreau să o cunosc sau cu care să am de-a face.

Femeia aia e nebună.

Alienată mintal. Dusă. Psihotică.

Ochii ei strălucitori clipesc spre mine. Gura i se mișcă de parcă ar vrea să spună ceva. O lovesc cu pumnul strâns. Lovesc încă o dată și încă o dată, până se face țăndări și cade pe dușumea.

Stella

Blocul cu apartamente închiriate de pe partea cealaltă a străzii. Lângă centrul comercial. Sunt din nou aici.

Nu sunt bolnavă, nu am înnebunit. Sunt mai sănătoasă ca niciodată. Ce fac este just. Dincolo de orice alegere, dincolo de orice alternativă. Nu a mai rămas decât adevărul.

Alice. Sunt aici, acum.

Știu că înțelegi. Fiica mea iubită. Legătura de sânge ne unește pentru totdeauna. Tu trăiești. Trăiești în mine.

Te simt respirând cu fiecare bătaie a inimii mele.

Nimic nu mă poate opri. Nimeni nu-mi poate pune piedici. Ceea ce mă aduce aici e mai mare și mai puternic decât orice altceva. Mai mare și mai puternic decât mine.

Și acum te văd. Numai dacă m-ai asculta. Dacă m-ai asculta câteva minute. Știu că avem ceva special. Știu că avem o legătură.

Vii spre mine. Îmi dau seama că mă vezi. Înlemnești. Te oprești. Nu pari să te temi, dar ești în gardă. De ce?

Ai încredere în mine. Crede în mine. Spune-mi că ești a mea.

Îmi întind mâna spre tine, să-ți arăt că nu sunt periculoasă.

Știu că înțelegi. Știu că și tu simți asta.

Tu trăiești în mine, mereu a fost așa.

Te afli aici, în lăuntrul meu.

În sângele meu.

Isabelle

Mă târăsc spre casă de la magazin. Cerul e acoperit cu nori grei de ploaie. Mă simt mult mai bine și nu mai am febră. A fost plăcut să ies un pic.

Johanna e la facultate, eu nu m-am dus. Mă stresează faptul că am lipsit atât de mult în ultima vreme, dar mi-a priit să stau acasă cu mama. Dar nu voi merge cu ea acasă azi, când va pleca. Am nevoie să rămân singură. Să procesez toate cele întâmplate. Poate voi merge weekendul următor. Sau după examene.

Stella. Mă gândesc la ea mai mult decât vreau. Mă întreb ce are ea de-a face cu poliția. Va fi ciudat să merg la terapia de grup miercurea viitoare? Simt că n-am fost sinceră cu ea. În același timp, e cam neplăcut că m-a urmărit. *Ținând cont de cele spuse de mama.* Nu vreau să mă gândesc la asta. Îmi iau gândurile de la Stella Widstrand și mi le îndrept spre Fredrik.

Am profitat de ocazie și l-am sunat din magazin. Când îmi amintesc de vocea lui, de cuvintele lui, mai că mă îmbolnăvesc de dor. Număr secundele până când mă va îmbrățișa din nou. *Cât mai curând.* Zâmbesc în sinea mea și mă gândesc cum să mă îmbrac. Merg spre piață, traversez strada. O văd stând lângă bloc și privind în sus, spre fereastra noastră. *În același fel ca și data trecută.*

De obicei e îmbrăcată elegant, machiată și îngrijită, cu părul ei cu firul gros și ondulat frumos coafat. De obicei emană sănătate. Acum nu este așa.

Părul îi este prins într-un coc făcut la repezeală, are cearcăne întunecate sub ochi. Rochia îi e șifonată, arată de parcă ar fi dormit în ea.

Mă întreb ce vrea. De ce a venit până aici. Îmi dau seama că poliția trebuie să fi vorbit cu ea. *Firește că e supărată pe mine.*

— Ce faci aici? întreb eu.

Aproape că se bâlbâie, de parcă n-ar fi pregătită să mă întâlnească.

— Am... am fost nevoită să vin aici, să te întâlnesc.

— De ce?

Pare tristă. Mâhnită.

E pe cale să se prăbușească.

— Voiam doar să știu ce s-a întâmplat, spune ea. Am crezut că ți-au plăcut convorbirile noastre? Am simțit că a existat o înțelegere între noi.

Mă uit în pământ. *Nu mai râcâi așa cu picioarele, Isabelle!* Termin. Îmi îndrept spatele. Mă forțez să-i întâlnesc privirea.

— Mi-au plăcut, spun eu.

— Dar de ce nu ai mai venit? Nici luni, nici miercuri? De ce m-ai denunțat la poliție?

Nu pricep nimic. Habar nu am despre ce vorbește. Apoi am o bănuială. Arunc o privire rapidă sus, spre apartament, dar nu o văd pe mama în spatele perdelei, spionând și urmărind totul.

Ce-a făcut?

Mă uit din nou la Stella. Ea arată spre banca din apropiere.

— Vrei să ne așezăm un moment?

Nu vreau, dar o urmez totuși la bancă. Mă așez un pic mai la distanță.

— Poate tu nu ai știut despre asta? spune Stella.

Pare înțelegătoare, dar nu așteaptă răspuns.

— Nu face nimic, vreau doar să clarific toate neînțelegerile.

— Nu am știut, spun eu. Îmi pare rău, dar nu am știut.

— Se rezolvă, spune ea și mă mângâie pe spate.

— M-am gândit destul de mult la tot ce ai spus. Despre anii de formare, despre frământările tale. Despre relația dintre tine și mama ta.

— Așa?

— Am avut odată o fiică, spune Stella. Cu mult timp în urmă.

Recunosc privirea din ochii ei. Aceeași ca atunci când a povestit despre suferința ei. Tonul acela din vocea ei. Ca și cum ar fi disperată, ca și cum ar fi mânată de niște emoții atât de puternice, încât nu le mai poate ține sub control.

— A dispărut într-o zi, continuă Stella. Nu am aflat niciodată ce s-a întâmplat. Toți au spus că s-a înecat. Toți au crezut că e moartă. Nu și eu. Eu știam că încă trăiește. Că cineva a avut grijă de ea.

Stella se uită în ochii mei. Eu mă uit în jos, nu fac față privirii aceleia nebune, intense.

— Te ai gândit vreodată dacă Kerstin este mama ta biologică? Mama ta adevărată?

Mă ridic de pe bancă.

— Trebuie să plec acum.

— Te rog, Isabelle, ascultă. Lasă-mă să termin de vorbit înainte să pleci.

Stella cotrobăie în geantă și scoate o fotografie. Mâna îi tremură.

— Uită-te numai. Ea este Maria. Nu am spus nimic despre ea. Mi-am dat seama că îmi aminteai de ea prima oară când ne-am întâlnit. Mai mult decât atât, semănați leit una cu alta.

Mă uit la fotografie. Ar fi putut fi sora mea.

— Maria este mătușa ta, spune Stella și mai ia o poză.

— Și aici, o fotografie cu tine. A fetiței mele, când avea nouă luni. Vezi părul brunet? Urechea? Gropițele?

Așteaptă. Mă lasă să privesc, apoi continuă:

— Ai fotografii cu tine de când erai foarte mică? Nu cred asta. Cred că îți pui multe întrebări cu privire la acea perioadă.

Mi-a fost destul. Nu mai vreau să văd, nici să aud mai multe.

Stella scoate o jucărie din geantă. Un păianjen din material textil.

— Păianjenul ăsta era preferatul tău. Îl iubeai, spune ea cu lacrimi în ochi. Cred că tu ești fata mea dispărută.

Își întinde mâna spre mine.

— Te înșeli, spun eu și fac un pas înapoi. Te înșeli. Ești complet nebună.

— Înțeleg că asta poate veni ca un șoc pentru tine.

— Încetează, zic eu. Nu mă mai urmări. Mama are dreptate, mi-a zis că asta urma să spui.

Simt un vâjâit în cap, tot mai puternic. Îmi apăs mâinile de urechi.

Stella se ridică și vine spre mine. Mă îmbrățișează.

— Cine, Kerstin? Știi, vreau s-o întâlnesc. Vreau să știu ce are de spus în legătură cu asta.

— De ce? mă aud suspinând. De ce faci asta? Am crezut că erai în regulă, am crezut că îți păsa de mine. M-am simțit ca și cum tu erai singura cu care aș fi putut vorbi. Dar ai jucat un rol. Tot timpul. Ești complet bolnavă la cap. O împing la o parte. Se poticnește înapoi și se așază pe bancă.

— Isabelle, dacă mi-ai da o șansă... mă roagă ea. Gândește-te un pic. Doar te-ai întrebat cum de sunteți atât de diferite, de ce nu o simți ca o mamă.

— Deja l-am pierdut pe tata. O mai am doar pe ea. Și acum ne e mai bine ca niciodată. Ce te face să crezi că poți să-mi faci așa ceva? Să răspândești astfel de minciuni? strig din nou.

Stella întinde o mână.

O resping, lovind-o.

— Du-te dracului! Ești mai rău decât mama când o ia razna. Nu e perfectă, dar cel puțin e cinstită. Tu ești falsă. Tu minți, manipulezi. Dispari și lasă-ne în pace.

Stella se zgâiește la mine cu ochi rugători și mină imploratoare.

— Eu sunt mama ta, spune ea. Numele tău este Alice. Ești fiica mea. Știam că te vei întoarce la mine. Te-am așteptat de când ai dispărut.

Fug cât de repede pot. Ajung la intrare, tastez codul, trag ușa cu o smucitură și o trântesc în urma mea. Am uitat plasa cu mâncare. Mă uit spre bancă. A rămas acolo o femeie chircită. Singură, cu fotografiile ei și un păianjen de cârpă.

Kerstin

Le-am văzut. Nu am auzit niciun cuvânt, dar nu era nevoie, le-am văzut. M-am mâniat atât de tare, că am început să tremur.

E ciudat că o mamă ține să își apere copilul cu orice preț? E greșit? E nefiresc ca o mama să reacționeze cu furie când propriul ei copil este amenințat?

Nu. Nu e greșit. E natural. Așa trebuie să fie.

Isabelle deschide ușa și intră în hol. Eu continui să împăturesc rufele uscate. Intră în cameră. Mă uit spre ea. Plânge. Stă în prag și nu îndrăznește să meargă nici înainte, nici înapoi. Și arată ca atunci când era mică. Este din nou fetița mea cea mică.

Dau drumul cearșafului pe care îl țineam în mână. Vin în întâmpinarea lui Isabelle și o îmbrățișez. Plânge în hohote. Lacrimile îi curg șiroaie pe obraji, plânge cu sughițuri, suspină, își trage respirația.

Așa, așa, fetița mea dragă. Mama e aici și nimic rău nu se poate întâmpla. Asta aș putea spune.

Asta îmi stă în obicei să spun.

În mod normal, aș mângâia-o pe păr și i-aș șopti cuvinte de alinare. I-aș arăta că înțeleg, că sunt acolo să o sprijin și să o ajut, să vorbim.

Nu și de data asta.

O țin strâns pe fetița mea, așa fac. Dar tac, nu spun o vorbă.

Vreau ca Isabelle să simtă cât de periculoasă e femeia aceea, cât de bolnavă și de nebună este. Amân cuvintele de consolare, las frica să acționeze în ea pentru încă o clipă. Acum are în sfârșit ocazia să înțeleagă. Își va găsi în ea însăși puterea de a rezista. Acum este încă neajutorată. Are nevoie de mine. Mama ei. Și eu sunt aici. Voi fi mereu aici pentru copilul meu.

Isabelle nu înțelege încă prea multe din viață.

Dar o va face.

Stella

Stau întinsă pe dușumeaua din hol.

Stau pe spate, cu haina pe mine, și mă uit în tavan. Anihilată. Zdrobită. Am plâns tot drumul, în mașină, și m-am văzut nevoită să ies de pe șosea și să mă opresc, ca să mă adun înainte de a continua drumul spre casă.

Rememorez continuu întâlnirea cu Alice.

Ce am spus eu.

Ce a spus ea.

Cum am spus, ce am spus.

Cum a reacționat ea.

Am speriat-o, am făcut-o să mă disprețuiască. I-am provocat mânie și dezgust. Tot ce voiam era să vorbesc cu propriul meu copil, cu propria mea fiică.

Înjosirea e totală.

Instinctul meu, să fie greșit? Intuiția mea, senzațiile?

Sunt conștientă că nu sunt bine, că sunt departe de a fi o persoană stabilă. Știu că sunt pe cale să intru într-o stare maniacală. Dar, până una-alta, mi-a rămas capacitatea de a reflecta la ce simt și la ce gândesc, aceasta nu e complet scoasă din joc. N-aș putea sta aici, analizându-mi situația, dacă n-ar fi așa. Și, în momentul de față, sunt pregătită să văd adevărul așa cum este, sunt gata să mă înclin în fața realității.

Deci ce este real? Ce este adevărat?

Răspunsul este „Alice".

Alice e reală.

Și e adevărat că e fiica mea.

Totul începe și se termină cu ea. Problemele mele au început când am demarat propriile investigații. Când i-am pus întrebări lui Isabelle despre trecutul ei. Atunci a venit scrisoarea de amenințare, atunci a apărut bărbatul în pelerină de ploaie în fața casei. Nu sunt închipuiri, nu poate fi vorba despre halucinații. E real.

Sau mă înșel? Să fie acesta un alt mod de a menține vie o iluzie denaturată?

Nu, ceilalți sunt cei care se înșală.

Eu am dreptate.

Numai că nu pot dovedi asta.

Sună telefonul, nu eram sigură că mai funcționează.

Sigur e Henrik. Nu-mi vine să mă uit. Mai bine rămâi la birou. Dacă vii acasă și mă găsești așa, mă duci direct la psihiatrie, la Urgență. Și nu vreau să merg din nou acolo.

Sună din nou și din nou. Până la urmă, iau telefonul blestemat. Mă uit pe ecranul spart. Număr necunoscut.

Răspund.

— Stella Widstrand? Vocea pare distantă.

— Da.

— Sun în legătură cu fiul dumneavoastră. Milo Widstrand.

Mă ridic.

— Da?

— A fost într-o excursie cu clasa. Când trebuiau să se întoarcă, nu l-au găsit. Acum lipsește și de la școală. A dispărut.

— Dispărut? Cum adică dispărut? Cine sunteți?

— Din păcate nu știu mai multe, doar că trebuia să vă sun.

Vocea e acum și mai distantă, hârșâitoare. Sonorul mobilului s-a deteriorat după ce l-am lovit.

— Cine e? Ai fost și tu în această excursie? Ce s-a întâmplat? Ce-ați făcut cu fiul meu?

Convorbirea se întrerupe.

Alerg pe coridoare până ajung la cancelarie. Bat puternic la ușă. Deschide o femeie pe care nu o cunosc. Strig la ea.

— Fiul meu a dispărut de la școală. Cine e responsabil? Ați sunat la poliție?

— Dispărut de la școală? Nu știu nimic despre asta. Cum îl cheamă pe fiul dumneavoastră?

— Milo Widstrand. 7B. Au fost într-o excursie. Nu țineți nicio evidență aici, ce dracu'?

Femeia aduce un dosar. Bâjbâie prin orar. Ia prea mult timp.

— Unde sunt copiii? Unde e clasa?

— În sala lor de clasă, răspunde și mă privește cu teamă în ochi.

Traversez un alt coridor, ca o furtună. Un băiat nu-și ia ochii de la mobil. Îl îmbrâncesc. Se ciocnește de perete, cade la podea și îi scapă mobilul. Strigă după mine: cățeaua dracului. Continui să fug.

Deschid ușa clasei cu o smucitură. Totul se suspendă, ochii tuturor se îndreaptă spre mine. Mă îndrept spre profesor. E mai tânăr decât mine, are o barbă lungă, la modă, și ochelari rotunzi. Îl izbesc de tablă. Îl înghiontesc în piept.

Nu strig. Urlu:

— Unde e fiul meu? Cine l-a dus? Unde e Milo?

— Mama?

Mă întorc. Milo stă în banca lui și se uită la mine. E palid. Ochii i s-au mărit de șoc și de rușine.

Toată clasa stă nemișcată. E o liniște de mormânt.

Plâng cu suspine, mă reped spre Milo. Îl trag spre mine, îl îmbrățișez, îi spun că îl iubesc și că nu vreau să-i dau drumul niciodată.

Directorul școlii, Jens Lilja, intră în sala de clasă urmat de femeia din cancelarie.

— Ce se întâmplă aici? întreabă el. Peter?

Profesorul dă din cap și își îndreaptă ochelarii.

— E în regulă, spune el.

— Stella. Jens îmi pune o mână pe umăr. Despre ce e vorba?

Mă întorc spre director. Continui să-l țin strâns pe Milo.

— Am primit un telefon. Că ați fost într-o excursie. Că fiul meu lipsește de la școală. Arăt acuzator spre director, spre profesor, spre femeia din cancelarie. Îmi datorați o explicație.

Jens Lilja se întoarce spre profesor, vorbesc cu voce joasă unul cu altul.

După un moment, directorul dă din cap spre Peter și spune:

— Stella, nimeni de la școală nu te-a sunat astăzi.

— Am primit un telefon. Cineva m-a sunat. Cineva de aici.

— Nu am fost în excursie astăzi, spune Peter. Excursia a fost în septembrie.

— Și, după cum vezi, Milo e aici, continuă Jens Lilja. Mă prinde ferm de braț. Eu mă agăț de Milo.

— Cineva a sunat, spun eu. Cineva de aici a sunat și a spus că el a dispărut.

— E mama ta, Milo? șoptește cineva.

— Simpatică mamă, spune altcineva. Dusă rău.

Un val de râsete înfundate străbate clasa. Milo se desprinde din brațele mele. Fuge afară și trântește ușa după el.

— Vino, Stella, spune Jens Lilja cu voce joasă și amabilă. Îl urmez, mă las condusă afară din clasă. Mă ard privirile care mă urmăresc din spate.

Îmi doresc să mor.

Stella

Eu și Henrik stăm în mașina lui, în parcarea de lângă școala lui Milo. Mi-a luat cheile de la mașină, a avut grijă ca mașina mea să fie dusă acasă. De cine, nu știu.

E calm. Dar mai rece și mai distant ca niciodată. Nu mai contenește cu întrebările. Încerc să redau cuvânt cu cuvânt convorbirea telefonică. Dar fiecare întrebare a lui mă încurcă și mai tare.

— Cine a sunat?

— Nu știu. A fost o femeie cred, dar nu a spus...

— La ce oră a sunat?

— Chiar înainte să vin aici.

— A spus că Milo a fost răpit?

Îmi apăs ochii cu degetele și mă gândesc.

— Nu, dar... Nu. Că Milo... să-mi amintesc... Milo a dispărut la întoarcerea din excursie, dar cred că...

— Excursia care nu a avut loc. Henrik e înverșunat.

— Nu știam asta atunci.

— Ești sigură că asta ai auzit? Se lasă pe spate în scaun, se uită spre parcare. Chiar a sunat cineva?

— Ce vrei să spui?

— Sau poate ți s-a părut?

Mi s-a părut?

— Scot mobilul. Îl îndrept spre Henrik. Uită-te la apeluri. Verifică și ai să vezi că nu am halucinații.

Ia telefonul și vede că are ecranul spart.

— Ce s-a întâmplat?

— L-am scăpat jos azi-dimineață.

Expresia lui Henrik spune că nu mă crede. Formează codul, anul meu de naștere.

— Și când ai primit telefonul?

— Am zis. Chiar înainte de a veni aici.

— E ciudat. Mobilul tău s-a defectat. Îl ridică și mi-l arată. Nu se deschide.

— Vrei să spui că nu mă crezi? întreb eu.

— Ai mai spus ceva de felul ăsta acum ceva timp. Că am rugat-o pe Erica să te sune și să îți spună să nu îl iei pe Milo de la antrenament. Ceea ce eu nu am făcut. Ceea ce de altfel nici Erica nu a făcut, așa a spus.

Mă privește.

— Ești cu adevărat sigură că a sunat cineva?

Știu exact ce îl alarmează. Știu. El nu e conștient de asta, dar chipul lui dezvăluie tot ce gândește și ce simte. Și, în momentul de față, îmi dau seama care este teama lui cea mai mare. Și îmi dau seama că are dreptate.

— La dracu', Stella. Nu vezi ce se întâmplă?

— Crezi că îmi închipui. Că mi-am pierdut cu totul judecata, spun eu.

Arată spre clădirea școlii.

— Tu ce crezi?

Nu răspund.

— Ai nevoie de ajutor specializat, spune el și pornește motorul, apoi iese din parcare. Trebuie să te internezi.

*

La Affektivt Centrum, spitalul St Göran.

Doamna doctor Savic este mică și energică. E directă, spune lucrurilor pe nume. Plină de compasiune și isteață, nu o poți păcăli. E medicul meu de când eram adolescentă. Ne-am întâlnit când m-am simțit bine, dar și când am fost deprimată și doborâtă de anxietate. Știe aproape totul despre viața mea.

Mă întreb când a sunat Henrik aici. Înainte să vină la mașină, aș tinde să cred. După ce l-a calmat pe Milo, după ce i-a calmat pe Peter și pe cei din conducerea școlii. Henrik Widstrand se ocupă de nevasta lui. E psihotică și suferă de tulburări mintale.

Doctorița Savic mă consultă. Îmi ascultă inima și plămânii, îmi luminează ochii, îmi verifică tensiunea. Toate controalele de rutină. Total inutil, dar o las să-și facă treaba. N-ar ajuta cu nimic să mă împotrivesc, dată fiind situația.

Vorbim despre cele petrecute în ultimele săptămâni. Sunt sinceră și îi povestesc totul. Nu ascund nimic.

Îi vorbesc despre Isabelle. Despre Alice. Îi dezvălui ce s-a întâmplat la cabinet. Îi spun despre crizele mele. Despre atacurile de panică. Că am urmărit-o pe Isabelle. Că m-am dus până în Borlänge.

Doctorița Janet Savic mă ascultă cu capul sprijinit în mână. Stă picior peste picior, își mișcă talpa într-o parte și-n alta.

— Alice este cauza tuturor acțiunilor mele, spun eu. Pentru că trăiește, pentru că s-a întors. E singurul motiv.

Vocea mi s-a subțiat. Mă rog să fiu înțeleasă. Mă rog să scap de internare.

— Sigur înțelegi că aș vrea să te țin aici pentru câteva zile, spune Janet Savic.

O privesc fără a-i răspunde. Mă scrutează, cuta dintre ochi îi trădează indecizia, care persistă încă.

— Nu vreau, spun eu. Ți-ai fi recunoscătoare dacă ai lua în calcul posibilitatea de a mă lăsa să mă odihnesc acasă.

— Ești sigură că ai face față? Că nu s-ar înrăutăți totul?

— Da.

Janet Savic mă studiază. Mă uit în jos, buimacă de rușine, neputință și regret. Știu că îmi vede fiecare slăbiciune, fiecare tentativă șubredă de apărare pe care i-am fluturat-o în față pentru a mă proteja, iar asta e prea mult. Nu vreau să fiu internată. Nu vreau.

Janet Savic se ridică, deschide ușa și îi strigă lui Henrik să intre.

Henrik intră și se așază lângă mine. Ea se întoarce spre el. Iar eu știu deja ce va avea el de spus.

— Stella mănâncă cum trebuie? întreabă ea.

Îmi aruncă o privire rapidă.

— Nu, n-aș putea spune. Mănâncă foarte puțin.

— Doarme bine?

— Se trezește în timpul nopții. Doarme agitat. Bea prea mult.

Doamna doctor Janet Savic își dă ochelarii în jos și se uită mai întâi la Henrik, apoi la mine. Ne spune să ascultăm. S-a decis dacă mă va interna sau nu.

Părerea ei de specialist este că sunt expusă unui stres enorm. A fost bine că Henrik m-a adus aici. Am slăbit. Tensiunea mi-a urcat drastic. Am gastrită. Mâinile îmi tremură uneori. Am avut mai multe atacuri de panică.

— Vom rezolva toate astea, înainte să degenereze într-o fază maniacală, spune ea. Îți dau concediu medical din acest moment. Primești somnifere și ceva care să amelioreze anxietatea. Iar de acum înainte încetezi cu băutura. Complet. Cocktailul chimic din creierul tău reacționează prost la alcool. Nu te voi interna. Cu toate că poate ar fi cel mai bine. Dar vei sta acasă acum, Stella. Nu vei face altceva decât să te odihnești. Bine?

— Da, spun. Mă voi odihni.

— Și ar fi bine dacă ai începe din nou să mergi la terapie. Birgitta Alving a ieșit la pensie, dar te vei programa la un alt terapeut pe care îl cunosc.

Henrik aprobă din cap.

— Este o idee foarte bună, spune el.

Doamna doctor Savic tastează în ritm rapid. Trimite rețeta la farmacie, completează formularul de concediu medical.

— Peste două săptămâni mă aștept să te văd din nou aici, Stella, spune ea.

Henrik ia biletul cu următoarea programare și concediul medical. Se consideră că nu mai sunt capabilă să am grijă de documente atât de însemnate.

— Acasă și la odihnă. Lasă-l pe soțul tău să aibă grijă de tine. Și promite să o iei ușor.

Henrik se ridică, dă mâna cu doamna doctor Savic.

— Mulțumesc, spune el.

Eu nu spun nimic, doar ies.

Poate că ar trebui să mă bucur. Totuși nu m-a dus la urgențe, la spitalul de psihiatrie. Nu sunt internată cu forța.

Nu încă.

Când mă îndrept spre Range Roverul lui Henrik, începe să plouă mărunt.

Mă ajunge din urmă. Mergem unul lângă altul, dar menținem o distanță între noi. Henrik deblochează mașina și îmi deschide portiera. Când sunt pe punctul de a mă urca, îmi blochează drumul cu brațul.

— Ai de gând să spui ceva? întreabă el.

— Ce să spun? Îmi fixez privirea într-un punct îndepărtat al orizontului.

— Te-ai enervat pe mine? vrea să știe.

— Enervat?

— Da.

— De ce m-aș enerva pe tine?

— Pentru asta. Arată spre intrarea în spital.

— Nu, nu m-am enervat.

— Nu?

— Nu pot să-ți reproșez nimic.

— Înțelegi de ce fac asta?

Nu răspund. Crede pesemne că mi-am pierdut mințile de tot.

— Dacă aș fi fost eu? spune el. Dacă aș fi ținut-o eu tot așa? Ce ai fi făcut? Dacă s-ar fi depus plângere la poliție împotriva mea, nu de unul, ci de doi dintre clienții mei? Dacă alții ar fi luat legătura cu tine și te-ar fi întrebat ce e cu mine? Dacă aș fi făcut crize acasă, dacă aș fi mers și-aș fi strigat în școala lui Milo? Dacă aș fi acționat total lipsit de discernământ? Ce crezi tu că ar trebui să fac? Te rog, clarifică. Chiar aș vrea să știu.

Se controlează, însă transpar disperarea, furia și neputința.

Îl fixez cu privirea.

— Am spus doar că nu-ți reproșez nimic.

Henrik își lasă mâna în jos, ocolește mașina și se așază la volan. Trântește portiera. Mă așez pe locul de lângă el. Așteaptă să închid și eu portiera și să îmi pun centura de siguranță, apoi pornește.

Își pune ochelarii de soare și conduce în liniște. Se oprește în fața farmaciei. Mă roagă să-i dau carnetul meu de conducere. Îl primește. Nu sunt decât un copil care nu știe ce e mai bine pentru el. Refuz să-l privesc.

Se întoarce. Îmi pune o pungă pe genunchi. Medicamente pe care nu le vreau. Le detest. Detest efectul lor de amorțeală.

— Mama și tata l-au dus pe Milo la școală, spune el. Va pleca cu ei la țară în weekend. Te rog, Stella, gândește-te ce faci. Așa nu mai merge. Nici pentru mine, nici pentru Milo.

Ne continuăm drumul în traficul de după-amiază.

Henrik, după ochelarii lui de soare. Eu, într-un nor de angoasă.

— Nu ai încredere în mine, spun eu cu voce stinsă.

— Poftim, ce ai spus?

Are un ton formal. Exagerat de politicos. Pe care știe că îl detest.

— Mi-e teamă să nu îl pierd pe Milo, spun eu clipind și înghit în sec.

Nu vreau să plâng. Nu vreau să am o criză. Nu îmi permit să mai trec prin asta deocamdată.

— Deja am pierdut un copil. Asta mă face bolnavă psihic? E ușor pentru tine să judeci.

— Exagerezi, spune Henrik. Nu mai suport să aud toate alea.

Răstorn dosarele care se aflau între noi. Cad toate foile din ele.

— Ce dracului e atât de ciudat că mi-e frică? strig eu.

Henrik răsucește volanul într-o parte. Intră într-o parcare și frânează brusc. Își scoate ochelarii de soare.

— Am fost mereu aici pentru tine, urlă el. Am avut mereu încredere în tine. Te-am lăsat să exagerezi protejându-l pe Milo în toți acești ani. Am înțeles de ce.

— ȘI ASTA A FOST BOLNAV? strig la rândul meu.

— Milo. Nu. E. Alice.

— Știu, știu, știu. Nu mă mai face să mă simt ca o cretină.

— Uită-te numai la tine. La cum ai reacționat în ultimul timp. La cum vorbești. La dracu, nu te mai recunosc.

Ochelarii de soare îi alunecă la loc pe nas, pornește mașina și reintră pe șosea. Mă uit pe geamul din dreapta. Rămânem tăcuți tot drumul până acasă.

Henrik intră pe alee și parchează lângă mașina mea.

Îi sună telefonul. Îl ia, se uită pe ecran și răspunde. Ascultă, râde. Îmi dau seama după vocea lui că vorbește cu o femeie. Vorbesc despre o petrecere.

— Atunci ne vedem mai târziu, spune el.

Râde din nou, se preface că nu exist.

— Ați rămas la birou? Nu, s-au calmat lucrurile cu Milo, mulțumesc de întrebare. Bun, ne vedem curând.

Se uită din nou la ecran, scrie ceva ce nu vrea ca eu să văd. Mă simt zdrobită.

— Eu trebuie să merg undeva, spune el. O rog pe mama ta să vină să-ți țină companie.

— N-am nevoie de nicio afurisită de companie, mă trezesc spunând.

Henrik își scoate ochelarii de soare și se uită la mine.

Propriul meu soț nu mă mai cunoaște.

Nici eu nu îl mai cunosc.

Ne-am înstrăinat complet.

— Cum dorești, spune Henrik. Tu hotărăști, Stella. Dar folosește-te de această șansă. Dacă asta nu ajută — face un gest spre punga de pe genunchii mei — nu voi ezita nicio secundă să te internez.

Se uită din nou la mobil, așteaptă să cobor.

Ies din mașină și trântesc ușa cu toată puterea. Henrik demarează brusc. Rămân și îl privesc depărtându-se.

Toți au conchis că sunt nebună.

Și au dreptate.

Mi-am ieșit total din minți.

Isabelle

Se înserează. Stau pe un scaun de grădină și contemplu stelele. Aici, în Barkargärdet, se văd atât de clar. În Stockholm le văd rar. E frig. Aerul pare mai proaspăt și mai limpede. Dar partea cea mai bună este că e liniște. Se aude doar vântul șuierând printre coroanele copacilor. Parcă e mai ușor să gândești aici. În Stockholm e un zumzet continuu.

Nu regret că am venit și eu acasă. Iar mama a fost foarte bucuroasă. E un sentiment plăcut că ne simțim din nou bine împreună. Mama s-a schimbat. Nu mai e la fel de dificilă ca înainte. Dar nu pot înceta să mă gândesc la Stella și la întâlnirea noastră de dimineață. Nu poate fi normal să-ți cauți pacienții de la terapie în timpul liber. *Mama spune că un terapeut nu are voie să facă asta.* Toate întrebările despre copilăria mea, despre mama. Nebunie curată.

Nu-mi pot scoate din minte ce-a spus.

Pot fi eu fiica ei dispărută?

Să fiu eu Alice?

Nu.

Nicio șansă.

Stella își dorește să fie așa. E bolnavă mintal.

Ce înfiorător e să te gândești că cineva se poate transforma astfel. Îmi e milă de ea, chiar îmi e. Și încă îmi place de ea. Îmi doresc ca lucrurile să nu fi luat această turnură. Dar poate există o explicație.

Îmi clicăie telefonul. Încă un mesaj pe Snapchat de la Fredrik. Îmi provoacă aceeași reacție. De data asta e un selfie cu un filtru care îi pune urechi caraghioase, de cățeluș, și botic. Mimează deprimarea și a scris pe imagine: *trebuie să lipsești tot weekendul?!*

Izbucnesc în râs. El mă face să mă simt altfel. Ca și cum aș fi un om normal, nu unul inhibat și straniu, cu cea mai bizară viață posibilă. Ridic telefonul și mă fotografiez. Îi imit mutra întristată și aleg un filtru care-mi pune o coroniță de flori pe cap. Mă gândesc ce să scriu. *Două zile întregi!*

După cinci secunde, primesc un SMS.

Păcat. Speram să vii mâine pe la mine. Să dormi aici.

De ce am venit aici? A fost ceva impulsiv. Nu se schimbă nimic doar pentru că sunt aici. Dacă aș fi rămas acolo, m-aș fi dus la Fredrik. Aș fi rămas la el chiar din seara asta. Acum o să înnebunesc dorindu-mi să fiu cu el.

Mă gândesc ce să îi răspund. Până la urmă, mă hotărăsc să-l sun. Răspunde imediat. Vocea lui îmi sporește dorul. Și îi povestesc.

Îl întreb dacă-și amintește de momentul în care am crezut că cineva se uita la mine la KTH. Îi spun că terapeuta mea s-a dovedit a fi cam ciudată. Că m-a căutat din nou, de aceea am plecat acasă.

E înțelegător, vorbește cu solicitudine, mă întreabă cum mă simt. Îmi dau seama cât de aproape sunt să izbucnesc în plâns. Sper să nu observe asta. Spun că sunt

OK, că e bine că am venit acasă, dar deja de-abia aștept să mă întorc. Pentru că îi simt lipsa.

Și eu îi lipsesc lui. Îmi mărturisește că îi e dor să mă sărute din nou. Să mai mâncăm înghețată și să ne îmbrățișăm în pat. Și mai spune și alte lucruri care mă încălzesc, simt furnicături în corp numai când îi aud cuvintele. Știu că simte aceeași frustrare ca și mine. Îmi dau seama din vocea lui. Și eu mă voi gândi la el când mă voi duce la culcare. Îmi voi imagina ce am face dacă am fi împreună.

Ce-ar fi dacă aș pleca chiar mâine?

Încheiem convorbirea după patruzeci și opt de minute.

Imediat după ce închid, primesc un alt mesaj de Snapchat. Un Fredrik fericit, cu degetul mare ridicat. Poartă un maiou negru, bretonul îi cade pe un ochi. Stă tolănit pe canapea și arată exasperant de bine. În pofida frigului, îmi scot jacheta, îmi desfac prima capsă a bluzei. Mă aplec în spate și văd părul revărsându-se ca un evantai pe speteaza scaunului. Trimit și eu un snap, în care zâmbesc cu capul într-o parte.

Am bărbia ascuțită, gropițele adânci. Pielea îmi e palidă, părul — bogat și negru ca tăciunele. Ochii sunt mari și verzi. Arăt totuși destul de bine, îmi spun. Și regret imediat acest gând. *Trufia precedă prăbușirea,* ar spune mama. Deși primesc un SMS din care aflu că sunt a naibii de sexy.

Mi-ar fi plăcut să mai rămân și continui cu mesajele, însă s-a făcut un frig de crapă pietrele. Intru în casă.

Se vede că nu s-a făcut curățenie. Fiecare cameră arată lamentabil, singura care a rămas neschimbată e a mea. Arată exact cum am lăsat-o când am plecat de-acasă.

O țeavă din baia de la etaj e fisurată și apa picură prin tavanul de la bucătărie. Mama nu a făcut decât să pună o găleată dedesubt. Spune că nu e în stare să se ocupe de toate după moartea tatei. Am remușcări. Nu-mi dau pace deloc de când stau aici, cu mama. Ar fi trebuit să vin aici mai demult, așa cum și-a dorit. Nu pot pleca de mâine la Stockholm. Ar fi prea dezamăgită. După tot ce a făcut și pentru mine, și pentru Johanna. Ar trebui să fiu mai recunoscătoare.

Stella

Stau pe dușumea, într-un colț al sufrageriei, și mă uit fix în față.

Miros a transpirație, părul îmi atârnă lipsit de viață. Nu mă simt în stare să fac ceva în privința asta. Nu reușesc să mă mișc. Nu reușesc să mă târăsc până în baie.

Sunt aproape de a fi internată cu forța.

Am concediu medical.

Am fost reclamată la Inspectoratul de Sănătate.

Am fost reclamată la poliție.

Henrik a dispărut.

Milo a dispărut.

Alice a dispărut.

Totul s-a terminat.

Mi-am ratat viața.

Instabilă psihic. Gata de a fi ținută în izolare, în secția specială a spitalului de nebuni. Și otrăvită de suspiciune. În ce m-am transformat? Rotițele din creier mi se învârt la viteză maximă. Mi-e imposibil să dorm. Isabelle. Alice. Unde ești? La ce te gândești? Milo? Cum îți e? Mă mai urăști acum? Henrik. Ce crezi despre mine, asta știu. Ce nu știu este dacă te întâlnești cu Jennie diseară. Trebuie să aflu. Trebuie, deși nu vreau.

Mă ridic de pe podea. Aduc iPadul și deschid Facebook. Henrik e logat. Nu și-a mai actualizat statusul de multă vreme. A dat share la linkuri de pe site-ul firmei, un amic l-a salutat în august. O mulțime de urări de ziua lui, în mai. Nimic, altminteri. Niciun prieten nou. Nicio fotografie etichetată. Închid aplicația.

Văd că a fost instalat Instagram. De când asta? Milo nu folosește. Poate Henrik? Apăs pe pictogramă. Utilizatorul este numele firmei lui. Îmi amintesc că a râs de asta. „Cu câți clienți noi ne alegem dacă suntem pe Instagram?"

Răsfoiesc imaginile. Sunt bine încadrate, moderne și profesionale. Niciun unghi ciudat sau coșuri urâte de gunoi în fundal. Imagini de pe șantiere. Imagini amănunțite ale planurilor de construcție. Zona de birouri, sala de așteptare. O echipă veselă, toți își iubesc munca. Tineri și în trend. Frumoși, zâmbitori și de succes.

Imagini cu Henrik.

Ridică zâmbitor cana oferită de Milo de ziua lui, cea cu Iron Man. E prins într-o conversație cu un coleg, se uită la ceva pe iPad. Ține prezentări cu diverse ocazii, cu un panou mare în fundal. Arată bine. Îmbrăcat elegant. Destins. Profesionist. Are mânecile suflecate, cum adesea și le aranjează în apropierea după-amiezii. Un bărbat de succes care își iubește munca și știe că se pricepe al naibii de bine să și o facă.

Frunzăresc din nou. Selectez o imagine. Ce face aici? Dansează în vestibul? E prins în mijlocul unei mișcări de dans, cu brațele deasupra capului. Râde. Sigur pe el și fermecător. Tricou alb și blugi. Cei deschiși la culoare, uzați, în care fundul îi arată atât de bine.

#șefulsedistrează

#petrecerelabirou

#chefdevineri

108 like-uri. Dau clic pe ele. Apare o listă lungă de persoane care-l „urmăresc". „Urmăritori", cât de provocator de cretin. Verific lista. Ce nume ridicole aleg oamenii. Sunt pe punctul de a închide când văd că lui jennie_89 i-a plăcut imaginea.

Jennie, ești fantastică!

Îmi vine rău.

Fac clic pe numele ei. Apare un careu cu fotografiile ei. O recunosc dintr-una din pozele de grup ale angajaților lui Henrik. Trebuie să fie angajată recent.

Toate zilele lungi de muncă, serile la birou.

Henrik apare pe prima linie a paginii ei de Instagram.

Trag cu ochiul la celelalte imagini. Multe *selfie*-uri bineînțeles. E frumoasă. E tânără. E zveltă. E blondă. Are buze groase și sâni insolenți și bine formați, puși în evidență de tricouri sau cămăși strâmte.

Henrik mai apare o dată, într-o imagine de mai jos. Zâmbind fotografului. Sprâncene ridicate, pentru a-i spune să termine cu prosteala. Destins. Binedispus.

Fericit.

Simt cum mi se urcă sângele la cap. Mâinile îmi tremură, mi le deschid și mi le strâng de mai multe ori, ca să se potolească.

Dau clic pe ultima poză cu el. Încărcată acum două ore.

Iată-i. Henrik și Jennie.

Alți câțiva în jur, dar îi văd numai pe Henrik și pe Jennie.

Are părul ciufulit, privirea strălucitoare. Are o sticlă de bere în mână, zâmbește direct spre mine. Zâmbetul lui cel mai sexy. Se apleacă spre Jennie. Mâna ei e așezată ușor pe pieptul lui. Jennie își dă capul pe spate și râde.

După program, cu cel mai bun șef, a scris ea. Paisprezece emotigrame diferite.

#ceamaigrozavăseară

Cincizeci și șase de like-uri.

Unul dintre comentarii: „Sexy șeful!" Patru emotigrame.

Un alt comentariu: „Ce frumoși sunteți!" Cinci inimi.

Nu am fost niciodată nesigură în legătură cu el. Nici măcar odată. Știu că nu e infidel. Însă acum e altă poveste. Toate telefoanele, SMS-ul lui expediat greșit. Iar acum pozele de pe Instagram.

L-am alungat de lângă mine.

În brațele lui jennie_89.

Stau întinsă pe pat și aștept. E aproape trei și jumătate dimineața când îl aud descuind ușa de la intrare. Saltă pe trepte. Își lovește piciorul de comodă și înjură năvalnic. E beat criță. Pute a bere și fum de țigară. Are izul ei.

Henrik și Jennie.

Văd în fața ochilor cum dă berea pe gât. Cum își împarte țigara cu Jennie.

Îi șoptește în ureche. Ea își apasă spre el corpul admirabil, bine clădit. Se încolăcește în jurul lui. Henrik râde. Ea râde. Râd împreună.

Râd de mine.

El mai trage un fum și îi zâmbește sexy lui Jennie. Ea îl mângâie pe ceafă, îi șoptește că vrea să-l aibă. Se sărută. Nu a fost cu nimeni atât de bine, îi spune când se fut.

Eu, soția lui reclamată la poliție, în curând de patruzeci de ani, aștept acasă.

O epavă umană, cu mințile duse și care pute. Vreau să-l întreb de cât timp durează. Să-l interoghez în legătură cu fiecare detaliu. Dar nu găsesc cuvintele. Se uită la mine, își ia pătura și iese pe ușă poticnindu-se.

Nu vrea nici măcar să doarmă lângă mine.

Rămân nemișcată. Inspir. Expir.

Nu mai pot sta așa.

Cobor scările, îl văd dormind pe canapea. Aș vrea să îi dau într-o parte părul care îi acoperă ochii. Mă așez jos lângă el, îl aud sforăind ușor.

Îmi amintesc când l-am văzut prima oară pe Henrik Widstrand. S-a uitat drept în ochii mei cu ochii lui albaștri. Îmi amintesc cum mă curta, zâmbetele lui atrăgătoare. Îmi aduc aminte de toate nopțile în care stăteam treji, râdeam și vorbeam despre toate cele. M-a însoțit la piatra memorială a lui Alice, m-a ținut de mână. Nu m-a condamnat niciodată. A devenit prietenul meu cel mai bun, iubitul meu, soțul meu. Îmi amintesc primul nostru sărut, prima noapte împreună. Cum ne-am mutat împreună pe Industrigatan și cum am muncit din greu, el să-și pună firma pe picioare, eu, cu studiile. Cât s-a bucurat când i-am spus de Milo, cel mai bun lucru care ni s-a întâmplat. Și acum am ajuns așa.

Mă ridic, mă grăbesc spre hol. Îmi iau cheile de la mașină, deschid larg ușa de la intrare și mă reped afară, în frig. Nu mai pot rămâne în casă. Nu mai pot sta unde se află el. O poartă cu sine. Îi poartă parfumul, zâmbetul amăgitor.

M-a trădat.

Soțul meu m-a părăsit pentru o femeie mai tânără.

Afară, în frig, în ploaie. Temperatura pare să fie sub 0°C. Sunt desculță, în pantaloni de trening și în maiou. Sar în Audi și mă car.

Am mințit, am avut secrete față de Henrik. Am încercat să ascund ceea ce făceam. Am fost nesinceră.

Dar m-am mințit mai ales pe mine însămi.

Ar fi trebuit să văd asta. Semnele au fost clare. Am fost oarbă. Nu am văzut-o decât pe Alice.

Henrik, beat și fericit. Proaspăt îndrăgostit, proaspăt futut. Are pe altcineva acum. O are pe Jennie. Tânără, frumoasă, atractivă și blondă. Cu un corp bine lucrat, care nu a născut niciodată, fără piele care atârnă sau vergeturi.

A ales deja. Îl urăsc. Dar îl și înțeleg, ceea ce mă face să mă urăsc pe mine și mai mult. Cine vrea o femeie psihotică de vârstă mijlocie, care se îneacă în propriile lacrimi, plângându-și de milă? Și-a pierdut răbdarea. I-a ajuns.

Sunt o femeie labilă, agresivă, care și-a pierdut simțul realității. Care-i îndepărtează pe toți de lângă ea. Care refuză să-i asculte pe cei apropiați, deși aceștia îi vor numai binele. Care refuză să vadă adevărul.

Sunt bolnavă.

Iar Alice e parte din boală.

Am nevoie de îngrijire.

Opresc mașina, ies. Merg, grăbesc pasul. Alerg. În rafalele reci de ploaie și de vânt. Merg și alerg. Mă poticnesc. Mă prăbușesc.

Stau pe stradă, plângând.

Isabelle

Este duminică și ar fi trebuit să fiu în Stockholm deja.

Dar pe mama a apucat-o migrena când mă pregăteam să merg să-mi iau bilet. N-a mai fost de mult așa bolnavă. A fost destul de rău și n-am putut s-o las singură. Noroc că nu pierd nimic la facultate. În afară de pregătirea pentru examene alături de ceilalți.

Acest weekend petrecut acasă mi-a amintit de cât de izolată am crescut. De când a murit tata, a devenit și mai evident cât de singură este mama. Nu socializează cu nimeni. Niciodată. E straniu că poți să stai într-o localitate atât de mică și să eviți legătura cu ceilalți oameni.

Îmi e dor de Fredrik. Și de Johanna. Îmi lipsește viața independentă din Stockholm. Ne-am tot scris mesaje, Fredrik și cu mine.

Îmi scrie lucruri care mă fac să planez deasupra norilor. Care mă fac să ard de dorință și să fantazez.

Dar a fost bine și acasă. Am ajutat-o pe mama să scape de dezordinea aceea inimaginabilă. M-am ocupat de vase, am dat cu aspiratorul în bucătărie și în camera de zi.

Gătim împreună un prânz târziu. E deschis radioul, iar mama pune pe masă farfuriile din serviciul bun. Se simte mai bine, fredonează și face câțiva pași de dans, provocându-mi râsul. Mâncăm și privim colajul de pe masa din bucătărie. Îmi amintesc fiecare fotografie, unde a fost făcută și ce făceam atunci. E plăcut.

— Mama.

— Da, fata mea.

— Cine e de fapt tatăl meu biologic?

Simt imediat cum se încordează. Nu vrea să vorbească despre asta.

— Ne-a fost mai bine fără el, crede-mă, spune mama pe un ton înverșunat. A fost un om îngrozitor. Un om rău.

E posibil să ai aibă dreptate. Vreau să spun, nu prea s-a înghesuit să ia legătura cu mine. Mă întristează totuși răspunsul ei. Mama se închide în sine, ridică un zid între noi. Cum face mereu când o întreb despre copilăria mea. Nu i s-a părut important timp de douăzeci și doi de ani. Însă credeam că ultimele zile petrecute împreună au schimbat ceva. Înțeleg că întrebările mele sunt incomode, dar este vorba despre viața mea.

— Ai făcut un colaj reușit cu noi, spun eu.

— Da, nu-i așa?

— De ce nu există fotografii cu mine de când eram bebeluș? Nu cred că am văzut din perioada de când aveam sub un an.

— Știi că te-ai născut în Danemarca.

— Da, răspund.

Aștept o clarificare. Însă nu primesc niciuna.

— Nu există niciuna din această cauză, vrei să spui? insist eu.

Mama oftează. Se ridică și pornește fierbătorul de apă. Ia două căni și două pliculețe de ceai.

— Ne-am mutat înapoi în Suedia. Totul s-a petrecut în mare grabă. Nu am luat cu noi fotografii. Mă vei face să am regrete și din această pricină? Am mai făcut și altceva greșit?

— Din ce cauză v-ați mutat aici? Te-ai certat cu el?

Mama nu răspunde. Îmi întoarce spatele, sugerând că nu vrea să vorbească.

— Chiar a existat? De ce nu a dat niciun semn niciodată?

— Singurul lucru pe care trebuie să-l știi este că a fost un om foarte periculos.

— A fost rău? Te bătea? Era un infractor?

— Isabelle!

Tresar când lovește cu pumnul în masă. Se întoarce spre mine.

— Toate întrebările astea. Știi că mă termină curiozitatea asta a ta. Îmi provoacă migrenă.

Vede că mi se face frică și mă ia de mână. Atmosfera dintre noi e departe de a fi la fel de relaxată cum a fost la mine, în Vällingby. Într-un moment totul e bine, în următorul iată cum se schimbă. Nu știu de ce. Poate pentru că ne aflăm aici, în casa aceasta. Prea mulți ani de comportamente deprinse. Sau e vina mea. Întrebările mele, mărturisirea că mi-e dor de amicii mei, tendința mea de a o dezamăgi.

A fost o greșeală să vin cu ea acasă.

— Atât de curioasă n-ai mai fost de când aveai cinci ani, spune ea forțând un zâmbet. Îți amintești cum mă înnebuneai? Când, cum, unde, de ce? Mama mă ia de mână și mă trage după ea.

— Vino.

O urmez în biblioteca de lângă bucătărie. Îmi spune să mă așez. Fac cum spune ea. Îmi dă cana, îmi încălzesc mâinile și gust ceaiul. E dulce. Mama a pus o groază de miere. Îmi spune să închid ochii. O ascult.

O aud deschizând dulăpiorul de sub birou cu cheia ascunsă în bibliotecă. Cunosc ascunzătoarea, însă ea nu știe.

— Acum te poți uita, spune ea așezându-se lângă mine cu un dosar.

— Aici sunt foile de la spitalul Hvidovre din Copenhaga, spune ea. Unde te-ai născut. 29 august 1993.

Nu i-am mai auzit de mult vocea aceasta moale și afectuoasă.

— Te-am așteptat atât de mult.

— Și a fost cea mai bună zi din viața ta, completez eu.

— Cine a zis asta? glumește ea.

Mă mir. Nu glumește prea des.

— Sigur că a fost, spune ea. Dar, în același timp, cel mai chinuitor moment din viața mea. Am fost la un pas de moarte. Aproape că m-ai costat viața, micuța mea.

Mă aplec pe brațul ei.

— Spune-mi din nou. Eu am RH-pozitiv și tu RH-negativ, iar sângele nostru s-a amestecat? Așa a fost?

— Exact așa a fost. Am avut septicemie. Am pendulat între viață și moarte câteva zile. Nu te-am văzut decât abia când aveai trei zile. Își plimbă degetele prin părul meu.

— Dar copilul e cel care se îmbolnăvește când se amestecă sângele, nu? spun eu. Așa am înțeles eu. Și primejdia planează mai ales asupra copilului următor. Imunizare, așa se spune.

Am citit despre asta de când am vorbit la terapia de grup.

— Dar am zis că am avut septicemie, nu am zis? persistă mama.

— Dar ai spus că a depins de...

— Te rog, draga mea. Mama își duce mâna la frunte. *Avertizare de migrenă din nou.* Știi că nu îmi place când răstălmăcești lucrurile în felul ăsta. Nu e bun ceaiul? Vineri ai stat mult afară în frig. Nu aș vrea să răcești din nou.

Îmi beau cana de ceai. Mai bine să fac cum zice mama. Răsfoiește mai departe hârtiile.

— Ai fost destul de mică, vezi? 2 850 de grame, 49 de centimetri. Și ai avut un smoc de păr gros, cârlionțat și blond. În vârful capului. Ai fost păpușa mea.

— Cârlionțat? Și blond? Ridic din sprâncene. Mă uit la părul revărsat peste umăr.

Mama închide dosarul cu o bufnitură și se ridică.

— Da, nu este deloc neobișnuit.

Acum s-a întristat. Au întristat-o întrebările mele. Am distrus momentul nostru.

— Durerea asta blestemată de cap. Acum trebuie să urc și să mă culc, spune ea. Psiholoaga aia a ta. Ți-a sucit complet mințile. Ar fi trebuit să mă asculți pe mine. În schimb tu trebuie să pui totul sub semnul întrebării. Să distrugi. Sper că ești mulțumită.

Mama se ridică, închide la loc dosarul și pune cheia în bibliotecă. Uită să îmi spună să închid ochii. Părăsește biblioteca și iese în hol.

— Iartă-mă, strig în urma ei.

Mă expediază cu un gest și continuă să urce scările cu pași apăsați și respirație greoaie. *De câte ori s-a desfășurat această scenă?*

Îmi doresc să nu fi distrus acest moment. Dar sunt prea multe întrebări care cer un răspuns, prea multe lucruri pe care nu le înțeleg. Însă mama ține totul pentru ea însăși.

Poate am fost influențată de Stella mai mult decât credeam. Mamei i-a fost greu, asta știu. E incorect din partea mea să o presez în felul acesta. Duc cana la bucătărie. Urc în camera mea.

Ca de obicei, simt un nod uriaș în gât. Ca de obicei, mă bag în pat, iau perna în brațe și plâng. Îmi doresc ca Fredrik să fie aici și să mă consoleze.

Isabelle

Casa ar trebui să fie silențioasă, dar nu este. Treptele și pereții trosnesc și vibrează. Vântul face podul să scârțâie, jgheaburile de apă se mișcă, iar în pivniță huruie boilerul.

Nu mi-a plăcut niciodată atmosfera de aici, dar acum mi se pare de-a dreptul amenințătoare: casa asta trăiește, mă vede. De-abia așteaptă să mă împiedic și să mă lovesc, să mă tai cu cuțitul sau să mă îmbolnăvesc serios. *Există o ființă nevăzută, o nălucă perfidă care-mi vrea răul.*

Îmi spun că sunt copilării, că e ridicol. Dar senzația nu dispare. Deschid ușa de la camera mea. Zăbovesc ascultând. Merg tiptil pe hol, rămân o clipă lângă camera mamei, cu urechea lipită de ușă. Niciun zgomot de acolo.

Cobor scările în grabă, ies, îmi iau bicicleta și gonesc pe drumul spre Ornäs. Zgomotul traficului de pe șosea duduie deasupra mea când trec pe sub viaduct.

Continui să pedalez. După un timp, văd Ornäskiosken și pizzeria. Mă întreb de câte ori am convins-o pe bunica să venim aici și să cumpărăm pizza în loc să mâncăm mâncare gătită. *Cum ar fi vrut mama*. Merg mai departe, spre trecerea peste calea ferată. Din fericire, nu trece niciun tren, altfel aș sta aici câteva minute bune. Trec cu bicicleta peste șine, o iau la stânga și cobor dealul, pentru ca apoi să continui spre satul în care locuiește bunica mea.

Apa se învolburează aprig la vechea moară din cărămidă. Soarele pătrunde printre nori, luminând câmpurile întinse de o parte și de alta a drumului și făcând să lucească în depărtare lacul Ösjön. La dreapta se află Ornäsgården, mai încolo, pe promontoriu. De fiecare dată când trec pe aici, mă întreb dacă este adevărat că Gustav Vasa a fugit de danezi prin latrină sau sunt numai născociri. O poveste bună, în orice caz. Și în fiecare an turiștii se înființează acolo, beau cafea la preț piperat și își fac selfie-uri în fața dărăpănăturii care stă să cadă.

Urcușul e lung, mă ridic din șa și înaintez cu efort pe lângă terenul de tenis din Haganäs. Există un loc de scăldat acolo, jos, dar nu am fost niciodată. Numai angajații de la oțelărie au acces, ciudat lucru dată fiind legea accesului public în Suedia. Ce s-ar întâmpla dacă totuși te-ai scălda acolo? Sunt paznici care patrulează și verifică cine are dreptul să vină acolo și cine nu?

Casa mare și roșie de pe dreapta e o școală veche, de țară. Închisă cu mulți ani în urmă, a stat pustie o veșnicie. După ea nu mai e mult până la indicator. *Kyna.* Când eram mică, mi se părea că sună atât de exotic. Ca și cum bunica mea ar fi locuit în China.

Drumul dintre Ornäs și Kyna îmi e familiar, curbele dintre terenuri, peisajul care se transformă odată cu anotimpurile. Aici înseamnă acasă pentru mine, mai mult decât a fost vreodată Barkargärdet. Și, când mi se face dor de Dalarna, de acest loc îmi amintesc.

Dacă aș continua să merg drept înainte câteva sute de metri, aș ajunge la stâlpul Midsommar. Se află acolo tot timpul anului, în afară de momentul de dinaintea solstițiului de vară, când se coboară pentru a fi împodobit cu frunze și flori. Am sărbătorit aici de mult ori Midsommar, am cules și eu piciorul cocoșului, hasmațuchi și trifoi roșu pentru inelele și inima de pe stinghia festivă. Am alergat în cerc în timp ce bunica și alți săteni ornau semnul. M-a învățat să împletesc cununițe de sărbătoare și culegeam mereu câte șapte tipuri de flori, pentru a le pune seara sub pernă. I-am ascultat pe muzicanții în costume populare cântând la vioară, am cumpărat lozuri pe pajiște, sperând să câștig. După aceea, rânduiala noastră era să mergem acasă ținându-se de mână și să luăm masa în umbrar, bunica și cu mine.

Mai jos de stâlpul de Midsommar, cărarea coboară spre locul de scăldat, unde am făcut baie în fiecare vară. Mai puțin anul acesta.

Mă gândesc să cobor acolo, să simt apa, dar încetinesc când mă apropii de drumul lateral ce duce la bunica. Mă uit în jur peste umăr și o iau la stânga, pe drumul pietruit. Cobor panta și văd casa bunicii de cealaltă parte a căii ferate. Aerul are un iz special la traversarea căii ferate. Vara, la apusul soarelui, se simte mirosul de gudron al șinelor. Ajung la poartă, trântesc bicicleta pe aleea pietruită și urc treptele.

Ca de obicei, bunica nu aude când bat la ușă. Casa nu e încuiată, deschid și intru. O găsesc în fotoliu, în fața televizorului. Tresare când strig *bună, te bucuri să mă vezi?* Se ridică fără sprijin, înaintează legănându-se spre mine și mă îmbrățișează călduros. Pregătește cafea pentru ea, iar mie îmi toarnă lapte. Pune pe masă chifle cu scorțișoară și mai multe sortimente de prăjituri. Mă întreb de câte ori am stat chiar așa. Cățărată pe un taburet, la masa din bucătărie, cu un pahar de lapte și un morman de prăjituri în față.

Bunica îmi spune cât de mult se bucură că am venit în sfârșit acasă. O întreb cum se simte, îmi povestește despre durerile ei și despre munca de voluntariat cu copii refugiați recent sosiți. Mă întreabă cum mă simt în Stockholm, îi spun că numai ea îmi lipsește. Vorbim până începe să se întunece.

— Știi cumva ce se întâmplă cu mama? întreb eu.

— De ce, se întâmplă ceva special?

— Ai văzut în ce dezordine stă? Și e așa ciudată. Mai mult decât de obicei.

Bunica șovăie.

— Nu am vorbit prea mult în ultimul timp, spune ea ștergând firmiturile de pe blatul de bucătărie.

— Are nevoie de afecțiune tot timpul, spun eu. Dacă nu iese cum vrea ea, are crize de furie. Dar când e în toane bune, e foarte vioaie și minunată. Nu am priceput niciodată cum de-și schimbă așa dispoziția. Se întâmplă pur și simplu.

Bunica se așază din nou la masă. Șovăie din nou, pare să-și caute cuvintele.

— Ar fi trebuit să-i căutăm ajutor. Ne-am gândit dacă nu cumva ar fi putut primi un diagnostic. Însă după ce l-a întâlnit pe Hans, a fost mai stabilă, ni s-a părut că e mai bine. Iar tu ai fost toată lumea ei. Te îmbolnăveai des, iar Kerstin avea mereu grijă de tine.

— Nimeni nu mi-a spus nimic despre asta, mă simt de parcă nu știu nimic despre propria mea mamă.

Bunica mă fixează cu privirea.

— Nu o judeca prea aspru, Isabelle. A venit la noi când am adoptat-o, la doisprezece ani, asta știi. Apoi s-a mutat, mult prea devreme. Nu a vrut să mai ia legătura cu noi timp de mai mulți ani. Iar într-o zi, s-a întors acasă. Cu tine. Ești ce i s-a întâmplat mai bun în viață.

Încerc să zâmbesc.

— Și părinții ei biologici? Nu știu nimic nici despre ei.

— Mama lui Kerstin avea probleme serioase. A băut în timpul sarcinii, a băut și s-a drogat tot timpul când Kerstin a stat cu ea. Era rea și violentă. Cred că se prostitua, dar nu sunt sigură. Nu am aflat niciodată.

— Și tatăl ei? Bunicul?

— El nu a fost niciodată prezent. Kerstin l-a căutat o dată, mi se pare. Nu știu ce s-a ales din întâlnirea aceea. Nu a vrut niciodată să vorbească despre asta.

— Și tatăl meu? Nu știi nimic despre el?

— Tot ce știu e că lui Kerstin îi era teamă de el.

— De ce?

Bunica se uită la mine, cu o expresie tristă.

— Nu știu, Isabelle. Nu știu nimic despre tatăl tău biologic. Mama ta a refuzat să vorbească despre el.

Mă întreabă dacă mai vreau prăjituri și îmi întinde castronul. Am o senzație de rău și îmi pun mâna pe gură.

— Dar tu, draga mea, ești bine? Ești foarte palidă.

— Cred că am mâncat prea multe, spun eu.

— Vrei să te odihnești un pic?

— Trebuie să merg acasă să împachetez. Plec mâine-dimineață.

Bunica zâmbește.

— Te duc cu mașina până acasă. Nu e nevoie să mergi cu bicicleta pe întuneric.

Când ieșim pe poartă, mă lovește ușor pe braț.

— Mă bucur că ți-ai găsit locul în viață. Ai și întâlnit pe cineva? Îmi face cu ochiul.

— Cam da, spun și îmi pun mâna pe burta agitată. Îl cheamă Fredrik. E foarte dulce. Am poze, dar nu mi-am găsit telefonul înainte să plec.

— Ai putea trimite mai târziu un mesaj cu imagine? spune bunica. Voi vedea dacă îl primesc pe telefonul meu.

— Ești prea drăguță, spun râzând.

— Dulceața mea, spune și mă mângâie pe obraz.

Stella

Vocile. Le recunosc. O femeie și un bărbat care se ceartă pe coridor.

— Unde e? Sper că a rămas aici.

— Vorbește mai încet.

— De ce a venit aici? De ce nu mi-ai dat drumul ieri?

— Erai rupt de beat. Furios. Stella nu avea nevoie de așa ceva.

— Unde e?

— Calmează-te. Sau ieși.

— Sunt calm. Dar m-am îngrijorat când a dispărut așa. Când am ajuns acasă, dormea.

— Când ai venit? Sâmbătă dimineață? Unde fuseseși? Și cu cine?

— Cu cine? Nu am fost nicăieri cu cineva.

— Ești ca și tatăl lui Hampus. Văd că minți. Se vede imediat.

— A fost o petrecere a firmei, dacă vrei să știi.

— Aha, petrecere a firmei.

— Pernilla, eu...

— Ce s-a întâmplat când ai venit acasă?

— Nimic. Stella dormea.

— Dar de ce a venit aici? *Trebuie* să se fi întâmplat ceva.
— Nu s-a întâmplat nimic, Pernilla.
— Am găsit-o pe stradă, rece ca gheața și năucă. Am auzit pe cineva țipând și m-am uitat afară; era Stella. Se împiedicase și căzuse, zăcea acolo plângând. Am adus-o aici și am culcat-o pe canapea. Vorbea incoerent despre Alice și Milo. Și despre tine și Jennie.
— Jennie?
— Cine e, Henrik? Ce dracu' ai făcut?
Nu răspunde.
— Cum ai putut s-o lași pe Stella singură și să mergi să petreci? Cu Jennie? Idiotul naibii. Ce dracu' ai făcut?
— Nimic, Pernilla. Nu am făcut absolut nimic. A fost o petrecere la firmă, pentru personal. Aș putea să vorbesc cu soția mea, te rog?
— Nu înainte să te fi calmat.
— Sunt calm. Sunt al naibii de calm.
— Nu se vede.
— Sunt îngrijorat pentru soția mea, Pernilla.
Tăcere.
— Bine, o clipă numai. Apoi vreau să pleci.

Henrik stă lângă mine. Mă ține de mână și îmi spune că vrea să mă ajute. Doar că nu știe cum. Mă uit la el. E transparent. Pot vedea prin el. Se subțiază, dispare. Îi spun asta. Spune că nu știe ce să facă. Mă sărută pe frunte. Se ridică.

Îi spun Pernillei că ar trebui să mă ducă la Urgență, la spitalul de psihiatrie.

Ea răspunde că va avea ea grijă de mine. El nu e de niciun ajutor în momentul ăsta. Mai bine să plece acasă. Da, va avea grijă să-mi iau medicamentele.

Se apleacă deasupra mea. Plânge? Sau plâng eu?
Îl privesc ieșind din cameră.
Nu mai există.
A plecat.

Stella

Am praf în ochi, am gâtul uscat.

Capul mi-e plin de argilă.

Pernilla stă pe o saltea întinsă lângă canapea. Îi iau mobilul și mă uit pe ecran. Dimineață, marți, 20 octombrie. Am zăcut trei zile.

Mă ridic pe canapea. Văd că am pe mine niște colanți care nu-mi aparțin și un tricou gri, fără mâneci. Mă reped spre toaletă. Mă ușurez, mă șterg. Imaginea din oglinda de deasupra lavoarului mă sperie. Am cearcăne întunecate sub ochi și o paloare de cadavru. Părul mi-e un dezastru încâlcit, îl prind într-un coc în vârful capului, îmi clătesc fața și beau apă de la robinet.

Caut pachetul de țigări pe care Pernilla l-a ascuns în bucătărie, într-un borcan de prăjituri.

Iau un pahar de suc, ies pe balcon și mă așez pe mica banchetă de lemn. Aprind o țigară și trag un fum adânc. Simt aerul rece pe brațe, dar soarele îmi încălzește fața.

Cu toate că viața mea s-a dus pe apa sâmbetei, lumea continua să existe. Castelul Karlsberg, pe cealaltă parte a apei. Jos, pe promenada de pe Kungsholms Strand, lumea aleargă și cei aflați în concediu parental se plimbă cu cărucioarele. Contemplu fumul care se ridică de la balcon și se risipește în aer. Nu am nici cea mai vagă idee cum am ajuns aici.

Pernilla iese.

— Nu e tocmai cald, spune ea.

— Dar e soare, spun.

— Cum te simți?

— Trăiesc, îi răspund. Pun pe mine puloverul pe care mi l-a întins și iau ceașca de cafea. Pernilla se așază lângă mine, trage o pătură peste genunchii amândurora și îmi ia țigara. Trage un fum și mi-o dă înapoi.

— N-am de gând să te bat la cap să-ți iei medicamentele.

— Bun.

Pune un telefon pe masă.

— Henrik voia să știe când te trezești.

Mă uit la mobil. Recunosc husa telefonului meu, doar că ecranul e intact.

— A venit aici cu un telefon nou?

Sunt atât de zdruncinată, că cel mai mic gest binevoitor mă face să plâng. Deși nu-mi doresc compasiunea lui Henrik, aceasta îmi stârnește lacrimile.

— Ne-ai băgat în sperieți, Stella, spune Pernilla. A venit aici sâmbătă, înnebunit de grijă. Mahmur și nervos. L-am alungat, i-am spus că ai nevoie de liniște și pace. S-a întors duminică și a stat cu tine. Îți amintești?

— Un pic.

— Îți aduci aminte cum ai ajuns aici?

— Nu tocmai.

— Să-ți spun?

— Mai bine nu.

— Bine, scapi.

— Mulțumesc.

— Henrik a lăsat mobilul și o geantă cu haine curate.

Îmi sting țigara. Pernilla mă cuprinde pe după umeri. Rămânem așa un moment îndelungat.

— Ce s-a întâmplat sâmbătă? întreabă ea. Ai vorbit despre Alice. E plecată pentru totdeauna, ai spus. Moartă. Milo e plecat pentru totdeauna. Și Henrik. Și te gândeai să omori pe cineva cu numele de Jennie.

— Am zis eu asta?

— Da.

— Că am de gând să o omor?

— O urăști, așa ai spus. Voiai să-i aplici o lovitură mortală.

— Am zis asta?

— Cam da. Aveai de gând să o lovești în moalele capului.

Râd.

— Da, sigur.

— Cine e?

Mai aprind o țigară. Apoi explic ce m-a făcut să devin așa de bănuitoare și de geloasă. Recunosc că am spionat pe internet. Îi spun de jennie_89.

Pernilla își ia telefonul și caută imaginea de pe Instagram. O studiază atent.

— La dracu, Henke, exclamă ea. Ce porc.

Izbucnesc în râs. Sună răgușit. Și jalnic.

— Crezi că te înșală? întreabă Pernilla. Cu ea?

— Tu ce crezi?

— Abia de-ați făcut sex în vara asta, spui tu. Și o avem pe blondina asta tânără, hot.

Pernilla se uită din nou la poză.

— El arată bine. E clar că i s-au aprins călcâiele. Greu să nu. Un așa mascul.

— Mulțumesc, acum mă simt mai bine.

— Femeie de vârstă mijlocie în criza vieții, o blondă frumoasă, hot, cu cincisprezece ani mai tânără.

Privesc peste apă.

— Nu e o alegere grea, spun.

— Sau poate există o explicație, spune Pernilla. Nu s-a uitat niciodată la altcineva, numai la tine. Chiar crezi că se culcă cu ea?

Aprind a treia țigară, simt privirea Pernillei. Ridic țigara, mă uit la ea.

— Fumatul are categoric un efect de potolire a anxietății, spun. Știi cât de obișnuit a devenit la psihiatrie? Aveam voie să fumăm în interior, într-o cameră specială. Din secția 5. Sau să ieșim într-un balcon cu grilaj înalt. Semăna cu un coteț. Ca să ne împiedice să sărim de la etajul patru.

— Nu știu ce a crezut Helena că era mai rău. Să mă las doborâtă de anxietate și drogată de medicamente sau să fumez o țigară ca să-mi calmez nervii.

— I-a păsat de tine, Stella.

— Nu v-am făcut viața ușoară niciunuia dintre voi în ultima vreme.

— Nu prea.

— Henrik ți-a spus tot?

— Asta ar fi trebuit s-o faci *tu* de mult.

Trag un ultim fum, sting țigara.

— Sorry.

— Și apoi Alice. Când ai venit aici ai spus că e moartă. Mai crezi asta?

Îmi vine o idee și iau telefonul, caut printre imagini și găsesc captura de ecran. Pernilla ia mobilul și se uită.

— Ce e asta? Ea este? Expresia i se schimbă. Mărește imaginea și își ține respirația. Seamănă leit cu Maria.

Pernilla își îndreaptă ochii spre mine.

— Ce ai de gând să faci? întreabă ea. Ce vrei să faci? Știi?

— Da, răspund. Știu ce vreau.

— Spune.

— Voi face o baie fierbinte, prelungită.

Intru în baie și umplu cada cu apă caldă. Pun mâna, e fierbinte. Îmi scot hainele. Deschid fereastra, las să intre aerul de toamnă, care îmi face pielea de găină. Iau toate medicamentele pe care mi le-a adus Henrik. Le arunc în coșul de gunoi de sub lavoar.

Intru în apa aburindă. Apa mă arde, îmi țin respirația. Mă sprijin cu mâinile de marginea căzii, închid ochii și mă scufund. Respir în puseuri scurte, gâfâitoare. Mă las pe spate, privesc spre tavan și inspir răcoarea care intră pe fereastra deschisă. Toate gândurile mi se risipesc în aburi. Toate întrebările. Toată vina și toată rușinea. Alegerile mele nesăbuite, încercările mele disperate. Toate eșecurile și toate minciunile.

Totul se estompează și se îndepărtează.

Apa e rece de tot când ies din cadă. Șterg aburii de pe oglinda de deasupra lavoarului. Femeia pe care o văd acolo mă privește întrebător.

O cunosc, o cunosc foarte bine. O știu mai bine decât oricine. Știu totul despre femeia aceea. Nu are secrete, nu poate să-mi ascundă nimic.

Și m-am săturat de ea.

M-am săturat de halucinațiile ei. De toate problemele pe care le-a creat, de limitările ei, de consecințele acțiunilor ei, mi-au ajuns toate astea. Ea știe asta. Și văd pe chipul ei că înțelege.

Îmi țin mâinile în față. Stabile, puternice. Nu mai tremură. Închid fereastra, îmi înfășor un prosop în jurul pieptului. Îmi pieptăn părul cu mișcări lungi și energice. Deschid dulapul din baie, găsesc o foarfecă. Trag cu degetul peste ascuțiș și ajung să mă tai. Din rană se prelinge o picătură de sânge.

Foarfeca e ascuțită.

E perfectă.

Kerstin

Am avut-o aici pentru câteva zile. Iar acum e bolnavă. Noroc că nu s-a urcat în trenul spre Stockholm. Va sta acasă până se va însănătoși.

Am făcut curat. Am șters praful și am aspirat, am frecat podeaua și am pus totul în ordine. Am udat și florile. A mai ajutat și Isabelle un pic.

Casa s-a trezit din nou la viață. Nu s-ar putea spune altcumva. Eu m-am trezit din nou la viață. În pofida tuturor obstacolelor și a doliului după Hans. Deși am stat nedormită de îngrijorare în ultimul timp. Suntem eu și Isabelle. Am fost mereu noi două. Și e bine pentru ea să stea liniștită pentru o vreme. A fost încurajată în goana ei după „adevăr". Să afle cine anume a fost tatăl ei, de ce nu a făcut parte din viața ei, de parcă asta ar rezolva ceva. Ce, ce crede ea? Nu știe despre ce vorbește. Însă eu știu. Isabelle n-are idee cât de îngrozitor este adevărul. Dacă ar afla, ar regreta profund că și-a pus această întrebare. Nu ar vrea să-l întâlnească pe cel căreia îi spune tatăl ei adevărat. Și după cum stau lucrurile, nu se va întâmpla niciodată. La ce ajută să-mi disece viața, alegerile, deciziile? Adevărul nu e niciodată atât de eliberator pe cât se dorește. Dimpotrivă. Astea sunt numai minciuni. Adevărul rănește. Adevărul sfâșie și distruge. Adevărul doare.

Oricine poate aduce copii pe lume. Să-i crești, să le dai caracter și putere, să-i iubești, e cu totul altceva.

Hans nu a fost tatăl biologic al lui Isabelle. Dar i-a fost tată într-o mai mare măsură decât i-ar fi putut deveni vreodată tatăl adevărat. Am făcut o greșeală cu el. O greșeală pe care am fost nevoită să o îndrept. Dar nu folosește la nimic să scormonesc în trecut. Asta nu va îmbunătăți nimic, în niciun fel.

Isabelle și Hans au fost apropiați. Sunt recunoscătoare pentru asta. A fost un tată bun pentru ea. Ar fi trebuit să fie mulțumită de asta. Aș dori numai să mă aprecieze un pic mai mult. Să-mi arate mai multă iubire, ca atunci când era mică. Ne iubim una pe alta. Mă iubește, știu asta. Dar aș vrea să se vadă în atitudinea ei. Aș vrea să simt iubirea asta. E sânge din sângele meu.

Privirile. Ironiile. Întrebările. Bănuielile.

Înainte nu era așa. Și întrebările pe care le punea când eram la casa din Vällingby erau de altă natură. Acum întrebările mă năpădesc ca o avalanșă. Vrea să știe îngrozitor de multe. Răspund cât de bine pot, tot nu e mulțumită. E schimbată. Parcă ar fi fost otrăvită. Minciunile care i s-au inoculat, acestea sunt cauza.

Aș putea avea păreri de rău în privința alegerilor pe care le-am făcut. Dar am decis să nu am. Este așa cum este. Ar fi fost mai bine pentru Isabelle să afle de mai devreme că a fost adoptată de Hans? Sunt departe de a fi sigură de asta.

Încerc să fiu răbdătoare. Este greu. Viața nu e întotdeauna ușoară. Tinerii de azi sunt nerușinat de răsfățați, au parte de mult prea multe. Au păreri de neclintit, pe care le iau de bune, neancorate într-o bază trainică. Se declară toleranți și deschiși până când cineva nu le împărtășește opiniile. Atunci ești un om care urăște, atunci se simt jigniți și neîndreptățiți. Se simt rău pentru lucrurile la care au fost expuși de părinți și vor să-și facă dreptate, să îi înfrunte, sunt critici.

Să creșteți, spun eu. Nu stați și crâcniți, nu aveți de ce crâcni. Nu știți nimic despre ce înseamnă să suferi cu adevărat.

Propria mea mamă a fost un om de nimic. O persoană incapabilă, o bețivă. Cu toate astea, eu am ajuns destul de bine. Nu m-aș fi dus niciodată la un terapeut să mă plâng de ea. Nu i-aș fi pus niciodată alegerile sub semnul întrebării în fața altora. Așa ceva nu se face. E bolnav. Să lași un străin să-ți scormonească în ce ai mai personal. Să lași un străin să-ți dea toate răspunsurile. Se înțelege de la sine că e greșit. E nefiresc.

Dar înghit hapul. Ca mamă, nu trebuie să-mi arăt indignarea.

Știu că Isabelle mă crede penibilă când reacționez la alegerile ei vestimentare. Dar e o experiență șocantă să văd cât de diferită este față de fata care a plecat de acasă. Dacă ar fi fost numai o chestiune de modă, aș fi înțeles. Poate. Dar a fost supărată, critică, nesuferită, cu totul diferită de ea însăși. Ca și cum *ar vrea* să se schimbe. Ca și cum ar vrea să devină *altcineva*.

M-am așteptat să văd chiar și un tatuaj sau un piercing. Dar încerc să îmi țin gura și în privința asta. În loc să o cert, o servesc cu ceai și o înfofolesc. Se va însănătoși rapid. Va fi ea însăși din nou.

Se va întoarce la mine. Până la urmă, totul se va rezolva pentru noi. Bineînțeles că-și dorește să se întoarcă la Stockholm, însă încerc să trăiesc în prezent. Încerc să o învăț și pe ea să facă la fel.

Odihnește-te.

Bea niște ceai.

Învelește-ți bine picioarele.

Restul vine de la sine.

Totul va fi bine din nou. Voi avea grijă de asta.

Totul va fi ca înainte.

Stella

O buclă lungă cade pe dușumea.

Șuvițele de păr cad una după alta.

Când sunt gata, contemplu rezultatul în oglindă.

Apoi pun pe mine hainele lăsate de Henrik. Blugi strâmți negri, un maiou alb și o bluză de trening gri.

Miroase bine în bucătărie. Paste, ceapă, creveți, brânză de vaci, roșii, condimente. Îmi aud stomacul, mi-e foame.

Pernilla mă vede. Se oprește brusc și rămâne cu gura căscată.

— Stella, ce ai făcut?

— O schimbare, spun eu și înfulec un crevete.

Îmi atinge părul.

— Așa de scurt nu l-ai mai avut de ani buni. Din perioada liceului, spune ea. Îți amintești fotografia cu clasa?

— Cât se poate de bine.

Râde.

— Îndrăzneț sau prostesc, nu știu. Dar, de data asta, e elegant. Arăți diferit.

— Mă simt diferit.

După ce am terminat de mâncat, îmi aduc geanta. Îmi scot laptopul MacBook Air și agenda, îmi amintesc că odată am avut o slujbă. Răsfoiesc agenda. A trecut un secol de când o foloseam în fiecare zi. Făceam programări, îmi însemnam lucruri, aveam o viață. Găsesc o foaie împăturită. O iau și o desfac. Necrologul meu. Nu am idee cine e bărbatul în pelerină de ploaie și de ce vrea să mă vadă moartă, dar refuz să mă mai tem.

— Nu uita să-l suni pe Henrik, spune Pernilla. Dacă nu îl suni, va trebui s-o fac eu. I-am promis că-i dau un semn.

Pun la loc în geantă laptopul și agenda cu biletul de amenințare. Apoi sun la cabinet și vorbesc cu Renate. Îmi spune că Henrik a luat deja legătura cu ei și i-a anunțat că sunt în concediu medical. Convorbirea e scurtă.

Îl sun pe Henrik, care răspunde la al doilea semnal sonor.

— Bună, spun.

— Bună, spune el.

E zgomot mare în fundal. Curând se estompează, a intrat la el în birou.

— Cum ești? întreb.

— Bine, răspunde el. Cum ești *tu*?

— Mă simt bine. Și Milo?

— Întreabă de tine.

— Ce i-ai spus?

— Că ai fost stresată în ultimul timp. Că ești la Pernilla și te odihnești pentru un timp.

— Mi-e dor de el.

— Ce se întâmplă acum?

— Mă întorc acasă.

Tăcere lungă.

— Înțeleg că îți pui întrebări, spun eu. Dar mă simt mult mai bine acum. Și vreau să-i vorbesc lui Milo despre Alice.

— De ce?

— Ce vrei să spui?

— Mă gândesc numai la ce e mai bine pentru el.

— Este și fiul meu, Henrik, spun. Iar Alice e sora lui. Milo are dreptul la o explicație.

— Ce te gândești să-i spui?

— Că eu cred că trăiește.

— Trebuie neapărat? Va fi încă o povară pentru el.

— Chiar dacă am sau nu dreptate, este motivul pentru care s-au întâmplat toate astea.

Henrik își drege vocea. Spune că mai bine nu discutăm despre asta la telefon. Milo va pleca la Jonathan în seara asta. Mă ia de la Pernilla în jur de cinci și jumătate, ca să ne putem plimba și vorbi înainte de întoarcerea lui Milo. Refuz oferta.

— Voi veni direct acasă.

— După ce pleacă Milo.

— Da, confirm. După ce pleacă Milo.

Încheiem convorbirea.

Asta îmi dă timp. Timp să preiau controlul.

Timp să primesc răspunsuri.

Stella

Virez pe strada Pater Nostervägen din Hammarbyhöjden. Parchez pe cealaltă parte a străzii, vizavi de casă. Îmi iau geanta, cobor din mașină și mă uit spre apartamentul unde locuiește Lina Nemi.

Fațada e de un cenușiu-murdar. Trei apartamente, cu balcoane mici cu balustrade albe, în afară de marginile care, dintr-un motiv sau altul, sunt verzi. Antene parabolice, lăzi de flori date uitării, draperii trase. Faptul că am venit până aici înseamnă deja că îmi asum un mare risc. Mă uit în jur înainte de a trece strada. Un bărbat iese pe ușa pe care urmează să intru. Alerg ultimii metri, prind ușa înainte de a se închide. Urc la al doilea etaj.

Îmi deschide Börje Niemi.

Mă recunoaște, ochii i se îngustează. Strigă „dispari de aici" și încearcă să închidă ușa. Soția lui, Agneta, iese în hol.

— Cine este? întreabă ea.

Îmi pun piciorul în prag și împing ușa. Trec de Börje și intru în hol. Amândoi par cuprinși de panică.

— E acasă Lina? Trebuie să vorbim.

Nu răspunde niciunul. Se uită fix unul la altul, apoi la mine.

Se deschide o ușă și apare Lina. Se reazemă de tocul ușii, mestecă gumă și încearcă să pară sigură pe sine. Seamănă mai degrabă cu un copil morocănos și rătăcit.

— Bună, Lina, spun și merg să mă așez la masa din bucătărie.

Îi invit cu un gest pe părinți să se așeze și ei. O fac, deși cu reținere.

— Îmi cer iertare că dau buzna așa, încep eu. Dar există niște lucruri pe care doresc să le clarific.

Agneta își ferește privirea. Lina își mestecă indiferentă guma. Börje își încrucișează mâinile la piept.

Scot agenda din geantă, iau biletul cu anunțul mortuar și îl pun fața Linei.

— Asta e de la tine? întreb eu.

Citește. Se uită la mine cu privirea speriată. Nu mai e la fel de sigură pe sine.

— Ce e asta? întreabă Börje luând biletul.

— Anunțul morții mele, răspund. A apărut în cutia mea poștală acum ceva vreme. M-am gândit că poate Lina a fost din nou la mine.

Ea tresare. Părinții schimbă fețe.

— Te-am văzut în fața casei noastre astă-primăvară, continui eu. De vreo două ori.

— Ce dracu', începe Börje. Îl opresc cu o mișcare a mâinii.

— Nu ar trebui să fie nicio surpriză, v-am mai spus asta. Dar nu ați vrut să ascultați.

— Nu am fost eu de data asta, spune Lina.

— Nu sunt supărată, spun. Vreau doar să știu adevărul.

Fac o pauză, mă uit din nou la Lina. Își coboară ochii spre masă. Mă aplec, îi caut privirea.

— Cunosc blogul, continui eu, și știu că părinții tăi m-au reclamat la Inspectoratul pentru Sănătate și Asistență Socială. Că au vorbit cu o femeie și i-au spus toată povestea ta. Femeia aceea m-a denunțat acum la poliție pentru hărțuire și amenințări. Sunt lucruri serioase cele pe care le-ai pus în mișcare, Lina.

— N-am scris eu chestia aia, spune făcând un semn din cap spre bilet.

— Nu?

— Nu mi-am dorit niciodată să mori. Niciodată. Voiam numai să fac parte din familia ta.

— Și de aceea ai fost la soțul meu la serviciu? întreb. De aceea ne-ai urmărit când am ieșit în oraș să mâncăm?

— Da, spune ea cu voce joasă.

Börje înjură, Agnetei i se taie respirația.

— De ce voiai să faci parte din familia noastră?

— Pentru că păreați atât de fericiți. Pentru că tu ai fost mereu atât de înțelegătoare. Și drăguță. Și așa părea și soțul tău.

— Continui să crezi că m-am comportat nepotrivit? Că ți-am creat o dependență față de mine?

Lina se uită pe fereastră. Clatină ușor din cap.

— M-am supărat, spune. Și mi-a fost frică. Nu voiam să mă văd cu alt terapeut.

— A apărut din nou cineva în fața casei mele. Ultima oară acum două săptămâni. Poate ai fost tu, Börje? întreb, fixându-l cu privirea.

Se înroșește puternic. Se zgâiește la mine, dar nu spune nimic.

— Atunci tu ai fost cel care a scris anunțul? Nu e niciun secret care e părerea ta despre mine.

— Nu, răspunde el. Așa ceva n-aș face niciodată.

Pe Agneta nici n-o mai întreb. E mult prea temătoare ca să facă așa ceva. Mă uit la fiecare, pe rând. Apoi îmi cer scuze că i-am deranjat. Mă ridic și mă îndrept spre ieșire. Pe coridor, Lina mă ajunge din urmă.

— Stella, așteaptă.

Se trage de tricou, se uită în jos.

— Iartă-mă.

— Te-am iertat deja, Lina, spun eu.

— Îmi voi retrage reclamația. A fost o greșeală. Nu ar fi trebuit să îi dau curs niciodată. M-am simțit oribil după tot ce s-a întâmplat.

— Sper că îți va fi bine, spun cât de amabil pot, și sunt sinceră.

Părăsesc apartamentul. Rămân o clipă pe trotuar, în fața intrării. Lina nu a scris necrologul, nici părinții ei. Tatăl ei zice că nu a stat în fața casei mele îmbrăcat în pelerină de ploaie și sunt sigură că nu minte. Bărbatul care își ascunde chipul sub glugă ar putea fi oricine.

Norii plumburii au luat locul soarelui și căldurii de azi-dimineață. Afară s-a întunecat și furtuna e pe cale să se pornească. Când trec peste podul Tranebergsbron, începe să plouă cu găleata.

Ajung acasă și parchez în spatele Range Roverului lui Henrik. Trântesc portiera și fug spre casă. Când intru, îl văd pe Henrik în bucătărie. E cu spatele la mine.

— Bună, spun. A ajuns Milo?

Henrik se uită la ceasul de la mână.

— Da, a plecat acum treizeci, poate patruzeci de minute.

— A plecat?

— Mergea la Jonathan. De obicei merge singur acolo.

— Nu am vrut să spun asta. M-am gândit la ploaie, plouă cu găleata acum.

— I-am spus să se îmbrace bine și să ia o umbrelă.

Henrik pune farfuriile în mașina de spălat vase, apoi se întoarce spre mine. Mă fixează cu privirea.

— Ce ți-ai făcut cu părul?

— Cum ți se pare?

— E neobișnuit.

E în gardă. Înțeleg asta. După căderea nervoasă prin care tocmai am trecut, are toate motivele să fie atent. Îmi pun telefonul pe comoda de pe hol, îmi scot haina.

— Prin urmare te simți mai bine?

— Da, mă simt mai bine.

Sună telefonul. Îl iau din nou, mă uit pe ecran.

— Număr necunoscut, spun și răspund.

Încă un telefon de la o persoană necunoscută.

Încă o dată este vorba despre Milo.

Isabelle

N-am mai fost de mult atât de bolnavă. Îmi rezervasem bilet și urma să plec în sfârșit acasă. Acasă la Stockholm. De cât timp sunt aici? Ce-oi fi având?

Pendulez între somn și trezie. Cred că o vreme am fost inconștientă. Mama se ocupă de mine. Îmi pregătește ceai. Îmi vorbește încurajator.

Nu mai vreau ceai. *Nici măcar nu mai vreau să fiu aici.* Mama nu ascultă. Mă înfofolește, îmi spune că trebuie să mă odihnesc. *Nu te împotrivi. Nu te întorci mai repede dacă te împotrivești.*

Cu o zi în urmă, mă simțeam mai vioaie. Apoi mi-a fost rău. Astăzi mă simt din nou mai bine, însă corpul îmi e slăbit. Pot să mă ridic câteva clipe la marginea patului, dar nu ajung mai departe. *E ridicol.*

Mă simt singură. Am prieteni care mă așteaptă acolo, în Stockholm. Oameni care fac parte din viața mea și cărora le pasă. Asta mă bucură. Mă întreb ce i-a spus mama Johannei. Am rugat-o să sune și să îi transmită că rămân aici, că sunt bolnavă. Și Fredrik sigur se întreabă de ce nu dau niciun semn. Mobilul meu a dispărut, nu știu unde l-am pus. Nu sunt în stare să-l caut, iar mama nu-l găsește nicăieri. A întors casa cu susul în jos și zice că sunt împrăștiată. Sunt sigură că nu din cauza asta l-am pierdut. E mult prea important. Dar nu mă simt în stare să mă cert cu ea.

Canapeaua mea înflorată, sub fereastra din colț. Tata mi-a cumpărat-o de la second-hand, deși mama s-a strâmbat și a spus că e urâtă. M-am cuibărit în ea de multe ori, m-am uitat în zare și m-am pierdut în visare.

Mă târăsc pe podea, mă urc pe ea și respir greu după efort. Mă bucur de lumina zilei, înainte să dispară din nou.

O văd pe Gunilla de partea cealaltă a gardului. Încerc să-mi ridic mâna să o salut. Nu mă țin puterile. Mă uit spre partea din față a curții. Îmi amintesc cum mă jucam acolo când eram mică. Cutia poștală. E suficient să mă uit la ea ca să mi se facă rău, nu știu de ce, dar amintirile și senzațiile din copilărie îmi revin. Imagini disparate îmi apar în fața ochilor, doar pentru a dispărea iar.

Să fie din cauza terapiei? Din cauza Stellei? Poate sunt zilele petrecute în casa asta sinistră. Sau e amețeala de la febră?

Ceva s-a întâmplat, ceva ce mă face să îmi reamintesc.

Însă nu sunt sigură că aș vrea asta.

Stella

Milo a fost lovit de un șofer care a fugit de la locul faptei.

Și-a pierdut cunoștința și a fost dus cu salvarea la spitalul pentru copii Astrid Lindgren.

Îl anunț pe Henrik și îmi iau haina. Iau geanta și fug la mașina mea. Henrik vine și el imediat.

Când ajungem la spital, Milo nu e încă treaz. Medicul cu care vorbim ne spune că are o rană la tâmplă, probabil s-a lovit de trotuar când a căzut. Are julituri pe față, pe brațe și pe picioare. Piciorul stâng îi e rupt în mai multe locuri. E tot ce am aflat.

Stăm în sala de așteptare. Henrik e palid și înverșunat. Am sunat-o pe mama și pe părinții lui. Le-am spus ce s-a întâmplat și că suntem la spital, așteptăm vești. Leziunile craniene sau inflamațiile pe creier sunt excluse.

Răsfoiesc broșurile. Mă uit pe fereastră. Răsfoiesc din nou broșurile. Merg pe coridor. Mă așez. Răsfoiesc un ziar. Habar nu am ce scrie în el. Mă ridic, mai citesc o dată afișul. E nevoie de mai mulți donatori de sânge. Penurie de sânge în spitale.

Donați sânge. Acum Viață – Moarte: 1 – 0

Un slogan neplăcut. Nu vreau să mă gândesc la moarte.

Repet aceeași rutină, urmez același traseu, aceleași broșuri, același ziar, aceeași fereastră.

Henrik a rămas pe canapea, nemișcat. Mă așez lângă el și-mi pun capul pe umărul lui. Îi spun că va fi bine, că Milo va fi sănătos. Henrik nu-mi răspunde, dar mă ia de mână.

Suntem aici de o veșnicie. Poate de mai mult. Medicul cu care am vorbit mai devreme apare pe coridor. Henrik mă strânge de mână atât de puternic, că doare.

Milo a avut o ușoară comoție, dar nicio leziune care să-i pună viața în pericol. E treaz și acum putem merge la el.

Îl găsim pe Milo pe patul de spital din mijlocul încăperii. Pare mic. Porțiunile neacoperite de vânătăi de pe față sunt palide și lipsite de culoare. Are un bandaj în jurul capului și brațele îi sunt pline de vânătăi. Văd că piciorul stâng e umflat sub pătura galbenă de spital.

— Mama, spune el cu voce scăzută. Îl mângâi pe obraz și îl sărut pe frunte.

— Te doare? întreb.

— Peste tot.

Sun după infirmieră. Ea intră cu un zâmbet larg, se prezintă ca fiind Ellen. Se conversează cu Milo, explică ce face și îi mai dă o doză de calmante.

— Va fi operat la picior, dar nu în seara asta, ne spune Ellen și ne asigură că Milo va dormi toată noaptea. Ar fi bine să mergem și să ne odihnim și noi. Părăsește încăperea.

— Cum e posibil să lovești un copil și apoi să fugi? șoptește Henrik. E de neconceput. Milo ar fi putut să moară.

Nu am niciun răspuns.

Seara se preschimbă în noapte. Milo doarme adânc. Henrik s-a lăsat pe spate în fotoliul lui, închide ochii.

— Dormi? întreb eu.

— Nu, spune. Se întinde și mă privește. Mi-e imposibil să dorm.

— Vrei să ieșim câteva clipe? Poate găsim cafea undeva.

Ne întâlnim cu o asistentă pe coridor, care ne conduce la o bucătărie. Iau două pahare, pun unul în aparatul de cafea și îl pornesc. După ce a terminat de gâlgâit, i-l dau lui Henrik, care se așază pe canapea, lângă perete. Pun un pahar și pentru mine, apoi mă așez lângă el.

— Înțeleg că ești supărată pe mine, spune el după un moment.

— De ce aș fi?

— Pentru că l-am lăsat pe Milo să meargă singur, răspunde. Pentru că a fost lovit de mașină și rănit. Pentru că era singur.

— Acum câteva săptămâni și eu l-aș fi lăsat să meargă singur. Doar a mai mers așa.

— Ultima oară când te-am văzut, te simțeai oribil. Ce s-a întâmplat? întreabă el.

Îmi trag picioarele sub mine pe canapea, iau o înghițitură de cafea și mă gândesc la răspuns.

— Nu mai vreau să-mi fie teamă, spun.

— Și acum continuăm ca de obicei? Așa, pur și simplu?

— Nu vreau să spun asta.

— Bun. Că doar acum mă culc cu Jennie.

Îmi ridic ochii spre el, îi văd provocarea din privire.

— Știu că nu faci asta, spun. M-am înșelat.

— Credeam că ai încredere în mine.

— Am. Îl iau de mână. M-am simțit atât de prost. Am fost îngrozită. Panicată.

— De ce trebuie să fii tot timpul așa al dracului de dramatică?

— Când ai plecat, în acea după-amiază, s-a umplut paharul. Am avut o recidivă. Mi-am dat seama că n-am să pot afla niciodată ce i s-a întâmplat lui Alice. M-am purtat oribil cu Milo și mi-a fost teamă că v-am alungat pe amândoi.

Henrik se freacă la ochi.

— De ce tocmai Jennie?

— Pentru că trimite mesaje și te sună des?

— Lucrează pentru mine. Cum poate îți amintești?

— Nu știam, de fapt. Poate pentru că e tânără și arată foarte bine? Pentru că e îndrăgostită de tine?

— Termină.

— Poate pentru că mi-ai trimis mie un mesaj care îi era destinat ei?

Henrik se încruntă din sprâncene ca și cum nu și-ar aminti.

— Am făcut asta?

— Poate pentru că am văzut o imagine pe Instagram din seara aceea?

— Ce imagine?

— Nu ai vrut nici să dormi lângă mine.

— Nu voiam să te trezesc!

Tăcem când două asistente trec pe coridor și ne aruncă o privire. Pleacă mai departe. Apoi ridic din umeri.

— Totuna. M-am săturat să-mi mai fie frică. Atunci totul se deformează, devine sinistru. Pun cana pe masă și mă tolănesc lângă el. Mă cuprinde cu brațul, mă trage mai aproape.

— Mi-ai lipsit, spune el. Ce se întâmplă acum?

— Cu Isabelle, vrei să spui?

— Da.

— Nimic.

— Nimic?

— Nu pot face mai mult.

Mă trag în spate ca să-l pot vedea, nu își desprinde brațul de umerii mei.

— Nu mai vrea să mă vadă niciodată.

Milo încă doarme când ne întoarcem. Respiră adânc și regulat.

Stăm pe întuneric și îl privim.

Stella

Vocea lui Milo mă trezește. Am stat ghemuită pe un pat pliant, într-o poziție inconfortabilă, și am dureri în zona lombară. Mă ridic și-l văd pe Henrik dormind în fotoliul de lângă patul de spital.

— Mama? spune Milo cu voce slabă. Mă doare.

Mă așez pe marginea patului său.

— Sunt aici.

— Mi-a fost dor de tine, mama.

— Și mie mi-a fost dor de tine, dragul meu.

Mă aplec deasupra lui, îl pup pe frunte și îi inspir mirosul. Îmi pare rău pentru tot ce am pricinuit. Mă poți ierta?

Milo mă îmbrățișează, trage aer pe nas.

— Ai părul mai scurt, remarcă el și mă examinează cu atenție.

— Poate e vremea să aranjăm și claia din capul tău? Trag o buclă care iese din bandaj.

Henrik se întinde și se ridică. E nebărbierit, are ochii obosiți. Îi mângâi obrazul și își înclină capul spre mâna mea.

O altă asistentă, nu Ellen, intră și ne spune că Milo va fi operat cândva în cursul dimineții.

— Din păcate, nu ai voie să mănânci micul dejun, spune ea.

— Nu-i nimic, spune Milo. Oricum nu mi-e foame.

Henrik îi amintește lui Milo de jocul cu supereroul, pe care îl jucam mereu când el era mai mic. Ce putere specială ți-ai dori ca supererou? Care ar fi cea mai potrivită când ești pe cale să fii operat? Poate să nu simți durerea? Puteri de vindecare rapidă? Să grăbești timpul?

— Să călătoresc înapoi în timp, ca să scap de asta, spune Milo. Să scap de accidentul de mașină.

Milo ne spune că ploua atât de tare, că de-abia vedea ceva. Era întuneric și, când a auzit mașina în spatele lui, s-a întors. Șoferul a frânat. Dar deodată a accelerat. A condus direct spre el.

— Șoferul ar fi trebuit să mă vadă. Am avut umbrela ta roșie, cea cu bandă reflectorizantă.

Continuă să povestească, dar nu mai aud nimic după asta.

Milo avea umbrela mea. Umbrela mea roșie. A fost lovit cu brutalitate de o mașină. În ploaia torențială, pe întuneric.

Cineva a crezut că eram eu.

Stella Widstrand ne-a părăsit rapid și neașteptat. Fără regrete. Niciun îndoliat.

Cel care a lăsat biletul de amenințare avea intenții serioase.

Cine e oare?

Stella

Stau cu Milo în sala de operații în timp ce i se face anestezia.

Apoi ies la Henrik.

De acum nu ne rămâne decât să așteptăm.

Mă gândesc la fiul meu. Milo, singur pe drum, cu umbrela mea în mână.

Cineva frânează, apoi apasă pe accelerație și intră cu mașina în el. Îl lasă inconștient și sângerând în ploaie.

Milo, într-un pat de spital, într-o cameră gălbuie cu tablouri ieftine și perdele cu flori. Palid și plin de vânătăi. Temător și curajos.

Fiul meu, expus la homicid. Ar fi trebuit să fiu eu.

Cine a făcut asta nu ezită să omoare.

Gândurile dau năvală. Totuși, printre toți pacienții bărbați pe care i-am tratat de-a lungul anilor, nu e nimeni pe care să-l bănuiesc. Nu am mai fost niciodată amenințată cu moartea.

— Ar fi trebuit să fiu eu.

Henrik se uită la mine.

— Ce vrei să spui?

— Avea umbrela mea. Umbrela mea roșie, care se vede de la kilometri depărtare.

— Ce vorbești? Limbajul corporal al lui Henrik arată că nu vrea să audă mai mult.

Îmi deschid geanta și scot biletul de amenințare.

— Îți amintești de asta?

Henrik ia hârtia cu necrologul și cu semnul crucii și se uită la ea. Nu spune nimic.

— Amenințarea asta și umbrela mea roșie sunt motivele pentru care Milo este operat acum. În plus, cineva m-a sunat și m-a mințit în legătură cu Milo. Am fost pândită de un bărbat în pelerină de ploaie cu gluga trasă peste față.

Henrik îmi dă înapoi biletul și se așază lângă mine. Mă scrutează bine.

— Tu însăți ai spus că ai avut o recidivă. Poate îți închipui lucruri. Din nou.

Îi întâlnesc privirea.

— Nu mi-am închipuit voci care nu există. Nici întâmplări care nu s-au petrecut. Cineva m-a sunat în legătură cu Milo. De două ori. Un bărbat s-a postat în fața casei noastre. Tot de două ori.

Henrik își coboară privirea în podea.

— Zău, Stella, nu știu. Încă sunt nesigur în privința ta.

— Asta nu e ceva real? Îi arăt iar biletul cu necrologul.

— Poate l-a scris Lina. Sau părinții ei. Poate unul dintre ei sau chiar ea a sunat în legătură cu Milo.

— Nu e adevărat. Am vorbit cu ea. Am vorbit și cu părinții ei. Nu a fost niciunul dintre ei.

— Când a fost asta? Când ai vorbit cu ei?

— Ieri. Trebuia să aflu.

— Ai fost reclamată. Nu ai voie s-o contactezi pe Lina sau pe altcineva din familia ei.

— Își vor retrage reclamația.

— Și-o vor retrage? Asta e foarte bine. Henrik pare surprins. Dar atunci cine e? Cine te urăște atât de mult, încât e gata să meargă atât de departe? Face un semn spre sala de operații.

— Nu știu. Dar m-am ales cu acest bilet imediat după ce am întâlnit-o pe Alice, explic eu. *Trebuie* să fie de la cineva care știe ce s-a întâmplat când a dispărut. Care nu vrea ca adevărul să iasă la iveală. Și care vrea să mă facă să par dezechilibrată.

Henrik izbucnește în râs. Un râs scurt, trist. Nu i se pare că argumentul meu e solid.

— E clar că nimeni nu mă va crede dacă par că am halucinații, continui. Cum ar fi, de pildă, că cineva m-a anunțat că nu trebuie să-l iau pe Milo de la baschet sau că ar fi dispărut de la școală.

— E prea tras de păr, Stella.

— Dacă sunt reclamată la poliție, atunci n-o mai pot întâlni pe Alice. Și pentru ce anume am fost reclamată?

Henrik se lasă pe spate și își pune mâinile în buzunarul de la blugi.

— Nu i-am făcut nimic lui Isabelle, mă apăr eu. Nu m-am comportat amenințător, nici nu am acționat violent. Nu am rănit-o. E ciudat.

— Nu e ciudat că mama lui Isabelle a fost îngrijorată că ai crezut că fiica ei este a ta.

— Isabelle nu s-a temut niciodată de mine. Nu înainte de acea ultimă întâlnire. Și atunci a fost ca și cum ar fi știut ce aveam să spun. Ca și cum cineva deja ar fi avertizat-o în privința mea, i-ar fi spus că urmam să susțin că e fiica mea. De unde ar fi putut ști? Cine a ajuns înaintea mea cu versiunea ei?

— Ce vrei să spui?
— Nu a fost un bărbat în fața casei noastre.
— Serios?
— Ar fi putut fi o femeie, răspund eu.
— Cine?
— Știi cine. Ai întâlnit-o.

Isabelle

Mama deschide ușa cu o smucitură. Intră în cameră și mă vede pe canapea. Trebuie să fi adormit aici. Trebuie să fi dormit mult timp. E din nou lumină, cred că s-a făcut dimineață.

Mă întreabă ce fac aici, sus. Vocea îi e rece și dură. Ochii, dușmănoși. Trage perdelele. Îi spun că vreau să văd lumina.

Mama răspunde că sunt bolnavă. Nu am nevoie de lumină, susține ea, ci de odihnă. Lumina nu e bună pentru mine. E mai bine să dorm pe întuneric.

Apoi își înclină capul într-o parte și zâmbește. *Scoate la iveală versiunea drăguță.* Cel mai bine ar fi să mănânc niște supă de pui. Va avea ea grijă de mine. Curând, voi fi din nou pe picioare. Însă mai întâi trebuie să mă odihnesc. Să stau în pat și să mă odihnesc.

O las să mă mângâie pe obraz, mănânc supa. Miroase urât, are un gust oribil. Nu mai vreau. Mama reușește să mă convingă să bag în mine și restul. Cum să mă însănătoșesc dacă nu mănânc?

Pare veselă. Zice că poate mergem în concediu, când voi fi mai bine. Eu oftez, mă plâng de durere de burtă.

Mama se lamentează, îmi dă părul la o parte și îmi spală fruntea cu un prosop umed. Îmi spune că totul va fi bine. Totul va fi ca înainte. Mama va avea grijă de asta.

Mă simt rău, transpir.

Bolul de sticlă de pe raftul de pe perete. Îl văd mai limpede ca niciodată, îl văd mai clar decât dacă aș fi chiar lângă el. Fiecare schimbare din sticla rotundă, fiecare reflex de lumină, asperitățile și micile bule de aer. Abajurul din hârtie de orez din tavan se învârte și o fisură face ca o rază de lumină orbitoare să țâșnească afară. Pasărea de ceramică galbenă de pe birou plonjează în aer, se întoarce în direcția mea, mă privește cu ochi morți și invizibili. Tavanul se onduleză în jos și apoi în sus, ca o membrană elastică, iar pereții alunecă depărtându-se, apoi apropiindu-se. Podeaua e suprafața unei ape, valurile se izbesc prin cameră.

Tata a vorbit cu mine. A spus că e jos, în grădină. Că aștepta. A întrebat dacă vreau să-l ajut să spele mașina.

Iar apoi vântul, printre coroanele copacilor, șuierând.

În letargie, dau năvală.

În vis, înainte să urc la suprafață.

Amintirile.

Cutia poștală de la poartă. Mă captiva atât de mult când eram mică. Nimeni nu mai avea o cutie poștală care arăta ca o casă. Era de un galben-pastel, cu ornamente de lemn, creneluri, turn și prispă, flori agățătoare de porțelan care ajungeau până la acoperiș. Obișnuiam să stau să mă uit la ea, să îmi imaginez că în căsuța aceea locuiam eu de fapt. *Acolo nu puteai fi altcumva decât fericit.*

Într-o zi, am intrat în ea cu bicicleta. Nu învățasem încă să frânez cum trebuie, aveam viteză prea mare și m-am ciocnit tocmai de ea. Cutia poștală s-a răsturnat și s-a spart.

Am plâns. Genunchii erau plini de julituri, mă dureau. Îmi era rușine că distrusesem acel lucru al mamei.

Tata m-a îmbrățișat și m-a consolat, spunând că era doar un obiect. A luat cutia, i-a promis mamei că o lipește când se întoarce de la muncă. După ce a plecat, mama m-a tras de braț și m-a pus pe un scaun, la perete. Am stat așa o veșnicie. Am plâns și mi-am cerut iertare. S-a perindat încoace și-ncolo prin spatele meu, strigând că am rănit-o, că nu eram bună de nimic. Că ea a făcut totul pentru mine, dar că eu n-o apreciam deloc. I-am spus că nu a fost cu intenție. M-a plesnit. Apoi a ieșit. Nu înainte de a mă avertiza să nu-mi părăsesc locul.

Când mâinile și picioarele îmi amorțiseră de tot, s-a întors și ea. Nu știu unde fusese, nici pentru cât timp. M-a tras în picioare, mi-a spus că e mama mea. O mamă pe care o respecți și o iubești. Atunci totul va fi bine. Respectul e iubire. Iubirea e respect. Același lucru.

Apoi s-a plâns de rănile mele. Le-a curățat cu alcool medicinal. Ardea și ustura și plângeam și mai tare. Dar atunci m-a consolat. A rostit cuvinte de alinare și m-a lămurit că era necesar să le dezinfecteze. Mi-a șters lacrimile și m-a îmbrățișat *prea tare,* mult prea tare. Apoi am pregătit chec pentru tata, pentru când se întorcea acasă, pentru că totul era ca de obicei. Era bine din nou.

Obișnuiam să plantăm tot felul de plante în grădină. Mama m-a învățat despre zone de cultivare și despre rezistența plantelor. Grădina noastră era frumoasă și bine îngrijită. Era partea cea mai bună, să o ajut pe mama, să o văd veselă. Într-o zi, am vrut să îi ofer un buchet de flori. Am luat lalelele de pe strat. Le-am tăiat, am lăsat acolo tulpinile. După aceea, nu am mai avut voie niciodată să ajut.

Când mă durea ceva sau eram bolnavă, aveam cele mai bune momente. Îmi citea, îmi aranja părul, mă consola și mă bandaja. Dar apoi își arăta cealaltă față. Ajungea un cuvânt, o privire, o întrebare pusă greșit. Nu m-am simțit niciodată în siguranță cu ea. Am învățat să fiu în gardă. Să-mi aleg cuvintele, dacă voiam să o țin pe mama în dispoziție bună.

Scara care duce în pivniță. Scara întunecată și abruptă. Treptele se năpustesc asupra mea, se rotesc în jurul meu și mă lovesc, colțurile tari îmi izbesc capul, brațele și picioarele. Aterizez pe spate, pe pardoseala pivniței. Îmi ridic privirea și văd un contur întunecat în pragul ușii. Inițial nu îmi dau seama cine e, întreb: Cine ești? De ce m-ai împins?

Lampa din tavan se aprinde. Silueta întunecată a plecat și acum mama e acolo, mirându-se. Își pune mâinile la gură și strigă. Se repede în josul scărilor, mă ia în brațe. Consolează, consolează, consolează. Spune că sigur m-am împiedicat în întuneric. Trebuie să înveți să fii atentă, Isabelle. Ah, fetița mea mică, ce-ai făcut?

Știa oare tata cum se purta cu mine? Nu-mi dau seama. Nu cred. Nu totul. Poate nu voia să vadă. Detesta conflictele. Însă atunci când ea o lua razna de-a binelea, el îmi lua apărarea. Așa că ea își alegea momentele. *Când eram singure.* Și nu am spus niciodată, nimănui. Doar era greșeala mea că se enerva. Pe deasupra, nu voiam să îl întorc și pe tata împotriva mea.

Acum înțeleg ura pe care am simțit-o față de ea. Înțeleg de ce îmi doream să moară. Nu știu de câte ori a murit în fanteziile mele. De câte ori am scuipat pe mormântul ei. Dar sub ură și mânie, a existat mereu frica. Și frica m-a împiedicat să îmi aduc aminte. Am fost paralizată de frică în fața propriilor amintiri.

Mama s-a priceput întotdeauna să facă în așa fel încât totul să fie bine din nou. Și când era bine, era cu adevărat bine. Nu voiam să distrug momentele bune. Și încă mai intru în joc. Îmi doresc atât de mult ca totul să fie real când ea e într-o dispoziție bună. Dar îi cunosc adevăratul caracter. Cu toate că nu am recunoscut nici măcar față de mine însămi, știu cine este cu adevărat. Mă îngrozește mai mult decât oricine altcineva. Mi-a spus că mă iubește. Însă e o iubire plină de pretenții, exclusiv în condițiile impuse de ea. Dorește să o iubesc și eu la fel de mult. Dar nu am știut niciodată cum. Pentru că nu e niciodată destul.

A fost invidioasă pe relația tatălui meu cu mine, știu asta.

Deși avea nevoie și de el. A fost mult mai important pentru ea decât îmi dădeam eu seama. De când a murit el, mama are din nou privirea aceea. Am mai văzut-o și înainte, o cunosc și sunt obișnuită cu ea.

Dar acum e mai puternică.

Nu dispare niciodată cu totul.

Mă întreb ce vede în ea însăși.

Mă întreb ce vede când se uită la mine.

Și îmi dau seama că nu de amintiri îmi era frică.

Ci de mama.

Stella

Henrik își încrucișează brațele, așteptând o replică din partea mea.

Mă ridic, pășesc până la fereastră. Mă întorc, revin la loc.

— E vorba despre aceeași persoană care te-a avertizat că o luam pe Isabelle drept Alice, îl lămuresc. Ea a semănat încă de atunci îndoială în privința sănătății mele mintale. Voia să mă facă să par bolnavă psihic. Iresponsabilă, o persoană care are nevoie de îngrijire.

Henrik își încruntă sprâncenele și mă privește neîncrezător.

Eu însămi mă întreb cum e posibil. De unde știa? M-a urmărit în toți acești ani?

A fost ea tot timpul. Ea a fost cea care m-a văzut când am fost prima oară la ea acasă, în Barkargärdet, nu vecinii, cum credeam eu.

Iar acum e convinsă că știu

Se teme că adevărul o să iasă la iveală, destul de mult cât să vrea să mă oprească. Destul cât să mă omoare.

Henrik se opune:

— Femeia pe care am întâlnit-o a fost amabilă și simpatică. O mamă îngrijorată. Sigur nu era o psihopată, așa cum zici tu.

Pun biletul cu anunțul la loc în geantă. Nu e momentul să vorbim despre asta acum. Nu s-a schimbat de ieri până azi. Și, în primul rând, trebuie să ne concentrăm atenția asupra lui Milo.

— Merg să cumpăr cafea, îl informez. Vrei?

Henrik nu răspunde, doar clatină din cap.

Cobor cu liftul până la parter. Afișul e pus și aici. Fii donator. Cumpăr o latte de la cafenea și urc înapoi. Ies și zăbovesc la fereastra panoramică de pe coridor, de lângă lifturi.

Cerul pare din ardezie. Cimitirul de cealaltă parte a spitalului e acoperit cu frunze uscate. Pe lângă el trece șoseaua E4, cozi lungi și spre oraș, și spre ieșire. Toți oamenii aceștia aflați pe drum într-o zi obișnuită de miercuri. Conduc mai departe, ca și cum nu s-ar fi întâmplat nimic. Curând va începe ședința de terapie de grup. Oare Alice va merge azi?

Mă întreb cine a preluat ședințele. Nu contează. Nu mai contează nimic din toate astea.

Operația a mers bine și Milo e internat la secția de terapie intensivă a spitalului pediatric. Are piciorul stâng în ghips până la genunchi. Bandajul de pe cap a fost îndepărtat, are numai un plasture peste rana de la tâmplă. Însă este palid la față. Acum doarme.

După ce se trezește, e dus înapoi în patul din camera gălbuie. Vorbim și jucăm cărți. Milo îmi arată un joc pe mobil. Vânătăile de pe față s-au mai închis la culoare. Va arăta mai rău în vreo două zile, spune medicul de gardă.

— Vei arăta super, spune Henrik și Milo zâmbește.

Apoi vin în vizită bunica și bunicul. Margareta mă îmbrățișează. O îmbrățișez și eu îndelung.

— Arăți mai bine, constată ea. Îmi place noua ta coafură.

— Ar fi cazul să mâncăm, spune Henrik. Sper că ți-e foame, Milo.

— Vreau un Big Mac, meniul mare. Cu extra cheese.

Henrik râde.

— Să văd ce pot face.

Se întoarce spre mine.

—Nu mi-e foame, îi răspund. Îmi ajunge cafeaua.

— Ar fi cazul să mănânci cândva, mă îndeamnă Henrik. În curând, îți va curge mai multă cafea decât sânge prin vene.

Mă uit fix la el.

— Ce ai zis?

— Cum adică?

— Ce ai zis? repet eu.

Henrik se strâmbă.

— Ar trebui să mănânci. Nu ai băgat în tine nimic de...

— Nu, cealaltă parte. Despre cafea.

—Mai multă cafea decât...

— Decât sânge în vene.

Un comentariu răsuflat, care de fapt nu înseamnă nimic. Dar care mă face să-mi pice fisa. Trebuia de mult să mă gândesc la asta.

Donați sânge. Acum
Viață — Moarte: 1-0

Isabelle

Ascuțit și strident, sunetul pătrunde prin ceață. *Nu mai încetează.* După o clipă, se face liniște. Apoi începe din nou. Și din nou. Nu încetează niciodată și nu mă ajută să îmi astup urechile. Vechiul meu telefon fix sună înfiorător. Mă întreb de ce nu răspunde mama.

Trag de mine și mă ridic pe marginea patului. Am o senzație de vomă în gât, dar înghit și dispare. Reușesc să stau în picioare, mă sprijin de perete și mă reped afară din cameră.

Telefonul, aflat în salonul de la etaj, sună insistent. Vreau să ajung mai repede, dar corpul meu are o voință proprie, nu mă ascultă.

Până la urmă ajung. Telefonul se oprește. Mă las pe podea, mă sprijin de perete. Nu sunt în stare să merg înapoi. Sună din nou. Întind mâna și apuc receptorul, îl duc la ureche. E îngrozitor de greu, de-abia pot să-l țin.

De la celălalt capăt al firului, o femeie îmi rostește numele. Îl repetă de mai multe ori. Cred că îi recunosc vocea, nu sunt sigură. Reușesc să îngân un „Alo?".

Femeia devine nerăbdătoare, mă roagă să o ascult. Mă întreabă ce grupă sanguină am.

— De ce? mă interesez eu.

Femeia spune că sunt donator. Îmi dă o explicație detaliată cu privire la grupele sanguine. Nu înțeleg nimic.

Tot ce spune se scurge din receptor în urechea mea și adânc în mine, în pieptul meu, în abdomen. Cuvintele se învârtesc acolo în cerc, în cerc. În cerc.

Mă simt din nou rău.

— Mai încet, o rog eu. Trebuie. Să vorbești mai încet.

Femeia vorbește mai încet. Iar acum știu cine este.

— Stella, spun.

Mă târăsc pe podea spre treptele care duc la parter. Mă întorc, să am picioarele înainte. Mă pun pe burtă și alunec spre parter. Ca atunci când eram mică. Cum nu aveam voie să fac, pentru că o înnebuneam pe mama. Acum nu e aici. *Dar poate veni oricând.*

Treaptă după treaptă. Odihnește-te, apleacă-ți capul. Respiră, ștergeți ochii. Următoarea treaptă. Și următoarea.

Sunt jos. Pereții se apleacă asupra mea. Închid ochii, îi deschid iar. Pereții nu se mai mișcă. Transpir. Iar mă simt rău. Picioarele nu mă ascultă. Brațele, mâinile, nimic nu face ceea ce vreau.

Mă târăsc, apoi mă ridic. Mă sprijin de pereți, ies în hol. Portofelul îmi e în jachetă. Și acolo e biletul. Am chitanța, ca întotdeauna. Punctul de donare din fața facultății. Tensiunea și pulsul. Grupa mea sanguină. Am mâzgălit ceva pe un bilet, l-am pus în portofel.

E prea greu. Prea apăsător. Prea dificil. Prea încurcat.

Însă i-am promis Stellei. Trebuie să încerc.

Ajung la cuier, mă agăț de jachetă. Îmi bag mâna în buzunarul interior. Apuc portofelul. Mâinile îmi tremură, îl scap.

În genunchi, jos pe podea. Iau portofelul, caut biletul.

Cifrele și literele îmi dansează în fața ochilor. Îmi țin respirația, îmi oblig ochii să se concentreze.

Tens. art. 110/60.
Hmgl 129
Gr. Sgn. A neg.

Îmi trag corpul pe dușumea, mă strecor pe hol. Mai rapid, trebuie să mă mișc mai rapid. Mama nu trebuie să mă vadă aici, jos. Biblioteca dinspre bucătărie. Încăperea pe care o detest cel mai mult din această casă. Pereții maronii, cu pardoseala uzată din mozaic, perdelele galben-cenușii peste ferestrele mici. O încăpere plină de secrete tăcute.

Cheia e tot acolo, pe raftul bibliotecii. O iau, o țin în mână și mă uit la ea. Nu mi-am băgat niciodată nasul printre lucrurile ei. Niciodată. Știu ce s-ar întâmpla dacă ar descoperi că fac asta. Mâinile îmi sunt transpirate, scap cheia. Aterizează pe podea și alunecă sub birou. Jos, în genunchi. Jos, pe burtă. Bag mâna sub birou și pipăi cu degetele. Inspir praf, covorul miroase urât. Simt cheia, o ating cu arătătorul. O trag spre mine, e sub palmă acum, o prind. O țin, o strâng puternic în mână.

Mă simt ca și cum aș fi în apă, la mare adâncime. Totul e dens, cleios. Nu voi ajunge niciodată la timp. Mama va veni curând acasă. Mă va omorî.

Mă ridic. Sudoarea curge pe mine și am nevoie la toaletă. Țin cheia cu ambele mâini. Ochesc, introduc cheia în încuietoare și o răsucesc. Deschid sertarul biroului. Dosarul e tot acolo. Îl trag afară, îl așez pe jos. Respir,

respir. Am făcut-o, am apucat. Voi răsfoi, voi găsi ceea ce voia Stella să afle și voi pune totul la loc. Iar apoi mă voi duce înapoi în pat. Înainte să vină mama.

Fișa medicală și certificatul de naștere sunt deasupra.

Fată. Născută 1993-08-29 ora 18:52.

2850 grame, 49 centimetri.

Răsfoiesc, răsfoiesc, răsfoiesc. Și apoi văd. Are dreptate. Stella are dreptate.

Mama grupa O RhD, copilul grupa B RhD. Nicio imunizare Rh. Septicemie.

Copilul era B pozitiv.

Pe biletul primit de mine de la centrul de donare e scris A negativ.

Starea gravă a mamei nu era cauzată de septicemie.

A mințit.

Mai e ceva, într-o folie de plastic.

Fotografii. *Kerstin și Isabelle, Copenhaga, februarie 1994* — scrie pe spatele primei fotografii. Nu există fotografii cu mine de când eram mică, a spus. Minte și în legătură cu asta. De ce?

Întorc fotografia. O versiune mai tânără a lui Kerstin. Se uită spre mine și zâmbește. Ține în brațe un bebeluș. O fată, de câteva luni. Are bucle blonde. O altă fotografie, făcută cu aceeași ocazie. O imagine de aproape a unei Kerstin fericite. Și un bebeluș blond.

O studiez atent pe fată. Zâmbește, dar îi lipsesc gropițele. Urechea e dreaptă, nu arată ca a mea. Cine e? Ea e adevărata Isabelle? Eu cine sunt, atunci?

Închid dosarul. Încerc să-l pun la loc, dar mă împiedică ceva. Pun dosarul pe jos și fotografiile se împrăștie afară. Mă uit să văd ce mai e acolo, pe raft. Telefonul meu. Mobilul mi-a fost încuiat în sertarul mamei, aflat sub birou. O altă minciună.

Trebuie să mă însănătoșesc. Trebuie să plec de aici.

Ușa de la intrare se deschide. O voce îmi strigă numele.

Pași pe podea. Se opresc. Aud un oftat prelung și propria-mi inimă bătând puternic. Întorc capul și mă uit în sus.

Mama stă în pragul ușii. Se uită la mine. Se uită la birou. Se uită la dosar și la fotografiile împrăștiate pe podea.

Se apropie, se apleacă peste mine.

Închid ochii și mă apăr cu brațele.

Stella

Nu a mai sunat înapoi.

Am așteptat telefonul ei ore în șir.

Ceva s-a întâmplat.

Henrik și Milo dorm. Dar patul meu e tare și am fost trează tot timpul. Mă întorc și mă uit la mobil.

02:16. Alice nu va suna la ora asta.

Va verifica niște hârtii, așa a spus. Părea amețită, ca și cum ar fi fost drogată. Nu cred că am făcut-o să înțeleagă de ce trebuie să plece de acolo imediat. Dar a promis să dea un semn.

Kerstin a arătat de ce este capabilă.

Ce va face dacă descoperă că eu și Alice am vorbit?

Ar trebui să urc în mașină și să merg în Borlänge, însă aștept.

Milo are nevoie de mine aici. Iar Alice a plecat acolo nesilită. De bunăvoie, a spus ea. O cred. Atâta vreme cât Kerstin nu știe că ea cunoaște adevărul, nu e niciun pericol. Asta îmi tot spun. Pentru moment.

Mă uit din nou la mobil. 02:48. Nimic.

Mă întorc și închid ochii.

*

Mă trezesc când Henrik mă scutură de umăr. E deja îmbrăcat și stă pe vine lângă patul pliant.

— Trebuie să vorbim, spune el. Urmează-mă în bucătărie.

Nu mă așteaptă. Trag pe mine blugii și un tricou cu mânecă lungă, împrumut jacheta lui Henrik și mă duc după el.

— Poliția e pe drum. Vor ca Milo să le relateze ce s-a întâmplat. Ai obiecții?

— Dacă se simte în stare, atunci e bine, confirm eu.

— Doctorul și-a dat acordul, spune Henrik.

— Bine, atunci e bine să facă asta cât mai repede.

Henrik mă privește pe lângă cana de cafea.

— Te gândești să spui ceva?

— Despre ce?

— Vei acuza pe cineva de intenție de homicid?

— Nu a fost o încercare de omor? mă revolt. A fost călcat de mașină. A fost lăsat rănit la marginea drumului, fără ca cineva să-și asume responsabilitatea.

— Știi ce vreau să spun.

— Am sunat-o ieri.

Henrik mă fixează cu privirea.

— Despre ce vorbești?

— Ai spus ceva despre cafea în vene, explic eu. Mi-am dat seama că grupa sanguină a lui Isabelle nu poate coincide. Am fost nevoită să o sun.

Văd că Henrik s-a enervat, dar continui:

— Și știi unde era? În Borlänge. La Kerstin.

— Știi ceva, puțin îmi pasă.

Pun cana de o parte.

— Nu poți vorbi serios. Kerstin a încercat să ne omoare fiul. Nu pricepi că ar face orice să ascundă ce a făcut? Că mi-a furat fiica?

Henrik trântește cana pe masă.

— Tu ești cea care nu pricepi. Fiica ta a murit de mai bine de douăzeci de ani, Stella. Fiul tău trăiește. Milo e aici. Acum. Și are nevoie de tine.

— Sunt aici pentru el, spun. Sunt aici, Henrik.

— De ce nu vrei să încetezi? Cât de departe vei merge? Ești pregătită să sacrifici totul? Pe Milo? Pe noi?

— E un ultimatum? Fiica mea sau fiul meu? Asta spui?

Nu răspunde, doar clatină din cap și privește spre podea.

Îl las și ies pe coridor. Merg la toaletă.

Strâng pumnii și lovesc în perete cu toată puterea. Mă așez pe capacul de la toaletă, îmi pun capul în mâini și las furia să se retragă.

Bărbații sunt creaturi stranii. Imposibil de înțeles când se instalează prostia. Și tipul ăsta de prostie încăpățânată de care dă dovadă Henrik în acest moment mă scoate din sărite.

Iau mobilul și observ că cineva a trimis un mesaj. Deschid telefonul și văd cifra 1 roșie, pe pictograma de mesaje. Apăs pe ea. Nu recunosc numărul. Citesc mesajul, dar mai întâi nu-mi dau seama ce înseamnă. Apoi îl citesc din nou și îmi dau seama că e de la Kerstin.

Kerstin

Biata mea fetiță. Ești așa bolnavă, așa bolnavă. Mama are grijă de tine. Te vei face bine în curând. Nu vei mai vomita, nu te vei mai simți rău, curând se va termina totul. Când nu vei mai fi otrăvită. Când ce a fost rău va ieși din tine. Poate lua timp, dar te voi ajuta. Nu te voi dezamăgi niciodată.

Telefonul sună. Sună din nou și din nou și o neliniștește pe Isabelle. Deși abia dacă e trează, se tot zvârcolește încolo și-ncoace. Ridic receptorul, răspund cu numele meu și întreb cine sună. O voce groasă de bărbat: Mats Hedin. Poliția din Stockholm.

Sunt aproape de a închide telefonul. Nu mă interesează deloc ce are de spus. Însă nu arăt asta, rabd și înghit hapul. Cum fac întotdeauna. Kerstin Karlsson face mereu ce e bine și corect. Kerstin Karlsson procedează în cel mai bun mod cu putință.

— Da? spun. Și cu ce vă pot ajuta?

— Am câteva întrebări cu privire la fiica dumneavoastră, Isabelle Karlsson, spune acest Mats Hedin.

Aud ce spune. Ce nu pricep e ce vrea de la mine.

— Alo? spune. Sunteți pe fir?

— Întrebări? Despre ce?

— Ați văzut-o recent?

Unde vrea să ajungă? Ce caută? Deja i-am spus tot ce am avut de spus despre Stella Widstrand.

— Dacă am văzut-o pe Isabelle? mă mir eu. De ce întrebați asta? E clar că am văzut-o. Tocmai m-am întors din Stockholm.

— Fiica dumneavoastră a fost dată dispărută, spune Mats Hedin. Prietena ei, Johanna, a văzut-o săptămâna trecută, vineri dimineața. Înainte ca Isabelle să vină în Dalarna, la dumneavoastră. Ea susține că Isabelle trebuia să se întoarcă duminică, acum patru zile. Dar nu a venit. Nu a dat nici un semn și e imposibil de luat legătura cu ea. Johanna spune că a încercat să vă contacteze fără rezultat.

— Dată dispărută? izbucnesc eu.

— Din cauza plângerii dumneavoastră anterioare, că a fost urmărită și hărțuită, luăm asta cât se poate de în serios. Însă trebuie să excludem posibilitatea să fi rămas la dumneavoastră.

— Nu. Nu, spun eu. Ați înțeles greșit. Nu este aici. M-a însoțit doar până la Stația Centrală din Stockholm, asta a fost tot. Nu știu ce a înțeles Johanna.

— Așa? Atunci când ați vorbit ultima oară cu ea?

— Când ne-am luat la revedere în Stația Centrală. M-a însoțit până acolo, am zis asta. Sper că nu credeți că i s-a întâmplat ceva?

Mats Hedin rămâne tăcut pentru o clipă.

— Încă nu știm.

— Femeia aceea. Stella Widstrand. Știu că ea este. Dacă i s-a întâmplat ceva rău lui Isabelle, dacă fiica mea...

— Liniștiți-vă, nimeni nu spune că s-a întâmplat ceva.

— A venit la Vällingby, chiar înainte să plec acasă. A apărut pur și simplu pe stradă. Acolo unde locuiește fiica mea. Am văzut totul de la fereastră. Era nebună de-a dreptul. S-a aruncat asupra fiicei mele, a speriat-o de moarte. Noroc că Isabelle s-a împotrivit și a fugit de acolo. Era în stare de șoc când a ajuns sus în apartament. Se cutremura de plâns.

— De ce nu ați anunțat asta atunci?

— Dar de câte ori trebuie să depun plângeri împotriva acestei persoane ca să faceți ceva? Deja v-am spus că e periculoasă. Crede că Isabelle e copilul ei. Încearcă să-mi ia fiica de lângă mine.

— Deci Isabelle nu s-a făcut auzită de vinerea trecută?

— Nu, nu a dat niciun semn.

— Și nu ați încercat să o sunați? Nici măcar o dată?

Mats Hedin are un ton acuzator. Neobrăzat.

— Încerc să mă abțin s-o sun pe Isabelle când mi se năzare. Nu-i place să fac asta. Are propria ei viață acolo, în Stockholm, și respect asta. M-am gândit că poate este la prietenul ei. Nu voiam să deranjez.

Plâng acum, sunt așa de îngrijorată. Suspin puternic în receptor.

— Deci a fost hărțuită din nou, de aceeași femeie pe care ați reclamat-o la poliție?

— Nu știu de ce aveți un ton atât de acuzator cu mine. Ce am făcut acum greșit? Orice aș face nu e bine.

— Nimeni nu vă acuză, Kerstin, spune Mats Hedin. Prietenul, care e numele lui?

— Fredrik. Fredrik Larsson. Cred că sunt colegi.

Se face tăcere. Apoi spune să îl contactez dacă aflu ceva. O vor interoga imediat pe Stella Widstrand. Îi întreb de ce nu au făcut asta deja, de ce nu e în arest.

— Prioritizăm sarcinile, o luăm foarte în serios, mă asigură din nou Mats Hedin. Dar nu putem închide pe cineva fără să avem motive întemeiate.

Nu zic nimic. N-ar fi o idee bună.

Nu pun prea mare preț pe sistemul judiciar. Nu dau nicio ceapă degerată pe el. N-am primit niciun ajutor când am avut nevoie. Nu m-au luat niciodată în serios. A trebuit să-mi fac singură dreptate. Ca întotdeauna.

Mats Hedin îmi spune că va vorbi și cu prietenul ei și că mă vor contacta din nou.

Plâng, forțez un mulțumesc și îi spun încă o dată cât de îngrijorată sunt. Apoi închid. Nu mai am timp. Am altceva de făcut.

Prietenul. Acel Fredrik nu va fi niciodată prietenul lui Isabelle. Am citit mesajele pe care i le-a trimis pe mobil. Pe toate. Am citit și ce a răspuns ea. Știu totul. Toate lucrurile murdare pe care vrea să i le facă. Cum ea își dorește să facă lucruri murdare cu el. Cât de dezgustător, îmi vine să vomit.

Am văzut pozele trimise de ea. Indecente. Se oferă ca o târfă. Ca să-l incite. Și sigur reușește. Se exprimă frumos, bineînțeles, spune că e frumoasă, că îi lipsește, că îi e dor. De ce anume, nu e niciun secret. I-am văzut patul răvășit. Știu de ce se țin.

Nu înțelege cu ce puteri se joacă. În pofida a ceea ce i-am spus, după toate avertismentele, tot nu i-a intrat în cap.

Bărbatul caută numai un lucru. Începe cu cuvinte frumoase, cu promisiuni și zâmbete mieroase. Apoi își ia ce poftește și o face brutal.

Pătrunde femeia din nou și din nou, violent.

Apoi o lasă.

O lasă inconștientă în propriul ei sânge.
Tot ce a văzut, tot ce a căutat, a fost corpul ei.
Ce avea între picioare.
Voia să o siluiască, să o pângărească.
Să stoarcă viața din ea.
Apoi să o arunce ca pe un lucru uzat.
Voia să o penetreze.
Să o siluiască.
Să se arunce brutal pe ea.
Te țintuiește cu putere, deși nu vrei.
Te lovește pe față, te scuipă.
Îți spune cățea, obrăznicătură.
Îți spune târfă.
Și doare, doare atât de îngrozitor, încât urli.
Până când ți-au secat toate puterile.
Ești rănită.
Sângerezi, sângerezi continuu.
Plătești cu sânge pentru suferința ta.

Cum ceva atât de urât, atât de înjositor și de plin de răutate poate crea un bebeluș, e imposibil de înțeles. O păpușă de ținut în brațe, care să fie a ta.

Cea mai minunată și mai frumoasă.
Dragă, micuță Isabelle.
Dacă ai ști cu ce te joci.
Dar ești derutată și buimăcită.
Ești otrăvită.
Ești slăbită.
Crezi că e iubire, ți se pare ceva frumos.
Să te bucuri că te salvez, că te protejez și te apăr.
Să fii recunoscătoare că eu sunt mama ta.

Stella

Alerg pe coridor. Intru în bucătărie și țin mobilul în fața lui Henrik. Mi-l ia și citește. Văd cum expresia i se schimbă în urma șocului.

Păcat că a supraviețuit. Păcat că nu l-ai văzut mort. Atunci nu ai mai fi avut niciun copil.

E greșeala ta că fiul tău e rănit. Ar fi trebuit să fii tu în locul lui. Ești o mamă incapabilă. L-ai expus pericolului. Cum ai făcut tot timpul cu copiii tăi.

Ea e a mea acum.

Ellen intră la noi.

— Îmi cer scuze că deranjez. A sosit poliția.

— Venim, spun eu.

Henrik mă ia de mână și mă privește în ochi.

— Milo își va da declarația, spune el. Apoi îi anunțăm că nu a fost niciun accident. A fost o tentativă de omor.

Eu și Henrik stăm lângă Milo, fiecare pe scaunul său. Se aud bătăi în ușă. Inspectorii criminaliști Olivia Lundkvist și Mats Hedin intră în încăpere. Nu înțeleg cum de tocmai ei sunt aici. Nu ar trebui să fie polițiștii obișnuiți, în uniformă?

Eu și Henrik schimbăm priviri înainte ca el să se ridice și să întindă mâna. Mats Hedin dă mâna cu el, pe mine mă salută cu un gest din cap. Olivia Lundkvist face la fel. Eu rămân lângă Milo.

— Bună, Milo, mă numesc Mats. Aici este colega mea, Olivia. Frumos cucui ai.

Mats Hedin se așază în fața noastră, își pune brațele atletice pe masă. Milo îl privește cu o mină serioasă. Henrik se așază din nou. Olivia Lundkvist se sprijină de perete și, deși evit să mă uit la ea, simt că mă scrutează.

— Am auzit că ai avut un accident, îi spune Mats Hedin lui Milo. Ne poți spune ce s-a întâmplat?

Inspectorul criminalist Mats Hedin se poartă diferit când vorbește cu fiul nostru. Radiază calm și căldură.

— Am plecat de acasă pe la ora cinci și jumătate, relatează Milo. Marți. După-amiază. Trebuia să ajung la Jonatan, locuiește destul de aproape. La vreun kilometru. Era întuneric afară, ploua cu găleata. Am mers pe trotuar, iar acolo sunt felinare. Și am avut umbrela mamei cu bandă reflectorizantă. Trebuia să fiu destul de vizibil.

— Nu ai făcut nimic greșit, spune Mats Hedin. Locul e bine luminat. Și am văzut umbrela. Te vedeai, fără doar și poate. Nu-i așa, Olivia?

Ea aprobă din cap și îi zâmbește lui Milo, care îi zâmbește la rândul lui.

Milo le spune că auzit o mașină în spatele său. Când și-a dat seama că mașina a frânat, s-a întors. Nu a văzut ce marcă era, nici numărul de înmatriculare, doar că era un break închis la culoare, poate negru sau albastru-închis. Atunci șoferul a accelerat din plin și a pornit drept spre el. Apoi nu își mai aduce aminte. Poate a încercat să se ferească, nu e sigur.

— Mulțumesc, Milo, spune Mats Hedin. Avem nevoie de părinții tăi pentru un moment. E în regulă dacă mergi cu Ellen în bucătărie? Poate mănânci micul dejun?

Ellen intră chiar atunci pe ușă, ca și cum tocmai ar fi auzit ce a spus Mats Hedin. Ne zâmbește tuturor și merge la Milo, să-l ajute să se ridice din scaun. Îl mângâi pe braț când trece pe lângă mine și îi șoptesc că îl iubesc.

Inspectorul criminalist Olivia Lundkvist se așază pe scaun. Își încrucișează picioarele, își unește mâinile firave pe masă. Se întoarce spre Henrik.

— Am audiat un martor care confirmă ce tocmai ne-a povestit Milo, spune ea. O persoană frânează, apoi accelerează brusc și conduce drept spre fiul dumneavoastră. Milo a sărit într-o parte. Pesemne asta i-a salvat viața. Probabil că șoferul nu era în stare de ebrietate. Și Milo, și martorul au perceput că a fost o acțiune controlată. Ba chiar martorul e de părere că șoferul a condus spre Milo deliberat.

Îmi strâng mâinile puternic pe genunchi. Vreau să le explic că știu cine a făcut asta, cine a condus mașina. Vreau să le spun să o aresteze pe Kerstin Karlsson. Femeia care mi-a furat fiica. Femeia care aproape că mi-a omorât fiul.

— Ne e imposibil să obținem vreun semnalment al șoferului, continuă Mats Hedin. E posibil să fi avut o glugă pe cap.

Mă uit la Henrik. Mă privește la rândul lui și știu că înțelege acum că am avut tot timpul dreptate. Ne luăm de mână.

— Din păcate, nici martorul nu și-a dat seama ce marcă era mașina, dar amândoi spun că a fost una închisă la culoare, model SUV sau break, nu a fost observat niciun număr de înmatriculare. Mats Hedin are un aer grav. Nu ne rămâne decât să sperăm că șoferul va apărea și-și va asuma responsabilitatea pentru accident.

— Nu a fost un accident, spune Henrik.

— Nu? Ce vreți să spuneți?

— Milo avea umbrela Stellei. Șoferul l-a confundat cu soția mea.

— Și ce vă face să credeți asta? se interesează Olivia Lundkvist.

Aduc necrologul primit în cutia poștală. Pun foaia pe masă. Le arăt SMS-ul primit astă-noapte.

— Știu de unde sunt astea, îi informez eu. Și știu și cine a intrat cu mașina în Milo.

— Vreți să spuneți că a fost același bărbat? întreabă Olivia Lundkvist.

— A fost aceeași femeie.

— Aceeași femeie?

— A stat în dreptul casei noastre. Îmbrăcată în pelerină de ploaie, cu fața ascunsă sub glugă. Aceeași femeie care l-a călcat cu mașina pe fiul nostru.

Inspectorul criminalist Olivia Lundkvist trage spre ea biletul cu amenințarea.

— Ați reclamat asta? întreabă ea.

— Nu, răspund eu și simt pe spate mâna lui Henrik. Îi simt sprijinul. Dar poate ar fi trebuit s-o fi făcut.

— Cred că da, spune Mats Hedin. E ceva obișnuit?

— Ce?

Mats Hedin inspiră adânc și suflă ușor în aer.

— Ca un terapeut să fie amenințat?

— Se întâmplă ca un pacient sau altul să-și amenințe terapeutul, dar destul de rar, răspund eu. Oamenii fie se confruntă cu boli afective și nu-și pot controla impulsurile, fie comportamentul agresiv face parte din gama de simptome ale anumitor probleme.

— Și de ce ar vrea cineva să vă omoare? întreabă Olivia Lundkvist.

— Cum scrie în sms, o are pe fiica mea care a dispă...

— Aveți și o fiică?

— Am spus ultima dată când ne-am întâlnit, explic eu. A dispărut acum 21 de ani. E aceeași persoană. Persoana care mi-a răpit copilul l-a călcat pe Milo, crezând că sunt eu. Vrea să mă oprească, să mă facă să încetez.

Inspectorii criminaliști schimbă priviri. Olivia Lundkvist ridică din nou telefonul și citește.

— Nu scrie asta, nu-i așa? spune uitându-se la mine. Scrie undeva că v-a răpit fiica acum 21 de ani?

— Nu direct, firește, spun eu pierzându-mi răbdarea. Citiți. Scrie că vrea să mă vadă moartă. Scrie să le las în pace, pentru că *ea e a mea acum*. Scrie că îmi pun toți copiii în pericol, atunci trebuie să știe ceva și despre fiica mea, nu-i așa?

— Asta vreau să întreb. În ce fel l-ați pus pe fiul dumneavoastră în pericol? Ne puteți spune?

Îmi mușc buzele. Cred că sunt pe cale să îmi pierd cumpătul și să fac o criză de furie.

Henrik își pune mâna pe brațul meu.

— Care e scopul acestor întrebări? intervine el. Vă anunțăm că fiul nostru a fost călcat de o mașină. Că soția mea a fost amenințată. Pe deasupra, primim o confirmare că ea era ținta, ați citit și voi SMS-ul. Nu ar trebui să vă concentrați pe asta? Sau nu îl luați în serios?

— Bineînțeles că îl luăm cât se poate de în serios, spune Mats Hedin cu un zâmbet care nu-mi place. Dar, din păcate, Stella, trebuie să vă întrebăm unde vă aflați vinerea trecută.

Amândoi mă țintuiesc cu privirea. Și Henrik.

— Vinerea trecută? repet eu. Nu am idee ce am făcut vinerea trecută.

— Vă pot ajuta să vă aduceți aminte, spune Olivia Lundkvist. Ați căutat-o pe Isabelle Karlsson. Vă amintiți? Sau e nevoie de mai multe detalii? V-ați dus în fața locuinței ei, deși ați fost îndemnată să vă țineți departe. Cum vă văd și cum mă vedeți, ați fost acolo și v-ați aruncat asupra ei pe stradă, în dreptul intrării.

Era acea zi de vineri. Ultima mea încercare disperată.

— Am fost acolo, însă nu m-am aruncat asupra ei.

— Conform informațiilor noastre, v-ați comportat agresiv și confuz.

— Nu am fost agresivă. Absolut deloc.

— Dar ați fost confuză?

— S-ar putea să fi părut dezechilibrată.

Olivia Lundkvist se uită la Henrik.

— Și la ce oră s-a întâmplat asta?

— Pe la 11 sau 12, cred.

— Și ce ați făcut în restul zilei?

— Mai întâi am fost acasă. Apoi la școală la Milo, poate pe la ora 3. Am fost afară cu Henrik, în jurul după-amiezii.

Olivia Lundkvist își îndreaptă privirea spre Henrik.

— E adevărat?

— Da, răspunde el.

— Și apoi, seara? Între, să zicem, 6 și 10.

— Atunci am fost acasă.

— Puteți confirma? Olivia Lundkvist își mută privirea spre Henrik din nou.

Știu că nu poate. Simt că mi se strânge stomacul.

— Despre ce e vorba? întreabă el. Ar trebui să apelăm la un avocat?

— Sunteți liberi să faceți cum doriți, răspunde Olivia Lundkvist. Dar e mai ușor să colaborați.

— Nu am fost acasă, spune Henrik. Am lăsat-o pe Stella pe la patru și jumătate, cinci, cred. Am plecat direct la un eveniment al firmei. Există cel puțin 25, 30 de persoane care pot confirma asta.

— Nu e nevoie, spune Olivia Lundkvist. Prin urmare ați petrecut?

Henrik o fixează cu privirea.

— Cum adică? Este ilegal mai nou?

— Când ați ajuns acasă? întreabă ea.

— Târziu. Poate am un bon de taxi pe undeva.

— La trei și jumătate, spun eu. Am mers acasă la prietena mea în noaptea aceea. Imediat după ce Henrik a venit acasă. Verificați cu ea când am sosit. Pernilla Dahl.

— De ce ați fost acolo? întreabă Olivia Lundkvist.

— Ne-am certat.

— În legătură cu ce?

— Nimic.

— Nimic? Știu din experiență că certurile tind să fie în legătură cu ceva. Dar pentru dumneavoastră nu e așa?

— A fost o neînțelegere, spun eu cu ochii la Henrik.

El zâmbește. Se uită la polițiști.

— Numai o greșeală ridicolă.

— Nu sună ca și cum n-ar fi fost nimic, spune Mats Hedin. Despre ce greșeală vorbim?

— Am crezut că soția mea întâlnește pe altcineva. Am fost gelos, spune Henrik. Nu a fost așa. M-am înșelat. Mulțumiți?

Mats Hedin se foiește, iar Olivia Lundkvist îi zâmbește zeflemitor lui Henrik.

— Prin urmare, între ora patru și jumătate după-amiaza și patru în dimineața următoare, nu poate nimeni să confirme unde ați fost? mă întreabă Mats Hedin.

— Nu. De ce vreți să știți asta?

— Isabelle Karlsson a fost dată dispărută, spune Olivia Lundkvist.

— Dispărută? Doar știu unde...

— Așteptați. Inspectorul criminalist Olivia Lundkvist ridică mâna și se apleacă spre mine. Isabelle a pierdut ore la facultate. Se pare că asta nu s-a mai întâmplat până acum. Nu și-a actualizat statusul pe Facebook. Niciun semn în mediile sociale, începând de sâmbătă. Nu a mai răspuns la mobil de câteva zile. Prietenul ei și fata cu care locuiește cred că i s-a întâmplat ceva.

Olivia Lundkvist mă studiază cu atenție.

— Conform prietenului ei, Isabelle era îngrijorată că cineva o urmărea. Sunteți reclamată la poliție exact din această pricină. În afară de mama ei, sunteți ultima care ați văzut-o pe Isabelle. Ceea ce tocmai ați confirmat. Ar fi mai bine să spuneți. Sau trebuie să mergem la secție?

— Acum ajunge, spune Henrik. Această convorbire s-a încheiat. Dacă mai aveți întrebări, ni le veți putea pune când va fi de față și avocatul nostru.

E pe punctul de a se ridica, dar îi pun mâna pe braț.

— Știu unde se află, spun eu.

— A, da? Inspectorul criminalist Olivia Lundkvist se lasă pe spate.

— Am sunat ieri la Kerstin Karlsson și...

— De ce? întrerupe Olivia Lundkvist. Trebuia să vă țineți la distanță și să nu intrați în legătură cu ea. În niciun caz.

— Dar nu auziți ce spun? Isabelle e în Borlänge. La Kerstin Karlsson. Cu ea trebuie să vorbiți.

— Deja am vorbit cu mama lui Isabelle, spune Mats Hedin. Și Isabelle nu e acolo.

— Kerstin minte. Este acolo, spun eu. Am vorbit cu ea. Părea drogată. Sunați-i pe colegii voștri din Dalarna. Trimiteți-i acolo imediat, înainte ca Kerstin să dispară cu fiica mea. Din nou.

— Isabelle e fiica lui Kerstin, din câte știm. Dar am înțeles că sunteți de altă părere.

— Dar cum dracu' vă faceți voi de fapt meseria de polițiști? Aveți o persoană dispărută și eu știu unde este. Isabelle e în Borlänge, pe Faluvägen. Verificați.

— Calmați-vă, spune Mats Hedin. Dumneavoastră sunteți cea reclamată aici, nimeni altcineva. Dacă aș fi în locul dumneavoastră, mi-aș aduce aminte asta. Pe deasupra, sunteți la un pas de a fi bănuită că ați ascuns-o pe Isabelle. Nimeni nu mai are motive la fel de puternice. Și aveți, cum deja ați arătat, un interes exagerat pentru ea.

Mă ridic de pe scaun și ridic vocea.

— Fiica mea e răpită. Fiul meu e călcat cu mașina. Faceți ceva. Înainte să fie prea târziu.

— Acum vreau să vă calmați, spune Olivia și face un gest spre scaun. Așezați-vă.

Rămân în picioare. Cei doi polițiști se uită ca și cum ar fi gata să mă aresteze.

— Voi trebuie să vă potoliți, spune Henrik. Fiul nostru mai că a fost omorât. Soția mea s-a aflat sub o presiune enormă. Atitudinea voastră nu face decât să înrăutățească lucrurile.

— Avem o treabă de făcut, spune Mats Hedin. Fiți drăguță și așezați-vă, doamnă Widstrand.

— Am terminat aici, spun fără să mă așez. Puteți pleca acum.

— Vrem să rămâneți în oraș. Să puteți fi găsită.

Nu răspund.

— Nu ați înțeles ce a spus colegul meu? Olivia Lundkvist ridică din sprâncene.

— Aș dori să rămân acum cu fiul meu. Dacă nu mai aveți altceva?

— Ne vom mai auzi, spune Mats Hedin. Se ridică și părăsește încăperea. Olivia Lundkvist îl urmează, dar se oprește în prag.

— E mereu dificil cu cei ca dumneavoastră, spune ea.

— Cei ca mine?

— Cei care cred că ei știu mai bine decât toți ceilalți.

Mă apropii de ea.

— Puțin îmi pasă dacă îți place de mine sau nu. Nu există nimic mai important pentru mine decât copiii mei.

Fața inspectorului criminalist Olivia Lundkvist e la mai puțin de zece centimetri de a mea. Pentru o clipă, am impresia că va veni cu încă un comentariu tăios sau că pur și simplu mă va duce la secție. Însă tot ce văd e un zâmbet în colțul gurii.

— Bine, spune ea.

Se întoarce și pleacă.

Stella

Henrik mă ia în brațe. Stăm așa, în mijlocul camerei, mult timp. Mă cuibăresc la pieptul lui, îi simt respirația în păr. S-au întâmplat atâtea în ultimul timp, că ne-ar trebui zile în șir, săptămâni chiar numai să vorbim despre asta. Acum însă nu e nevoie de cuvinte.

Milo se întoarce în cameră și se bagă în pat. Mă așez lângă el și îi povestesc despre sora lui mai mare. Îi spun că trăiește.

— Credeam că a murit, spune el.

— Și eu. Dar nu e așa. Sună ciudat, însă acum nu am cum să-ți explic mai bine.

— Dar are un mormânt. Și o piatră cu un porumbel alb.

— Nu au găsit-o niciodată. Nu e nimeni acolo.

— Dar de ce crezi că trăiește?

— Am întâlnit-o.

— Pe Alice?

— Da.

— Când?

— Acum câteva săptămâni. La început, nu am fost sigură. A trecut atât de mult timp. De aceea m-am purtat atât de ciudat.

Milo bate darabana pe pătură.

— Ai fost groaznic de dificilă.

— Știu că ar fi trebuit să zic ceva mai demult, spun mângâindu-i obrazul. Și ție, și tatălui tău. Îmi pare rău pentru asta.

Milo se uită la Henrik.

— Ce crezi, tată? E Alice?

— Sunt absolut sigur că e ea, spune Henrik. Sora ta mai mare.

Îi arăt poza ei, pe care o am pe mobil. Milo și Henrik o studiază cu atenție.

— Are gropițe ca noi, mama, spune Milo.

— Are.

— Ai zis mereu că seamănă cu Maria, spune Henrik. Dar mie mi se pare că are trăsăturile tale.

— Dar ce s-a întâmplat? întreabă Milo. Unde a fost?

— E o poveste lungă. Îți voi povesti totul curând. Mai întâi însă voi pleca să o aduc.

Îl îmbrățișez îndelung și îl pup pe frunte. Apoi Henrik mă urmează pe coridor.

Ne sărutăm. Mă îmbrățișează strâns. Îl privesc în ochi. Aprobă ușor din cap. Cu toate că nu vrea să plec, știe că trebuie s-o fac.

Stella

Aleea de acces din fața casei e liberă. Trec de ea și continui pe Faluvägen. După câteva case, mă apropii de clădirea unei fabrici închise, aflată pe partea cealaltă a drumului. Mă opresc, întorc mașina și mă îndrept din nou spre casa cu pricina. Trec încă o dată pe lângă ea și cotesc la dreapta, pe un drum pietruit. Frânez și opresc motorul, mă uit spre casa care se vede printre copaci. Poate, în pofida a tot ce s-a întâmplat, ar fi trebuit să sun la poliție. După întâlnirea de dimineață însă, știu că n-ar avea niciun rost. Eu sunt suspectul. Ba chiar mi s-a interzis strict să mă aflu aici. Cobor din mașină, trec printre copaci și continui drumul spre casă.

Mă opresc în spatele unui brad stufos și pândesc printre crengi. Casa pare goală. Perdelele sunt trase, la fel și jaluzelele.

Merg pe peluză, urc treptele de la intrare și apăs pe sonerie. Nu funcționează. Bat la ușă, îmi apropii urechea de ea să ascult. Apăs clanța, forțez ușa. E încuiată. Cobor înapoi treptele și mă uit prin fereastra de la bucătărie, unde perdelele sunt trase doar pe jumătate. Mă cațăr pe mașina de spălat vase care se află afară, în dreptul ferestrei, și iscodesc. Masă și scaune, un covor din material sintetic, în dungi.

Merg în spatele casei și văd o terasă. Câteva ciori zboară de acolo, croncănitul lor ascuțit mă face să tresar. Lângă ușa care dă spre terasă e un sac de negru de gunoi. Lângă el sunt împrăștiate cartoane de ouă, borcane goale și resturi de mâncare. Înaintez spre ușa de sticlă, mă uit înăuntru prin breșa dintre jaluzele lungi până la podea. Văd bucătăria și, în continuarea ei, o încăpere cu pereți cafenii în care se află un birou răsturnat.

Multe hârtii. În birou. Trebuie să le cercetez.

Iau mobilul și formez numărul. Din casă se aude țârâitul strident al telefonului, dar nu răspunde nimeni.

Caut în jur ceva cu care să lovesc în geamul ușii. Găsesc o cărămidă. Mă uit în jur, apoi izbesc sticla, chiar lângă clanță. Zgomotul tulbură liniștea. Îmi țin respirația și, pentru că nu apare niciun vecin, bag mâna prin spărtură, trag zăvorul și deschid ușa.

Intru în bucătărie, stau nemișcată și ascult. Undeva picură apă. Mă uit în jur. O găleată galbenă din plastic, într-un colț, lângă peretele din spate. Picură apă din tavan.

Pe blatul de bucătărie sunt mai multe folii cu medicamente. Le întorc și citesc: Zoloft, Omeprazol, Zopiklon, Nozinan.

Trec în încăperea din spatele bucătăriei și aprind lumina. Cineva a făcut prăpăd pe aici. Un corp de bibliotecă e răsturnat, celelalte au rămas goale, cărțile sunt azvârlite pe covor. O masă ornamentală stă cu fața în jos lângă perete. O lampă cu abajurul de sticlă ciobit se vede mai departe, după un birou. Se află lângă ușa întredeschisă a unui dulap. Mă așez pe vine și îl deschid larg.

Gol. Mă ridic din nou, privesc de jur împrejur în cameră. Pe podea, unde fusese raftul de bibliotecă, se întind fâșii de praf, lungi și cenușii ca niște piei lepădate de șarpe. Ridic lampa și văd un iPhone ascuns sub o carte. Îl iau și îl pornesc. Imaginea de fundal devine vizibilă.

Alice.

Clipește și râde. Un băiat blond o sărută pe gât. Vreau să-l deschid, dar solicită un cod pe care nu-l am. Bateria e consumată și telefonul moare. Îl pun pe un raft al bibliotecii. Pe podea sunt împrăștiate niște fotografii. Iau una dintre ele. Pe spate scrie *Kerstin și Isabelle, Copenhaga, februarie 1994*. Înainte de a apuca să mă uit mai bine, aud o voce în spatele meu. Pun fotografia în buzunarul hainei și mă întorc. O femeie cu părul arămiu stă în deschizătura ușii. Sondează cu privirea dezordinea din cameră, apoi se uită la mine cu o expresie sfidătoare.

— Am întrebat cine ești.

Fac câțiva pași spre ea și îi întind mâna. Nu răspunde gestului.

— Stella Widstrand, spun eu coborându-mi mâna. O caut pe Kerstin Karlsson. Am ocolit casa și am observat că a avut loc o spargere.

Femeia mă scrutează de sus până jos. Își dă seama că e o minciună? Poate a auzit când am spart geamul?

— Ați văzut pe altcineva pe aici? întreb eu.

Femeia se apleacă și ridică o figurină de porțelan de pe jos. O căprioară căreia îi lipsește un picior. O pune pe un raft și se uită la mine. Pe perete ticăie un ceas cu pendul. Aștept să spună că are de gând să sune la poliție.

— Mă numesc Gunilla, sunt vecină cu Kerstin, se prezintă femeia. Întinde mâna și ne salutăm. Nu sunt sigură că a fost o spargere. Aseară am auzit zgomote groaznice de aici. Urlete, strigăte. Am vrut să sunăm la poliție, dar Nils a fost de părere să nu ne băgăm.

— Aseară? repet eu. Asta trebuie să fi fost după ce am sunat-o pe Alice.

— Toată dimineața am văzut-o alergând între casă și mașină, în pelerina aceea oribilă de ploaie pe care obișnuiește să o poarte. Arunca înăuntru genți și sacoșe.

— Unde voia să plece?

— Nici n-am întrebat. Lui Kerstin nu-i place să facă conversație. Crede că asta înseamnă că-ți bagi nasul în treburile altora.

— Păcat, spun. Chiar voiam să vorbesc cu ea.

— Nu pare să se simtă foarte bine, spune Gunilla. Se vede pe ea. Bombăne de una singură. Stă în casă cu jaluzelele trase. Și a fost neglijentă la lucru. Așa a fost de când a murit Hans, astă-primăvară. Bărbatul ei.

— Îmi pare rău să aud asta, spun. Acum unde lucrează?

— A lucrat, spune Gunilla pufnind. Ultimul lucru pe care l-am auzit a fost că a fost dată afară de la azilul Hällsjöhemmet. Întâmplător, cunosc lume acolo.

— Unde este?

— În apropiere. Arată cu mâna. Continui pe Faluvägen o bucată de drum, apoi urci la dreapta, pe Hemgatan. Sunt indicatoare, n-ai cum să nu nimerești.

— Mulțumesc, spun eu în timp ce trec pe lângă ea și ies pe terasă.

După ce ajung pe aleea pietruită, iese și ea și mă strigă.

— Alo? Sper că nu te gândești să pleci așa, pur și simplu?

Continui să mă grăbesc spre mașină, Gunilla strigă după mine, vrea să mai stau. Mă urc în Audi, pornesc și dau cu spatele pe Faluvägen. Apoi îl sun pe Henrik, care răspunde imediat. Întreabă ce se întâmplă. Îi spun că le-am pierdut și îi povestesc cât de răvășită este casa. Că am găsit medicamente și că mi-e teamă de ceea ce i-ar fi putut face Kerstin lui Alice.

Henrik e de părere să sun imediat la poliție. A angajat un avocat și mă roagă în genunchi să nu-mi mai asum și alte riscuri.

— Mai întâi trebuie să verific un lucru, spun, apoi închid.

Isabelle

Stau pe bancheta din spate a mașinii. Mama e la volan. Vorbește singură, dând din cap. Înțeleg numai fracțiuni din ce zice.

Mă uit pe geam, însă totul îmi e străin. Unde mergem, de fapt? Cât timp am petrecut în mașină? Închid ochii, iar amintirile se perindă ca printr-o lentilă care estompează și distorsionează imaginea. Sunetul e tăiat, iar mișcările, prost focalizate.

Mama vine acasă. Stau aplecată asupra biroului. Vede în ce dosar mă uit. Vede fotografiile. Țipă la mine. Mă trage de acolo. Mă lovește cu capul de perete și golește toate rafturile bibliotecii, răstoarnă unul dintre corpuri și aruncă în mine cu cărți. Stau pe jos, în poziția fătului, ferindu-mi fața cu mâinile. Încerc să mă strecor pe lângă ea și să scap. Mama strigă că eu nu știu ce e mai bine pentru mine, întreabă într-una de ce o urăsc, în ciuda a tot ce a făcut pentru mine. Vede că nu răspund și răstoarnă biroul peste picioarele mele. Apoi mă lasă să zac acolo și se duce în camera de zi. Deschide televizorul, o aud înjurând o emisiune de știri. Se plimbă încoace și-ncolo prin cameră și vorbește singură.

Când se întoarce, îmi spune că o întristez. Îmi cer iertare, vreau să o îmbunez, să fie totul bine din nou. Îmi zice că îmi mai acordă o șansă. Cu toate că nu o merit. Mută biroul, se lamentează din cauza mea. Promite că totul va fi bine. Mă ajută să ajung la canapea. Face ceai, mă îndeamnă să-l beau pe tot. *Eu o ascult.* Îmi mângâie părul și mă alintă. Sonorul televizorului se aude puternic, un serial englezesc cu aristocrați într-un castel. Dispar. Telefonul fix sună din nou.

Ridic privirea și mă întreb dacă o fi Stella. Mama răspunde, are o voce prefăcută. Minte, spune că nu sunt aici, că nu am urmat-o acasă. Vorbește despre Stella, spune că e periculoasă.

Am văzut-o pe mama furioasă și înainte de asta. Am văzut-o manipulând. Însă e prima oară când îmi dau seama că e bolnavă și că nu se mai poate face bine. Și că *ea* este cea periculoasă.

Nu se mai chinuie să ascundă nimic. Mă îndoapă cu și mai mult ceai. Simt că ceva e în neregulă cu el, că e otrăvit. Îl scuip când ea nu se uită. Îmi bag degetele pe gât și vomit când sunt la toaletă. Mă conduce afară din casă, până la mașină.

Ochii mă ustură și lumina mă orbește. Mă doare coapsa stângă, unde am fost lovită de birou. Gunilla și Nils obișnuiesc să stea mereu pe afară. Acum nu se văd pe nicăieri. Nici urmă de om, cât vezi cu ochii.

Unde sunteți? De ce nu faceți nimic? De ce o lăsați să-mi facă asta?

De atâtea ori am fost la asistenta școlii. Julituri și vânătăi, dureri de burtă și de cap. Dureri reale și inventate. De ce nu a reacționat? Nu a întrebat nici măcar o dată cum îmi e acasă.

Mașina gonește mai departe. Mă întorc și mă uit spre casă. Știu că este ultima oară când o văd.

Mama se oprește la o benzinărie. Mă prefac că încă dorm, dar o observ. Iese din mașină, intră și vorbește cu băiatul de la casă. Acesta o urmează afară. Este un alt om acum, veselă și degajată. Cum reușește?

Mereu a fost falsă. Minte și disimulează în fața altora. Are capacitatea de a câștiga încrederea oamenilor, de a-i face să i se destăinuie. Nimeni nu i-a bănuit adevărata natură, nici măcar eu, care am crescut alături de ea.

Băiatul pare drăguț. Vreau să-l fac să înțeleagă, îmi doresc cu ardoare să vadă cum este ea de fapt. Să-și dea seama cât e de nebună. Dar nu face decât să zâmbească.

Kerstin

Băiatul de la casă îmi zâmbește. Îi zâmbesc și eu. Mă simt atât de prost, spun eu, dar cred că am un far stricat. Poate ar avea posibilitatea să schimbe el becul? Nu aș vrea să supăr degeaba poliția, nu vreau să fiu oprită de vreun agent de la Circulație.

Bineînțeles că mă va ajuta, se rezolvă repede. E ca și făcut. Facem un pic de conversație în timpul ăsta. Îi spun că tocmai am scos mașina din service, dar e clar că au fost neglijenți. Este amabil și serviabil. Râdem, mă găsește agreabilă. Pot fi, dacă vreau. Știu cum se face.

Întreabă cum e fiica mea.

Pare să doarmă adânc, zice el.

E bine, răspund eu. Are nevoie de somn. Îi spun că e bolnavă.

Speră să se însănătoșească cât mai rapid.

Mulțumesc, sigur așa va fi.

Nu-mi place cum se uită la ea, dar trec peste asta. Doar a fost de ajutor. Iar farul îmi funcționează acum. Merg la portbagaj și iau bidonul de apă, apoi îl urmez din nou în benzinărie. Pun niște conserve în coșul de cumpărături, plătesc și mulțumesc pentru ajutor.

Hans era cel care se ocupa mereu de astfel de reparații. Acum, când nu mai e, trebuie să mă descurc singură. Și o fac. Problema cu Hans era că mă făcea să mă simt slabă. Însă nu-mi permit să fiu slabă, trebuie să fiu puternică. De dragul copilului meu. Pentru mine însămi. Și așa sunt. Mai puternică decât își poate închipui cineva.

Hans nu trebuia să se pună între mine și fiica mea.

Nu trebuia să fure iubirea care îmi era destinată mie. Nu trebuia să o fi convins niciodată pe Isabelle să se mute la Stockholm. Nu trebuia să o încurajeze să rămână acolo în vara aceea. Am fost nevoită să scap de el.

Și cu ultima lui suflare a dispărut și slăbiciunea mea. Am văzut în ochii lui că, în sfârșit, a înțeles. A fost ultimul dar pe care mi l-a făcut.

Un SUV mare, decapotabil, cu capota ridicată a parcat în fața intrării. Muzica duduie. Așa-numita muzică. Seamănă mai degrabă cu niște răcnete într-un hău. Mai mulți tineri stau sprijiniți de mașină, câțiva băieți îngâmfați și niște fete îmbrăcate sumar. Se uită la mine când ies, se strâmbă și râd.

Un puști cu șapca întoarsă cu cozorocul la spate vine spre mine. Se ciocnește intenționat de umărul meu când trece.

— Ai grijă pe unde mergi, spun.

Se uită urât la mine, ca și cum ar fi fost vina mea. Apoi îmi arată degetul mijlociu și-mi adresează cuvinte urâte. Înghit hapul și merg mai departe.

Pușlama nesimțită.

Merg la pompa aflată după colț și umplu bidonul cu apă. E greu și mi se lovește de picioare. Mă opresc să îl mut în mâna cealaltă.

În sfârșit, ajung la mașină. E goală.

Isabelle

Îi văd întorcându-se în benzinărie. Reușesc să deschid portiera și să ies. Inima îmi bate puternic, sângele îmi vuiește în urechi ca o cascadă. Îmi simt corpul greu și abia îmi mențin echilibrul. Sunt și alte mașini în parcare, însă nu e nimeni în ele. Ceva mai încolo e un autobuz, iar lângă acesta, un camion. Merg spre șosea și fac cu mâna unei mașini care virează în direcția mea. Șoferul mă vede. Un om mai în vârstă, cu șapcă maronie și ochelari cu rame groase. Face cu mâna, trece pe lângă mine și dispare. Trec mai multe mașini pe șosea. Nimeni nu mă vede, nimeni nu bagă de seamă gesturile mele disperate. Strig după ajutor, însă vocea îmi e prea slabă. Îmi șterg cu mâneca sudoarea de pe față. Privesc în jos și văd că nu sunt încălțată. Iarba pe care mă aflu e udă, ciorapii cu dungi albastre mi s-au îmbibat cu apă.

Mă uit la dreapta, apoi la stânga. Am putea fi oriunde în Suedia. Stegulețe cu alb și roșu, cu numele lanțului de benzinării. Un loc de joacă la dreapta, autostrada la stânga, iar de cealaltă parte a drumului, terenuri agricole. Ceva mai departe, câteva case și un hambar; după acestea, pădure. Mă întorc și văd un panou cu litere verzi-fosforescente pe o extensie roșie a unei clădiri. Îmi mijesc ochii, încerc să văd. Scrie Motelul Ringarum.

Trebuie să găsesc pe cineva care mă poate ajuta. Înainte ca mama să iasă, înainte să mă vadă. Mă întorc la autobuz. Un tip gras în uniformă de șofer aprinde o țigară. Îl întreb dacă mă poate ajuta. Se uită la mine și ridică din sprâncene. Îmi spune *cățea drogată* și urlă la mine să dispar.

— Am nevoie de ajutor, insist și mă apropii de el. Vă rog, mă pot ascunde în autobuz?

Bărbatul îmi dă un ghiont și pleacă. Mă ghemui pe asfalt. Coapsa mă doare cumplit. Îmi zvâcnesc tâmplele de când mama m-a izbit cu capul de perete. Încerc să mă ridic, dar corpul mi-e complet secat de energie.

— Hei, acolo! se aude un glas.

Un tânăr cu păr lung și barbă se așază pe vine lângă mine.

— Ce s-a întâmplat? Ți s-a făcut rău?

Își așază mâna pe umărul meu.

— Ajută-mă.

— Ești singură? Se uită în jur, se ridică și privește spre benzinărie.

Îl prind de mână, îl trag spre mine și îi șoptesc:

— Trebuie să fug de-aici.

Mă ajută să mă ridic.

— Mașina e acolo, spune el și arată spre un Volvo gri metalizat.

Înaintez șchiopătând, cât de repede pot, el mă susține cu brațul de subțiori. Mașina e mult prea departe. Mama nu trebuie să apuce să mă vadă.

Deschide portiera și mă așez pe bancheta din spate. O fată cu părul scurt și alură asiatică stă în față. Se întoarce și mă privește.

— Ce ți s-a întâmplat? Arăți de parcă ai fi fost lovită.

— O ducem la un spital, spune tânărul. Am găsit-o căzută la pământ.

— Vrei să te ducem la spital? întreabă femeia.

Eu clatin din cap. Încep să discute unul cu altul. Îi rog insistent să plece de acolo.

— Mergem la Västervik, spune el. Vrei să vii cu noi acolo?

Aprob din cap.

În sfârșit, pornește mașina și iese pe autostradă.

Închid ochii și îmi sprijin capul de geam.

Stella

Sanatoriul Hällsjöhemmet este o clădire mare din cărămidă, cu acoperiș verzui și trei extensii rotunjite de aceeași culoare. Trec de intrare și, apoi, de următoarea pereche de uși. Într-o vitrină sunt expuse niște decorațiuni, confecționate pesemne ca parte a unei activități terapeutice. Suporturi de oale, cuțite pentru unt, un goblen cu un text brodat.

Un coridor se întinde de-a lungul întregului parter. Salonul Gaby, un coafor, se află în dreapta, lângă pedichiură, iar la stânga, o cafenea și o farmacie. Drept înainte sunt lifturile, iar mai departe, un fel de cameră de socializare, cu mese și scaune de lemn vopsite într-o nuanță deschisă. Prin ferestrele înalte se văd o pajiște și o zonă de odihnă.

Conform panoului informativ de pe peretele din dreptul lifturilor, diversele secții se află la etajele doi, trei și patru. Intru în lift și urc până la patru. Când ies din lift, o femeie cu pantaloni albi și bluză albastră aleargă spre mine. Trece grăbită pe lângă mine, nu pare să mă observe.

Intru pe coridorul din dreapta și mă întreb de ce am venit totuși aici. Kerstin nu ar fi venit aici cu Alice.

— Vă pot ajuta? O femeie solidă cu accent finlandez iese dintr-un depozit.

— Caut o cunoștință care lucrează aici, spun.

— Pe cine?

— Kerstin Karlsson.

Chipul femeii se întunecă.

— Kerstin? spune ea. Nu mai lucrează aici.

Ecusonul pe care îl poartă îmi arată că se numește Ritva. Se strecoară înapoi în depozit. O urmez, rămân în pragul ușii.

Ritva continuă în timp ce despachetează un bax de soluție dezinfectantă:

— A lipsit mai multe ture fără să dea vreun semn. Iar când era aici, lumea se plângea de ea.

— Se plângea?

— A fost mereu specială, însă, în ultima vreme, era răutăcioasă cu bătrânii. Aspră și irascibilă. Pe deasupra, au dispărut medicamente. Ritva își îndreaptă spatele și se uită la mine.

— O cunoști pe Kerstin?

— Pe Isabelle.

— Fiica lui Kerstin? Obișnuia să vină pe aici când era mai mică. O fată dulce și deosebită.

— Nu dau de ea de câteva zile, spun eu. M-am gândit să o întreb pe Kerstin dacă știe unde este.

Ritva închide ușa depozitului și își continuă drumul pe coridor.

— A trecut mult timp de când am văzut-o pe Isabelle. Acum locuiește la Stockholm. A fost mereu drăguță și conștiincioasă. Se oprește în fața camerei pentru personal.

Sper să dați de ea.

— Și eu sper, spun și mă uit la o poză înrămată de pe perete. Un copac cu fotografii lipite pe crengi.

— Suntem noi, cei care lucrăm aici, spune Ritva arătând spre ele.

— Aici sunt eu. Și aici este Kerstin.

Pune degetul pe colțul din dreapta-sus al unei fotografii. Imaginile sunt decolorate, șterse, Ritva și Kerstin au lucrat aici multă vreme.

— Neplăcut să vezi pe cineva schimbându-se în felul acesta.

Ritva mă lasă și intră în cameră.

Studiez din nou fotografia. Are fața rotundă, ochii mici.

Are părul subțire, pare vopsit. Sub fotografie, un bilet cu numele. *Kerstin Karlsson.*

Am mai întâlnit-o.

Însă atunci își spunea altfel.

Isabelle

Ne apropiem de Västervik. Sunt liberă. Cu fiecare kilometru pe care îl lăsăm în urmă, panica se diminuează.

Mă uit pe geamul mașinii, cu ochii pe jumătate închiși. În spatele coroanelor copacilor se zăresc nori albi-cenușii, aflați pe punctul de a se risipi și a lăsa loc soarelui. Peste câmpuri planează o pânză de ceață. Trecem pe lângă o gospodărie sau alta. Cai și vaci care pasc. Păduri nesfârșite.

Hanne și Ola discută dacă să rămână la Willys sau la Ica Maxi. Par să flecărească cam mult. Dar mai și râd și se ating unul pe altul. Fredrik îmi lipsește nespus de mult.

— Aș putea împrumuta un mobil? întreb eu.

Hanne se întoarce și îmi întinde telefonul ei. După câteva semnale sonore, Fredrik răspunde.

— Fredrik, eu sunt.

— Isabelle? Unde ești? Te-am sunat de milioane de ori. Știi că ești dată dispărută?

— Mama a înnebunit, spun eu. Dar am primit ajutor. Acum sunt în drum spre Västervik. Numai că nu știu cum să ajung acasă.

— Împrumut mașina mamei și te aduc. Pot da de tine la acest număr?

— Pentru moment, răspund eu.

— Sun din nou în zece minute.

— Bine.

Închidem. Îmi șterg lacrimile și îi returnez mobilul lui Hanne.

— Cu cine ai vorbit? întreabă ea.

— Cu un prieten. Vine din Stockholm să mă ia. Pot sta cu voi până ajunge?

— Bineînțeles, răspunde Ola. Nu-i așa, Hanne?

— Absolut, încuviințează ea. Nu te lăsăm înainte de a fi siguri că te vei afla în siguranță.

Ea îmi zâmbește, îi zâmbesc la rândul meu. Îmi dau seama ce noroc am avut să-i întâlnesc pe ea și pe Ola. Fără ei n-aș fi reușit să fug. Habar n-am unde avea mama de gând să mă ducă. Dar am senzația că acea călătorie s-ar fi terminat rău.

La ceva timp după asta, Hanne spune că trebuie să meargă la toaletă. Ola întreabă de ce nu a profitat de ocazie la Ringarum.

— Pentru că atunci nu aveam nevoie, zice ea.

— Nu putem opri aici, se opune el.

— Ba putem, insistă ea.

— Ba nu.

— Ba da. Oprește la Hjorten.

— Detest locul ăla mizerabil. Mama și tata se opreau mereu să ia masa acolo când eram mic.

— Nu mai vorbii prostii, Ola.

— Nu poți doar să mergi la toaletă acolo. Trebuie să luăm și ceva de mâncare.

— Cumpără o înghețată de la bar.

— Nu e vară acum, Hanne.

— Atunci cafea. Se întoarce spre mine. Vrei cafea, Isabelle?

— Da, mulțumesc, răspund eu.

— Ai auzit, spune ea dându-i un bobârnac în spatele capului.

— Auuu! izbucnește el, prefăcându-se că-l doare.

Amândoi râd în hohote, făcându-mă și pe mine să râd.

Mergem de-a lungul unei ape și trecem pe lângă un indicator: *Taverna Hjorten*. După vreo cinci sute de metri, Ola virează și văd o clădire lungă și roșie, cu vedere la apă. Nu apucă să parcheze bine, că Hanne deschide ușa, sare din mașină și aleargă spre cafenea.

Văd în oglinda retrovizoare cum Ola își dă sugestiv ochii peste cap. Întoarce volanul și se uită în spate, pentru a da înapoi. O izbitură violentă se aude brusc, iar mașina e azvârlită într-o parte. Centura de siguranță mi se înfige în piept și văd părul lui Ola zburând în față și-n spate, ca în reluare, când capul i se izbește de volan.

Apoi tăcere.

Pași repezi pe asfalt. Pe geam se vede o umbră întunecată. La început nu văd cine e. Iar când îmi dau seama, e deja prea târziu. Bâjbâi să scot centura, portiera se deschide și mama mă prinde de păr și trage. Țip și ies poticnindu-mă.

Ola sare de pe bancheta din față și îi taie drumul. Se ține de cap și se strâmbă din cauza durerii.

— Ce dracu' crezi că faci? strigă la ea.

Mama îl îmbrâncește și mă trage spre mașina ei. Mă împotrivesc cu toate puterile rămase.

Oprește-te naibii, răcnește Ola și o prinde de braț. Mama ridică mâna și îl lovește pe Ola. Din gâtul lui izbucnește un jet de sânge. Se uită mirat la ea și alunecă jos, pe lângă portieră. Puloverul i se îmbibă de sânge, simt stropi pe frunte, îmi văd propriul pulover pătat. Acum observ că mama ține în mână o șurubelniță. O aruncă și mă târăște la mașină.

Un urlet continuu se aude și cred că vine de la mine, până când o văd pe Hanne alergând spre noi.

Se aruncă în genunchi lângă Ola, își apasă mâinile pe gâtul lui, încercând să oprească sângerarea.

Ochii mă ard, îmi simt lacrimile curgând pe obraji.

Mama mă trage de păr și șuieră că ar fi trebuit să am mai multă minte.

Mâinile îi sunt aspre și brutale; smulg, trag, înghiontesc, lovesc.

— În mașină.

Întreb de ce face asta, ce vrea cu mine.

Mă privește ca și cum nu ar pricepe. Îmi spune că e mama mea. Că eu sunt copilul ei. Că ar face orice să mă protejeze. E gata să omoare de dragul meu, dacă de asta e nevoie. Are în mână o lanternă neagră. O ridică și mă feresc de lovitură.

Kerstin

Un SUV Volvo, gri-metalizat, pe drumul spre ieșire. Un băiat cu părul lung și barbă la volan, lângă el, o fată tunsă scurt sau un alt băiat, nu pot să-mi dau seama.

Dar pe bancheta din spate ești tu, Isabelle.

Fac semne cu mâinile și îi strig șoferului să nu plece. Urlu să rămână, fiica mea e în mașina lui. Nu mă aude, nu mă vede. Se preface numai, e clar că nu se poate să nu mă observe.

Îmi ia copilul. Mi-l fură.

De ce?

Întrebări prostești. Doar știu deja.

La gândul la ce i-ar putea face, mai că înghet de mânie. Nu înțelege cine sunt. De ce sunt capabilă. Nu știe că aș merge după el până la capătul lumii ca să-mi recuperez fiica.

De ce, Isabelle? De ce? Să minți intenționat, să te prefaci că dormi, pentru ca apoi să fugi și să încerci să evadezi. Trebuia să pricep asta, să fiu mai precaută.

Intru în mașină și o iau pe E22.

Nu-ți fie teamă. Eu sunt aici.

Acum doare. Dar există un sens și în asta. Durerea dă forță. E doar un moment, va trece repede. După aceea, te voi consola și voi avea grijă de tine, așa cum fac mereu.

Îți voi spăla sângele de pe frunte, îți voi șterge toate lacrimile. Apoi putem face prăjituri, dacă vrei. Ce zici de brioșe cu ciocolată?

Acum dormi. E bine.

Te vei însănătoși curând. Când te voi face eu bine.

Și vom lua totul de la început. Așa facem mereu. Că asta nu-ți stă în fire. Asta nu ești tu. E numai slăbiciunea din tine. Voi fi mereu aici să te călăuzesc pe drumul cel bun. Sper că înțelegi. Cred că înțelegi cât de importantă ești pentru mine.

Te-am dorit enorm înainte să vii pe lume, să știi asta. Ești darul pe care l-am primit eu de la viață.

De ce nu mă poți iubi pur și simplu? Singurul lucru pe care-l doresc este ca noi două să ne iubim. Ca tu să-mi dai voie să am grijă de tine. Când ți-a fost rău, te-am consolat, când te-ai rănit, te-am pansat, când te-ai îmbolnăvit, te-am îngrijit.

Am fost lăudată pentru că am fost o mamă grijulie. Toți au văzut cât de mult m-am sacrificat. Ce bine e când am grijă de tine! Să mă lași să te îmbrățișez, să te consolez. Te rog, nu fi așa speriată. Puișorul meu nebunatic, asta e spre binele tău.

E o zi frumoasă, soarele strălucește pentru noi. Ajungem repede. În curând, suntem înapoi.

Înapoi acasă.

Stella

Privirea mi-e fixată pe fotografia femeii care zâmbește. Am mai întâlnit-o, am vorbit cu ea.

Am băut cafea la Coffeehouse by George.

În fotografie este Eva.

Era caldă, plină de compasiune și mă făcea să vreau să vorbesc, să fiu deschisă. I-am povestit despre Alice, i-am destăinuit că am găsit-o. Că am fost sigură că Isabelle e fiica mea, copilul meu dispărut. Eva m-a încurajat să continui să caut adevărul, deși toată lumea mă credea nebună. I-am mărturisit că am fost la Vällingby și la KTH, sperând s-o văd pe Alice. I-am povestit și despre Henrik, a aflat că lui nu-i spusesem nimic din toate astea. I-am dezvăluit că m-a internat odată la psihiatrie și că mă îndoiam că avea să mă creadă.

I-am împărtășit atâtea din viața mea, m-am expus total. I-am povestit despre teama de a deveni din nou mamă. Despre tristețea de a nu mai avea și alți copii. Despre îngrijorările legate de Milo. Despre groaza că i s-ar putea întâmpla ceva, că mi-ar putea fi luat.

Eva a ascultat. Eva a înțeles. Eva m-a consolat și a venit cu sfaturi bune. Evei i-a plăcut umbrela mea roșie.

*

Aproape că am ieșit din Hällsjöhemmet, când îmi aduc aminte de fotografia pe care o pusesem în buzunar. Mă opresc și mă uit la ea. O Kerstin mai tânără, cu un bebeluș în brațe. *Kerstin și Isabelle, Copenhaga, februarie 1994*. Bebelușul e blond. Are păr ondulat și râde, însă îi lipsesc gropițele. Aici nu e Alice. E un alt copil. Dacă nu este ea, atunci cine e?

Mă întorc în parcarea din dreptul intrării. Mă așez în mașină, mă reazem de spătarul scaunului și o iau de la început.

Ziua ploioasă de septembrie când Isabelle a apărut la cabinetul meu. Își mișca părul lung și brunet zâmbindu-mi. Știam încă de atunci că e Alice.

Jurnalul meu. Toate amintirile.

Daniel și povestea noastră.

Greșeala de a nu fi sinceră cu Henrik de la început. Teama de a nu fi crezută, teama de a greși. Groaza de a fi internată din nou la psihiatrie.

Eva m-a amăgit, m-a făcut să-i spun tot.

Kerstin l-a căutat pe Henrik și a folosit împotriva mea tot ce-i spusesem. Telefoanele ei legate de Milo m-au făcut să merg la școală să fac scandal. Iar asta l-a făcut pe Henrik să mă ducă la doctorița Savic.

Falsitatea Evei, minciunile lui Kerstin.

L-a lovit cu mașina pe Milo crezând că sunt eu.

Vizita la Sven Nilsson. Pista despre care vorbea. Pista care a dispărut.

Urma să ne spună ce s-a întâmplat. A murit brusc. Înainte să apuce să mai spună ceva.

Strandgården s-a închis curând după ce am fost acolo.

Elle-Marja a spus că fiica nu a vrut să se ocupe mai departe de proprietate, după moartea lui Lundin.

A murit brusc.

Kerstin trebuie să fi fost și ea la Strandgården în august 1994, dar nu-mi amintesc să o fi văzut. Ce făcea acolo? Nu locuia în niciuna dintre cabane, sunt convinsă. Obișnuiam să intrăm în vorbă cu ceilalți turiști când ieșeam cu căruciorul sau stăteam pe plajă.

Roger Lundin a murit pe neașteptate. *Trebuia să spună tot.*

Știa ceva? Dacă da, ce?

Avea o fiică. *S-a mutat aici pentru o perioadă, apoi a dispărut din nou. Avea un bebeluș, era prea greu să se ocupe singură de toate.*

Fotografia pe care am găsit-o. *Kerstin și Isabelle, Copenhaga, februarie 1994.*

Și aud vocea lui Alice: *M-am născut în Danemarca.*

Iau mobilul, caut numărul de telefon al lui Elle-Marja.

Îl găsesc și sun.

— Alo?

Recunosc vocea, nazală și subțire.

— Bună Elle-Marja, mă numesc Stella Widstrand. Ne-am întâlnit la Strandgården acum câteva săptămâni.

Aștept. Aud un lătrat în fundal.

— Da, alo? spune Elle-Marja.

Încerc din nou, îmi spun numele și îi amintesc că ne-am întâlnit.

— Da, da, îmi amintesc de tine, spune Elle-Marja. Îmi amintesc foarte bine. Taci, Buster, acum vorbesc.

— Am nevoie de ajutorul tău, spun eu. Roger Lundin din Strandgården.

— Așa?

— Ai spus că a murit în 1994.

— A murit acasă, pe canapea, odihnească-se-n pace, spune Elle-Marja. Și fiica lui a fost cea care l-a găsit. A sunat la salvare, dar era deja mort când au ajuns.

— Care a fost cauza morții?

Elle-Marja tușește îndelung și își cere scuze.

— Avea diabet. În ultimul an, începuse să tragă la măsea cam mult, vezi tu. A fost o lovitură mortală, ca să zicem așa.

— Ai spus că fiica lui s-a mutat înapoi acasă? întreb eu. Că avea copilul cu ea?

— Am întâlnit-o de vreo două ori cu bebelușul. Primăvara, cred că era martie sau aprilie. Adorabil de dulce. Ca un îngeraș.

Câteva luni înainte să ajungem noi acolo. Ce s-a întâmplat cu fetița aceea? Ce s-a întâmplat cu adevărata Isabelle?

— Pe la începutul verii, s-a închis în sine, continua Elle-Marja. Stătea numai în casă, nu se arăta nimănui. Au existat zvonuri.

— Ce fel de zvonuri?

— Lumea spunea că avea probleme.

— Probleme cu alcoolul? Ca tatăl ei?

— Mai degrabă probleme psihice. Nimeni nu știa ce anume. Dar asta vorbea lumea. Iar când Lundin a murit, ea s-a mutat cu copilul în casa părintească.

— Cum o chema pe fiica lui Lundin?

— Nu a stat prea mult pe aici. Iar acum totul e în paragină. Îmi pare atât de rău. Ce-ar fi fost dacă totuși s-ar fi ocupat.

Din nou un atac de tuse.

Devin nerăbdătoare.

— Elle-Marja, ascultă-mă, spun eu. Îți amintești numele ei?

— Din păcate, nu. Nu-mi amintesc deloc cum o chema.

— Kerstin? O chema Kerstin Lundin?

Elle-Marja șovăie.

— Nu, nu cred. Așteaptă un pic. O să mă uit...

Se aud hârșâituri și râcâieli, bătrâna bombăne în fundal. Aștept. Ascult cum vorbește singură și răscolește prin casă.

— Am găsit-o, spune ea până la urmă. Am o carte despre istoria regiunii, vezi tu. Am dat de ea în spatele altor cărți din bibliotecă.

Elle-Marja îmi spune că volumul respectiv conține un catalog al clădirilor din Storvik și din împrejurimi, ce proprietari au avut timp de mai bine de o sută de ani, întâmplări istorice, anecdote și imagini care ilustrează cum arătau atunci și cum arată acum. Sigur pot face rost de un exemplar dacă doresc, se poate procura de la femeia care a coordonat cartea. O cheamă Berit Larsson, Elle-Marja o cunoaște. Nu e deloc scumpă și e plăcut de răsfoit, dacă vrei să afli mai multe despre Storvik și Strandgården. Mă întreb unde vrea să ajungă. Pesemne că nicăieri. Un alt bătrân căruia îi face plăcere să mai stea de vorbă, dar care înțelege lucrurile anapoda. Care e confuz și se pierde în digresiuni. Îmi trece prin cap că poate și ea suferă de Alzheimer.

— Și, vezi tu, continuă Elle-Marja, aici găsești o imagine minunată cu Strandgården, din perioada lui de glorie. Flori peste tot. E din iunie 1994. Textul de dedesubt sună așa: *Roger Lundin, proprietar și antreprenor mândru, care a condus Strandgården din 1969. În imagine, alături de fiica Kerstin și de nepoata Isabelle.*

Kerstin

Prima oară când am venit aici, florile se revărsau peste pridvor. Ghivece suspendate, jardiniere, vase de ceramică. Straturile erau pline de flori, frumoase și bine îngrijite.

Adoram să-l ajut pe tata cu partea asta de muncă. E clar că am moștenit talentul pentru grădinărit de la el. Am petrecut mult timp împreună după ce m-am mutat aici. M-am simțit bine, m-am simțit în siguranță. Încet, dar sigur, îmi reveneam. De ce nu mi-am putut petrece copilăria aici, în Strandgården, cu el? Asta ar fi schimbat totul. Însă m-am tot mutat de la o casă de plasament la alta. Niciun punct de sprijin, nu m-am simțit nicăieri acasă. Nici măcar la Aina, unde m-am mutat când aveam doisprezece ani. Avea intenții bune. Era drăguță. Cu toate acestea, m-am mutat de acolo cât de repede am putut. Am mers din loc în loc, până am ajuns în Copenhaga.

După ce m-am descotorosit de tatăl biologic al lui Isabelle, l-am căutat pe propriul meu tată. Și, când ne-am întors aici din Danemarca, știam că aici aveam să locuim, fata mea și cu mine. Aici va fi avut o copilărie frumoasă și liniștită. I-aș fi dat tot ce eu n-am primit vreodată.

Nu a fost așa.

Nimic nu a ieșit cum am dorit eu.

Parchez, ies din mașină și mă întind. Călătoria până aici a fost mult mai istovitoare decât mi-am închipuit. Și e o adevărată luptă să o aduc pe Isabelle în casă. Se împotrivește cu încăpățânare, se zbate. Îi explic că trebuie să intre și să mai doarmă. Să se odihnească după toate greutățile. Numai un mic somnifer de data asta, destul ca să se calmeze. Plânge, se tânguie. *Nu, nu vreau,* se smiorcăie. Făceai așa când erai mică, *termină, nu vreau. L-ai omorât pe Ola.*

Nu știe ce spune, firește, încă e în stare de șoc. Îi explic că am salvat-o. Bărbatul ăla n-a primit decât ce-a meritat. A fost legitimă apărare. Iar acum trebuie să te odihnești. Nu înțelegi?

Dormi, odihnește-te bine. Cum fac toți copiii.

Dorm, stau locului. Sunt tăcuți. Dorm de prânz. Mamele au nevoie de liniște și pace câteodată, nu e nimic ciudat în asta. Toate mamele au nevoie de timp pentru ele însele.

A fost prea activă. Prea sălbatică.

Vaiet, vaiet, vaiet.

Strigăt, strigăt, strigăt.

Plâns, plâns, plâns.

Nu poate continua așa.

Trebuie să fie liniște și pace, tăcere.

Totul să fie nemișcat.

Până la urmă, va fi.

Rămân mult timp lângă ea. O mângâi pe păr.

Tot ce se întâmplă are un sens, sunt sigură de asta.

Încă mai sunt lemne tăiate în coșul de lângă cuptor. Găsesc chibrituri pe raftul de deasupra, deschid ușița cuptorului, pun câteva vreascuri și aprind focul cu chibrituri și hârtie de ziar. Aștept până se întețește și mai adaug câteva bucăți de lemn. Nu mai durează mult până va fi cald și confortabil în casă.

Ies, cobor treptele și continui la dreapta. Privesc spre Strandgården. Clădirea principală, lungă și cu pridvor, iar mai departe — micile cabane, pista de minigolf, apoi șirul de dușuri și toalete care țineau de camping.

Și-au pierdut farmecul de odinioară. Dar acesta este colțul meu de lume. Locul vieții mele.

Mă întorc la promontoriul de unde se poate admira întreaga priveliște. Mângâi căprioara care veghează loială asupra poveștii mele și a lui Isabelle. Fata asta... e tot ce am. E un miracol. Cine-ar fi crezut că toate durerile pe care am fost constrânsă să le suport aveau să mi-o aducă pe Isabelle?

Trebuie să doarmă acum. Va dura ceva, o doare stomacul și plânge.

Plânge și plânge și plânge.

Îi dau o palmă. Cu blândețe. O mai pălmuiesc de câteva ori. Protestează, strigă și mai tare. O țin cu o mână, o pălmuiesc cu cealaltă. Lovesc și o țin jos. Încearcă să se împotrivească, firește, plină de viață și vioaie cum e. E nevoie să fii consecvent, să te impui. O mamă nu trebuie să cedeze. Rutina e importantă, fără ea apare haosul. Fata are nevoie de somn. Îi țin capul jos și o plesnesc în continuare. Îi cânt, o adorm.

Acum doarme în leagăn, iar eu adorm lângă ea.

Apoi mă trezesc. Isabelle încă mai doarme.

Doarme și doarme și doarme.

Stau cu ea în brațe. Îi spun cuvinte frumoase, blânde. Stă nemișcată, corpul îi e fără vlagă. Apoi se răcește. Nu trebuie să răcească. O scutur un pic, numai un pic. Nu se trezește. O scutur în continuare, dar nu ajută. O scutur și o strig pe nume. O scutur, o mai pălmuiesc de câteva ori. Doarme mai departe, în liniște și pace.

Copil sucit.

Copilaș rău, rău și neascultător.

Tata crede că e vina mea.

Nu întreabă ce s-a întâmplat, dar văd în ochii lui. Văd că se teme de mine. Crede că eu am fost. Cum poate crede că i-am făcut rău fiicei mele? Ei, care este tot ce am pe lume.

Nu am greșit cu nimic. Sunt o mamă bună, fac totul cât pot de bine.

Sunt o mamă bună.

Zilele trec. E mereu cu mine. Îi citesc povești, doarme în patul meu. O spăl, îi perii părul. Mâncăm împreună micul dejun. Mergem la plimbare.

Stă pe podea, învelită într-o pătură, și îi cânt. Totul e calm, nu mai plânge. E cu mine tot timpul. Îi spun că e în regulă și dacă plânge. Nu e nicio problemă, Isabelle, promit.

Dar ești tăcută tot timpul.

Dormi și dormi și dormi.

Într-o noapte, tata intră în cameră. Isabelle e lângă mine, învelită în păturica ei roz. E așa de mică și de lipsită de apărare. Vreau să rămână cu mine pentru totdeauna. De ce nu înțelege asta? Că trebuie să o feresc de tot ce e rău?

Nu-i pasă de lacrimile mele, de rugămințile mele. Mă împinge la o parte și o ia de jos. O pune într-un sac de gunoi, pune înăuntru pietre și îl leagă cu o sfoară de nailon.

Strig. Lovesc cu pumnii și cu picioarele. Nimic nu îl înduplecă. Nu contează ce fac, cât plâng, cât continui să cerșesc înțelegere și să mă rog. Stau pe faleză și văd cum pleacă în larg, cu barca. Ridică mica legătură, o aruncă peste bord. Îmi urmăresc copilul scufundându-se în apa adâncă și neagră.

Stau aici, lângă ea, seară de seară. Rămân mult timp după apusul soarelui. Vreau să fiu aproape de fiica mea. Să îi arăt că nu am abandonat-o. Am adus aici o căprioară din piatră. Căprioara a vegheat-o de atunci.

Și, într-o zi, au apărut ei.

Erau frumoși, erau fericiți. Au venit la Strandgården și s-au purtat ca și cum locul le-ar fi aparținut.

Îi văd acum. Mica familie fericită. Îi văd din nou pe plajă. Îi văd râzând și prostindu-se. Atingându-se așa cum nu se face când sunt și alții de față. Nici măcar nu sunt adulți — doi copii prost-crescuți. Copii prost-crescuți și răsfățați, de la oraș. Care au un bebeluș, o fetiță. Se joacă cu ea, râd zgomotos, n-au nicio treabă. Li se pare că știu ce este fericirea. Li se pare că durează pentru totdeauna.

Au cunoscut ei suferința? Au simțit frica și disprețul de sine apăsându-le gâtul ca jug, în fiecare zi?

Niciodată.

Se fut, sigur găsesc plăcere în asta. Rag ca animalele. Habar n-au cum e să ți se apese o mână pe gură, iar alta să-ți rupă lenjeria intima și să te dibuie acolo, jos. Cum e când ți se depărtează picioarele, cum durerea și rușinea prind rădăcini în tine pentru totdeauna, cum furia și neputința ard în tine ca o otravă. Cum sângele curge fără să se oprească. Cum sexul se transformă într-o rană care nu se mai vindecă niciodată.

Se fut. Simt plăcere. Au parte de un bebeluș sănătos și frumos.

Au trecut ei prin chinul de a avea un copil și de a-l pierde apoi? Niciodată.

Nu ar fi trebuit să aibă copii. Ei înșiși sunt doar niște copii.

Îi urmăresc. Îi urmăresc și sunt scârbită de ceea ce văd și aud. Cuvinte mieroase, săruturi, gemete. Corpuri incitate, care alunecă unul spre altul. Deși un bebeluș doarme în cameră.

Cineva ar trebui să le dea o lecție, să le arate că orice se poate întâmpla.

Orice. Cineva ar trebui să le arate reversul medaliei. Să le arate cum e viața când fericirea dispare.

Merg acolo în repetate rânduri. Mă duc să mă uit și să ascult. De parcă ar trebui să fac asta. Ceva mă împinge să-i caut, ca o forță nevăzută.

Și atunci văd.

Văd ce nimeni altcineva nu mai vede, ce nimeni altcineva n-ar putea înțelege.

Cât am așteptat. Cât am sperat, cât am dorit să revină.

Fetița mea s-a întors.

Isabelle a mea.

Tu ești.

Am fost încercată și am trecut testul. Am dat dovadă de putere, nu am fost slabă. Acum e rândul târfei ăleia îngâmfate să fie pusă la încercare. O ridic pe dragostea mea ușor, cu grijă. O sărut pe frunte și pe obrazul ei mic și moale. La mine va fi acasă.

Eu sunt adevărata ei mamă.

Vreau să-i arăt tatei ce miracol s-a întâmplat. Când vine acasă, suntem pe balansoarul de lângă șemineu. O legăn pe Isabelle, nu e nimic dacă plânge. Plânge mult. O alin. Îi cânt. Îi fredonez încet, la ureche, un cântec de leagăn. Tata nu pricepe. Deși sunt calmă, deși îi explic.

Nu vrea să asculte, nu vrea să înțeleagă. Isabelle s-a întors la mine. Vezi, tată? Vezi ce miracol?

Nu vrea să asculte, nu vrea să înțeleagă.

Tatăl meu e slab. Așa a fost mereu. Un bărbat slab și laș. Altfel nu m-ar fi lăsat singură la târfa de maică-mea.

Spune că îl sperii. Că sunt bolnavă. Spune că îi e frică de mine.

De ce ți-e frică? Nu înțeleg. Sunt eu, fiica ta.

De ce să te sperii? Cum poți să spui că nu mai sunt eu însămi? Că sunt bolnavă? Cum îndrăznești să afirmi că Isabelle nu e copilul meu?

O ridic și i-o arăt. Este *Isabelle*, nepoata ta. Vom locui aici împreună. Tu, eu și mica mea dragoste.

Tata refuză. Aduce o sticlă. Bea până se îmbată. E beat criță. Ca mama. Un bețiv. O epavă umană, care și-a pierdut demnitatea. Nu voi fi niciodată așa.

Mai târziu, îl aud pe tata sunând la poliție. Bombăne că are informații despre fetița din Strandgården. Cea care a dispărut. Spune că știe ce s-a întâmplat. V*eniți aici mâine-dimineață. Voi spune tot.*

Inima îmi bate puternic. Îi spun că am auzit totul. Propriul meu tată, m-ai dezamăgit, ești un trădător. Te urăsc.

Tata spune: *totul va fi bine, Kerstin, totul va fi bine.* Are lacrimi în ochii înroșiți. Știu ce va face. Îmi va lua copilul de lângă mine, din nou. O va înfășura într-o pătură și o va pune într-un sac negru. Ca și cum ar fi gunoi de aruncat. O va scufunda în adâncul mării.

E beat. Vorbește nedeslușit și merge poticnit peste tot prin casă. Bombăne ca un dement. E nebun. *El* e cel bolnav. În cele din urmă, se întinde epuizat pe canapea.

Tata, ți-ai luat insulina? Te voi ajuta. Aici e doza.

E mai ușor decât aș fi crezut.

Ca atunci când m-am ocupat de tatăl lui Isabelle. Doar că la el a fost o supradoză de heroină.

Am o stare de bucurie, de ușurare.

Mă simt eliberată.

Plâng totuși când injectez insulina. Simt ceva pentru tatăl meu, cu tot răul pe care mi l-a făcut. Și nu știam asta atunci, dar aveam să simt la fel și față de Hans. Aveam să plâng de fiecare dată când îi dădeam medicamentul anticoagulant.

Viața și moartea. Există o cale prin toate asta. Știu din proprie experiență.

Tatăl meu iubit s-a dus.

Polițiștii au ajuns în dimineața următoare, ca și ambulanța după care am sunat. I-am rugat să facă liniște, pentru că fata mea a adormit în sfârșit. A fost neliniștită toată noaptea și a plâns. A învățat să spună mama.

Mama, mama, mamaaa.

A strigat toată noaptea așa. Fericirea mea e de nedescris. Deschid ușa.

— Bine că ați venit repede, tata e aici.

Cei de la ambulanță și un polițist intră în casă.

— A fost beat ieri, spun eu. A băut toată seara. Și, de data asta, a fost prea mult. L-am găsit azi-dimineață. Sigur a avut un atac.

— Un atac?

— Glicemie scăzută, spun. Nu e prima oară când se întâmplă. Are, *avea* diabet

Sven Nilsson e drăguț. E ușor să ai de-a face cu astfel de oameni. Sunt simplu de păcălit. Oameni obișnuiți și drăguți, care nu au văzut cealaltă parte a vieții. Care nu au fost nevoiți să trăiască în întuneric.

— După cum știți, a dispărut o fetiță din Strandgården, spune el. Tatăl dumneavoastră a spus că știe ceva. Înțeleg că sunteți tulburată, dar trebuie să vă întreb.

— Am auzit despre asta. Groaznic. Cât de trist! Am vorbit ieri cu el, dar era beat. Bea cam mult. A băut, vreau să zic. Și eu am o fiică, cred că mama ei trece prin ceva înfiorător.

— Ce a spus? Vă amintiți?

— Despre ce?

— Despre fată. Alice. Așa o cheamă pe fata care a dispărut.

— Îmi pare rău, spun eu. Nu vă pot ajuta.

— A spus că știa ce s-a întâmplat, insistă Sven Nilsson. Că avea să ne spună totul. Aveți idee la ce s-a referit?

— Căruciorul era aproape de apă, spunea el. Iar curenții sunt puternici în zona aceea. Tata știa apele de pe aici ca-n palmă. Însă obișnuia să vorbească prea mult când se îmbăta. Nu am înțeles nici jumătate din ce zicea. Micuța dormea agitată și am stat mai mult cu ea.

Îmi șterg lacrimile. Am atâtea pe cap acum. Tatăl meu s-a dus. Bietul meu tată a murit, iar durerea e covârșitoare. Tatăl meu iubit. A fost cel mai bun tată pe care l-aș fi putut avea. Aveam o relație minunată.

Sven Nilsson e înțelegător. Își exprimă regretele și speră că nu a deranjat prea mult. Polițiștii pleacă.

Am primit o nouă șansă, Isabelle și cu mine. Am primit o nouă viață.

Și acum ne întoarcem în locul în care a început totul.

Isabelle

Un zgomot monoton în urechi, lumina care se revarsă.

Ultimul lucru de care mi-aduc aminte este că mi-am simțit capul pe punctul de a exploda. Încă pulsează de durere. Încerc să mă mișc, să văd unde sunt, însă de-abia îmi pot ține capul sus. Îmi trec mâna peste creștet, ceva vâscos mi s-a întărit în păr. Gust de fier în gură, miros de sânge. Mă trezesc într-o cameră întunecată, cu o pătură pe mine.

Sunt întinsă pe o saltea noduroasă, duhoarea de mucegai mă înțeapă la nas. Se simte un curent neplăcut aproape de podea și între pereți. Aerul e rece și umed. O lumină slabă pătrunde prin breșele dintre obloanele de la exteriorul ferestrelor.

Nu vreau să mă gândesc la ce i s-a întâmplat lui Ola, însă îl văd în fața mea. Îi văd ochii, șocul și groaza de pe chip. Sângele împroșcat continuând să curgă șiroaie, în ciuda încercărilor lui Hanne de a-l opri. Pe partea din față a puloverului meu sunt pete de sânge uscat. Sângele lui Ola.

Și mă gândesc la Fredrik. Oare ce face acum? A vorbit cu Hanne? Ea ce i-a zis? A sunat la poliție? Mă caută?

Dau pătura la o parte și mă ridic. Îmi întind mâinile și picioarele, mi-au înțepenit încheieturile și mă dor. Mă doare tot corpul, mai ales șoldurile. Sunt desculță, mi-au dispărut șosetele. Mi-e foame. Deși am geaca pe mine, tremur de frig.

Se aude un foșnet dincolo de perete. Să fie un șoarece? Un șobolan? Îmi strâng picioarele sub mine și încerc să mă uit în jur, în încăperea slab lumintă. Lângă un perete sunt înghesuite o masă, niște scaune, o comodă veche și un corp de bibliotecă.

Într-un colț sunt o găleată de tablă și o rolă de hârtie igienică. Mă ridic de pe saltea, îmi dau în jos blugii, mă așez pe găleată și fac pipi. Când sunt gata, mă îndrept spre ușă. Stau nemișcată, respir silențios și încerc să depistez sunete. Nimic. Apăs clanța.

Încuiat.

Mă întorc la saltea. Simt ceva sub talpă. Mă aplec și ridic obiectul.

O broșură.

Bine ați venit la Strandgården.
Perla coastei baltice.
Soare, vânt și apă pentru întreaga familie.

Imaginea din fundal e a unei familii fericite cu copii, distrându-se la marginea apei, pe o plajă inundată de soare. Broșura se descompune în momentul în care încerc să-i desprind paginile distruse de umezeală.

După o clipă, aud pași. Pe sub ușă, văd o lumină gălbuie. O cheie hârșâie în încuietoare. Ușa se deschide.

Mama ține o lampă cu petrol. Chipul îi este luminat de jos, de-abia o recunosc. Fredonează un cântec de leagăn și zâmbește. Ochii îi sunt goi, ca două bile de sticlă. Nu îndrăznesc să o întreb ce are de gând să facă.

Mă ia de braț fără să spună o vorbă și ieșim din cameră. Trecem printr-un coridor și ajungem într-o bucătărie. E mai multă lumină decât în camera încuiată, ferestrele nu sunt acoperite. Și, în lumina lămpilor cu petrol, văd că totul e la fel de murdar. Pesemne n-a mai fost nimeni pe aici de ani buni. Dar e cald. Căldura cuptorului s-a răspândit în încăpere și podeaua îmi înțeapă tălpile.

Mă uit în jur. Bucătăria e mare și deschisă, are ferestre care dau spre mare și spre grădină. Banchete de-a lungul pereților, rafturi verde-pal. O masă din plăci mari de lemn se află în mijloc, înconjurată de șase scaune.

Deasupra apei, cerul a căpătat culori incandescente, pe care un copil le-ar adora. Portocaliu, roz și roșu. Mama fredonează fără întrerupere. Îmi șterge sângele de pe frunte și îmi spune că totul va fi bine. *Biata de tine, ai ajuns atât de rău. Dar nu ai fost precaută, e numai vina ta.*

Recunosc felul în care se uită la mine. Strălucirea din ochii ei. Mă gândesc că mi-a făcut rău de atâtea ori, pentru ca apoi să mă consoleze. Îi place să consoleze, să îngrijească, să-și arate atenția. Să le arate tuturor ce mamă iubitoare este.

Pentru prima oară, îmi dau seama că exact asta a făcut întotdeauna.

Această revelație îmi spulberă durerea de cap. Teama ce pusese stăpânire pe mine se risipește. E ca și cum m-aș trezi dintr-un vis de-o viață, lung și sufocant. Nu mai sunt paralizată de frică. Sunt furioasă.

— De fiecare dată când mi se întâmpla ceva, toate rănile pe care le-am suferit. Tu erai. Mereu tu, spun eu.

Mama se oprește. Își lasă capul într-o parte și mă privește.

— Iubirea mea, răspunde ea. Trebuia să te înveți minte. Credeam că ai înțeles.

Șterge rana din nou cu o vată umedă. Ustură, așa că îmi feresc capul. Mă uit la ea.

— Și când am vrut să merg la Gröna Lund, cu clasa? Mi-ai prins mâna în ușa mașinii. De mai multe ori. Nu ți-a păsat că țipam și te rugam să încetezi. De ce? Ce obțineai dacă mă răneai?

— Nu te puteam lăsa să hoinărești pe-acolo. Nu cu ea prin preajmă.

— Cine? Cine era prin preajmă?

Vreau să o fac să spună. Vreau să aud adevărul.

— Nu te-am rănit niciodată, Isabelle. Niciodată. Te-am protejat. Te-am crescut.

Ia un plasture și mi-l pune pe frunte, apoi continuă.

— Voiam să te fac puternică. Asta face o mamă. Consolează. Îngrijește și ocrotește.

— Unde suntem? întreb eu.

— Este ascunzătoarea noastră, vezi tu. Poate e departe de lume, dar e a noastră. Acum chiar ne vom simți bine împreună.

— La Strandgården? Unde-i asta?

— În paradis.

Se învârtește prin bucătărie, ia un castron de sub blat și deschide un borcan cu supă de mazăre.

— Cred că ar fi bine să începem cu masa. Sigur ești flămândă.

Mama îmi zâmbește și mă mângâie pe obraz. Atingerea *ei* îmi provoacă un fior rece de-a lungul spatelui.

— Ești bolnavă, spun eu. Ești bolnavă psihic.

Râde. Râde ca și cum tocmai aș fi spus ceva ridicol. Încerc și eu un râs forțat, să-i arăt că nu mă mai sperie.

— Aș vrea să plecăm acasă, spun eu apoi pe un ton calm. Acasă o putem lua de la început. Va fi ca înainte. Acum, că am trecut prin toate acestea împreună. Vom fi mai puternice. Mai puternice ca niciodată.

Spun orice ca să o păcălesc. Poate merge, dacă spun ce vrea să audă. Dacă pretind că ce a făcut nu contează deloc. Dacă pretind că totul e normal.

— Și chiar trebuie să o sun pe Johanna, spun eu. Am pierdut câteva seminarii obligatorii. În mod sigur își pune întrebări.

Mama oftează.

— Nu era bună pentru tine, Isabelle.

— Dacă vrei, mă mut din nou acasă. Putem sta împreună tot timpul.

Se uită pe fereastră și amestecă încet cu lingura în castron. Chipul ei, oglindit în geamul ferestrei, trădează o făptură alienată mintal, cu privirea goală. Oare mă ascultă?

Se oprește din ce făcea.

— Nu demult, plănuiai să mă părăsești, spune ea. Aveai de gând să te întâlnești cu *ea*.

Parcă scuipă cuvântul.

— Am terminat cu terapia. Nu o voi mai întâlni niciodată.

— Din vina ta, băiatul ei a fost călcat de mașină. Am fost nevoită. Umbrela aia îngrozitoare m-a păcălit. Am crezut că era ea. Iar acum ar trebui să fie ocupată cu el. Nu să încerce să dea de tine. Sau să te facă să spionezi. Dar așa îi e firea. Se gândește numai la ea însăși.

Senzația de rău mă asediază. Ce-a făcut? Pe câți a mai omorât?

— Despre ce vorbești? șoptesc eu.

Mama se uită la mine. Zâmbește din nou, ia o franzelă și un cuțit.

— Din păcate, fata mea, nu putem pleca acasă. Nu se dă bătută. Nu termină niciodată. Ne-a găsit acolo. Ne va găsi și aici.

— Și de ce vrea să ne găsească? Spune-mi.

— E vina ei că a trebuit să fugim aici. Totul e din vina ei. Gândește-te, Isabelle. Cum te-ai simțit de când ai întâlnit-o? Nu ai fost tu însăți. Cum crezi că mă simt eu văzându-mi fiica într-o stare atât de proastă, schimbându-se atât de tare fără ca eu să pot face ceva să împiedic asta? Nici nu voiai să mă asculți.

Începe să taie pâinea felii, dar ridică cuțitul și îl privește. Lama și vârful ascuțite, un cuțit pentru tăiat carnea.

Expresia feței i se schimbă.

Mânie. Suferință. Amărăciune.

— A avut totul, deși nu merita. Niciodată nu i-a păsat de tine. Crede-mă, ți-am făcut un serviciu. Ne-a fost bine împreună, nu-i așa?

— Nu sunt fiica ta, îi spun. Am altă grupă de sânge. Nu ești tu mama mea.

— Nimic din toate astea nu mai contează. Acum ești copilul meu. Iar eu sunt mama ta.

— Cine este bebelușul din fotografiile pe care le-ai ascuns?

Mama se răsucește brusc. Ridică brațul și aruncă cuțitul spre mine, fără să apuc să reacționez. Îmi trece pe lângă mână și îl aud izbindu-se de perete, apoi căzând pe podea.

Tăcerea care urmează este asurzitoare. Mama își strânge pleoapele, își pune mâinile peste față, apăsat. Se zguduie, se clatină. Mă uit spre ușă și mă întreb dacă e încuiată. Dar chiar de-ar fi larg deschisă, n-aș ajunge prea departe.

— Micul meu prieten drag, uite ce-ai făcut.

Privirea mamei e din nou binevoitoare. Vocea îi e blândă.

Se apropie de mine și îmi atinge părul. Îl netezește, îl mângâie repetat.

— Ai fost mereu a mea. Am înțeles imediat că tu erai, că te-ai întors la mine. Nu te îngrijora, Isabelle. Vom fi mereu împreună. Hans a încercat să ne distrugă ce aveam. Dar l-am oprit.

Nu vreau să mai aud nimic. Dar mama continuă.

— Nu am avut încotro, vezi tu. Am fost nevoită să-l las să se ducă. Dar nu fi tristă, fetița mea. Nu a simțit nimic. Nu a durut.

Îmi ridică bărbia, vrând să-mi capteze privirea. Mă uit într-o parte.

— Nu înțelegi acum, Isabelle. Dar o mamă trebuie să fie gata să facă totul pentru a-și ocroti copilul.

Stella

Se lasă seara când intru pe drumul care duce la Strandgården. Parchez mașina, cobor și închid portiera. Se aud rafalele de vânt șuierând printre copaci și valurile lovind plaja, ceva mai departe.

Apusul colorează cerul în roz, galben și portocaliu. Totul pare ireal. Certitudinea că Alice e aici, la Strandgården. Gândul că m-am îndreptat spre acest moment încă din ziua în care a dispărut.

De-a lungul anilor, mi-am imaginat diferite scenarii. Cum aș primi-o înapoi, cum ne-am reuni. Am visat cu ochii deschiși, am avut coșmaruri. Dorința intensă de a o regăsi, dar și teama că aceasta mă va mistui cu totul.

Mă apropii de clădirea principală. Niciun semn că ar fi fost cineva aici. Obloanele sunt trase. Cabanele sunt goale, pustii. Mă întorc și merg spre Cărarea problemelor. Lundin trebuie să fi locuit în casa de sus. Trec pe lângă Cercul problemelor, dar, după câțiva pași, mă opresc și mă întorc. Ridic o piatră, o cântăresc în mână. O pun în buzunar și merg mai departe.

Ajung pe platou și privesc casa. O lumină gălbuie răzbate prin ferestre, iar afară e parcată o mașină. Un Nissan de culoare închisă.

Mașina era de culoare închisă, poate negru. Sau albastru-închis. Un break. Când a frânat, m-am întors să mă uit. Atunci șoferul a accelerat din plin. A venit direct spre mine.

Iau mobilul și îl sun pe Henrik. Nu răspunde. Îi trimit un mesaj, în care îi spun unde mă aflu. Apoi îmi continui drumul spre casă. E elegantă, cu ornamente spiralate și ferestre cu șprosuri.

Sunt aproape de prispă când ușa se deschide și o femeie într-un pulover larg, marinăresc, iese afară. Ține în mână o lampă cu petrol.

— Știam că vei veni, spune ea. Vrei o cană de cafea?

Kerstin se uită la mine zâmbind. Mă aștepta.

Intră înapoi în casă.

O urmez.

Holul e spațios, cu tavanul înalt. Se intră direct în bucătărie, prin stânga. Încăperea e luminată de mai multe lămpi cu petrol. E murdară, ferestrele nu sunt spălate. Curentul electric pare să lipsească, ceea ce nu e de mirare, ținând cont de faptul că nimeni nu a locuit aici mai bine de două decenii. Căldura din bucătărie provine de la un vechi cuptor cu lemne.

Pe blatul de bucătărie se află un prăjitor de pâine, un mojar din marmură și mai multe borcane cu conserve, alături de un bidon plin cu apă. Pe masă zace un vraf de ziare din 1994. Totul e acoperit de praf.

— Ce casă frumoasă, remarc eu.

Kerstin își înclină capul într-o parte. Se uită pe fereastră.

— Da, așa a fost. Dar acum ar putea la fel de bine să și ardă din temelii. Mai aprinde o lampă cu petrol, zâmbind încă o dată.

Kerstin.

Eva.

Noua mea prietenă.

— Ar fi păcat, spun eu.

Pe podea, sub masa de bucătărie, observ un cuțit. Kerstin e cu spatele la mine, fac câțiva pași spre masă. Îmi imaginez cum mă aplec și îl iau, cum îl îndrept spre Kerstin și o oblig să-mi spună unde e Alice.

— Ne-am mai întâlnit. În parcul Kronoberg.

Încă un pas, mă mișc încet. Un alt pas, unul singur.

Kerstin se întoarce brusc și se repede spre masă. Se apleacă și ia cuțitul. Îl îndreaptă spre mine, clătinând ușor din cap.

— Ar fi trebuit să mă asculți atunci, spune ea. Te-am avertizat. Ți-am spus să lași totul în urmă. Ți-am spus că trebuie să lași totul așa cum a fost mereu.

— Ai dat cu mașina peste fiul meu, spun. Aproape l-ai omorât.

— M-ai obligat. Am fost nevoită să te opresc.

— Și, totuși, tu ai fost cea care m-a îndemnat să aflu adevărul.

— Ca să te înțeleg, spune ea. Să-ți pierzi fiica, așa cum ai făcut tu... Ce tragedie, mai ales că a fost din vina ta. Înțeleg ce ai simțit, te asigur. Dar acum trebuie să pricepi că Isabelle e fiica *mea. Acesta* este adevărul.

Crede ce spune. E convinsă că are dreptate.

— Ai fost lângă casa mea, spun eu. Te-am văzut afară, pe stradă, în pelerină de ploaie, ascunzându-ți fața sub glugă. Tu ai pus anunțul cu moartea mea în cutia poștală. Ai dat telefoane, ai inventat minciuni despre fiul meu.

Kerstin râde. Apoi devine serioasă.

— Ai fost mereu sigură pe tine. Te-ai crezut deasupra celorlalți. Deși te afli tot timpul pe muchie. N-a fost greu să te împing peste margine.

Toarnă apă din bidonul de plastic într-un ibric, îl pune pe cuptorul cu lemne și măsoară pulberea de cafea. Două amice vechi făcând conversație la o cafea. Mă așez la masă.

— Mi-ai ușurat treaba, spune ea. Mi-ai spus ce voiam să știu. *Bărbatul meu, el nu mă va crede în veci. Va crede că sunt nebună*. Ți-ai plâns de milă, bineînțeles. Trebuie să fi fost dificil pentru o persoană specială ca tine la spitalul de nebuni.

Vocea îi e plină de compătimire, înțelegătoare.

— Nu mă cunoști, ripostez. Habar nu ai cine sunt.

— Nu fi așa sigură de asta. Știu mai multe despre tine decât crezi.

— Spune, sunt curioasă. Ai fost cu ochii pe mine în toți acești ani?

Ochii i se îngustează, fața i se crispează de mânie. Cred că mă va ataca cu cuțitul. Dar, în următoarea secundă, e din nou calmă.

— Nu ești așa de importantă precum crezi, spune ea. Dar sigur că m-am informat cine ești, ce faci. L-ai întâlnit pe băiatul acela dintr-o altă clasă socială. Te-ai măritat cu cineva bogat și ai parvenit, continuă ea. E simpatic bărbatul tău, trebuie să recunosc. Când l-am întâlnit și i-am spus despre tine, s-a purtat corect. Și e foarte elegant, nu te mulțumești cu puțin. Dar eu știu cum sunt bărbații de fapt. Pe dinăuntru. Ca porcii. Ca animalele sălbatice. Nu sunt mulți cei care să arate considerație, așa cum a făcut Hans. M-a lăsat în pace, nu s-a băgat peste mine.

Kerstin se așază în fața mea.

— Și desigur că ați avut un copil. Credeai, pesemne, că trebuia să devii din nou mamă. Și ați cumpărat o casă nouă, într-o zonă scumpă. Ai avut tot ce ți-ai putut dori. Deși nu meritai, după ce ai făcut. Dar m-am bucurat pentru tine, să știi. Mi-au dat și lacrimile.

— Sigur a fost cumplit pentru tine, spun eu. Isabelle a venit la mine. Dintre toți terapeuții care există, a primit o trimitere la mine. Nu crezi în soartă, Kerstin? În karma? Nu crezi că acțiunile noastre cele mai rele sunt pedepsite? Că adevărul biruie până la urmă?

Kerstin se ridică și șterge masa. Apoi ia o farfurie cu prăjituri. Nu lasă cuțitul din mână.

— Lucrurile astea sunt pentru blegi. Pentru oameni slabi. Pentru cei ca tine.

— Dar tu ești puternică? Ai puterea cea justă?

— Nu vei înțelege niciodată, răspunde Kerstin. Nu ai fost încercată în viață, ca mine. La cea mai mică opreliște, te-ai prăbușit cu totul.

— Știu că Isabelle e fiica mea, spun eu. Că ea este Alice.

Kerstin mă privește.

— Nu ai meritat-o niciodată. Tu însăți ai spus asta, că nu ești făcută pentru asta. Ești o mamă rea, știm asta amândouă. Îți lași fiica să dispară și fiul să fie călcat de mașină. Chiar ești o mamă lipsită de valoare. Așa a fost cel mai bine. Tu nu crezi?

— Tu mi-ai accidentat fiul. Tu mi-ai luat fiica. Ce fel de om face așa ceva?

Vocea lui Kerstin e disprețuitoare.

— Cel care îndrăznește să facă ce e nevoie. Cel care e în stare să preia controlul. Crezi că eu n-am suferit? Crezi că nu știu ce înseamnă să nu ai parte de ceea ce toți ceilalți iau ca pe ceva firesc? Știi cum e să fii zdrobit? Să-ți fie ruptă în bucăți viața? Nu cred că știi. Dar de ce să scapi de probleme? De ce să primești totul de-a gata, fără să plătești scump, cum am făcut-o eu?

Kerstin toarnă apa fierbinte peste pulberea de cafea.

Bag mâna în buzunar și apuc piatra. Aș putea face asta acum. Să o lovesc în cap cu ea. Să-și piardă cunoștința. Dar aștept. Mai întâi trebuie să aflu unde a ascuns-o pe Alice.

— Ea unde e? întreb eu.

Chiar atunci sună mobilul. Bag mâna în celălalt buzunar, pipăi cu degetul, opresc sonorul. Scot telefonul, îl țin sub masă și mă uit la ecran.

Henrik.

Kerstin pune cana de cafea pe masă. Se uită la mine și întinde o mână. Dacă răspund, nu o voi mai vedea niciodată pe Alice. Îi întind telefonul. Kerstin îl ia, se uită la el în timp ce sună. Apoi deschide ușița de la cuptorul cu lemne, aruncă mobilul în foc și închide ușa.

— De ăsta nu o să mai ai nevoie.

— Te întreb din nou, spun. Unde este?

Kerstin nu răspunde. Ia o lampă cu petrol, iese în hol și îmi face semn cu cuțitul să o urmez.

Trecem prin camera de zi, unde mobila este acoperită cu o pânză albă. Tresar când aud un pocnet surd din cuptorul cu lemne — a explodat bateria telefonului.

Soarele a apus, pe cer se mai zăresc doar câteva fâșii strălucitoare de un roșu incandescent. Ferestrele înalte oferă o priveliște tulburătoare asupra mării.

Ne oprim în fața unei uși de la capătul coridorului. Sunt îngrozită de ceea ce urmează să văd. Apuc cu mâna piatra din buzunar. Kerstin bagă o cheie în lacăt și o răsucește. Deschide ușa.

Mobilele sunt adunate una peste alta, într-un colț. În celălalt se află o găleată și o rolă de hârtie igienică. Miroase puternic a urină. Pe podea văd o saltea și o pătură murdară.

Iar ea zace acolo.

— Ce ai făcut? întreb. Ce ai făcut cu ea?

Fac un pas în față, dar Kerstin mă prinde de braț.

Încerc să mă desprind și să scot piatra din buzunar. Își înfige unghiile și mă ține pe loc. E puternică, are unghii ascuțite ca niște gheare. Înalță cuțitul spre mine. Vârful îmi ajunge cam la un centimetru de gât.

— Acum îmi aparține mie. Este a mea.

Isabelle

Camera e și mai întunecată decât înainte, de-abia mai disting câte ceva. Și, în pofida gecii și a păturii, tremur în frig. Căldura de la cuptorul cu lemne nu ajunge până la mine, dar mai bine înghet aici decât să fiu în aceeași cameră cu ea.

A plâns la înmormântarea tatei. Cum a putut face asta, dacă ea a fost cea care l-a omorât? Nici nu mai știu cine e. Ce e. Și n-am idee ce are de gând să facă cu mine.

Dacă aș fi avut destulă putere, aș fi opus rezistență. Aș fi luptat. Aș fi încercat din nou să evadez. Dar nu mai sunt în stare.

Dacă spun că sunt fiica ei, atunci va fi totul bine? Dacă pretind că îi aparțin doar ei, nimănui altcuiva?

Pe întuneric parcă ți se ascute auzul. Mi s-a părut că aud un cor de voci. Sute de voci care șopteau și cântau. Mi-a trebuit un timp să înțeleg că erau valurile.

Apoi mi-am imaginat că s-a apropiat o mașină. Și că am auzit un câine lătrând. M-am gândit la Stella, la cum nu se dă ea bătută niciodată. Am crezut că a venit să mă salveze. Mama mea adevărată. M-am dus lângă perete, mi-am apăsat urechea de tapet și am ascultat. Tot ce am auzit au fost propria-mi respirație și bătăile inimii.

M-am supărat pe mine însămi. Sunt dezamăgită de felul în care fantazez, de faptul că mă pierd în reverii ca să mă simt un pic mai bine.

Stella nu are idee unde mă aflu. Și nu va veni să mă salveze. Nimeni nu va face asta. Nici Fredrik. Nu mă va găsi aici.

Sunt singură.

Când mă gândesc la Fredrik, întrevăd cum ar trebui să arate restul vieții mele. O viață cu mulți oameni minunați în jurul meu. Mi-aș lua diploma de inginer constructor, aș primi un post interesant și bine plătit. M-aș mărita cu iubirea vieții mele și aș fi fericită. Am călători și am vedea lumea împreună. Am avea copii cândva, în viitor. Poate un băiat și o fată.

Nimic din toate astea nu se va întâmpla.

Sunt singură și nimeni nu știe unde mă aflu.

Prietenii mei sunt îngrijorați, poliția mă caută. Dar timpul trece, iar eu sunt dispărută fără urmă. Poate apar la știri. La televizor, în ziare, pe internet. Dar nimeni nu mă va mai găsi vreodată.

Dispărută, pentru totdeauna.

Zăresc o lumină slabă pe sub ușă. Am adormit din nou.

Îi aud vocea.

Îndepărtată și slabă, dar o aud. *Stella este aici.* A venit după mine. Nu s-a dat bătută, a continuat să mă caute.

Dar aud și vocea mamei. Rece și disprețuitoare. Aud cum fierbe de furie, gata să izbucnească.

Ușa se deschide. Nu îndrăznesc să privesc în sus, aștept.

Stella o întreabă pe mama ce-a făcut cu mine. Mama răspunde triumfătoare că îi aparțin.

Îmi dau la o parte părul de pe față și ridic privirea. Kerstin o ține strâns de braț pe Stella. Detest când face așa. Când își înfige unghiile. Iar în mână are un cuțit. Același cuțit pe care îl aruncase spre mine. O lasă pe Stela, înaintează spre mine și mă trage în sus.

— Ești rănită? întreabă Stella cu o voce înfiorată.

— Nu e sângele meu, este...

— Ești trează acum, fata mea, intervine Kerstin. Vino, avem prăjituri și cafea.

Stela își strânge pumnii, ca și cum ar vrea să se repeadă la mama mea. Doar că Kerstin nu e mama mea. Nu a fost niciodată. Mă gândesc să nu-i mai spun așa vreodată. Vreau să o atenționez pe Stella să nu facă nimic pripit, să o avertizez că Kerstin e mai imprevizibilă și mai periculoasă decât ar putea bănui.

Vezi lucirea din ochii ei?

Încerc să o fac pe Stella să înțeleagă, privind-o cât pot de intens. Și așa se întâmplă, înțelege. Îmi răspunde cu un zâmbet rapid, complice. Mă sprijin de Kerstin când trecem prin hol. Trag cu ochiul la cuțitul din mâna ei și mă prinde de braț ca într-o menghină. Un avertisment.

Ne-am întors în bucătărie. Sunt lămpi cu petrol peste tot, dar lumina e slabă. Afară, luna plină atârnă peste apă ca o monedă uzată de argint. Stella se așază la masă, în fața mea. Kerstin pune în fața fiecăreia câte o cană. Se așază și urmărește fiecare mișcare pe care o face Stella.

Nu beau din cafea. Mi-a luat prea mult timp până să înțeleg că mă droga. De fiecare dată când mâncam, de fiecare dată când beam. Nici Stella nu trebuie să bea din cana aia. Dacă o face, niciuna dintre noi nu va mai pleca de aici.

Țin cana în mâini. Când Kerstin se ridică să aducă zahărul, bat ritmic în ea cu degetul arătător și mă strâmb. Stella se uită la cana ei și o dă la o parte. Mă întreabă fără voce, mișcându-și buzele: ești bine?

Încuviințez din cap, însă nu-mi pot opri lacrimile. Îmi șterg obrajii cu o mișcare stângace. Stella întinde o mână spre a mea.

— Termină! strigă Kerstin.

Mojarul de marmură aterizează pe masă cu o bufnitură puternică, lângă mâna Stellei.

— Bea, spune Kerstin. Bea din cafea.

Pune câteva lumânări pe masă și se așază. Ține cuțitul în fața ei.

— Stella, vreau să-ți ofer șansa de a îndrepta totul.

— Ce trebuie să fac? întreabă ea.

— Cere-i iertare.

Kerstin face un semn din cap spre mine.

— Iertare?

— Cere-i iertare că ai fost așa o mamă deplorabilă. Profită de ocazie. Cât mai poți.

Stella nu spune nimic. Se ridică ușor, ia o lumânare și se duce spre perete. Kerstin nu o scapă din ochi. Stella ridică lumânarea în dreptul unui decupaj de ziar înrămat. Jumătate din articol conține imaginea unui bărbat zâmbitor aflat în fața unei clădiri. În fundal e un pridvor plin de flori.

— Tatăl tău, nu-i așa?

Stella se întoarce. Pune lumânarea jos, la loc. Roger Lundin. Știa ce ai făcut și avea de gând să spună totul poliției. Dar a murit. Nu a mai apucat să vorbească.

— A fost un trădător, spune Kerstin. Un bețiv, la fel ca mama. Nu trebuia să-mi ia niciodată fiica de lângă mine. Nu trebuia îngropată. Slavă Domnului că ea s-a întors!

Despre ce vorbește? Care fată și de ce a fost îngropată? Și ce am eu de-a face cu asta?

Stella scotocește în buzunarul de la pantaloni. Scoate ceva de acolo și pune lucrul acela pe masă, în fața lui Kerstin.

— Aceasta este fata ta? Ea e Isabelle?

Văd că e fotografia pe care am găsit-o acasă, în sertarul de sub birou. Nu înțeleg cum a făcut Stella rost de ea.

Kerstin privește fotografia.

— Adevărata Isabelle. Fiica ta.

Stella vorbește cu voce joasă.

— Fiica mea, spune Kerstin. Fetița mea iubită.

— Fiica *ta*, Kerstin. Nu *a mea*. Nu Alice. Ea e adevărata Isabelle, nu-i așa?

Kerstin își ridică privirea și se uită la Stella, cu o expresie întrebătoare.

— Adevărata Isabelle, spune arătând cu cuțitul în direcția mea, e acolo.

— Nu mă numesc Isabelle, spun eu. Și ar fi trebuit să cresc cu Stella. M-ai furat de la mama mea. Mi-ai furat viața.

Kerstin se întoarce către mine.

— Nu e adevărat. Ce spui tu acum e o minciună, șoptește ea.

— Tu ești cea care minte. Mereu faci așa. Nimic din ce-ai spus nu e adevărat. Nimic. Toată viața mea a fost o continuă minciună. Am crescut cu o psihopată. Cu o asasină.

Kerstin stăruie.

— Te iubesc, Isabelle. Dar tu nu m-ai iubit niciodată. Oricât am încercat, oricât m-am străduit să fac totul cât mai bine.

Stella scoate o piatră din buzunar. Se repede la Kerstin și vrea să o lovească în cap. Kerstin se ferește și îi bagă cuțitul în braț. Stella țipă și scapă piatra din mână. Se ține de braț și se uită la Kerstin cu o privire plină de furie.

Kerstin se deplasează în spatele meu. Îmi ține cuțitul la gât.

Tăișul ascuțit alunecă pe piele.

Stella

Alice e paralizată. E lividă ca un cadavru și se uită la mine cu ochi plini de groază. Fața îi e plină de vânătăi, pe frunte are un plasture. Un plasture copilăresc, colorat, prea mic pentru rană. Kerstin îi ține cuțitul apăsat pe gât. Trebuie să-i distrag atenția.

— Vreau să știu un lucru, spun ridicând brațul și apăsând cu mâna stângă pe rană.

— Ce vrei să știi?

— Isabelle e îngropată acolo unde e căprioara?

Kerstin o trage pe Alice de braț și se apropie de ușă, ținând-o aproape de ea.

— Ia lampa cu petrol. Îți voi arăta.

Iese, ținând cuțitul în continuare la gâtul lui Alice. Iau lampa și o urmez.

Cerul e o cupolă monumentală de cristal negru. Stelele sclipesc ca niște cioburi de gheață. O pală rece de vânt ne lovește dinspre mare și răsuflarea ni se transformă în aburi. Mergem tăcute, ținând pasul una cu alta, prin întuneric. Kerstin o ține pe Alice între noi, strângând-o tare de braț. Lumina lunii se reflectă în lama cuțitului. Kerstin nu îl coboară niciun moment, e mereu îndreptat spre gâtul fiicei mele. Nu pot face nimic, e prea riscant. Mă întreb cât de departe e gata să meargă Kerstin.

Mâna dreaptă mi-e aproape inutilizabilă. Abia pot să-mi mișc degetele, iar durerea e pe cale să pună stăpânire pe mine. Simt că rana mă arde, durerea se duce spre cot și spre toată partea interioară a brațului. Kerstin mă săgetează cu priviri bănuitoare, pe care le ignor. Nu știu dacă funcționează, dar vreau să creadă că nu mă mai împotrivesc.

Kerstin spera, cu siguranță, să-mi dau seama unde a dus-o pe Alice și să le urmez aici, la Strandgården. Dar ce se va întâmpla de acum înainte e imposibil de anticipat.

Ajungem la căprioara de pe promontoriu. Luna plină strălucește deasupra mării, iar vântul suflă în coroanele copacilor, îmi răvășește părul și hainele.

— E un loc minunat, spune Kerstin.

Pare mulțumită, se poartă de parcă am fi pornit într-o plimbare de seară, pentru a ne tonifia, și s-ar întâmpla să găsim un loc cu o priveliște frumoasă.

Căprioara privește peste ape. Kerstin o trage pe Alice în jos, pe pământ, se așază pe vine, mângâie tandru spatele căprioarei, apoi se ridică. Arată cu cuțitul spre mare.

— Acolo, jos, e ea. Fata mea.

Pun jos lampa cu petrol. Încerc să-mi întind mâna rănită. Durerea e mai cruntă acum și nu-mi mai pot mișca degetele.

— Cum a murit? întreb eu.

— Dormea și dormea și dormea. Nu se trezea niciodată. Tata nu a înțeles. A vâslit spre larg și a coborât-o în apă. Dar eu am luat înapoi ce mi-a aparținut.

Kerstin se uită la Alice, apoi la mine.

— A devenit a mea. A fost Isabelle a mea, care s-a întors.

— Alice nu a fost niciodată a ta, spun eu. Ai luat-o din cărucior în timp ce dormea.

Kerstin o prinde pe Alice de păr și o ridică în picioare. Alice suspină și-și duce mâinile la cap.

— Iar tu nu i-ai fost mamă niciodată, șuieră Kerstin. Nu vrea să aibă de-a face cu tine. Vrea să dispari și să ne lași în pace.

Mă apropii.

— Noi ne iubim, spune Kerstin trecându-și brațul pe după umerii lui Alice și apăsându-i cuțitul pe gât. E copilul meu. Eu sunt mama ei.

— Atunci lasă cuțitul. Îi faci rău.

— Ești la fel de îngâmfată ca întotdeauna. Nu ai meritat-o atunci, nu o meriți nici acum.

Acum sunt aproape de marginea prăpastiei. Alice se uită la mine, iar privirea ei spune totul. Acesta e sfârșitul.

Isabelle

Cuțitul îmi zgârie gâtul. Îmi țin respirația când tăișul îmi e apăsat pe gâtlej. Nu vreau să mor.

— Există un sens în tot ce se întâmplă, îmi șoptește Kerstin la ureche. Noi două ne-am îndreptat mereu spre acest loc, Isabelle. Ne-a aparținut întotdeauna.

Încerc să mă desprind, dar nu reușesc. Stella se apropie și mai mult. Întinde mâna sănătoasă, arătând spre cuțit.

— Ți-ai arătat puterea. E suficient.

Kerstin răspunde pe un ton dezamăgit.

— Nu ai înțeles nimic. De ce nu asculți? Tatăl lui Isabelle a făcut aceeași greșeală. Tatăl meu, la fel. Și Hans. Niciunul dintre ei nu a ascultat.

— Dă-mi cuțitul.

Stella ține în continuare mâna întinsă.

— Dacă îl vrei, trebuie să mi-l iei.

Văd pe chipul Stellei că știe, că totul s-a sfârșit. Încerc să spun că îmi pare rău că s-a ajuns aici, însă nu pot rosti niciun cuvânt. Kerstin mă strânge și mai puternic. Mai face un pas înapoi. Trag cu ochiul într-o parte și văd cât de mare e distanța până jos, la apă. Încă un pas și ne prăvălim amândouă peste stânci.

— Am fost fericite, strigă ea. Trebuia să ne lași în pace.

Stela se aruncă spre noi. O prinde pe Kerstin de păr și o azvârle într-o parte. Kerstin își pierde echilibrul și mă scapă. Mă îndepărtez de marginea stâncii și mă prăbușesc la pământ.

Se strâng una pe alta, o îmbrățișare calmă. Kerstin își ține un braț pe spatele Stellei, Stella are ambele mâini în jurul lui Kerstin. Un dans potolit la lumina lunii.

Apoi Stella își întoarce fața spre mine, cu ochii măriți și gura larg deschisă.

Kerstin și-a înfipt cuțitul în burta ei. Îl trage afară doar ca s-o înjunghie din nou. Își încordează iar mâna, dar Stella se desprinde de ea. Kerstin își pierde echilibrul, bâjbâie prin aer după ceva de care să se țină. Stella o împinge. Se poticnește.

Întinde mâna spre Stella, dar aceasta nu face niciun gest. Doar o privește cum cade.

Strigătul îi este curmat când se prăbușește pe stâncile de la baza coastei abrupte. Mă târăsc înainte și mă uit jos. O văd întinsă, cu corpul într-o poziție nefirească. Sângele băltește în jurul capului ei. Ochii îi sunt larg deschiși, iar valurile îi acoperă picioarele.

Stella se prăbușește lângă mine.

— Tu ești bine? întreabă ea cu voce stinsă.

Mă aplec spre ea fără să răspund. Stella tresare și zvâcnește de durere.

Mă îndrept și o privesc.

Încearcă să zâmbească.

Stella

Rămânem și privim marea. Valurile se ridică spre stâncile unde a căzut Kerstin.

Am împins-o. Am omorât-o. Am lăsat-o să cadă fără să-i prind mâna întinsă.

Alice spune că se bucură că Kerstin a murit. Se întreabă dacă asta o face un om rău. Îi răspund că nu.

Corpul îmi tremură. Respir în reprize scurte, intense, iar inima îmi galopează. Mi-e teribil de sete, îmi doresc să am ceva de băut.

Alice mă întreabă dacă sunt rănită grav. Îmi deschid haina să văd. O floare neagră de sânge s-a deschis pe abdomen și se răsfiră și pe picioare. Își pune mâinile la gură, văd șocul din ochii ei. Știm amândouă că e rău.

Apoi își dă jos jacheta și o apasă pe abdomenul meu. Îmi pune mâna pe frunte, spune că sunt rece ca gheața și că sunt palidă.

Aud sirenele mașinilor de poliție apropiindu-se. Văd lumina albastră strălucind în întuneric. Alice mă roagă să rezist, spune că ajutorul e pe drum.

Cad pe o parte. Sunt întinsă pe pământ, privind marea cum sclipește în lumina lumii. Alice se apleacă deasupra mea și doresc să îi spun că e a doua oară când vedem împreună luna plină. Dar nu-mi mai pot mișca gura. Atâtea lucruri pe care voiam să i le spun fiicei mele. Nu-mi iese niciun cuvânt.

Alice îmi ține fața în mâinile ei și mă privește în ochi. Spune ceva, dar nu aud ce.

Își sprijină capul pe umărul meu și îmi dau seama că plânge în hohote. Îmi doresc să o pot consola.

Isabelle

Câmpul înțesat de maci roșii și de gălbenele strălucește în lumina verii. Albăstrele, trifoi roz, coada-șoricelului și margarete. Toate sunt în floare.

Merg încet și îmi trec degetele peste iarba înaltă. Am soarele în spate, un vânt molcom în față. Mireasma de iarbă proaspăt cosită. În zare, linia orizontului apare ca o panglică de mătase albastră.

— Alice.

Mă întorc.

Ești călare pe un cal. Soarele își răsfrânge lumina în jurul chipului tău și mă orbește. Îmi pun mâna streașină deasupra ochilor.

Soarele strălucește tot mai puternic. Îmi îngustez ochii, dar nu ajută. Soarele se apropie tot mai mult, se schimbă și emană raze de gheață în loc de căldură. Lumina corozivă distruge totul. Te strig. Îți strig numele cât pot de tare, însă ești deja departe. Soarele crește și arde în mine.

Țip.

— Isabelle?

O altă voce.

Nu-mi pot mișca corpul. Încerc să închid ochii și să-mi întorc capul.

— Ia-o ușor, Isabelle, spune un bărbat. Mă poți vedea? Știi unde ești?

Bărbatul ține lanterna într-o mână, iar cu cealaltă îmi ridică pleoapele. Are ochelari și poartă un halat alb.

— Mă numesc Björn Söderberg și sunt medic la spitalul Oskarshamn. Ea e Lotta, asistenta. Cum te simți?

— Unde e Stella?

Vreau să mă ridic, dar mâna mi-e înțepenită. Un tub flexibil, care pornește dintr-o branulă, duce la o perfuzie cu un lichid transparent. O altă branulă e atașată de îndoitura brațului.

— Unde e Stella? întreb din nou. Cum se simte?

— Cu cine putem lua legătura să îi spunem că ești aici? întreabă medicul.

— Ce s-a întâmplat cu ea?

— Acum trebuie să ne concentrăm atenția asupra ta, să avem grijă să te recuperezi. Doctorul privește niște hârtii. Poate ai pe cineva...

— De ce nu-mi răspundeți? Am întrebat de mai multe ori de când am sosit aici, dar nimeni nu spune nimic. Ce e în neregulă?

— A fost operată în timpul nopții, spune Lotta.

— Se va face bine?

— Este prea devreme să ne pronunțăm, spune doctorul. Încă nu s-a trezit.

E ceva în vocea lui, în felul în care îmi evită privirea. Mă sperie.

— Se va face bine, nu-i așa?

Mă uit la asistentă.

Ea șovăie.

— E într-o stare critică, spune ea apoi. A pierdut foarte mult sânge și a intrat de mai multe ori în stop cardiac.

Doctorul îi aruncă o privire severă și ea se apropie cu aparatul de măsurat tensiunea arterială.

— Îți vom face câteva analize și...

O lovesc peste mână și dau să mă ridic.

— Unde e? vreau să fiu lângă ea.

Lotta încearcă să mă rețină, dar mă împotrivesc.

— Te rog, Isabelle, calmează-te acum.

— Unde e?

— Tu nu poți face nimic acum, spune Lotta.

Nu are voie să moară. Nu are voie.

Doctorul mă ia de umeri și îmi spune să respir adânc. Mă ajută, împreună cu Lotta, să mă urc înapoi pe patul de spital.

— Îmi pare rău, spune el.

— Nu! pufnesc eu. Vă rog!

— Ar fi bine să te odihnești acum. Doctorul îi face un semn din cap Lottei, care injectează ceva în branula de pe braț.

O senzație de gheață pe piele, răcoarea se răsfiră prin vene. Apoi mă prăbușesc la loc în pat. Și continui să mă scufund. Dispar într-o apă călduță. De la suprafață, bărbatul și femeia mă urmăresc cu privirile. Văd pe chipurile lor că știu. Știu, dar nu vor să spună. E prea târziu. Totul e prea târziu.

Stella s-a dus.

E moartă.

Isabelle

Afară plouă, vântul se izbește de fereastră, se aude un răpăit puternic.

Capul și ochii mă dor din cauza pustiului din mine.

Lângă patul meu e un bărbat, așezat pe un scaun. Nu observă că m-am trezit. Pare epuizat și se vede că a plâns. Bănuiesc cine este.

Îmi schimb poziția, iar bărbatul își ridică ochii.

— Bună, spune el. Trebuie să anunț că te-ai trezit.

— Nu e nevoie.

— Dorești ceva? Ți-e sete?

Deschide sticla cu apă de pe masa de lângă pat și umple un pahar de plastic transparent. Mi-l întinde. Îl iau și îl beau pe tot.

— Ești tatăl meu?

Regret întrebarea când văd ce expresie mirată are. Mi se face rușine și mă uit în jos, la pătura gălbuie.

Bărbatul îmi ia mâna într-a sa. E caldă.

— Nu, nu sunt tatăl tău, răspunde el. Mă numesc Henrik.

— Ești soțul Stellei?

Confirmă din cap.

— Am vreun tată, știi cumva?

— Îl cheamă Daniel.

Îmi retrag mâna și îmi schimb din nou poziția. Simt tubul care mi-e fixat la mână. A curs sânge pe sub bandajul de lângă branulă. E neplăcut și îmi doresc să scap de ace. De fapt, îmi doresc să fi scăpat din acest loc. Henrik mă studiază. Are ochii roșii.

— Stella nu a încetat niciodată să se gândească la tine. Nu a încetat niciodată să spere.

Nu vreau să vorbesc despre Stella. Iau sticla cu apă, deșurubez capacul și beau direct din ea. Apoi pun dopul înapoi și o așez pe masă. Simt privirea lui Henrik, însă nu îndrăznesc să-mi ridic ochii și să i-o întâlnesc.

— Totul e din vina mea, spun eu.

Henrik se înclină spre mine.

— Nu e adevărat. Nu trebuie să crezi așa ceva. Dacă cineva trebuie să se învinovățească, eu sunt acela. Dacă aș fi crezut-o, nimic din toate astea nu s-ar fi întâmplat.

— Nici n-am ajuns să o cunosc.

Henrik mă privește cu o expresie pe care nu reușesc să o descifrez.

— Ce vrei să spui? întreabă el.

Nu apuc să răspund. Ușa de la salon se deschide și intră doctorul.

— Cum ești, Isabelle? întreabă el.

— Nu prea grozav, răspund eu.

— Înțeleg.

Îmi explică cât de răcită eram când polițiștii m-au adus la Urgență. Am câteva răni, pe ici, pe colo, care sigur mă vor mai supăra o vreme. Întâmplările prin care am trecut au avut un efect traumatic asupra întregului corp.

— Avem aici un consilier cu care poți să vorbești. Vrem doar să știi asta.

Nu răspund, vreau doar să mă lase în pace.

— Și eu sunt aici, Isabelle, spune Henrik. Și Stella. Cu timpul.

Mă zgâiesc la el.

— Stella?

— A fost o operație complicată, spune medicul.

— A intrat în stop cardiac, spune Henrik și mă ia din nou de mână. Se dusese. Nimeni nu credea că avea să-și mai revină.

— Va supraviețui?

— O vom lua pas cu pas. Zâmbește. Dar Stella este cea mai încăpățânată persoană pe care o cunosc, continuă el.

— Îmi dai voie să-l împrumut pe Henrik pentru o clipă? mă întreabă doctorul.

Clatin din cap. Henrik se ridică, asigurându-mă că va reveni curând. Medicul se întoarce când ajunge în pragul ușii.

— O asistentă va veni în scurt timp și vom mai face niște analize. Iar poliția va dori să vorbească cu tine. Pe curând, Isabelle.

— Nu sunt Isabelle, spun eu.

Medicul mă privește întrebător.

— Numele meu este Alice.

La prețul de vânzare al cărții
se adaugă 2%, reprezentând
contravaloarea timbrului literar.

Tipar: ARTPRINT
E-mail: office@artprint.ro
Tel.: 021 336 36 33

Dispariția lui Stephanie Mailer

Autor: Joël Dicker
Titlul original: *La Disparition de Stephanie Mailer*
Traducere din franceză de Doru Mareș

30 iulie 1994. Orphea, o stațiune balneară liniștită din statul New York, este bulversată de o crimă înfiorătoare: primarul și familia lui sunt asasinați la ei acasă, împreună cu o femeie care trecea întâmplător prin zonă.

Ancheta este încredințată unei echipe alcătuite din doi polițiști tineri, Jesse Rosenberg și Derek Scott. Ei strâng probe solide și reușesc să identifice criminalul, obținând din partea superiorilor nu doar laude, ci și o decorație.

Dar, douăzeci de ani mai târziu, la începutul verii lui 2014, o jurnalistă pe nume Stephanie Mailer îi spune lui Jesse că au identificat greșit asasinul din Orphea, după care dispare în condiții misterioase.

Ce s-a întâmplat cu Stephanie Mailer? Ce a descoperit ea? Și, mai ales, ce s-a întâmplat cu adevărat în noaptea de 30 iulie 1994 la Orphea?

Joël Dicker s-a născut la Geneva în 1985 și a absolvit dreptul la Universitatea din Geneva, în 2010.

A obținut „Prix des Écrivains Genevois" pentru primul său roman, *Les Derniers Jours de nos pères*. Al doilea roman al său, *Adevărul despre cazul Harry Quebert*, a primit Marele Premiu al Academiei Franceze și a fost publicat în peste 45 de țări. De asemenea, a fost distins cu Premiul Goncourt al Liceenilor pe 2012. *Adevărul despre cazul Harry Quebert* a fost ecranizat într-o miniserie TV, cu Patrick Dempsey în rolul principal.

De același autor, la Editura Trei au apărut *Adevărul despre cazul Harry Quebert* și *Cartea clanului din Baltimore*.

JOËL
DICKER
Dispariția lui Stephanie Mailer
DE LA AUTORUL ROMANULUI
ADEVĂRUL DESPRE CAZUL HARRY QUEBERT
TREI
FICTION CONNECTION

Mulțumiri

Vreau să vă mulțumesc tuturor celor care ați fost prezenți și ați contribuit la nașterea și publicarea acestei cărți.

Agenților mei, Jenni și Lena, de la Grand Agency, pentru angajamentul vostru și pentru munca fantastică. Și Lottei, lui Umberto și lui Peter, firește.

Editorilor mei, Jonas și Lovisa, de la Polaris, mereu la fel de veseli, pozitivi și profesioniști.

Mulțumesc întregii mele familii, mamei mele și surorilor mele, care cred mereu în mine.

Soțului meu și copiilor mei — vă iubesc!